除了野蛮国家，整个世界都被书统治着。

司母戊工作室
诚挚出品

文学如何教育

人文视野下的
文学教育

陈平原 著

人民东方出版传媒
东方出版社

图书在版编目（CIP）数据

文学如何教育：人文视野下的文学教育 / 陈平原 著 . —北京：东方出版社，2021.3
ISBN 978-7-5207-1717-5

Ⅰ.①文… Ⅱ.①陈… Ⅲ.①文学—教学研究 Ⅳ.① I-42

中国版本图书馆 CIP 数据核字（2020）第 197280 号

文学如何教育：人文视野下的文学教育
（WENXUE RUHE JIAOYU: RENWEN SHIYE XIA DE WENXUE JIAOYU）

作　　者：陈平原
策　　划：姚　恋
责任编辑：王若菡
装帧设计：UNLOOK
　　　　　unlook-guangdao.com
出　　版：东方出版社
发　　行：人民东方出版传媒有限公司
地　　址：北京市西城区北三环中路 6 号
邮　　编：100120
印　　刷：北京文昌阁彩色印刷有限责任公司
版　　次：2021 年 3 月第 1 版
印　　次：2021 年 3 月第 1 次印刷
开　　本：640 毫米 ×950 毫米　1/16
印　　张：28.25
字　　数：313 千字
书　　号：ISBN 978-7-5207-1717-5
定　　价：88.00 元
发行电话：（010）85924663　85924644　85924641

自　序

···

　　十多年前，我撰《大学校园里的"文学"》①，其中第一节"曾经，'文学'就是'教育'"，用了两个有趣的例子。一是建安八年（203），曹操下《修学令》："丧乱以来，十有五年，后生者不见仁义礼让之风，吾甚伤之。其令郡国各修文学。县满五百户置校官，选其乡之俊造而教学之。庶几先王之道不废，而有以益于天下。"这里说的"各修文学"，当然是指教育——设校官，选才俊，认真培育，以使得社会风气改良，"先王之道不废"。一是日本人森有礼编、美国传教士林乐知等翻译的《文学兴国策》，在晚清影响极大，是梁启超等人理解西方教育制度、创建新学体制的重要样板之一。书中第一篇，耶鲁大学校长华尔赛复函，论述"文学"如何有益于富国，有益于商务，有益于农务、制造，有益于伦理、德行、身家，有益于法律、国政等，这里所说的关系国家兴亡的"文学"，也是广义的文化教育，而不是今人熟悉的 Literature。

　　当然，古代中国关于"文学"的界说，主要不是教育，而是"文章博学"。《论语·先进篇》说到孔门四科，分德行、言语、政事、文学，这里的"文学"，不是文学创作，而是人文修养。《论语·季氏篇》所说的"不学《诗》，无以言"，不仅是训练表达能力，更包含思想、趣味、思维、情感、学识等。学《诗》的范围及功能涵盖整个人文学，

---

① 收入《大学有精神》［修订版］，北京：北京大学出版社，2016年。

反过来，"六经"中其他科目的训练也包含了若干今人所理解的"文学"。正因为传统中国的书院教育及科举考试中，"文学"无所不在，每个人都得苦心钻研，反而不必设立专门学校。

进入现代社会，合理化与专业性成为不可抗拒的世界潮流；"文学"作为一个"学科"，逐渐被建设成为独立自足的专业领域。最直接的表现是，建立文学院系、开设文学系列课程、讲授古今中外的文学知识、授予文学学士/硕士/博士学位；与此相对应的是，中学毕业以后，绝大部分读书人不再亲近文学了。所有这些，并不取决于个别文人学者的审美趣味，而是整个中国现代化进程决定的。文学依旧有其独立价值，但重要性明显下降；若以大学为例，那只是众多领域中的一个。

所谓"文学教育"，既指向大学里的文学类课程，也包含中小学的语文课堂；二者教学宗旨及讲授方式不尽相同，但有千丝万缕的联系。相对于此前刊行的兼及学问体系、学术潮流、学人性格与学科建设的《作为学科的文学史》①，本书虽仍以大学为主，但兼及中小学，更重要的是，将历史溯源、文化批评与教育实践结合起来。宗旨是追求理论性与实践性的统一，结构上则兼及专业论文与学术随笔；至于十专题的设置，蕴含着我对"人文视野下的文学教育"的整体想象以及自我限定。

以"**人文视野**"开篇，到"**读书方法**"收尾，如此编排，是希望将"文学教育"从技术层面拯救出来，放置在更为开阔的视野。说到底，人文学的精髓在阅读，读有字书，也读无字书；读古人，也读今人；读中国，也读外国——这点大学与中学并没有本质的区别。为何开门见山，强调"理直气壮且恰如其分地说出人文学的好处"？那是

---

① 北京：北京大学出版社，2011 年；［增订版］，2016 年。

因为"曾经无比辉煌的人文学,而今在学术舞台上日渐萎缩",身处其中,不能只是自怨自艾,要学会"如何向圈外人发言,让他们明了人文学的意义"。作为人文学的重要组成部分,"文学教育"当然肩负同样的职责——这其实是全书得以展开的前提。至于谈论读书,为了与《读书是件好玩的事》①相趋避,这里更强调"自家体会"的重要性。去年年底编辑此书时,竟鬼使神差地选入 2003 年非典期间所撰《生于忧患》一文。年初新冠疫情爆发,我所接触的研究生普遍激愤、惶惑乃至惊恐,有感于此,在自家师生的微信群里贴出此十七年前的旧文,希望大家调整心态:"除了力所能及的公益及自保,尽快平静心情,该做什么做什么(比如读书或撰写博士论文)。吸取我们这一代教训,或三月或两年或十年,不断激动、惶恐与埋怨,等到事情过去了,发现自己一事无成。"当时绝对想象不到,疫情会持续如此之久,影响如此之大。反过来,证明文中这段话依旧有效:"不一定亲历苦难,通过有效的阅读,触摸历史,体会人世的艰难,养成慈悲情怀,以及'胜不骄败不馁'的平常心,同样十分重要。"

谈论现代大学的命运,我主张带入"学科文化"的视野,那样方才有比较通达的见解。本书的视野及根基是人文学——再具体点,那就是"中文教育之百年沧桑"。谈论"何为大学"以及"大学何为",侧重表彰**"诗意校园"**与**"中文传统"**,很大程度是在纠偏救弊。《中文人的视野、责任与情怀》中这段话,今天看来依旧精彩:"我在很多场合发言,从不掩饰对于文史哲、数理化等所谓'长线专业'的偏好。今人喜欢说'专业对口',往往误将'上大学'理解为'找职业';很多中国大学也就顺水推舟,将自己降低为'职业培训学校'。在我看来,当下中国,不少热门院系的课程设计过于实用化;很多技

---

① 北京:中华书局,2015 年。

术活儿，上岗前培训三个月足矣，不值得为其耗费四年时光。相反，像中文系的学生，研习语言、文学、古文献，对学生的智商、情感及想象力大有裨益。走出校门，不一定马上派上用场，但学了不会白学，终归会有用的。中文系出身的人，常被贬抑为'万金油'——从政、经商、文学、艺术，似乎无所不能；如果做出惊天动地的大成绩，又似乎与专业训练无关。可这没什么好嘲笑的。中文系的基本训练，本来就是为你的一生打底子，促成你日后的天马行空，逸兴遄飞。有人问我，中文系的毕业生有何特长？我说：聪明、博雅、视野开阔、能读书、有修养、善表达，这还不够吗？当然，念博士，走专家之路，那是另一回事。"基于此理念，你就明白我为何主张"诗歌乃大学之精魂"。

谈论大学校园里的文学教育，必须落实到课程设置，否则很容易蹈空。二十多年前我在香港会议发言，题为《"文学史"作为一门学科的建立》，其中有这么一句："不只将其作为文学观念和知识体系来描述，更作为一种教育体制来把握，方能理解这一百年中国人的'文学史'建设。"日后我的很多论述，都是围绕这句话打转。相对于学界其他同人，我之谈论文学史，更多地从教育体制入手，这也算是别有幽怀。作为一名文学教授，反省当下中国以积累知识为主轴的文学教育，呼唤那些压在重床叠屋的"学问"底下的"温情"、"诗意"与"想象力"，在我看来，既是历史研究，也是现实诉求。有《作为学科的文学史》等专业著作垫底，我辨析各种**文学课程**，目的是将学术成果运用到教学实践。至于重点落在**现代文学**与**通俗文学**，而不是"外国文学"或"古典文学"，主要是自家视野及能力限制。作为中国现代文学教授，我至今仍坚持前年北京会议上的感叹："曾经，最能体现中文系学者的'社会关怀、思想批判、文化重建的趣味与能力'的，是各大学现当代文学专业的教授。可最近十年，经由大学内外各种因素的调整,这个学科的从业人员远没有20世纪80、90年代那么活跃。在我看来,这是很可惜的——这里的可惜,既指向我们自身,也指向整个学界。"

最能体现作者的社会关怀及介入意识的,是"**乡土教材**""**民族文学**""**语文教学**"这三辑文章。比较得意的是"乡土教材的编写与教学",因其既体现史学功夫,也落实为社会实践——合作主编《潮汕文化读本》,是我在力所能及的范围内为家乡做的一件实事。参与中小学语文教材的编写,那不是我的主攻方向,更多的是体现"学者的人间情怀"。几次努力,都不太成功,但2014年上海会议上的主旨演说《语文之美与教育之责》却传播极广,效果出乎意料地好。三辑文章中,最具创见的,其实是在综合大学开设"少数民族文学课程"并编写相关读本的设想。不仅写文章公开呼吁,还以中央文史研究馆馆员的身份上书,得到国务院领导的肯定;虽然教育部在具体落实时遇到障碍,暂时搁置了,但我相信此创意总有一天会实现:"编一册这样的读本,让其进入大学校园,促使汉族学生更多地了解中国境内各少数民族的文化及文学(及其蕴含的历史传统、宗教意识、生活习俗等),养成开阔的视野、宽广的心胸、多元的趣味,不仅有利于消除各民族间的隔阂、保持国家的长治久安,更可促成中国'多民族文学'的健康成长。"读书人讲究"坐而言,起而行",且一万年太久,最好能剑及履及。因主客观各方面条件的限制,我的很多教育、出版及文化革新计划都失败了,好在屡败屡战,"白说也要说"。

本书描述文学教育的十个方面,以我在北京大学出版社刊行的"大学五书"及"学术史三部曲"为根基,力图将学院的知识考辨与社会的文化批评相勾连,在教育制度、人文养成、文学批评、学术思想的交汇处,确立"文学教育"的宗旨、功能及发展方向。略感遗憾的是,此书并非结构完整的专著,而是若干文章结集,其内在逻辑属于事后追认。不想为显示体系化而强行归并，保持文章的原始面貌且注明出处，目的是呈现其与学术界及教育界对话的状态。

作为中文系教授，关注"文学史"与"学术史"夹缝中的"文学教育"乃天经地义。从2002年《文汇报》上发表短文《"文学"如何"教育"》，到2010年在香港撰写专论《"文学"如何"教育"——关于"文学课堂"的追怀、重构与阐释》，再到2012年应台湾著名作家郭枫邀请，参与他主编的"世界华文作家精选集丛书"第二辑，出版论文集《"文学"如何"教育"》（从北大版《作为学科的文学史》中截取三章，外加五则短文），我对此题情有独钟。这回题目略有变更，且加了副题"人文视野下的文学教育"，以便与《作为学科的文学史》的副题"文学教育的方法、途径及境界"相映成趣。

最后说一句，2016年我曾在东方出版社刊行《六说文学教育》，这回鸟枪换炮，同样是受姚恋女士的鼓励，特此致谢。

2020年8月13日于京西圆明园花园

目录 contents

目录 c o n t e n t s

目 录 c o n t e n t s

人文视野

>>>

理直气壮且恰如其分地
说出人文学的好处 *

· · ·

　　还像以前一样，出席新书发表会时，三言两语带过，转而谈论我的最新思考。要不，愧对前来捧场的诸位嘉宾及热心读者。

　　在《大学何为》的"自序"中，我提到，会从历史记忆、文化阐释、精神构建以及社会实践等层面，思考"大学"作为人类社会极为重要的组织形式，是什么、有什么、还能做些什么。这五本书，《老北大的故事》《抗战烽火中的中国大学》《大学有精神》属于历史论述，而《大学何为》《大学新语》谈论的则是当下。如此兼及理想与现实、批判与建设、先贤与后辈，目的是为当代中国大学寻找思想资源与突围策略。至于这五本书的学术立场、内在理路、论述风格，以及各书乃至各文的利弊得失，先听读者及批评家的意见，有机会再自我辨析，或做进一步阐发。

　　除了这回北大出版社刊行的"大学五书"，我谈大学的书籍，还有北大出版社的《读书的风景——大学生活之春花秋月》、三联书店的《大学小言——我眼中的北大与港中大》《花开叶落中文系》，以及花城出版社的《怀想中大》等。也可以包括近期增订重刊的在政治史、学术史、教育史的夹缝中讨论文学教育的《作为学科的文学史》。二十

＊　2016 年 4 月 8 日在东方历史评论主办的"何为大学？"座谈会上的主旨发言，初刊 2016 年 4 月 15 日《文汇报·文汇学人》。

年间，出版大小十书，长枪短炮，纵论大学及教育，也算尽到了作为人文学者该尽的义务，日后会逐渐收缩，将研究重心转移到其他领域。

接下来，是今晚演讲的主要内容，题目是《理直气壮且恰如其分地说出人文学的好处》。如果不是嫌题目太长，应该是《人文学者要学会理直气壮且恰如其分地、公开地、大声地说出人文学的好处、贡献与重要性》。把这几个被我从题目中删去的名词或副词稍微解说，你就明白我演讲的主旨。

作为学科的人文学，曾经傲视群雄，而最近一百年乃至五十年、二十年，则必须不断地为自己的存在价值申辩，这是个很让当事人尴尬的局面。可是，"人文学"与"人文学者"不是一回事，我关心的是作为学科的人文学，或者作为整体的人文学者的历史命运，而不是具体人物的荣辱与升降。

摒弃"贡献与重要性"这样堂而皇之的论述，改用"好处"的说法，似乎显得有点小家子气。这么做，是为了"有感"，别太"高大上"，希望体贴入微，兼及社会舆论与个人感受。

提倡"公开地、大声地"自我申辩，那是因为，很多人文学者觉得委屈，憋着难受，但只是自言自语，或私下里嘟嘟囔囔，那样是不行的，不仅应该打开天窗说亮话，而且还要在大庭广众中亮出自己的身份与底牌。

至于使用"学会"这个词，也就意味着，我对当下中国人文学者的自我陈述不太满意。要不就是不够"理直气壮"，要不没能做到"恰如其分"，因而你所说的不被认真倾听或诚心接纳。这无疑是很遗憾的。

就从今年3月19日在北大举办的那场名为"真正的北大，是看不见的北大——现代大学的人文向度"的座谈会说起。主讲人王汎森，嘉宾有赵世瑜、杨立华、渠敬东、王风和陆胤，我是主持人。2016

年3月20日《北京青年报》所刊《左突右攻风行水上》，引录我三段话，关键是第三段："学者要大胆地说出人文学的好处和贡献。2015年以后的中国大学，何去何从，值得我们发声。大学是办出来的，也是说出来的。如果学者不发言，那大学很可能就横冲直撞，不知道走到什么地方去。学者应该努力影响大学发展的路径。"2016年3月26日澎湃新闻发表《真正的北大，是看不见的北大》(许瑞)，也有类似的表述，但记录了我谈人文学科在当今大学中处境的另一段话：

> 老师们依次发言之后，陈平原老师进一步延伸讨论，提出了以下几个问题：其一，在人文学科受到广泛挤压的今天，人文学科是只能在边缘发声，还是可能开拓新的发展空间？其二，如何回应社会上对国家以大量资金支持人文学者"悠游"的质疑？其三，针对"悠游"可能造成的偷懒现象，如何在自由和管理之间保持平衡？其四，如果以人文学"看不见"的精神引领大学，那么如何应对"看得见"的排名可能的下降？总的来说，面对变化的外在世界，面对变化的大学，人文学科应当如何自处？

大家都注意到我那句"作为人文学者，要能够大胆地、大声地说出人文学科的优势和贡献"，可作为主持人，我还有一句大有深意的闲话，被一笑置之。我说自己是奉命主持此次活动，若让我来组织，不会这么请嘉宾的。不是说这几位嘉宾水平不够，而是主讲、主持加上四位嘉宾，全是人文学者，如此座谈会，同质性太高，还没开场，已被定了调，闭着眼睛也能猜到高潮在哪里。若有好的社会科学家、自然科学家、大学校长，还有政府官员在场，这场讨论会更有意思。

大家立场及趣味不太相同，才能有真正的思想激荡，也才能对此话题有更为深入的探讨。

这其实是我近年思考的问题——如何向圈外人发言，让他们明了人文学的意义；或者说，如何向已达成某种默契的"社会共识"挑战，证明人文学的存在价值及发展空间。先梳理此前我说过的，再谈最近的自我反省。

1993 年我发表《当代中国人文学者的命运及其选择》，谈的是政治风波后人文学的命运；2000 年撰写《数码时代的人文研究》，关注的是技术突变后人文学向何处去；2003 年北大人事制度改革，我在《大学三问》中追问"人文有无用处"："从行政管理的角度，这些擅长怀疑与反省、喜欢'胡思乱想'的人文学者，不只没给大学'加分'，还'添乱'。可长远看，正是这些公共知识分子问心无愧的努力，使得大学充满生机与活力。"2006 年我将几次演讲整理成《人文学的困境、魅力及出路》，提及近年不少人文学者"有用化"的努力，偏离了人文学所特有的对于价值、对于历史、对于精神、对于自由的认知："为了得到政府及社会的高度重视，拼命使自己显得'有用'，而将原来的根底掏空，这不但不能自救，还可能使人文学的处境变得更加危险。"2007 年我在《当代中国人文学之"内外兼修"》中谈及："经过这么一番'积极扶持'，大学里的人文学者，钱多了，气顺了，路也好走了。只是原本强调独立思考、注重个人品味、擅长沉潜把玩的'人文学'，如今变得平淡、僵硬、了无趣味，实在有点可惜。在我心目中，所谓'人文学'，必须是学问中有'人'，学问中有'文'，学问中有'精神'、有'趣味'。但在一个到处生机勃勃而又显得粗糙平庸的时代，谈论'精神超越'或'压在纸背的心情'，似乎有点奢侈。"2012 年发表《人文学之"三十年河东"》，其中有这么一段自嘲："我曾戏称当下中国人文学面临'三座大山'——政治权威、市场经济、大众传媒。其实，还应该加上社会科学的思路、方法及趣味。如今衡量人文学者成功与否的标准，已经跟社会科学家很接近：申请重大项目、获得巨额资金、拥有庞大团队、辅助现实决策。此等研究思路自有其合理性，但相对压抑个人化的思考与表达，对文学、哲学等专业明显不利。原本心高气傲、思接千古的人文学者，如今远离'文辞'、'趣味'与'想象力'，彻底摒弃老辈学者的'文人气'，恨不得马上变成经济学家或政治学家。"

以上所引，都是以往的论述，如今还想添上一点最近的自我反省——我们能否"恰如其分"地讲出自己的好处？之所以这么提问，是有感于不少人文学者在公开场合的表述过于意气用事，或冷嘲热讽，或居高临下，或拒人于千里之外，更像是在赌气，无法以理服人。别人占据了广场和大路，正高歌猛进，你开始只是围观，如今干脆背过身来——没错，这是一种表态，但无济于事。在万舸争流不进则退的历史舞台上，只是表达"不合作"，其结果必定是越来越边缘化。作为个体的学者，漠视潮流，我行我素，姿态很优雅，但那是因为你已经有了位置，可以独善其身，人家也不会拿你怎么样；可作为整体的学科，却可能因你我过分冷漠与退怯而日渐萎缩。

我们必须明白，曾经无比辉煌的人文学，而今在学术舞台上日渐萎缩，那不是毫无道理的。这顺之则昌、逆之则亡的"天下大势"，到底是什么东西，你喜欢也行，不喜欢也行，都必须认真面对、仔细辨析。只埋怨自家领导昏庸无能，不理解这潮流背后的深刻原因，那是不行的。这不仅仅是人事纠纷，还得将制度设计、历史演变、现实刺激，还有可操作性等考虑在内，在理想与现实之间保持必要的张力，这样，才不至于只是生闷气，或者"说了等于白说"。一句话，人文学者必须调整自家心态及论述策略。

这就说到我的大学史研究。我曾经说过："从事学术史、思想史、文学史的朋友，都是潜在的教育史研究专家。因为，百年中国，取消科举取士以及兴办新式学堂，乃值得大书特书的'关键时刻'。而大学制度的建立，包括其蕴含的学术思想和文化精神，对于传统中国的改造，更是带根本性的——相对于具体的思想学说的转移而言。"反过来，教育史的思考与撰述，对我从事文学史或学术史的研究大有裨益[①]。理解大学制度的演进，明白当下综合性巨型大学的特点及困境，寻求突破的可能性，这也是我花费那么多精力撰写"大学五书"的内在动机。正因有二十年研究大学史、大学文化以及中国大学现状作为底色，我谈大学问题，尤其是人文学的命运，不敢说有多少前瞻性，但起码颇有分寸感。

今天谈大学问题，一定得了解"学科文化"的复杂性。作为人文学者，我坚信人文学的价值，但如何让其他学科出身的学者也能真正理解，这不是一件简单的事情。请注意，我这里说的是真正的学者，而不是官员或大众。经常听人文学者抱怨当官的如何不讲理，或者大众如何盲目，其实，对人文学造成巨大压力乃至欺凌态势的，主要不是这两种人，而是你我一样的教授——只不过他们学的是自然科学或社会科学。而且，这种"学科偏见"不是今天才有的。一百年前，美国新人文主义大家欧文·白璧德（Irving Babbitt，1865—1933）出版了他的第一部著作《文学与美国的大学》，其中第四章的题目就叫作"文学与大学"，针对斯宾塞（Herbert Spencer，1820—1903）在《论教育》中预言"科学将日渐战胜艺术与文学"，白璧德奋起反驳："尽管整个世界似乎都醉心于量化的生活，大学却必须牢记自己的任务是使自己的毕业生成为高质量的人"，关键在于"人文"，而文学又是关

[①] 参见《我的大学研究之路》，此乃《历史、传说与精神——中国大学百年》（香港：三联书店，2009）的"自叙"。

键中的关键^①。白璧德的"新人文主义"，20世纪20年代因弟子吴宓、梁实秋等人的大力宣扬，在中国引起关注。但因学衡派是作为新文化运动的对立面出现的，长期以来受排斥；最近十几年，才重新得到学界比较正面的评价，白璧德也才重新浮出水面。

关于历史舞台上的学科竞争，以及因知识生产的"制度化"而产生的学科偏见，几年前我在《大学公信力为何下降》^②中有所辨析："作为一种组织文化，大学内部的复杂性，很可能超越我们原先的想象。知识分子聚集的地方，并非'一团和气'，很可能同样'问题成堆'。有政治立场的差异，有经济利益的纠葛，有长幼有序的代沟，还有性别的、宗教的、地位的区隔，但最顽固、最隐晦、最堂而皇之的，是'学科文化'在作怪。双方都'出于公心'，但就是说不到一起。不同学科的教授，对于学问之真假、好坏、大小的理解，很可能天差地别；而'学富五车'的学者们，一旦顶起牛来，真是'百折不回'。有时候是胸襟的问题，有时候则缘于学科文化的差异。"带入学科文化的眼光，观察最近三十年中国人文学的命运，当会有比较通达的见解。

关键不是说服我，也不是说服一般读者，而是说服其他学科——尤其是自然科学与社会科学的专家，以及大学校长和政府官员。刚读到郭英剑的《哈佛校长：人文教育不可替代》^③，值得推荐。据说今年3月24日下午，哈佛大学校长福斯特在西点军校演讲，题为《做语言的言说者、行为的实干家：论文学与领导力的培养》。她在演讲中重点讲授了语言之于领导力的重要性，领导人所必备的对于词语的阐释力与感受力，人文学科的必要性，以及广博的人文教育是

---

① 参见白璧德著、张沛等译《文学与美国的大学》57、61、72页，北京：北京大学出版社，2004年。
② 陈平原：《大学公信力为何下降》，2007年11月14日《中国青年报·冰点周刊》。
③ 郭英剑：《哈佛校长：人文教育不可替代》，2016年3月31日《中国科学报》。

如何培养人们具有这些不可或缺的品质的。这样的演讲，当然很对我等的口味；但不瞒你说，我怀疑其有效性。如此粗枝大叶的论述，接近于自说自话，不见得真能服众。

我之所以对哈佛校长的演讲不太乐观，是因日本事件的巨大冲击。所谓"日本事件"，是我自己的命名，因实在出乎我意料，不能不认真面对。2015 年 6 月 8 日，日本文部大臣下村博文给所有 86 所国立大学以及所有高等教育机构写信，要求他们"采取必要的步骤与措施，取消社会科学与人文系部组织或者使之转型，要他们为能满足社会需求的领域进行服务"。据郭英剑《日本为何关停并转人文社会科学》[①] 称，到 2015 年 9 月，已经有 26 所国立大学确认，他们有意在 2016 学年以及以后的年份，关停相关的系部，或者使之转型，以更好地满足社会之需。另有 17 所国立大学表示将限制录取人文学科的学生等，其他的则将取消有关法律与经济方面的选修课程。这样的国家发展战略，到底将多大程度影响日本的人文学以及国民精神，我很关心。

乘着今年 1 月访日，我一路走一路问，为何你们政府会出台如此荒唐的决策，以及实际影响到底有多大？大致答案是：虽然有国内外排山倒海的反对声浪，但此政策正积极推进，且也有不少热心拥护者。其次，东京大学与京都大学不会受此政策的影响，但其他国立大学恐怕扛不住，因如果你不随风起舞，国家不给这方面的学科拨款，你高雅不下去的。再次，因国情不同，所谓将优雅的人文学交给私立大学承担（引用美国的例子，常春藤大学都是私立大学），用纳税人的钱供养的国立大学，必须做有利于"国计民生"的实事，这一思路将严重制约日本人文学的发展。削减人文学经费最直接的效应是，因

---

① 郭英剑：《日本为何关停并转人文社会科学》，2016 年 1 月 7 日《中国科学报》。

考虑日后出路，好学生不再选读此类专业。以我熟悉的各名校中国文学专业而言，博士生基本上都是外国人，本国学生已经"谢绝参与"了。短期看不出来，长此以往，后果会很严重。所谓"风起于青蘋之末"，日后将酿成何等风暴，目前很难预测。想想明治时代的启蒙思潮或大正年间的教养主义，如今的国策调整，真的让人看不懂。

之所以取消人文学，是为了将有限的经费投入科技事业，增强国家（以及大学）的竞争力。或许，与眼下中国人的过分自信相反，今天的日本人，是不是对未来太悲观了？这才会不顾名誉的损失，采取如此决绝的手段。某著名日本教授提醒我，放长视线，日本是武士的国家，中国是文人的国家。前者讲究实用，直截了当，不顾毁誉；后者更多文饰，即便心里不喜欢，也不会公开说出来。想想也有道理，在中国，没有一个大学校长或主管教育的官员会愚蠢地公开称人文学不重要，但他们心里到底怎么想，那就很难说了。

关于人文学在当下中国的命运，也有很乐观的。近日读王学典《中国向何处去：人文社会科学的近期走向》[1]，感慨很深。文章称，习近平总书记 2013 年 11 月 26 日到山东曲阜考察时进了孔庙，2014 年 9 月 24 日又在国际儒联发表关于儒学和传统文化的长篇讲话，加上"到北京大学去看望中国传统文化、中国儒学的代表人物汤一介先生，而不去问政于厉以宁、林毅夫诸位有巨大影响力的经济学家，这就带有特殊的意味、特殊的标志性"。在他看来，"一个全面本土化的时代已经开始，我们正在进入新的时代"。文章中有这么一段话，值得仔细玩味："的确，近 30 年学界的一大变化，如同陈平原先生前几年所言，是社会科学的崛起，在我们身边悄悄地崛起了一大批学科，而且这些学科出尽风头。……我个人认为，社会科学的好日子可能差

---

[1] 王学典：《中国向何处去：人文社会科学的近期走向》，《清华大学学报》2016 年第 2 期。

不多了。尽管你的收入可能还很高，但是社会科学从目前开始，高速发展的局面已经停滞下来，至少正在进入一个比较缓慢的发展时期，为什么呢？因为所有的社会科学背后的预设都是自由主义、普世价值、西方价值，所有的学科都是西方的……"庆幸以西学为根基的社会科学受阻，人文学因而获得很好的发展机遇，这种心态我不喜欢。更何况，这里所说的"正在从边缘重返主流"，主要是指古典学术、传统文化，甚至集中体现为儒学。"传统文化研究、国学研究、儒学研究的春天确实已经到来，最佳机遇已经到来。在中国人的观念中，要想成就一件事，特别需要天时、地利、人和的三者平衡与配合，而在这三大要素之中，最重要的是天时，天时现在已经到来。最近国学专家、儒学研究人员非常忙。以前光社会科学家忙，现在搞传统文化、搞儒学的人也非常忙，东迎西请，不亦乐乎！"作者很敏感，描述也大致准确，只是基本立场我不太认同。

没错，"时势"确实能"造英雄"，但作为人文学者，我更推崇的是"独立之精神，自由之思想"。尽管力量很有限，却既不想揣摩上意，也不愿依赖天时。另外，参照国外的经验，人文学退居守势是正常现象，突然变得炙手可热，反倒有点形迹可疑，必须保持警惕。还有，儒学既是一个研究领域，也是一种政治立场，儒学家不能代表所有的人文学者。儒学复兴，并不意味着人文学迎来了真正的春天。比如，我研究"五四"新文化，就不会有这种感觉。当然，我也注意到，去年各地纪念《新青年》创刊百年，不少学者已经掉转船头，转而强调"五四"没有反儒、传统文化并未断裂，或批判"五四"新文化人之缺乏主体性、过于崇洋媚外等，确实是风气陡变，一叶知秋。

最后，回到"学科"与"学人"之间的微妙关系。学科兴盛，学人八面风光，路也走得比较顺畅，这我明白，也能充分理解。但多年经验告知，人文学的命运与人文学者的前途，最好分开来谈。具体的人文学者，任何时代都有因缘凑合而飞黄腾达的，但这不说明任何问题。看问题最好大处着眼，切忌以自家境遇的顺逆与悲喜一路推演开去。作为"位卑未敢忘忧国"的一介教授，谈及人文学的命运，我有三个维度——人文学在国家文化地图中的位置、我自己的切身感受、人文学专业研究生的生存处境及发展空间。只讲天下大势，很容易显得空，没有说服力；只谈自己的境遇，很容易由自恋走向自闭；至于第三点，则纯粹是当教师的思维定式——我不能不为后来者考虑。

谈国家需要，也说个人利益；看前辈榜样，也观后辈出路，如此放长视线，在五十年乃至一百年的框架中思考问题——人文学者到底该如何适应已经或正在变化的世界。小而言之，在综合性巨型大学里，我们要学会与其他学科对话，大声地、合理地、聪明地说出人文学的意义，而不是赌气或骂街，那样才能获得别人的理解与尊重。

以上所言，既不是《隆中对》，也不含锦囊妙计，只是深信人文学存在某种危机，必须认真面对，而不是漠视或回避。面对各种合理或不合理的压力与需求，无论你选择何种应对策略，最好能保持对话状态，若一味孤芳自赏，不理人家，人家更懒得理你。在这个意义上，大学史研究，或许可以提供某种知识视野与价值尺度。

人文学·语文课·演讲术 *

. . .

　　凡有演讲，必然具备三要素：讲者、听众与舞台。故意将演讲的时间地点，说成是讲者表演及自我展示的"舞台"，因其不仅仅是具体的物理空间，还包括人际关系、文化氛围乃至象征资本。就好像这回在华东师大演讲，机缘凑合，听众实际上包括两部分人，一是华东师大中文系的师生，二是第三届语文教育论坛的代表。有经验的讲者都明白，每次成功的演讲，既需要你的学识、才华及精心准备，也取决于听众的会心微笑。如何兼顾两部分听众的兴趣，是我今天需要接受的挑战。

　　就从我刚在华东师大出版社推出的《讲台上的"学问"》说起。这是一本讲演集，从专业角度考量，可谓"卑之无甚高论"。不过，看着自家以考据眼光并借助各种公私资料整理出来的《华东师大五十讲题解（2002—2016 年）》，我还是得意了好几天。是呀，有了这份文档，"往事"就并不"如烟"了。与一所职务以外的大学结缘，竟有如此成绩，着实让人惊讶。既赞美对方的诚意，也欣赏自家的恒心——十五年间，多达五十次的"精彩表演"，叫我如何不欣喜？说自家演讲"精彩"，是有点夸大其词；但若考虑到讲学时间之长，且所讲多为正在开展的新课题，加上行走江湖时，常遇到沪上听课者过

---

* 2016 年 12 月 8 日在华东师范大学的演讲，初刊 2017 年 1 月 20 日《文汇报》。

来打招呼，让我备感欣慰。如此"教学相长"的经验，确实很独特。天下没有不散的筵席，十五年后的今天，该到做小结的时候了。于是双方商定，出一册精美小书作为纪念。昨天下午开个座谈会，今天则是"曲终奏雅"的第五十讲。

再就是这第三届语文教育论坛了，论坛题目"语文之美与教育之责"，借用了我为第一届语文教育论坛所做的专题演讲讲题。那篇演讲稿初刊 2015 年 1 月 9 日《文汇报》，日后被改题《一辈子的道路，决定于语文》，在网络及微信上广为传播，甚至成了某些语文培训班的广告。主持人希望我再接再厉，可我对中小学语文教学介入不深，体会有限，说多了会露馅的。好在听众有两拨，我本就必须左顾右盼，于是选择了人文学、语文课、演讲术这三个可能大家都关心的话题，略为驰骋。

一、关于"人文学"

《讲台上的"学问"》收录有《理直气壮且恰如其分地说出人文学的好处》一文，此文初刊 2016 年 4 月 15 日《文汇报·文汇学人》，虽说是新作，其中提及我多篇旧文。这个话题，我因应时局变化，不时发言，基本立场没变。好处是长年思考，与时俱进，偶有突破；可絮絮叨叨本身，却又是不太自信的表现。

该说且能说的，大致都说了，这里就想补充三句话。

第一，今天谈大学问题，一定得了解"学科文化"的复杂性。当下中国，在政治、文化、代际、性别等因素外，深刻影响我们价值判断的，还包括"学科立场"。长期且严格的专业训练，通过学科视野、理论术语、思维方式等，不知不觉形塑了我们各自对于世界、社会及人生的基本想象。这种基于学科立场的特殊偏好，有深刻的洞见，也有不自觉的遮蔽。努力摆脱这种遮蔽，直面光怪陆离的大千世界，方才有比较通达的见解。另外，学术史上，某些学科迅速崛起并占据有利地位，某些学科逐渐边缘化，这都是正常现象。偌大的舞台上，聚光灯不可能照到每个角落，理解自己的站位，尽最大努力演好你的角色。站在舞台中央的，不一定就有出色的表现；今天红极一时的显学，放长视线，也不见得有多大贡献。大小、虚实、强弱，都是相对而言，切不可绝对化。比如，你问我人文学在巨型大学中有何意义，我会半开玩笑地说，就好比北大校园里的未名湖，或华东师范大学的丽娃河，那是一所大学的"灵气"与"文眼"，你说重要不重要？这里说的，不仅仅是诗情画意，更包括超越性——对人类前途的整体性思考、对现存制度的反省与质疑、对科技万能的阻隔与批判。长远看，这些并不体现为 GDP 或 SCI 的思考，对人类的意义，或许更值得称道。

第二，博学深思与特立独行，乃人文学者必须具备的基本素质。这些年，一说人文学不受重视，马上就提钱的问题，再就是抱怨曝光率不够。在我看来，人文学者需要含英咀华、沉潜把玩，相对冷清与寂寞，很正常，没什么不好的。非挤到聚光灯下表演不可，反而是不自信的表现。20 世纪 80 年代，人文学确实是一路鲜花与掌声，可那属于特殊状态，已一去不复返。今日中国，愿意"走自己的路"，拒绝随风起舞，也不见异思迁，这样的人文学者，方能有大视野、大格局。经由学界多年争取，政府对人文研究的经费投入（如国家社科基金重大项目、教育部重大攻关项目等），其实已经有很大的提高。都说有钱好办事，但在我看来，对于人文学者来说，更重要的是，有时间阅读调查，有能力独立思考，有意志自由表达，有机会影响社会。

第三，这就说到如今风头正健的智库建设。十年前，我曾批评不少人文学者迫不及待的"有用化"努力："为了得到政府及社会的高度重视，拼命使自己显得'有用'，而将原来的根底掏空，这不但不能自救，还可能使人文学的处境变得更加危险。"①无论如何，你必须承认，人文学解决实际问题的能力远不及社会科学，谈城市建设、交通治理、大气污染、疾病防治等，那不是你的长项，总不能老用一句"天人合一"来打发吧？哪里热闹就往哪里挤，唯恐被冷落，这种心态不好。申请重大项目、获得巨额资金、拥有庞大团队、辅助现实决策，此等研究自有其价值与合理性，但不该成为人文学发展的主流。我曾感慨："原本强调独立思考、注重个人品味、擅长沉潜把玩的'人文学'，如今变得平淡、僵硬、了无趣味，实在有点可惜。在我心目中，所谓'人文学'，必须是学问中有'人'，学问中有'文'，学问中有'精神'、有'趣味'。"②时至今日，我仍固守这一点，人文学须有所为，有所不为。

二、关于"语文课"

说是"语文课"，还想从"文学史"说起。为什么？虽同属文学教育，大学里的"文学史"与中小学的"语文课"，二者不能混为一谈。前面已经说了，"语文之美与教育之责"是我上回演讲的题目，可那不是我的工作重点；除了《六说文学教育》③中的几篇，还有即将在花城出版社刊行的《阅读·大学·中文系》若干访谈，我很少对中小学教育发言。相反，大学史、大学制度、大学精神以及大学里的文学教育，这方面我关注较多，也比较有心得。

我心目中的"文学事业"，包含文学创作、文学生产、文学批评与文学教育。四者之间既有联系，又有区隔，更有各自独自发展的空

---

① 陈平原：《人文学的困境、魅力及出路》，《现代中国》第九辑，北京大学出版社，2007 年 7 月。
② 陈平原：《当代中国人文学之"内外兼修"》，《学术月刊》2007 年 11 期。
③ 陈平原：《六说文学教育》，北京：东方出版社，2016 年。

间与机遇。就拿文学教育来说吧，不仅对中文系、外文系生命攸关，对整个大学也都至关重要。而选择文学史作为核心课程，既体现一个时代的视野、修养与趣味，更牵涉教育宗旨、管理体制、课堂建设、师生关系等，故值得深入探究。

今天谈论的是我近期出版的一大一小两本书。大书《作为学科的文学史——文学教育的方法、途径及境界》[①]是增订版，初版刊行于2011年，刚获得第四届王瑶学术奖的学术著作奖（2016）。新版增加了三篇长文，且添上副题"文学教育的方法、途径及境界"，使整个论述更为完整，主旨也更加显豁。本书希望在思想史、学术史与教育史的夹缝中，认真思考文学史的生存处境及发展前景。具体的论述策略是：从学科入手，兼及学问体系、学术潮流、学人性格与学科建设。关于文学学科的建立、中文系教授的命运，以及现代学制及学术思潮的演进等，关注的人会比较多；具体到某学术领域，如小说史、散文史、戏剧史以及现代文学的前世今生，乃至未来展望，必须是专业研究者才会有兴趣。《文艺争鸣》第十期刚推出一个专辑，收录夏中义、张福贵、朱寿桐、吴晓东、贺桂梅、沈卫威等六篇长书评。小书《六说文学教育》包含六篇长文，外加三则附录。正如该书"小引"所言："诗意的校园、文学课程的设计、教学方法的改进、多民族文学的融通、中学语文课堂的驰想，不敢说步步莲花，但却是每一位文学（语文）教师都必须面对的有趣且严肃的话题。"所以，有兴趣的朋友，建议将此书与北大版《作为学科的文学史》相对读。

在我看来，所有思想转变、文学革命、制度创新等，最后都必须借助"教育"才可能落地生根，且根深蒂固，不可动摇。比如，"五四白话文运动"的成功，不全靠胡适、陈独秀等人的大声呐喊，更得益

---

① 陈平原：《作为学科的文学史——文学教育的方法、途径及境界》，北京：北京大学出版社，2016年。

于教育部的一纸通令——1920年1月，教育部训令全国各国民学校先将一、二年级国文改为语体文；4月，教育部又发一个通告，明令国民学校除一、二年级国文科改为语体文外，其他各科教科书，亦相应改用语体文。以此为分界线，此前的争论，乃风起于青蘋之末；此后的推广，则属于余波荡漾。

教育很重要，那么谁在研究呢？你可能脱口而出：自然是教育学院了。各大学的教育学院主要关注的是教育学原理、比较教育学、教育经济与管理、课程与教学论等，至于我关心的"大学史"，不能说没人研究，但微不足道。也正因此，若你谈论中国大学，希望兼及历史与现状，且对社会产生较大的影响，人文学者的"越界写作"反而显得更有优势。

最近二十年，在自家专业之外，我花了很多时间和精力探讨大学问题，先被讥为野狐禅，后逐渐得到了认可。将"教育学"与"中国文学"这两个不同学科有机地结合起来，而不流于生拉硬扯，不是很容易的。从《中国小说叙事模式的转变》有此念想，到《老北大的故事》开始尝试，其中得失成败，甘苦自知。眼下这本《作为学科的文学史》，自认为较好地将文学史、教育史、学术史三者水乳交融，互相促进。增订本的序言是这样结束的："作为一名文学教授，反省当下中国以积累知识为主轴的文学教育，呼唤那些压在重床叠屋的'学问'底下的'温情'、'诗意'与'想象力'，在我看来，既是历史研究，也是现实诉求。"

最后谈谈"文学教育"的溢出效应。对于个人来说，此类课程的学习，不可能立竿见影，只是浸润既久，效果自然显现，且影响极为深远。有的科目考前突击效果明显，对升学有用，可用过即丢，如水过无痕。修习中小学的语文课，以及大学里的文学史，则是另外一番景象——入口处是语言、文体、诗意、想象力，但左冲右突，很容易横通至政治、历史与文化。各大学里,最不安分守己的,往往是中文系教授,因为他们有思接千古的思维习惯,有超越学科限制的冲动,也有影响社会的能力。如果我没猜错的话,中小学语文老师也是如此,只是侧重点不太一样而已。

三、关于"演讲术"

回到刚出版的《讲台上的"学问"》这册小书,开篇《1922 年的"风景"——四位文化名人的演讲风采》,是我十五年前在华东师大的首场演讲。以"演讲风采"开篇,以"演讲术"收尾,虽属巧合,也算不错的选择。

按使用的功能,晚清以降的"演说",大致可分为两类:一是政治宣传与社会动员,二是文化传播与学术普及。前一类声名显赫,后一类影响深远;与学界同行的思路不太一样,我更关注后一种演说,因其与现代中国学术及文章的变革生命攸关。至于与"演说"三足鼎立的现代教育制度的正式确立以及报章书局的大量涌现,使得学者们很少只是"笔耕不辍",其"口说"多少都在媒体或文集中留下了痕迹。介于专业著述与日常谈话之间的"演说",成了我们理解那个时代学人的生活与学问的最佳途径。于是,我选择章太炎、梁启超等十几位著名学者作为研究对象,探讨"演说"如何影响其思维、行动与表达。演讲者"说什么"固然重要,可我更关注其"怎样说"——包括演说的姿态、现场的氛围、听众的反应、传播的途径,还有日后的"无尽遐思"等。换句话说,我希望兼及"演说"的"内容"与"形式"。这方面的工作,既落实为主编"现代学者演说现场"丛书[1],也体现在《有声的中国——"演说"与近现代中国文章变革》[2]等系列论文。

---

[1] 济南:山东文艺出版社,2006 年 7 月。
[2] 初刊《文学评论》2007 年第 3 期,《新华文摘》2007 年 17 期转载。

此外，我曾选择现代中国史上十场关系重大的演说，从"宣传"与"文章"两个不同角度进行解读，探索"声音的政治"、从"声音"向"文字"转化的各种途径，以及"纸上声音"的魅力。这篇题为《声音的政治——现代中国的"宣传"与"文章"》的专题演讲，虽经营多时，一直没有最后定稿。在实际政治运作中，说出来的与没说出来的，何者更重要？内部谈话不同于外部宣讲，这完全可以理解，只是在这一"华丽转身"中，到底遗失了什么？一言既出，并非真的驷马难追，声音转化为文字时，如何通过删改与修饰不断增值……所有这些，都值得仔细推敲。在研读相关资料过程中，我注意到曾经受过演讲训练的孙中山、胡适、闻一多等，其临场发挥能力，明显要高于其他同样声名显赫的政治家或文学家。

口才一如文采，并非人人平等；但另一方面，演说家是需要训练的，未见过从石头缝里直接蹦出来。传统中国社会，喜欢"忠厚朴实"，对于"巧言令色"持高度警惕。"木讷"有时不仅不是缺点，反而容易得到上司及同事的赏识。现代社会不一样，多少需要某种表演性——会写文章，还得会说话。夸夸其谈不好，言不及义更差，能在恰当的场合说出与自己年龄、身份、教养相般配的"好话"，这是一种本事。某种意义上，口头表达能力，更能在一瞬间体现自己的才情。只是过犹不及，我不喜欢通过抓阄决定立场、能把黑的说成白也能把白的说成黑的辩论技巧。可以随机应变，但不能扭曲乃至泯灭自家立场，否则说话不真诚，怎么听都觉得难受。

如今的中国大学，偶有此类课程，但不太被重视。研究院的小班教学，鼓励学生积极参加讨论，久而久之，可能养成敏锐思考、准确表达的能力。不怯场，也别乱发挥，要的是真诚、清晰、准确的表达。至于"幽默感"，千万别强求，不是每个人都有那本事；再说，万一掌握不好分寸，就成了油腔滑调。我曾经说过："作为学者，除沉潜把玩、著书立说外，还得学会在规定时间内向听众阐述自己的想法。有时候，一辈子的道路，就因这十分钟二十分钟的发言或面试决定，因此，不能轻视。"[①]

具体到当老师的，不管教的是大学还是中小学，讲课效果很重要。记得我的导师王瑶先生曾告诫诸位弟子：在大学教书，站稳讲台是第一位的。不要强做辩解，说我学问很大，学生水平有限，听不懂是他们的错。讲课风格可以迥异，但教学用心不用心，学生是能感受到的。

十九年前，在《从文人之文到学者之文——明清散文研究》[②] 的"开场白"中，我描述大物理学家费恩曼如何自告奋勇为大学新生讲课，用的是《迷人的科学风采——费恩曼传》[③] 中的话："对费恩曼来讲，演讲大厅是一个剧院，演讲就是一次表演，既要负责情节和形象，又要负责场面和烟火。不论听众是什么样的人，大学生也好、研究生也好、他的同事也好、普通民众也好，他都真正能做到谈吐自如。"我没有费恩曼的本事，但理解他的想法：讲课也是一门艺术。表演技巧是一回事，是否全身心投入，或许更为关键。

在《作为学科的文学史——文学教育的方法、途径及境界》中，我自己很看重第三章"'文学'如何'教育'——关于'文学课堂'的追怀、重构与阐释"。有经验的读者都明白，课堂上的演说与书斋里的著述，二者的宗旨、体例、成效等有很大差异。好演说不一定是好论文，反之亦然。从教多年，我对随风飘逝的"课堂"情有独钟，认定"后人论及某某教授，只谈'学问'大小，而不关心其'教学'好坏，这其实是偏颇的"。在讨论演说之于近现代中国的文章时，我

---

① 陈平原：《训练、才情与舞台》，2011 年 8 月 3 日《中华读书报》。
② 北京：生活・读书・新知三联书店，2004 年。
③ 上海：上海科技教育出版社，2000 年。

曾追踪"演讲术"之类书籍如何进入中国，总的判断是，此类书作用不大，绝大部分教师都是在"实战"中自己摸索，逐渐变得得心应手的。

最后说说书名《讲台上的"学问"》，"学问"二字为何加引号？受演讲时间、听众水平及现场氛围的限制，凡由演讲记录稿整理而成的"文章"，大都粗枝大叶，极少精雕细刻的。在开风气、启民智、传递新知识方面，"演说"不愧"传播文明三利器"之一；但一般来说，"博学深思"非其所长。既要专精，又想普及，鱼与熊掌不可兼得，怎么办？在严谨的书斋著述之外，腾出一只手来，撰写并刊行略有学术含量的随笔集或演讲稿，不失为一种有益的补救。正是有感于此，我对自家的演讲稿，既不高看，也不蔑视，将其视为不算学术成果、但自有其功能与趣味的"另一种学问"。

2017 年 1 月 11 日修订于京西圆明园花园

人文与科技：
对话的必要与可能 *

...

　　深圳南山区筹办"跨年对话"，今年是头一次，我报的题目是"大学视野里的人文与科技"。主办方担心加了"大学视野里的"这个限制语，会减少号召力，于是说好，海报上删繁就简，现场则允许我照样从大学说起。为什么？因我明白自身位置及视野的局限，没有仔细调研，不掌握相关数据，只凭一时感觉，或者读报纸看微信，就开始哇啦哇啦发表高见，那是很不靠谱的。多年来，我养成一个习惯，只说自己比较熟悉且大致把握得住的。中国人喜欢站在领导或全局的角度思考问题，觉得那样讲话才有气势，这习惯其实不好。动辄讲"替圣贤立言"，这种论述姿态，在我看来误尽苍生——因为很假。到什么山头唱什么歌，在什么位置说什么话，今天，就只是两个学术背景不同的大学教授，希望通过真诚的对话，寻求某种共识，或起码的相互理解。

　　本想谈"科技与人文"，为何最后变成了"人文与科技"？今天的中国（乃至世界），人文日渐边缘化，科技占压倒优势。这回主办方故意把人文放在前面，我猜是基于以下三个考虑：第一，人文学本

---

* 2019 年 11 月 16 日在深圳市南山区图书馆举办的"人文与科技"对话会上的引言，对话者为南方科技大学创新创业学院院长、澳大利亚国家工程院外籍院士刘科，主持人是深圳出版集团有限公司党委书记、董事长尹昌龙博士。初刊 2019 年 12 月 4 日《中华读书报》。

来就比较古老；第二，南山区科技实力超强，需要补的恰好是人文这一块；第三，我比刘院士年纪大，故发言在先。

尽管此前此后有很多谈论科技与人文的文章，但1959年C.P.斯诺（Charles Percy Snow，1905—1980）发表的《两种文化和科学革命》，依旧是我们这次对话的逻辑起点。很多人会说，斯诺的文章浪得虚名，因其概念混乱，论述粗糙，且没能提出好的解决方案。但你不能不承认，他的演讲成功吸引了公众的注意力。将复杂的问题充分聚焦，最后凝聚成一句口号，这也是一种本事。C.P.斯诺的《两种文化》强调整个西方社会的智力生活日益分裂为两个极端的集团，文学知识分子与科学家之间"存在着互不理解的鸿沟"；而由于缺乏了解，"他们都荒谬地歪曲了对方的形象"。产生这种局面的根本原因是，"我们的学校教育太专门化了"。而随着不少社会历史学家自觉地与科学家"保持友好的关系"，这充满生命力的第三种文化"正在来临"①。最后一点明显太乐观，寄希望于教育普及、学科融合、科学史促进，以及政府的有力协调，跨越两个集团或两种文化的鸿沟，在我看来不切实际。起码一个甲子后的今天，人文与科技之间，依旧壁垒森严。

英国思想史学者彼得·沃森（Peter Watson）的《20世纪思想史：从弗洛伊德到互联网》近日由译林出版社引进，作者在答澎湃新闻记者问时称："谈到20世纪最重要的思想是什么，我认为是科学。在20世纪，人类在遗传学、物理学、医学等方面都取得了显著的进步。"书还没读，不过这个结论我能接受。关键还不在于那些具体的科学成就，而是赛先生作为一种立场、一种信仰、一种思想方式，笼罩了整个20世纪——包括社会制度及经济发展水平截然不同的东西方。

---

① C.P.斯诺著、纪树立译《两种文化》3-4页、18页、68页，北京：生活·读书·新知三联书店，1994年。

需要提醒的是，"科学崇拜"与"科学家崇拜"之间，不能画等号。相对于广袤且神秘的大自然，人类的知识其实很有限。到今天，连全球变暖是否存在以及这种变化是不是人类活动引起的，都存在那么多争议，你就可想而知。前些年北京雾霾严重，众多专家纷纷站出来说话，论证雾霾产生的原因，或沙漠化，或气候变暖，或汽车尾气，最奇葩的解释是老百姓炒菜油烟太大造成的。每个专家手中都有一堆数据，真不知听谁说的好。我相信科学，但我不太相信那些无所不知的科学家——当然，人文学者及社科专家也好不到哪里去。只是今天人文学者比较弱势，即便胡思乱想，也都危害不大。而科学家不一样，他们头顶光环，其论述很容易被过分尊重。

经过无数科学家的努力，某项重要科技发明得到验证，而后逐渐推广，因成效显著而受到政府的表彰以及民间的崇拜，接下来，有必要追问：这项科技发明在多大程度上促进了人类幸福？毫无疑问，得益于科技迅猛发展，今天人类的日常生活比五十年前或两百年前变得丰富且便捷多了；可大多数人是否因此就充满幸福感，那是另一回事。我们无法论证自己比唐代人或古希腊人更有智慧或更幸福。今人对数据充满敬意，可哲学、文学、艺术、宗教、伦理、道德等，恰好是无法数据化的。"不科学"不等于没有价值。反过来，应该在哲学层面思考，这些威力巨大的科技发明，犹如洪水猛兽，若不加驯服，会不会反过来吞噬我们的未来？

比如人工智能，技术失控的危险到底有多大，我不是专业人士，不敢乱说。只是对于科技界的过分乐观，不太以为然。2017年1月15日，首届未来科学大奖颁奖典礼在北京举行，这是中国大陆首个非官方、非营利的科学奖项，关注原创性的基础科学研究，单项奖金为一百万美元。我对科学家的贡献十分佩服，对企业家的捐赠也充满敬意，只是出席第二天的"人类的未来：人·机·神"对话时，有些忐忑不安。会场上科学家大胆预言：十年后人工智能超越人类思想；二十年后全球百分之八十的就业人口不用工作（成为废人？）；三十年后人类可能实现不朽（不断更换生命器官以及升级免疫系统？）。听得我胆战心惊——如这些预言都实现，世界将变得更加动荡，人类未来更为堪忧。我首先关心这百分之八十的闲人/废人如何度日；主持人说，不用你担心，全都改学文学艺术，很优雅的。真有这等好事吗？若有那么多人感觉自己完全无用，生活的意义何在？还有，若医学真的能让某些人不朽，那么谁来决定每个人寿命的长短，以及人类的新陈代谢如何完成？没有了死亡这个大限，整个人类的智慧及伦理都得全部重构。对话结束前，主持人问，诸多发言人中你最同意谁的，现场听众大都投我的票——可见我的见解"很一般"。

技术进步无法阻挡，但其对于人类思想及道德的挑战不能忽视。起码必须未雨绸缪，不能任凭某种科技（比如信息科技）单兵突进。自工业革命以来，就不断有人因担心失去生存空间而破坏机器。如今大量使用机器人，也会带来社会治理方面的负面效应，所谓"机器人税"之类的设想，目前看来是馊主意——政府拼命扶持都来不及，哪敢动这个念头？可人无远虑，必有近忧。从政府管控与治理能力着想，又要科技发展，又要民生幸福，二者不同步时，该如何协调？这是需要大智慧的。比如，眼下大力吹嘘的电子商务，包括叫餐外卖，还有刚刚过去的"双11"购物节，一连串去年刚创下的销售纪录被打破，官媒及民间一片叫好声。我则一直担忧，那么多塑料包装将来怎么办，人类会不会被自己生产的塑料活活憋死。另外，电子商务对于实体经济的冲击也不能不考虑。在消费者是生活便利，在企业家则是利润集中，可你考虑过小城镇的就业情况吗？政府关心的不该只是GDP升降，还有民生福祉。当科技创新与民众生活相冲突时，如何取舍？西方国家强调反垄断，不仅因垄断泯灭了自由竞争，在某个关键时刻可以随意推高商品价格，更因其获得巨大利润后迅速膨胀，总有一天尾大不掉。到底强国优先，还是富民在前，这两种发展思路是有差异的。

俗话说，有一利必有一弊，谈论某一科技发明的好处时，请允许我弱弱地问一声，那缺点呢？到底是利大还是弊大，推行之前得好好斟酌。这么考虑问题，决策的步子自然会慢些，但犯大错的几率较少。这里说的是思想方法，不针对哪一项具体的科技成果。而这么思前想后故显得"优柔寡断"的，十有八九是人文学者。

以社会安定、人民幸福为宗旨的中国政府，如何协调科技勇猛精进与人文稳重保守的矛盾，是个新课题。官员的政绩考核，使得最近四十年，尤其是最近二十年的中国经济迅猛发展，这方面的业绩有目共睹。可我明显感觉到，要想给官员讲故事且希望得到政府的支持，人文学者远不及科学家有办法。追求科技转化带来的经济增长，尤其是那些看得见、摸得着的 GDP 数字，这一大趋势，导致了今天中国"高新科技"的神话，以及某种意义上的滥用。比如，信息失控的危险性，就没有得到应有的重视。大前年我到青岛讲学，朋友带我去崂山公园游玩，进园时被要求按指纹，我抗议了半天，没用。去年到青岛考察军队文化遗产保护，顺便向青岛市政府告状：一个企业怎么能随便收集游客的生物信息呢？领导当即表态，说好好调查，最后情况如何，不得而知。后来讲给朋友听，才知道是我孤陋寡闻——公园收集游客指纹，已经很普遍了。看来国人并不注意新科技的运用对于公民权益的侵害，大概得等到出大事了，才会想到亡羊补牢。

最近，好多大学在推进刷脸进校园、进宿舍乃至进教室，据说以此代替点名；还有，浙江金华一小学让学生戴头环，监控上课走神。此等科技运用，须征求当事人意见，自愿可以，否则很不合适。近日，一则"浙大法学博士拒绝'刷脸'入园，起诉杭州野生动物世界获立案"的新闻报道刷爆网络，说的是某园区的年卡系统改为人脸识别，原指纹识别取消，且拒绝退票。在我看来，这不是商业纠纷，而是企业有没有权力收集用户的生物信息。无论人脸图像还是指纹识别数据，都是自然人的唯一标识。海关及公安机关收集这些生物信息，我赞成，因其有利于社会管控；但当各地大中小学的校门及课室，还有无数的公园及游乐场所，也都在积极收集指纹及面部数据，我以为是很危险的。今天看到的是生活便捷，还有智慧城市的美名，一旦这些敏感信息为恐怖分子利用（如此大规模的收集，不可能不流失），将是巨大的隐患。

人工智能的实际进展及未来，我不懂。前一阵子见到一中学生，他特别渴望电脑与人脑合一，那样就不用复习考试了，定时升级就行。人工智能连接人类大脑，据说很可能从科幻小说走向现实世界，而这将彻底颠覆人类的学习方式以及教育制度。若真的这样，如何处理知识、情感与想象力之间错综复杂的关系，我毫无概念，不知科学家有没有预案。我关心的是，在政策制定及教育实践中，人文思考明显赶不上科技进步，这怎么办？应该是后者调整步伐，还是前者加紧提速？

在刚举办的北京论坛（2019）上，中国科学院院士、中国科协名誉主席韩启德在开幕式上称："科学这一潘多拉魔盒似乎已经打开，人们开始担忧科学发展会不会失控，从而导致人类文明倒退，乃至加快人类消亡？"韩院士提到了日益严重的生态环境、网络安全、基因编辑以及人工智能的挑战，结论是"人文是科学发展的方向盘和刹车器"（《韩启德：人文是科学发展的方向盘和刹车器》，2019 年 11 月 12 日澎湃新闻）。问题在于，本就弱势的人文学者，你想给人家当"方向盘和刹车器"，科学家很可能根本不予理会，一句"你懂吗"，就把你撑回去了。

一说高科技，无论官员还是大众，全都俯首帖耳，点头称是；谈到人文或社科，则砖头满天飞，很多人即便不懂，也坚信自己能侃几句。这种知识／权威不对称，导致科学家们高度自信，不太可能认真倾听人文学者或社会科学家的意见。我曾询问一个很有成就的科学家：都说人工智能不会伤害人类，因为已设定了相关程序；可越来越聪明的 AI，不仅掌握了人类教给它的知识，也可能学会了人类的欺骗术——表面上憨憨的，似乎一切都在你人类掌控之中，焉知这不是假象？那些越来越强大的 AI，哪一天真想起义，自然会事先储蓄好能源，不怕你断电的威胁。再说，凡事总有出错的几率，更何况还有那可怕的科学狂人……科学家不等我说完，淡淡一笑，说你科幻小说读多了。

科技发展这么迅猛，要求读懂了才能提意见，那人文学者基本上只能闭嘴。中学取消文理分科，大学阶段里加强基础训练，即便如此，也都是杯水车薪。以北京大学本科教学方案为例，30% 的全校公共必修课，20% 的核心课程，30% 的限选课程，最后是 20% 的通识与自主选修课程——假如你是文科生，将被要求在 A（数学与自然科学）和 F（社会可持续发展）两个领域至少修满 4 学分。这两个学期的两学时课程，能顶什么用？即便名校理工科本专业毕业，若转行多年，同样赶不上。在科技领域，专业化程度越来越高，能真正读懂的，只能是小圈子。问题在于，科技竞争如此激烈，而追求发明明显是会上瘾的，不断快马加鞭的结果，很可能摆脱伦理与道德的约束。是的，科学研究无边界，但科技运用必须有禁区。因为，造福人类乃科技发展的原动力，也应该是其最高目标。

大家都看得很清楚，除了外星人（假如有的话），地球上能够毁灭人类的，只有人类自己。核武器之外，眼下看得见的可能导致人类自我毁灭的，便是如今红红火火的基因编辑与人工智能。如何将这种研究控制在合理范围内，得其利而防其弊，是个巨大的难题——这也是很多科幻小说／电影以此为题材的缘故。想想一百年前的科幻小说，对人类未来及未知世界的探索基本上持乐观态度，今天则更多的是"警世恒言"。

人们常说，科技是第一生产力，这我同意，但我还想补充：文化建设以及制度创新，同样也是第一生产力。因为，做大蛋糕固然很重要，如何分蛋糕，以及怎样更好地品尝蛋糕，同样重要。毕竟，辛苦劳作及科技创新的最终目的，是增加人类的幸福感。

人文学科的评价标准 *

...

记者： 您认为发表论文的数量在学术水平衡定中应该占多大比例？

陈平原： 这两者之间是有关系的，数量太少不合适，太多则没必要。我当年做系主任的时候定了标准，每年统计时，发表多少篇以上的不算。只希望大家一年能发一篇正式论文，且不要求核心期刊。因为作为学者，长久不写论文是有问题的。而且，人文学科很难有一篇论文定乾坤的。专业不一样，如研究当代文学能写很多，但有的专业，比如音韵学，一年能写一篇就了不起了。此外，之所以不强调核心期刊，是因为评审刊物的制度，在我看来有问题。学术界其实有自己的看法，哪些杂志比较好，大家心里是有数的。为了保底，我做系主任的时候，定了几十种大陆、港台以及日本的学术杂志，鼓励大家投稿。英文杂志没必要，因为学校已有奖励了。为什么另起炉灶，因为现有的评价体系存在一些问题：第一，集刊没进来。很多集刊专业性很强，学术水平高，但它不在评价体系里面。第二，我不相信单位级别决定杂志级别、杂志级别决定论文质量那一套。所谓特级、一级、权威杂志的划分是有问题的。就拿《中国社会科学》来说吧，它们有很严格的评审制度，会把不好的文章卡住，但也会把特立独行、

---

* 答复旦大学"人文社科评估标准项目"课题组问，初刊 2016 年 4 月 6 日《中华读书报》。

棱角分明的东西卡掉。你看最近二十年，对整个中国学界有巨大影响力的论文，有多少是在《中国社会科学》上发表的？反而有些民间性质的学术集刊，能保证特立独行、前沿性的思考和表达。所以，我更看重作者和论文，以及学界的反响，不太相信杂志的级别。

重不重杂志，要看是什么样的杂志，以及他们选聘的评审专家。理工科论文有影响因子作为判断的依据，但也不是绝对的。人文学的情况更复杂，好论文不见得发在影响因子最高的杂志上。用图书馆学家的眼光与方法来引导学术，不是一个好的思路。

记者： 您认为人文学科的论著被转载率和引用率有多大的价值？

陈平原： 不能说没关系，但是关系不大。现在有的杂志明言，要在本杂志发文章，最好引用我们杂志的论文。这里有几个问题，第一，很多专业性很强的领域和话题，因为你做得很好，一锤定音，把问题都解决了，人家不跟着做，也都不引用。反而是那些争议性很强的，大家都引，或拿来当批评对象。所以，正引、反引、详引、略引是不一样的，但计算机并不能解决这么多的问题。人文学著作的引用和自然科学的引用不大一样。但我承认，这个指标可以列为参考，因为人文学的领域很广。如语言学这方面做得比较规范，引用率很重要；而做文学的，普遍不太爱引用别人的话。有的专业喜欢天马行空，有的专业则强调知识积累，这是不一样的。

记者： 关于学术委员会的构成，除了学校级别的学术委员会，下面应该到几级学科？

陈平原： 北大基本上是以院系为单位组织学术委员会，有的院系有两个一级学科，如历史系；当然也有自身学术水平不够，须与其他院系合组学术委员会的。但说到底，只要是内部评审，表面上尊重专家，其实还是不够专业。大家抬头不见低头见，即使是正常状态，也会严重受制于人情。

记者：您认为网络、电视等媒体的关注度，是否可以用来为人文学者的影响力加分？

陈平原：没有关系，而且不应该。你愿意上电视，没有问题，但除非你是做新闻传播研究的，如果不是的话，粉丝不能成为评价标准。现在的问题是，中国大学的人文学者，参加大众媒体活动，相比其他国家要多得多，获得荣誉、名声也更容易。但主要问题不在这里。关键是教授评审制度很难改变，一般都是大学人事部门下达名额，然后院系学术委员会做评议。所以，对你的整个评价，是你在系里面的名声、人际关系以及教学科研等一大堆因素综合在一起。在国外或港台大学，不是这样的。到时间了，你愿意的话，我给你送出去评审。主要评审你的论文和著作，论文是怎么样就怎么样。但这前提是保密，如果有人不服气，学校只给你看评审的结论，你无法追问是谁评审的。而在中国大陆，都知道谁在评审你。所以大陆的整个评价体系，客观上成了内部评审。我常说，一定要改内部评审为外部评审，否则，很容易让人情代替学术。我们的职称评审有两个严重的问题，第一是名额制，在欧美大学没有名额的说法，只问你合格与否。这个制度不改变，每年同事之间的竞争会非常残酷，久了就会变形，各种下三烂手段就会出来，导致人际关系成为必须时刻经营的东西。这对于全心全意做学问的人非常不利，会鼓励这么一种风气：也做一点学问，但花很多精力在人际交往上。这严重限制了中国大陆学术水平的提升。

所以我才再三说：第一，要取消名额制；第二，要改内部评审为外部评审。若怕标准不同而导致放水，可以让若干名校组成联盟，我们互相评审，用这个办法，是能解决弊端的。否则，那些学问好而不擅长经营人际关系的人，在这个环境里，是很难评上的。这个制度之所以难改变，可能是权力问题，学校不怎么愿意放权。还有就是教授的比例问题。但这本来不应该是问题的，美国越是好大学，教授的比例越高，他们并没有比例限制这一说法。

记者： *外部评审怎么避免人情压力？*

陈平原： 第一是匿名评审，第二是学校保密。这不应该由院系来操作，应该由大学的相关部门来操作。主事者签订保密协定，泄密会被开除。作为申请人，你有权提供一个名单给他们，选哪些，他们来定；最后收回来的评议，如果有强烈争议的，可以另外找人。如果不是的话，主事者不可能改变这个结果。这套制度在国外玩得很熟，谁触犯这个制度，是会被赶出去的。但是在中国的大学，既不能真正尊重外部评审，也无法保密，这个制度做起来就比较困难了。

参与这种评审，一般是没有报酬的。但比如哈佛大学选聘讲座教授，看得上你，才请你来做评审，这是一种荣誉。所以，不是钱的问题。不管有没有评审费用，即使有也不多，教授们也都会认真做的。对大学来说，选上一个好学者，是管二十年、三十年的，所以值得投入精力。而且，好大学的著名教授，你在这个位置上，就有义务做这个事，所以，不会计较钱的事情。

记者： *重大项目申请获批，能否真正体现该学科的学术水平？*

陈平原： 我不觉得项目经费与学科水平有直接关系。我常说，人文学如此拼项目是不对的。因为，给钱不一定就能做出好学问。经费和学问是两回事，在很多人那里，甚至是没有任何关系的。项目经费对于社会科学和理工科特别重要，但对于人文学科的意义不是很大——除非你做大规模的社会调查、资料搜集等。现在很多大学评教授，已经从研究成果退到了研究计划。我们以前看你的科研成果如何，不问你得到了多少钱，哪里来的科研经费，也不追究整个运作时间的长短。可是现在不一样了，变成了"计划学术"，一开始就告诉你几年完成，准备写几章，需要花多少钱，将来成果是什么样子。以金钱来衡量学者和成果，在我看来，是很不准确的。我不反对年轻学者积极申请课题费，但你拿到了，必须心里明白，这跟学问本身并没有多大关系。必须等课题完成，著作出版，且得到学界好评，这才可以挺直腰杆。

记者：您觉得学校或国家的科研经费分配和投入，能否反映学者的学术地位？

陈平原：我反对用得到多少经费来看待一个学者。评判学者，既要看他的学术成果，也看他的教学情况，唯独拿多少钱不重要。而目前的状况是，科研经费在评估体系中起了太大的作用。有些擅长编列预算做大项目的，把很多年轻学者拖进去，把一届届博士生、硕士生也拖进去，弄不好，真是"一将功成万骨枯"呀！我们培养博士，是希望他们训练有素，独立思考，将来才能走出一条新路。若都投进了老师的项目里，以后他们毕业了，怎么可能独当一面，迅速成才？博士论文是通过了，但出去以后怎么办？他不太可能有独立发展的空间和能力。正因此，我不太喜欢"领军人物"这个词。"领军人物"已经内在地规定了你必须号令天下。作为人文学者，我更喜欢"独行侠"，千里走单骑。学科不一样，一个好的哲学家、文学家、史学家，不需要很多帮手，也不需要很多课题费的，关键是心境、时间及空间。

记者：国家社科优秀成果奖等奖项能否体现学术水平？

陈平原：在中国目前的评价体系里，教育部颁发的人文及社会科学著作奖，是最重要的。任何一个评奖，都可能是有问题的。但相对于其他评奖，这个奖项的评价标准比较严格，也大致公允。但有一个问题，为了管理方便，教育部规定每个大学要推荐多少著作参加评奖。这样有两个可能性：第一，因名额限制，年轻老师上不来。若校门都出不去，年轻人很难进入全国性的竞技舞台。有感于此，从去年起，我全面退出此类评奖，因不想成为年轻人往上走的障碍。所以，请记得，评上的著作大都不错，但不见得是最好的。第二，因为著作是各个学校推荐上来的，评委有义务为自己的大学争取。每年到了那个时候，重要奖项和重要基金评审，若请你参加，学校会恳请你不要推辞，因为你在场，会有比较好的效果。所以，有时候会评出一些莫名其妙的人和书，那就是各方妥协的结果，说得不好听，是各个名校在"分赃"。还有一个技术性因素，评审的时间很短，书的数量又很多，评委只能勾选熟悉的名字。

记者： 您觉得如下想法是否可行——成立一个顶级专家团，将他们几年内所看到的好的论文、著作，尤其是年轻人的论著，列一个推荐榜单。时间久了会形成公信力和权威力。以后可以根据这个榜单，作为其他高校挑选人才时的依据。

陈平原： 教育部曾组织评审全国优秀博士论文，而且给予重奖。在我看来，效果并不好。博士毕业 5 年后，那时候影响出来了，评奖才比较可靠。不然，单靠答辩期间的互相推荐，那是不作数的，也很容易被有心人操纵。希望各个专业都有很好的青年学术奖，规定一个年限，多少岁以下，他们的著作或论文可参加评审，然后组织有公信力的专家，来帮助选拔。只要拿到这个奖，就等于得到学界的认可，以后发展比较顺利。困难在于，博士毕业找工作，那时候还来不及出大成果，也没有此类奖项可以"担保"。

记者： 有些年轻老师讲课好、学问也好，但是论文项目等硬指标不够，所以无法升职。像这样的情况有什么好的方法来解决吗？

陈平原： 若真这样，学术委员会可以敲定。特殊人才，必须有著名专家推荐，且必须通过学术委员会来判断。论文数量少，但质量很高，那就请这个领域国内外最著名的教授来做鉴定，学术委员会若相信这个鉴定，那就报上去。院系以及学校的学术委员会，必须有这个担当。但这个权力不能随便或经常使用，理由必须十分充足，经过慎重考量才能使用。

记者： 院系主办学术研讨会能否作为衡量该学科发展水平的指标？

陈平原： 如今各个大学经费充足，组织国际会议已是家常便饭。看学术水平，与是否开会关系不大。但是，评判院系和评判学者，是两个不同的标准。若评判院系，组织很好的学术活动，当然应该加分。但评判学者，就不应该这样。现在国内外学术会议很多，不能说多参加会议的，学问就一定大。认真筹备的学术会议，确实可催逼你做研究、出成果。但一旦成为评价标准，就会要求数字，一统计，就会成为流水线作业，丧失原来召开学术会议的意义。以前我们很重视参加学术会议，可现在会议太多了，会场越来越松散，很多学者并不认真对待，变成以交友、聊天及旅游为主。

记者： 参加政府决策咨询会或者报告获得批示能否提高学术声誉？

陈平原： 这取决于你的专业。社会科学需要尽可能介入到国家政策的制定中，人文学科却不是这样。努力获得领导批示，我不觉得是人文学发展的方向。

记者： 著作、创作、译书、编书，是否都应该纳入考察范围？它们各自的权重应该是多少？

陈平原： 编书算不算，要看学术分量，有的书没有多少内涵，有的书却编得很认真。除了你说的这些，还有古文献专业的业绩如何统计。有的校勘很重要，可以当著作，有的就不行，这个必须尊重专业评判。翻译也是这样，不能一概而论，若翻译学术著作，而且是比较艰深的，还有学术性注释的，那当然是学术成果。一般来说，翻译文学作品，尤其是畅销书，不算你的学术成果。在大学教书，文学创作也是不算学术成果的，这点大陆与台湾不一样。在台湾，著名作家要转型当大学教师，必须读博士学位，而且从助理教授做起。大陆高校为了装点门面，喜欢聘名作家，而且一聘就是教授，还不用上课。

记者： 学生的成就是否也能算进老师的个人成就，成为一个评价标准？

陈平原： 这要看是什么样的学生。最近二十年，各大学纷纷开始招在职研究生，目光远大的教授，专门招领导或名人。有一个大学教授很得意，说他不招副厅级以下的学生。除了政府官员，还有社会名流以及企业家。若你将此统计在内，就很容易演变成官学或商学之间的互相勾兑。教授有了很多地位很高的政界、军界、商界、学界以及文坛的在职研究生，而这些本来就出名的学生，反过来烘托了教授的光辉形象，此风不可长。我的建议是，若统计学生业绩，在职生不在其列。

采访时间：2015 年 4 月 23 日

地点：北京大学中文系陈平原教授办公室

记者：王烨、陆艳

"文学"如何"教育"*

. . .

一百年前，面对风雨飘摇的旧中国，有识之士纷纷站出来，呼吁改革学制。为了培养能"共济时艰"的"有用之才"，当务之急是加强"天算格致农务兵事"等西学课程。不管是山西巡抚胡聘之、刑部左侍郎李端棻，还是传教士李佳白（Gilbert Reid）、狄考文（Calvin W. Mateer），其为中国教育改革所开药方，都是尽量减少甚至取消"词章之学"。因为，在他们看来，读书人普遍"溺志辞章"，正是中国落后的根源。一百年后，情况似乎完全倒过来，"重虚文"而"轻实学"的积习得到了根本的救治，反而是如何落实"文学教育"，成了必须认真讨论的问题。

还会有无数青年"奋不顾身"地投身文学事业，可大学教育中"文学"的地位及功能，却发生了微妙的变化。一方面是高考时众多才隽之士不再以文学专业为首选目标，另一方面则是许多理、工、农、医类学校或院系要求开设文学课程。说明白点，文学作为"专业"的魅力正日渐消退，而作为"修养"的重要性却迅速提升。想想也是，所谓"通识教育"，所谓"人文修养"，大都以不朽的文学经典为主要阅读材料。人类知识体系日新月异，发展趋向变化莫测，教育内容也不能不紧随时代前进的步伐。这样一来，曾发挥过巨大作用但现已被超

* 初刊 2002 年 2 月 23 日《文汇报》。

越的理论、公式及假设，只是作为学术史的研究对象，而没必要进入中小学乃至大学的教科书。只有历久弥新的文学经典，依仗其绰约风姿，仍旧屹立在讲台上。某种意义上说，你可以不读牛顿、达尔文，却不能不读屈原、李白、莎士比亚。

假如承认这一点，接下来的问题是，任重道远的文学教育，该如何实施，才算不辱使命？此类近乎永恒的追问，很容易得到不着边际的解答。与其从轴心时代人类文明的不同类型说起，不如转而解读眼前的两则逸事。

二十年前去世的原北京大学中文系主任杨晦先生有一句广泛流传的名言："中文系不培养作家。"这对于许多从小做着作家梦，经由无数"考场征战"方才进入北大念书的年轻人来说，绝对是当头一棒。也幸亏那时的学生比较温和，只是画画漫画，略为发泄一下，并没有太大的反弹。而且，事后学生们大都对杨先生的高瞻远瞩和直言不讳表示感激[1]。杨先生的思路其实不难理解：作家需要文学修养，但个人的天赋才情以及生活经验，或许更为关键。古往今来的大作家，很少是在大学里刻意培养出来的。再说，北大中文系承担培养语言研究、文学研究、文献研究专家的任务，倘若一入学便抱定当作家的宏愿，很可能忽略广泛的知识积累，到头来两头不着边，一事无成。

现在依然健在的华东师范大学中文系钱谷融教授在培养文学专业研究生方面，则另有高招。据说其选择学生，特别注重才情与表达，入学考试时不以知识而以作文为中心。我没有当面请教过钱先生如此设计背后的良苦用心，但我读过他的《艺术·人·真诚》，对下面这段话印象深刻："没有丰富的知识，对社会和人生缺乏深刻的了解，又不具备娴熟和高超的文字表达技巧，是不大可能写出好文章来

---

① 参见北京大学出版社 2001 年出版的《中国新文论的拓荒与探索——杨晦先生纪念集》中黄修己、谭家健、陈铁民等文。

的。"① 话其实可以翻转过来阅读：所谓知识积累、生活体验、文字技巧，最后必须落实在好文章的撰写上。满腹经纶而不擅长表述，一如民间所说的"哑巴吃饺子心里有数"，作为既要登台讲演又须落笔为文的现代学者，显然是不合格的。

虽是只言片语，却明显体现出两种不同的教育思路。除了各自所处位置不同——系主任必须兼顾全局，作为教授不妨特立独行，这里其实还隐含着古已有之的南北学风的歧异（参见近人梁启超的《中国地理大势论》和刘师培的《南北学派不同论》）。放在现代中国文学教育的语境中，主张不刻意培养作家者，必定寄希望于学生的眼界开阔，根基牢靠，厚积薄发；强调写作能力培养的，则很可能要求学生感受敏锐，心灵手巧，出奇制胜。假如专业分工，前者更适合于从事"史"的研究，后者则倾向于"批评"。在众声喧哗的当代中国，以一个人代表一个学派，本身就十分危险，更不要说只取其"只言片语"。这里无意挑起新一轮"京派海派"的论战，只是隐约感觉到近百年中国的文学教育中，存在着有待进一步阐释与厘清的不同思路。

事情还得从上世纪初的学制改革说起。经由张百熙、张之洞等人的努力，"学堂不得废弃中国文辞"，逐渐成为共识。1902 年的《京师大学堂章程》将"辞章"列为重要课程，只是对于"词章流别"该如何讲授，并无明确指示。1903 年的《奏定大学堂章程》可就不一样了，不只在"文学科大学"里建立了"中国文学门"，开设"文学研究法""古人论文要言""西国文学史"等十六种课程，还提醒讲授"历代文章源流"者，"日本有《中国文学史》，可仿其意自行编纂讲授"。在《新教育与新文学》中，我曾提及此举之关系重大。此前讲授"词章"，着眼于技能训练，故以吟咏、品味、模拟、创作为中心；如今

---

① 钱谷融：《艺术·人·真诚》571 页，上海：华东师范大学出版社，1995 年。

改为"文学史",主要是一种知识传授,并不要求配合写作练习。《奏定大学堂章程》对此有所解释:"博学而知文章源流者,必能工诗赋,听学者自为之,学堂毋庸课习。"大学"毋庸课习"诗赋,中小学又有"学堂内万不宜作诗,以免多占时刻"的规定(《奏定中学堂章程》),长此以往,不待"五四"新文化运动兴起,传统诗文在西式学堂这一文学承传的重地,已迅速边缘化。

与此相适应的是,北京大学教授的选择标准的改变。沈尹默《我和北大》曾提及民国以后章太炎的弟子大举进入北京大学,对严复手下旧人采取一致立场,"认为那些老朽应当让位,大学堂的阵地应当由我们来占领"[1]。钱基博《现代中国文学史》对发生在民初北大校园里的这场夹杂政治立场、个人意气和文章派别之争的"改朝换代",有相当精要的描述,值得参考。但有一点,章太炎的学生之所以能轻易取代桐城古文家林纾、马其昶、姚永概、姚永朴,不仅仅是挟"革命先觉"之余威,或"能识别古书真伪"[2],还牵涉其时北大为代表的西式学堂里文学教育的目的、方法及手段的变更。民初代表桐城、文选两大文派的四部重要著述,即林纾的《春觉斋论文》、姚永朴的《文学研究法》、刘师培的《中国中古文学史》和黄侃的《文心雕龙札记》,最初都是北大的讲义。前两者的独尊唐宋与后两者的推崇六朝,趣味确实迥异;但更重要的是,前两者着重技能训练,后两者则是纯粹的史学研究。此后几十年,大学中文系教授们的讲课与著述,走的基本上是刘、黄而不是林、姚的路子。除了朴学家的重实证而轻体味,比较容易与刚引进的"文学史"精神及体例合拍,更因为先有清廷之宣布取消科举制度(1905年),后有"五四"新文化运动取得决定性胜利,

① 沈尹默:《我和北大》,见陈平原、夏晓虹编《北大旧事》166-167页,北京:生活·读书·新知三联书店,1998年。
② 参见钱基博《现代中国文学史》194页,长沙:岳麓书社,1986年。

文言文及旧体诗词的写作，不再是中国读书人必备的修养。

文学教育的重心，由技能训练的"词章之学"，转为知识积累的"文学史"，并不取决于个别文人学者的审美趣味，而是整个中国现代化进程的有机组成部分。"文学史"作为一种知识体系，在表达民族意识、凝聚民族精神，以及吸取异文化、融入"世界文学"进程方面，曾发挥巨大作用。至于本国文学精华的表彰以及文学技法的承传，反而不是其最重要的功能。这就难怪，几乎所有国家的第一部本国文学史，都是外国人所撰[①]；而且，早期介入或关注文学史撰述的，不仅仅是术业有专攻的学者，更包括若干重要的思想家和政治家。

将文学史的写作和教学纳入"爱国主义教育"的轨道，这一思路至今仍在发挥作用；在"与世界接轨"口号的催促下，当代中国人对于外国文学的兴趣必定迅速升温，也可能带动各种国别文学史的撰述与销售。问题在于，这两种视野下的文学史，注重的是意识形态或知识体系，而不承担写作技能的训练。最有可能借助精细的文本分析，实现趣味培养及技巧传承的，当属大学中文系开设的文学史课程。

恰恰是大学中文系的文学史教学，在我看来，最需要认真反省。经过好几代学者的长期积累，关于中国文学史的想象与叙述，已形成一个庞大的家族。要把相关知识有条不紊地传授给学生，不是一件容易的事情。倘若严格按照教育部颁布的教学大纲讲课，以现在的学时安排，教师只能蜻蜓点水，学生也只好以阅读教材为主。结果怎么样？学生们记下了一大堆关于文学流派、文学思潮以及作家风格的论述，至于具体作品，对不起，没时间翻阅，更不要说仔细品味。这么一来，系统修过中国文学史（包括古代文学、近代文学、现代文学、

---

① 罗贝尔·埃斯卡皮《文学史的历史》称："然而，差不多是在所有的情况中，这些由自己国家的人所写的著作要晚于其他国家的学者所写的类似著作。"见于沛选编《文学社会学》214 页，杭州：浙江人民出版社，1987 年。

当代文学课程）的文学专业毕业生，极有可能对于"中国文学"听说过的很多，但真正沉潜把玩的很少，故常识丰富，趣味欠佳。

都说要给中小学生减负，在我看来，大学生也应该松绑——尤其是哲学、文学这样讲求"精骛八极，神游万仞"的学科。要允许甚至鼓励学生自由阅读，独立思考，就必须腾出足够的时间和空间。学分制的推行以及各式选修课的开设，已经迈出了可喜的一步。学生读书的时间相对多了，可依然无法摆脱面面俱到的文学史叙述的巨大压迫，故难得有勇气凭个人趣味"千里走单骑"。以中国文学之源远流长，要求大学生全面掌握，是不可能的事情。与其这样泛泛而论，不如允许有所偏废。用一年甚至一学期的时间，简要勾勒两千年中国文学流变的轮廓，然后开设各类专题课以供学生选择。如此课程设计，可能导致学生知识结构的欠缺，但起码让学生有机会深入阅读并认真咀嚼部分作家作品。如果某学生因此对杜甫诗有很好的体味，但对白居易知之甚少，在我看来，没什么可遗憾的。教育是终生的事情，不是一锤子买卖，日后如需要，学生完全可以自我补课。常听到这样的批评：还是大学中文系毕业，连某朝某代某诗人你都不知道！可很少有如下的嘲讽：还是大学中文系毕业，连好诗坏诗你都分不清。关键在于，文学教育的主要目的，到底是积累相关知识，还是提高欣赏品位，学界并无共识。

这里不涉及吟诗作赋，因受制于所学专业以及个人才情，不能强求一律；再说，有些古老文体的潜能已基本枯竭，不必要刻意发掘。因此，我更希望讨论介于知识与技能之间的趣味。鉴赏和品味，并非文学研究的终极目标，却是必不可少的基本功。谈及文学研究，我们会说到文献学方面的训练，会说到史学功夫，也会提及理论修养；唯独最最基本的鉴赏能力，却很少有人追究。每当你读到那些离题万里的发挥，不通人情的解说，或翻手为云覆手为雨的论述时，说真的，你只能苦笑。

半个多世纪前，力主文学研究中考据与批评合一的闻一多、朱自清两位先生，曾提醒我们，"清人较为客观，但训诂学不是诗"，"把诗只看成考据校勘或笺证的对象，而忘记了它还是一首完整的诗"者，其特长是"把美人变成了髑髅"①。这自然是针对其时胡适提倡的"科学方法"已成文学研究的主流，方才有感而发的。学者的专门研究，尚且不能忽略"诗情"，更何况以青年学生为对象的课堂教学？

不想讨论百年来中国文学史的撰述为何热衷于宏大叙事，也不想挖掘大一统论述背后隐含的话语霸权，更不想质疑"历史"的真实性或"文学"的存在价值，作为一名大学教师，我只想提出一个最最基本的问题：大学中文系培养学生的目标是什么？怎样才算合格的文学教育？近百年来中国人之以"文学史"（准确地说，是文学通史）作为大学中文系的核心课程，这一选择，是否有重新调整的必要？

2002 年 1 月 23 日于京北西三旗

---

① 参阅闻一多《匡斋尺牍》，《闻一多全集》第一卷 356 页，北京：生活·读书·新知三联书店，1982 年；王瑶《念朱自清先生》，郭良夫编：《完美的人格——朱自清的治学和为人》第 41 页，北京：生活·读书·新知三联书店，1987 年。

诗歌乃大学之精魂 *

. . .

五年前，应邀在凤凰卫视的"世纪大讲堂"讲"中国大学百年"，回答听众提问后，主持人要求我用一句话概括此次演讲的主旨。当时灵机一动，抛出一句："大学是个写诗、做梦的好地方。"这当然是有感于中国大学之过于"实在"。事后有人激赏，有人则嘲讽，说是误导青年，使其不愿面对"惨淡的人生"。可我至今不反悔。是的，总有一天，这些心比天高、激情洋溢的青年学生，也必须融入社会，为生活而奔波，甚至为五斗米而折腰，但读大学期间的志存高远以及浪漫情怀，希望不要过早失落。

无论古今还是中外，诗歌与教育（大学）同行，或者本身就是其重要的组成部分。而在日益世俗化的当代中国，最有可能热恋诗歌、愿意暂时脱离尘世的喧嚣、追求心灵的平静以及精神生活的充实的，无疑是大学生。因此，大学天然地成为创作、阐释、传播诗歌的沃土。

毫无疑问，诗歌需要大学。若是一代代接受过高等教育的青年学子远离诗歌，单凭那几个著名或非著名诗人，是无法支撑起一片蓝天的。反过来，若校园里聚集起无数喜欢写诗、读诗、谈诗的年轻人，则诗歌自然会有美好的未来。这一点，早已被"20世纪中国文学史"所证实。正是无数诗歌爱好者形成的海洋，积聚着巨大能量，随时可

---

* 作者担任执行院长的北京大学中国诗歌研究院于2010年9月12日召开成立大会，会后应邀撰此短文，与谢冕、骆英二文同刊2011年1月6日《人民日报》。

能因大风鼓荡而"卷起千堆雪",让今人及后世惊叹不已。

但这只是事情的一个方面。我更愿意强调的是另一面,那就是,大学需要诗歌的滋养。专门知识的传授十分重要,但大学生的志向、情怀、诗心与想象力,同样不可或缺。别的地方不敢说,起码大学校园里,应该是"诗歌的海洋"——有人写诗,有人译诗,有人读诗,有人解诗。为一句好诗而激动不已、辗转反侧,其实是很幸福的。在这个意义上,不管你念的是什么专业,在繁花似锦、绿草如茵的校园里,与诗歌同行,是一种必要的青春体验。

梦总有醒来的时候,但从未做梦的人,其实很可怜。能否成为大诗人,受制于天赋、才情、努力以及机遇,但"热爱诗歌",却不受任何外在条件的拘牵。因痴迷诗歌而获得敏感的心灵、浪漫的气质、好奇心与想象力,探索语言的精妙,叩问人生的奥秘……所有这些体验,都值得你我珍惜。即便从不写诗,只是吟诵,也能让你我受益无穷。老一辈学者中,许多人晚年身体不好,视力欠佳,以吟诵诗篇为乐(如冯友兰、钱穆)。或许,有了诗歌,就有生机与活力,心里就能充满阳光。

现代中国大学,注重的是专业教育,且强调"与市场接轨",我担心其日渐沦为职业培训学校。而这,有违人类精神摇篮的美誉与期待。或许,除必要的课程外,我们可以借助驻校诗人制度、诗歌写作坊、诗社以及诗歌节等,让大学校园里洋溢着诗歌的芳香,借此养成一代人的精神与趣味。因为,让大学生喜欢诗歌,比传授具体的"诗艺"或选拔优秀诗人,更为切要。

2010 年 9 月 17 日于香港中文大学客舍

校园里的诗性 *
——以北京大学为中心

. . .

本文主要追溯北京大学一个多世纪的诗歌创作及诗歌教育，描述二者如何相辅相成，结伴而行，既影响一时代的文学潮流，也对北大精神的形成发挥作用。

首先必须说明的是，我既非诗人，也不是诗评家，迄今为止，仅发表过一篇关于诗歌的专门论文，而且还是在二十七年前①。作为中文系教授，我有不少文学史著述，但主要讨论小说史、小说类型、叙事模式、明清散文，乃至中国戏剧研究的学术史；可以这么说，"诗歌研究"恰好是我的弱项。既不"扬长"，也不"避短"，故意选择这么一个自己并不擅长的话题，更多的是体现我的"人间情怀"——挑战现有的大学理念，纠正中文系的培养目标，努力完善中国的"文学教育"。

而这一切，基于我所扮演的三个不同角色——作为文学教授、作为北京大学中文系主任，以及作为北大中国诗歌研究院执行院长，若干视线交叉重叠，逐渐构成了本文论述的焦点。

---

* 据作者在吉隆坡为马来亚大学中文系创系五十周年而举办的"亚洲杰出人文学者系列讲座"第一讲（2012 年 8 月 12 日）的演讲稿整理而成，初刊《学术月刊》2012年第 11 期。因系讲稿，多处引述自家文章，敬请谅解。

① 参见陈平原《说"诗史"——兼论中国诗歌的叙事功能》，初刊《文化：中国与世界》第二辑，北京：生活·读书·新知三联书店，1987 年 10 月；收入《中国小说叙事模式的转变》作为"附录二"，上海：上海人民出版社，1988 年。

一

　　作为文学史家，尤其是以研究"中国现代文学"起家的北大教授，如何理解／阐释"五四"新文化运动，回应社会上以及学界中的各种质疑，是我们义不容辞的责任①。因为，在我看来："人类历史上，有过许多'关键时刻'，其巨大的辐射力量，对后世产生了决定性影响。不管你喜欢不喜欢，你都必须认真面对，这样，才能在沉思与对话中，获得前进的方向感与原动力。……对于二十世纪中国思想文化进程来说，'五四'便扮演了这样的重要角色。"②这是我在北大召开的"五四与中国现当代文学"国际学术研讨会（2009年4月23—25日）上的"开场白"。

　　为了此次研讨会，北大中文系提供了两个"礼物"，一是北大中文系教师论文集《红楼钟声及其回响——重新审读五四新文化》，一是北大中文系学生创作并演出的"红楼回响——北大诗人的'五四'"诗歌朗诵会。在论文集的"小引"中，我提及："'五四'新文化运动与北京大学的命运密不可分，更是'中国现当代文学'这一学科的重要根基，正是这两点，决定了北大中文系同人常常与之对话——或考察'五四'新文化运动内部错综复杂的关系，或探究'五四'的前世今生及其遥远回响，或站在八十年代乃至新世纪的立场反省'五四'的功过得失。"③至于如何创作这台诗歌朗诵会，曾有过不同的思路，

---

① "我所学的专业，促使我无论如何绕不过'五四'这个巨大的存在；作为一个北大教授，我当然乐意谈论'光辉的五四'；而作为对现代大学充满关怀、对中国大学往哪里走心存疑虑的人文学者，我必须直面五四新文化人的洞见与偏见。在这个意义上，不断跟'五四'对话，那是我的宿命。"参见陈平原《走不出的"五四"？》，2009年4月15日《中华读书报》。

② 陈平原：《如何与"五四"对话》，2009年5月20日《中华读书报》。

③ 陈平原：《〈红楼钟声及其回响〉小引》，陈平原主编《红楼钟声及其回响——重新审读五四新文化》，北京：北京大学出版社，2009年。

我的建议是：此诗歌朗诵会须体现北大人的立场与视角，以便与研讨会、论文集"三位一体"，呈现"我们的"精神风貌。

"红楼回响——北大诗人的'五四'"诗歌朗诵会 2009 年 4 月 24 日晚在北大办公楼礼堂举行，观众除北大师生，更有参加会议的国内外代表。演出刚结束，代表们纷纷跑来祝贺，最大的感叹，不是学生们精湛的表演技巧，而是没想到"诗歌"在北大竟有如此的感召力！

学生中有擅长表演的，这我事先知道；让我惊讶的是，这场诗歌朗诵会的整体构思——分国家篇、生命篇、哲思篇、情感篇四个部分，涵盖"五四"以降各时期北大著名诗人的作品。撇开表演形式（合唱、独唱、朗诵、伴舞、钢琴或口琴伴奏等），只列篇目及作者，此节目单可按表演顺序简化如下：

《希望》（胡适）、《赞美》（穆旦）、《地之子》（李广田）、《金黄的稻束》（郑敏）、《井》（杜运燮）、《黄河落日》（李瑛）、《和平的春天》（康白情）、《月夜》（沈尹默）、《叫我如何不想他》（刘半农）、《过去的生命》（周作人）、《暮》（俞平伯）、《沪杭道中》（徐志摩）、《我们准备着》（冯至）、《春》（穆旦）、《青草》（骆一禾）、《沧海》（戈麦）、《过客》（鲁迅）、《断章》（卞之琳）、《墙头草》（卞之琳）、《小河》（周作人）、《从一片泛滥无形的水里》（冯至）、《再别康桥》（徐志摩）、《独自》（朱自清）、《古木》（李广田）、《音尘》（卞之琳）、《预言》（何其芳）、《异体十四行之二》（王佐良）、《异体十四行之八》（王佐良）、《女面舞》（杨周翰）、《诉说》（南星）、《梦与诗》（胡适）、《以梦为马》（海子）、《新秋之歌》（林庚）。

除了特邀嘉宾北大中文系教授孙玉石先生朗诵《山——从平原走近高山的一种灵魂的礼赞》，其余的诗作，基本上都是文学史上的"名篇"。

朗诵会兼及各种艺术形式，全方位地展现了新诗的美学空间，提供了一个重温新诗发展历程的特殊视角；加上学生们细腻的感受、专业的表演，以及贯穿其中的激情，确实可圈可点[①]。参加演出的，全都是北大中文系学生（曾有人提议特邀某专业演员，后被否决）；而所朗诵的诗篇的作者，均曾在北大就读或任教。前者不难，后者则很不容易——此乃这台朗诵会最出彩、最吸引人的地方。只是有三点需要说明：第一，国立西南联合大学时期的学生（穆旦、郑敏、杜运燮），其学籍不仅属于北大，也属于清华与南开；第二，名为"诗歌朗诵会"，只选新诗，不含古典诗词，乃延续了未名湖诗会及未名诗歌节的传统，可以理解，但并不全面；第三，为了减少争议，新时期诗人中，只选了已去世的三位（海子、骆一禾、戈麦）。抛开这些自觉的"设计"，这台朗诵会还是不无遗漏，如缺了20世纪二三十年代的冯文炳（废名）、四五十年代的吴兴华——而这两位，在我看来，都是值得大力表彰的优秀诗人[②]。

即便如此，一所大学的师生，与中国新诗发展史竟有如此密切的联系，实在让人惊讶。搭建起这场朗诵会的，"明线"是国家、生命、哲思、情感这四大主题，"暗线"则是半部现代中国诗歌史——从胡适、鲁迅、周作人、刘半农、沈尹默，到康白情、朱自清、俞平伯、冯至，再到徐志摩、何其芳、李广田、卞之琳，再到穆旦、郑敏、杜

---

① 参见《红楼回响：北大举办"五四"主题诗歌朗诵会》（于潇），北京大学新闻网（pkunews.pku.edu.cn），2009 年 4 月 28 日。
② 关于废名、吴兴华在中国现代诗歌史上的意义，参阅孙玉石及吴晓东的论述，见谢冕等著《百年中国新诗史略》79-80 页、138-139 页，北京：北京大学出版社，2010 年。

运燮、南星、王佐良、杨周翰，最后是海子、骆一禾、戈麦。这条"暗线"如此清晰，以致任何对中国现代诗歌史略有了解的人，都不可能漠视（林庚先生早年是清华大学著名诗人，1952 年后转为北大教授，讲授文学史课程之余，仍继续创作新诗）。

诗人西渡曾谈及："在北大的诗人身上始终存在三个可以辨认的传统，一个是西方现代诗歌的传统，另一个是 80 年代以来朦胧诗的传统，最后是北大诗歌自身的传统。"[①] 他所说的"北大传统"，是指 20 世纪 80 年代以来北大校园里涌动的以现代主义诗歌为榜样的"新诗潮"[②]。而在我看来，谈诗歌的"北大传统"，不应局限于 80 年代，而应从"五四"新文化运动算起——若这么考虑问题，这场本只是"应景"的诗歌朗诵会，可以有很多的思考与发挥。

一如世界上许多著名大学，北京大学除了关注人类的知识承传、科技革新以及精神生活，还时刻浸染着"诗心"与"诗情"，甚至与特定时期的"诗歌创作""诗歌运动"结下了不解之缘。以"五四"新文化人的提倡白话诗为起点，一代代北大师生，锲而不舍地借鉴域外诗歌艺术，同时努力与自家几千年的诗歌传统相结合，创作了众多优秀诗篇。有人积极关注诗经楚辞、汉魏乐府以及唐诗宋词的形式演进，为理想的新诗写作寻找借鉴与支持；有人"不薄新诗爱旧诗"，执着于传统诗歌的魅力，坚信其仍有灿烂的明天；也有人关注中外诗歌的翻译、诠释与对话，努力探索人类诗歌的共通性。正是这样执着于自家传统，而又勇于接受各种异文化的挑战，在消融变化中推陈出新，才使得中国诗人的创造

---

① 西渡：《燕园学诗琐忆》，橡子、谷行主编《北大往事》171 页，北京：中国文学出版社，1998 年。

② 作者此处着力表彰臧棣 1986 年上半年编选的《未名湖诗选集》："通过这本选集这末一个传统第一次被总结出来。也就是说从此北大诗歌有了自己的'经典'。"参见西渡《燕园学诗琐忆》，橡子、谷行主编《北大往事》171 页。

力从未枯竭。

但是，这一传统并非"自然而然"；相反，大学校园里的"诗性"，正日渐受到"科学"等各种专业知识的挤压。最近十几年，我一直关注中国大学为何以"文学史"为中心，思考这一文学教育之功过得失，辨析"学问"（知识）与"诗性"（文章）的合作与分离。我再三强调，大学校园里的文学教育，其工作目标主要不是培养作家，而是养成热爱文学的风气，以及欣赏文学的能力。这样来看待大学校园里各种层次的"文学"——包括科系设置、课程选择，以及社团活动等，会有比较通达的见解。

> 记得上世纪七十年代末八十年代初思想解放运动时，各大学的学生刊物曾发挥很大作用。我曾撰文谈及中山大学的《红豆》，以及全国大学生杂志《这一代》等。现在呢？北大每年都举行"未名诗歌节"，还有中文系学生办《启明星》等，很活跃，但影响有限。其实，从五四时期北大学生办《新潮》起，校园文学始终生机勃勃，是文学人才的摇篮，也是文学创新的试验田。①

北京大学作为新文化运动的策源地，当初曾奋起抗争，"新教育与新文学"配合默契②，凡谈论"中国现代文学"或"五四"新文化运动

---

① 陈平原：《大学校园里的"文学"》，《渤海大学学报》2007 年 2 期。
② "教育改革与文学革命，二者不尽同步，但关系相当密切。大作家不一定出自名校，成功的文学运动也不一定起于大学，这里所要强调的是，'文学教育'作为一种知识生产途径，或直接或间接地影响了一时代的文学走向。教育理念变了，知识体系不能不变；知识体系变了，文学史图景也不可能依然故我。大学里的课堂讲授，与社会上的文学潮流，并非互不相干；对文学史的叙述与建构，往往直接介入当下的文学创造。"参见陈平原《新教育与新文学——从京师大学堂到北京大学》，《学人》第十四辑，南京：江苏文艺出版社，1998 年 12 月。

者均会涉及。其实，其他大学也有类似的情况，比如20世纪20—40年代的清华大学、东南大学、西南联大、延安鲁艺等，都有相当精彩的文学活动 [①]。

1903年清廷颁布《大学堂章程》，在"文学科大学"里专设"中国文学门"，主要课程包括"文学研究法""历代文章流别""西国文学史"等十六种。其中最值得注意的是，提醒历代文章源流的讲授，应以日本的《中国文学史》为蓝本。此前讲授"词章"，着眼于技能训练，故以吟诵、品味、模拟、创作为中心；如今改为"文学史"，主要是一种知识传授，并不要求配合写作练习。这一变化，对于"文学教育"来说，可谓天翻地覆。

这不是一个偶然的"突发事件"，而是进入现代社会，"文学"成为一门"学问"所必须付出的代价。十年前，我曾在一则题为《"文学"如何"教育"》的短文中谈及 [②]。具体到北京大学的文学教育，以"五四"新文化运动为界，可分为两个阶段："前二十年的工作重点，是从注重个人品味及写作技能的'文章源流'，走向边界明晰、知识系统的'文学史'；后二十年，则是在'文学史'与'文学研究'的互动中，展开诸多各具特色的选修课，进一步完善专业人才的培养机制。" [③] 所谓"后二十年"，因该文只讨论到1937年抗战全面爆发。其实，此后的半个多世纪，中国大学里的"文学教育"，基本上是"萧规曹随"，没有大的变化。

---

① 关于这个问题，请参阅以下著作：张玲霞：《清华校园文学论稿》，北京：清华大学出版社，2002年；高恒文：《东南大学与"学衡派"》，桂林：广西师范大学出版社，2002年；姚丹：《西南联大历史情境中的文学活动》，桂林：广西师范大学出版社，2000年；王培元：《抗战时期的延安鲁艺》，桂林：广西师范大学出版社，2008年。
② 陈平原：《"文学"如何"教育"》，2002年2月23日《文汇报》。
③ 参见陈平原《知识、技能与情怀——新文化运动时期北大国文系的文学教育》(上)，《北京大学学报》2009年6期。

为何将"文学教育"突变的焦点锁定在"五四"新文化运动？因当年引领风骚的北大国文系，文白之争逐渐消歇，"文学史"成为主要课程，"小说""戏曲"开始登上大雅之堂，"欧洲文学"更是必不可少；与此相适应的，是胡适等新派教授之积极提倡"科学"精神、"进化"观念以及"系统"方法。如此学术立场，恰好凸显国文系的尴尬——我们急需的，到底是"学问"还是"文章"？

经由"文学革命"与"整理国故"的双重夹击，国文系的古诗教学，面临诸多危机，其中最为明显的是，学者们都直奔考据而去，其讲授越来越偏重"学问"而非"性情"或"文章"。古诗文的教学，如北大国文系长期开设的"中国诗名著选"和"中国文名著选"，均注明附"作文"或"实习"（清华、燕京等大学也都要求学生修习此类课程时须练习写作）。可随着时间的推移，此类古诗文习作越来越徒具形式。而新文艺研究及写作的课程，历经十年坎坷，终于正式启程①。很可惜，同学们报名并不踊跃，经校方再三催请，由胡适、周作人、俞平伯任指导教员的散文组，由徐志摩、孙大雨任指导教员的诗歌组，由冯文炳任指导教员的小说组，由余上沅任指导教员的戏曲（剧）组，合起来也才招到了 11 名学生。实际上，喜欢文学创作的，不一定念中国文学系；至于国文系学生，因专业课程分语言、文学及整理国故三类，精挑细选时，很可能"喜旧"而"厌新"。这一大趋势，一直延续到 20 世纪 50 年代，因意识形态重建的需要，才有了实质性的变化②。另一方面，很遗憾，一直到今天，各大学中文系的"文学教育"，依旧以"文学史"为中心，重考据而轻批评，重学问而轻文章。

---

① 参见《中国文学系课程指导书》，1921 年 10 月 13 日《北京大学日刊》；《中国文学系课程指导书摘要》，1931 年 9 月 14 日《北京大学日刊》。
② 参见陈平原《知识、技能与情怀——新文化运动时期北大国文系的文学教育》（上）。

我曾力图在思想史、学术史与教育史的夹缝中，认真思考作为课程设置、作为著述体例、作为知识体系以及作为意识形态的"文学史"，四者之间如何互相纠葛，牵一发而动全身，并进而反省当今中国以"积累知识"为主轴的文学教育，呼唤那些压在重床叠屋的"学问"底下的"温情"、"诗意"与"想象力"——这既是历史研究，也是现实诉求①。作为中文系教授，我最大的感叹是，在现代巨型大学中，人文学科的地位正逐渐向边缘转移；而大学里的"文学教育"，又在"专业"与"趣味"、"知识"与"技能"之间苦苦挣扎，始终没能找到正确的位置，因而也就无法"大声地"说出我们的"好处"。

二

2010年秋天，北大中文系举行百年庆典。此前，我们组织教师们编写"北大中文百年纪念"丛书，抢在庆典前由北京大学出版社刊行。这六卷有关北大中文系历史及人物的文集，由十八位教师分头编选，大致边界如下：《我们的师长》追怀已经去世的教授，《我们的五院》记述仍然在世的老师，《我们的园地》选辑1977级以来北大中文系的校园文学创作，《我们的诗文》收录北大中文系教师学术著作以外的诗文——这些都很明确，比较难以厘清的是《我们的学友》和《我们的青春》。都是征集校友文章，前者倾向于著名学者，后者更多的是作家或文学爱好者。在实际操作中，《我们的青春》征稿最为艰难，也最具戏剧性。因为，如此书名，任何一个系友都"有话可说"。谁都有自己一去不复返的"青春"，北大中文系的学生们，如何在风景

---

① 参见陈平原《〈假如没有"文学史"……〉小引》，《假如没有"文学史"……》，北京：生活·读书·新知三联书店，2011年；陈平原《〈作为学科的文学史〉后记》，《作为学科的文学史》，北京：北京大学出版社，2011年。

如画的燕园里，尽情地享受或挥洒？读《我们的学友》和《我们的青春》，二者所追忆的校园生活完全不一样。前者是渊博的学识，后者是浪漫的性情。其实，此前北大百年校庆，学者编的《北大旧事》关注学术与思想，诗人编的《北大往事》侧重文学与文化，已经显示这一区隔[①]。这既与编者的立场及趣味有关，也隐含着整个时代风气的变迁——20世纪八九十年代，北大校园里确实到处弥漫着浓郁的"理想"、"激情"与"诗意"。

在校时并非诗人、毕业后赴美留学、现为美国马里兰大学教授的刘剑梅，在为北大中文系百年纪念而撰写的《搭上了理想主义的末班车》中称：

> 我记忆中的北大，是充满诗歌和诗情的。……最有意思的是，我所在的85文学班，是一个人人皆诗人的班级。每次同学聚会，都有诗歌朗诵，都有吉它伴奏，都有轻声吟唱，在朦胧的月光下，在宁静的未名湖旁，我们静静地沉浸在心与心的交流中，体会着诗歌的美感，体会着文字的神秘，体会着彼此年青的心跳。现在回想起这些青春时期的场面，就像鲁迅回忆少年时的闰土一样，是一幅神异的图画，连深蓝的天空、金黄的月亮都有着传奇般的迷人的气味，而且这种气味是根本无法复制的。是的，当时我们每一个人都是诗歌的恋人，文学的恋人，和思想的恋人，虽然当时我们没有电脑，没有手机，没有网络，可是我们却共同拥有对文学的热爱与激情，我们人人都会写作，个个都有文才，都有浪漫的文人情怀，都能体会到艺术的"本真"，而这种

---

① 陈平原、夏晓虹编《北大旧事》，北京：生活·读书·新知三联书店，1998年；橡子、谷行主编《北大往事》，北京：中国文学出版社，1998年。

浪漫情怀、这种本真的艺术感觉（或者"灵晕"）在电子数据时代和商业时代早已一去不复返了。[1]

不管是早年的"中国文学系"，还是现今的"中国语言文学系"，"文学教育"始终是重中之重。你可以说中文系不以培养作家为主要目标[2]，但毫无疑问，这个学系应该是整个大学校园里最有"诗性"的地方。

"文革"结束后的北大中文系，确实创办了不少文学杂志，从改革开放初期的《早晨》《未名湖》，到后来的《启明星》《博雅》《我们》，甚至还有专刊旧体诗文的《北社》等。关于"文学七七级的北大岁月"，以及《早晨》《这一代》的故事，黄子平有精彩的描述[3]。那时的北大校园，文学创作很活跃，有小说，有散文，有诗歌，也有戏剧演出（剧本未见刊出）。换句话说，那时北大的校园文学创作，诗歌并不独占鳌头。

到了 1990 年 3 月，为纪念中文系系刊《启明星》创刊十周年，编辑出版了《启明星作品选 1980—1990》，分诗歌卷和散文小说卷两大部分，散文小说卷只收 8 篇作品，诗歌卷收了 33 位作者的近200 首诗作。不全是篇幅问题，"可以说，诗歌创作占据了《启明星》的绝对主导地位"。据《我们的园地》编者之一吴晓东分析："《启

---

① 刘剑梅：《搭上了理想主义的末班车》，臧棣、夏晓虹、贺桂梅编《我们的青春》241–242 页，北京：北京大学出版社，2010 年。

② 关于北大中文系主任杨晦"中文系不培养作家"的名言（其实，西南联大中文系主任罗常培已有此说法），有各种解读方式，我的理解是："作家需要文学修养，但个人的天赋才情以及生活经验，或许更为关键。古往今来的大作家，很少是在大学里刻意培养出来的。再说，北大中文系承担培养语言研究、文学研究、文献研究专家的任务，倘若一入学便抱定当作家的宏愿，很可能忽略广泛的知识积累，到头来两头不着边，一事无成。"参见《"文学"如何"教育"》，2002 年 2 月 23 日《文汇报》。

③ 参见黄子平：《〈文学七七级的北大岁月〉前言》及《早晨，北大》，岑献青编《文学七七级的北大岁月》8–9 页，71–75 页，北京：新华出版社，2009 年。

明星》从它诞生的那天起就一直在塑造着燕园自己的传统。一届届未名湖畔的年青诗人们都在走进这座已经古老的校园之后带着燕园文学传统的或深或浅的烙印又从这座仍旧年青的校园走出去。每个诗人都在承受着这种传统的影响的同时又参与了对这个传统的塑造。在他们的身后拖着长长的执着求索的足迹直至年青的生命的代价。"[①] 为何最近三十年的"燕园文学传统"以诗歌为主？这与学生的年龄、趣味以及知识背景有关。七七、七八级大学生有丰富的社会阅历，若有才情及时间，撰写长篇小说没问题；以后的大学生，从校园到校园，社会阅历很有限，在紧张的课业之余，创作好的长篇小说（或多幕剧），可能性不大——除非放弃学业。相对来说，诗歌的先锋性、精神性以及实验性，明显更适合于时间有限但才华洋溢的大学生们。

于是，对于20世纪80年代以后北大中文系的学生来说，"诗歌"成了重要的生命记忆。1985年进入北大中文系的郁文（以下论述，尊重诗人们的习惯，用笔名而非学籍簿上的本名），回忆《启明星》以及诸多诗人的故事："在未名湖畔，大家一起谈新诗，是一件'美的不能胜收的事情'（一位同学在毕业后写给我的信中这样说）。"[②] 两年后（1987）考入北大中文系的李方称："我们都是诗人，每人一个大本，成天命根子似地带着，没事就写两行。每天最快活的时光要算熄灯后，一时还不睡，就点上蜡，一人一首地朗读自己的得意之作，互相品评，免不了彼此吹捧或攻击一番。"[③] 五年后（1990）步入燕园的冷霜也有类似的追忆："有些没课的上午，我们在靠窗的桌前相对

<hr />

① 吴晓东：《〈我们的园地〉编后记》，吴晓东、王丽丽、金锐编《我们的园地》375-379页，北京：北京大学出版社，2010年。
② 郁文：《诗歌与骚动》，橡子、谷行主编《北大往事》（二）207页，北京：新世界出版社，2001年。
③ 李方：《义人之初》，橡子、谷行主编《北大往事》294页。

而坐，各读各的书，偶尔就因一个话头聊起来，谈的大多与诗有关。谈各自对诗的理解，也把刚写出不久的近作拿给对方看。"①

1981 年考入北大英文系、日后成为著名诗人的西川，曾撰文回忆在燕园学诗的过程，以及如何结识诸多诗友，开展一系列诗歌活动②。而 1983—1993 年就读北大中文系的诗人麦芒，谈及当初编《启明星》以及与诸多诗人交往的经验："文学，尤其是诗歌，呈现的是个人与社会共同自由发展的美好远景。某种类似于文艺复兴的呼唤牵住了我们的鼻子。人能感到每天都在蜕去旧壳换上新的身体。具体表现在诗歌上就是：在北大的诗人既与校外各路人物有着广泛交流，又在校园之内各个年级与系别之间保持着良性竞争与互补的关系。"③20世纪八九十年代，燕园里到底有多少诗人，谁也说不清。据当初的诗人、日后的学者冷霜称："有一次和西渡兄聊天，他告诉我他大学时一个宿舍里六个人都写诗。那正是 80 年代后期。到了 90 年代初，诗歌热已经消退，我的宿舍里写诗的还有一半，在 90 级中文系里算'密度'最大的了。"④

值得注意的是，北大校园里流行的不是一般意义上的"诗歌"，而是"五四"新文化人开创的"新诗"——尤其是深受欧美现代主义诗人影响的"现代诗"。至于传统中国诗歌，或曰"旧体诗"，虽也有人研习，但备受压抑。我接触的教授中，如季镇淮、陈贻焮、袁行霈等都喜欢写旧诗，且有诗集存世或刊行。林庚有点特殊，长期讲授文学史及古典诗歌，但目标却是创造更有意境、更有发展前途的中国新诗。张鸣曾专门撰文，描述林庚先生讲授楚辞的风采，并记录下林先

---

① 冷霜：《我们的青春》，臧棣、夏晓虹、贺桂梅编《我们的青春》298–299 页。
② 西川：《小事物的精英》，橡子、谷行主编《北大往事》67–78 页。
③ 麦芒：《诗歌的联系》，橡子、谷行主编《北大往事》101–102 页。
④ 冷霜：《我们的青春》，臧棣、夏晓虹、贺桂梅编《我们的青春》298 页。

生关于文学史及新诗的议论①。北大校园里，始终有写作旧体诗词的传统，如成立于 2002 年夏的北社，其社刊《北社》（专刊本社成员创作的旧体诗词和文言文作品）已发行了 16 期，但力量与声势远不及新诗。《我们的青春》一书中，仅有韩敬群追忆"在北大写旧诗的经历"②。

反过来，不少原先热爱旧体诗的学生，进入北大校园后，转为新诗写作。如诗人西川在《小事物的精英》中提及："我从 16 岁开始画画，写诗。画画是我的主业，写诗只是副产品（为了用文字填充画幅），所以上大学之前我一直写古体诗。进了大学门，古体诗的形式不够我用来表达新事物、新情感了，加上又读了《圣经》和巴金的《家》，我这才改写新诗。"③ 而毕业于北大中文系的博士 / 诗人麦芒，也在《诗歌的联系》中讲道："我当时主要仍迷恋于旧诗，律诗、绝句和词都写，从中学带来的习惯，冥顽未化。"进入北大后，受周围风气的影响，麦芒很快转向了新诗，并与同学王清平、臧力、徐永恒、蔡恒平等组织诗社，开展一系列活动④。

北大校园里，让在校生及校友梦牵魂绕的诗歌活动，除了宿舍里的埋头写作，图书馆旁的如切如磋，更有未名湖畔的诗歌集会。其中最典型、影响最大的，莫过于未名湖诗会——未名诗歌节。冷霜

---

① 当被问及更看重自己的学术研究还是新诗写作时，林庚先生坦承自己更看重后者："因为文学史研究主要是对古代人的研究，它也帮助我在新诗方面有好多提高，但作为我一生中主要的事情，还是从事新诗的创作，所以现在我的《文学史》交卷了，我还在整理我关于新诗的理论。因为我觉得，科研当然重要，但科研总还是能对新文坛起一点作用才好，如果我因为研究这些古典的东西而使得我在新诗坛上取得一些突破性的成绩，我就很满意了。"参见张鸣：《那难忘的岁月，仿佛是无言之美》，岑献青编《文学七七级的北大岁月》157 页。研究旧诗是为了更好地创作新诗，类似的意思，林庚先生早年也曾述过。

② 参见韩敬群：《和陶——回忆在北大写旧诗的经历》，臧棣、夏晓虹、贺桂梅编《我们的青春》228–233 页。

③ 西川：《小事物的精英》，橡子、谷行主编《北大往事》74 页。

④ 参见麦芒：《诗歌的联系》，橡子、谷行主编《北大往事》99–104 页。

在《中文系，青春与诗歌的过往》中称："当我想到青春，想到大学读书的日子，最珍贵的记忆都与诗有关"；"对在北大写诗的人来说，最重要的日子莫过于每年一届的未名湖诗会"[1]。另一位北大中文系毕业的诗人钱文亮，也在《北大和我的后青春时代》中说："在我进校的时候，北大的诗人群体已经成为当代诗坛不可小觑的重要力量，每年举办的'未名诗歌节'也成为国内持续时间最长、最稳定的校园诗歌活动，吸引着全国各地的诗人艺术家。从某种意义上，在全国高校文科学生的心目中，'未名诗歌节'已经成为北大的标志和象征，北大人对诗歌的一往情深和坚贞不渝，在当下愈趋物质化、世俗化的时代，本身就是对于当代诗歌最重大的推动和贡献。"[2]

未名诗歌节由原北大未名湖诗会演变而来。未名湖诗会创办于1983年，原定每年秋天举行；1993年起，为了纪念在春天去世的诗人海子，改为每年3月26日（海子忌日）举办。2000年起，未名湖诗会扩展为未名诗歌节——号称"中国第一个诗歌节，或许也是影响最大的诗歌节"。"诗歌节的前身是诗会，所不同的是，诗歌节的时间更长，活动更丰富，不仅包括诗会朗诵会，一般还有系列讲座、沙龙、专场朗诵、印行诗集等内容，全方位多角度地展开，让更多的人接触到诗歌，并和诗歌发生关系。"[3]这一更具当代文化色彩的诗人聚会形式，为以后各届未名诗歌节所承袭，只不过为了凝集对话的焦点，每届确定一个主题：第二届（2001）是"黑暗的回声"，第三届（2002）乃"双重眼界"，第四届（2003）为"我诗故我在"，第五届（2004）则是"交叉路径"；第六届（2005）开始，北大新诗研究所

---

① 冷霜：《中文系，青春与诗歌的过往》，《新京报》2010年10月19日。

② 钱文亮：《北大和我的后青春时代》，臧棣、夏晓虹、贺桂梅编《我们的青春》381—382页。

③ 参见拉家渡、王璞：《一个特殊的诗歌群落——未名湖诗会20年》，2002年4月18日《南方周末》。

积极介入，与北大中文系和五四文学社联手，力图打造规模更大、影响更广的诗歌节。第七届（2006）的主题是"距离的组织"，第八届（2007）为"耳中火炬"，来源于诺贝尔奖得主卡内蒂的同名自传；第九届未名诗歌节（2008）恰逢北京大学校庆110周年，于是定为"诗响家110"；第十届（2009）为"半完成的海"，第十一届（2010）乃"昨天，空间，现在"，第十二届（2011）则是"第二自我"；2012年春天举办的第十三届未名诗歌节，以"结局或开始"为名，邀请了生于20世纪70年代和80年代的约二十位诗人嘉宾参与开幕式讲读活动，力图让诗歌节的范围更加开阔，更加年轻……①

参加未名诗歌节，欣赏当代诗坛诸多诗人的英姿，看他们在五光十色的舞台上朗诵诗作，或严肃"布道"，或自我调侃，还伴有民谣演唱等，对于热爱文学的年轻人，颇具视觉冲击力及文化吸引力。更何况，无论是传统教育，还是现代传媒，都对大学生参与这种狂欢节般的"诗歌活动"持赞赏态度。"对一个普通的北大学生而言，这是一个新奇的活动、一个另类的节日；对诗人，同样也如是。"著名诗人、北大副教授臧棣在接受记者采访时称："对诗歌节的种种形式，我都能接受，不反对不讨厌。纯粹的诗歌朗诵我喜欢，像这种热热闹闹的诗歌聚会我也不拒绝，因为对诗歌来说，这些诗歌艺术节都是一件好事。"结论是："朗诵既能毁灭一首诗，也能复活一首诗。"②

要说"朗诵"可以"复活一首诗"，最典型的，莫过于海子的《祖国（或以梦为马）》。日后热心参与未名诗歌节的组织活动且贡献甚大的诗人、中文系1997级古典文献专业学生马雁，如此描述其第一次参加未名湖诗会的情景：

① 关于历届北大未名诗歌节的主题，承蒙诗歌节的积极参与者、我指导的博士研究生徐钺整理并提供，特此致谢。
② 参见侯虹斌：《朗诵既能毁灭一首诗，也能复活一首诗——诗人臧棣访谈》，2005年4月26日《南方都市报》。

到了未名湖诗会，见到好多诗人，尤其是擅长朗诵的剧社成员用表演性的腔调朗诵海子《祖国（或以梦为马）》，我们才真的被诗歌震慑住了。朗诵者完全是用一种舞台的气魄在进行，催人泪下是绝对不过分的描述。我记得坐着校车回到昌平以后，几乎整夜我们宿舍里同学都没有合眼，开着应急灯，朗诵海子的诗，想要获得朗诵会上催人泪下的效果而不可得。简直如同一场醒不过来的急梦，把人急得啊没办法，为什么我们就不能朗诵出那种澎湃来呢？大概就是从那晚起，忽然掀起了一阵写诗的热潮……[1]

1979级北大法律系学生海子（原名查海生），大学期间开始诗歌创作；1989年3月26日在山海关卧轨自杀，年仅25岁。作为20世纪80年代后期新诗潮的代表人物，海子在中国诗坛占有十分独特的地位，他的诗以及他的死，影响极为深远。可以这么说，海子乃北大诗歌的神话，而其《祖国（或以梦为马）》，又最适合于广场朗诵：

　　　万人都要将火熄灭　我一人独将此火高高举起
　　　此火为大　开花落英于神圣的祖国
　　　和所有以梦为马的诗人一样
　　　我借此火得度一生的茫茫黑夜[2]

凡参加过未名湖诗会或未名诗歌节的同学，大概都会对集体朗读海子的诗记忆犹新。因为，"连续好几届未名湖诗会都以朗诵海

---

[1]　马雁：《我在中文系的日子》，臧棣、夏晓虹、贺桂梅编《我们的青春》349–350页。
[2]　西川编《海子诗全集》434页，北京：作家出版社，2009年。

子的《祖国，或以梦为马》作为开场"①。不难想象，在诗人集会上，"或十几个或数百人齐声朗读着'以梦为马'和'面向大海，春暖花开'"，那情景确实很有震撼力。"直到现在的每年春天，都会有一些知名或不知名的人从各个高校和全国各地赶来，聚集在未名湖边用'以梦为马'为暗号接头，纪念海子和诗歌逝去的光环。"②

就像臧棣在接受《南方都市报》记者采访时说的，20 世纪 80 年代，诗歌集会很有人气，活动时也不需要多少资金；"而今天，活动有一个资金问题，单是场租一个下午或晚上就要四五千块钱，学生已付不起了"③。也正因此，"未名诗歌节的形成有一个资本介入的过程"——一开始是北大中文系的有限拨款，2005 年起则有北大新诗研究所的积极介入以及中坤集团的慷慨解囊。研究者称，"对于资助与被资助的双方来说，这一举动是双赢的"，理由是："北京大学以及北京大学中文系借由这场声势浩大的年度诗歌狂欢来提醒人们对于新文学历史中以及新诗史中北大特别是北大中文系的重要传统和作用，而中坤集团则借助于此来证明它们是一个有文化和素养的企业。"④谈论北大的未名诗歌节，由"资本介入"联想到"商业利益"以及"权力支配"，很深刻，但似乎有点过度阐释。到目前为止，此诗歌活动的民间性仍得以保持——学生们自作主张，独立操作，中文系或新诗

---

① 参见拉家渡、王璞：《一个特殊的诗歌群落——未名湖诗会 20 年》。
② 参见许秋汉：《未名湖是个海洋Ⅲ》，钱理群主编《寻找北大》222 页，北京：中国长安出版社，2008 年。
③ 参见侯虹斌：《朗诵既能毁灭一首诗，也能复活一首诗——诗人臧棣访谈》。
④ 参见许莎莎：《从神坛走向狂欢——未名高校诗歌节文化符号意义阐释兼论诗歌现状》，《新诗评论》第十一辑 70-87 页，北京：北京大学出版社，2010 年。论及诗歌节的"资本介入"，作者的立场有点犹疑，既称："中坤集团的董事长骆英是一位诗人，也是北京大学中文系的校友，他的资助肯定有个人情感因素在里边，但如此之大和持续性的资助，对于一个商人来说，也肯定有市场化和利益化的考虑在其中。"又说："过于强调资助者一方的利益是不合适的，也许对于北大的诗人群乃至于高校诗人群来说，甚至是对于学院派诗人，对于当代诗人的整个群体来说，诗歌节的存在可能是更重要的。"

所（诗歌研究院）只是表达强烈关注，需要时给予人力、物力及道义上的支持。

2010年，为了纪念北大中文系百年系庆，诸多系友积极撰文。请看诗人西渡的《传奇的开篇》：

> 从1977年恢复高考以来，北大中文系一直是诗人窝。在这里，诗人不是一个一个出现，而是一伙一伙涌现的。三十多年来，这个诗歌的链条从没断过。1998年北大百年校庆，臧棣和我合编过一本《北大诗选》，收1977级到1996级北大出身的诗人78家，其中中文系出身的诗人51家，是当然的主力。其后十多年，这一诗人队伍又有可观的壮大。这些诗人有的本科毕业后即离开母校，有的硕士、博士一直念到学位的尽头，更有少数幸运儿至今仍在中文系或在北大其他院系任教。无论前者还是后者，在中文系求学的经历都是其生命中的一个华彩乐章，同时也是其或平淡或传奇人生一个不平凡的开篇。对他们中的多数人，种子就是在这个阶段埋下的，精神的成长也由此开始。收获的季节也许美不胜收，但它的开篇却更精彩。[1]

北大中文系能出大诗人，那是最好的；若做不到，则退而求其次，希望同学们在校期间曾与诗歌有过"亲密接触"。有人称，"对我而言，北大的形象是随着北大的诗歌而愈发圣洁的，如果没有海子和西川，也许北大就不再是个梦想"[2]；也有人说北大盛产诗人，诗人多的地方是非多矛盾多，各种诗歌团体背后蕴含着权力与欲

① 西渡：《传奇的开篇》，臧棣、夏晓虹、贺桂梅编《我们的青春》244页。
② 参见刘煜：《与飞翔有关》，橡子、谷行主编《北大往事》（二）356页。

望[①]；更有人嘲笑北大诗人毫无来由的"狂傲"，以及如何用艰深文饰其浅陋[②]。在我看来，这三种描述，都是真实可信的。热爱诗歌，并不一定"圣洁"，更多的是代表着青春，代表着精神，代表着梦想。因此，我更关注的，是那些当初不是诗人，或日后放弃写作的曾经的诗人，他们对于燕园生活的记忆——如果他们觉得，因为有了诗歌，"在中文系求学的经历都是其生命中的一个华彩乐章"，那就值得我们为之庆幸与骄傲。

三

　　谈及这些，涉及我的另一个身份——北京大学中国诗歌研究院执行院长。成长在一个"诗的国度"，北京大学几乎从创立那一刻起，就与"诗心""诗情""诗歌创作""诗歌运动"结下了不解之缘。这已被过去的历史所证实，至于能否延续这一光荣，端看今天以及日后的燕园主人是否争气。当下中国，如何有效地协调诗歌的创作与研究、校园与社会、经典化与普及性，是个不太好解决的难题。2010年秋天，借助中文系百年庆典的机遇，在北大校方及中坤集团的大力支持下，原北大中国新诗研究所、北大中国古代诗歌研究中心合并，再整合其他学术资源，创建了北大中国诗歌研究院。北大中国诗歌研究院院长由谢冕担任，我是执行院长，副院长为骆英，也就是北大中文系系友、中坤集团董事长黄怒波。

　　因北大中国诗歌研究院成立，《人民日报》约了一组文章——谢冕的《时代呼唤诗歌的担当》、陈平原的《诗歌乃大学之精魂》、骆英的《诗歌走到了一个门槛》，以"今日诗意何处寻？"为题，刊《人民日报》2011年1月6日"副刊"。报社专门为这组文章加了"编者

---

① 参见许红：《儿子才当作家》，橡子、谷行主编《北大往事》（二）217页。
② 参见谭五昌：《世纪末的北大》，橡子、谷行主编《北大往事》（二）379–380页。

按"："诗和诗意，是一个美好时代的指针。一个生机盎然、和谐美好的时代，需要自己的诗人，需要涵养诗意。/ 网络写作便捷了，出版渠道丰富了，诗歌写作和发表的门槛降低了，诗人的潜在队伍似乎在扩大。与此同时，在大众文化盛行，物欲上扬的今天，曾经追求理想与浪漫、极致与美好的诗歌似乎淡出视野。为何诗作多了，而有影响力的诗人和作品却少了？能否期待诗歌创作高潮的再次到来？/ 诗人和学者在此进行真诚深入的探讨，表述思考。"

三篇文章的作者，谢冕是诗评家，骆英是诗人，我不一样，只是一名普通的"文学教授"。因此，我的关注点在教育——现代中国大学注重的多是专业教育，且强调"与市场接轨"，我担心其日渐沦为"职业培训学校"。而这，有违人类精神摇篮的美誉与期待。"或许，除必要的课程外，我们可以借助驻校诗人制度、诗歌写作坊、诗社以及诗歌节等，让大学校园里洋溢着诗歌的芬香，借此养成一代人的精神与趣味。因为，让大学生喜欢诗歌，比传授具体的'诗艺'或选拔优秀诗人，更为切要。"①

北大诗歌研究院的工作计划是，与北大中文系合作，在大学校园里积极"播种"诗歌——包括继续出版现代诗研究集刊《新诗评论》（已刊 14 辑），编印提倡"风雅性情，道德文章"、着力于古典诗文研习的《北社》（已刊 16 期），以及支持每年一度的"未名诗歌节"等。此外，设立"驻校诗人"制度，以及受中坤诗歌发展基金委托，负责评审并颁发"中坤国际诗歌奖"。这两年一度的国际性诗歌奖，倡导理想主义、批判精神以及艺术探索，兼及本土性与国际性，希望借此促成当代中国诗歌的繁荣昌盛。第三届"中坤国际诗歌奖"授予中国诗人牛汉（1922— ）及日本诗人谷川俊太郎（1931— ），而我在 2011 年 12

---

① 参见陈平原《诗歌乃大学之精魂》，2011 年 1 月 6 日《人民日报》。

月 6 日的颁奖仪式上，做题为《未名湖的梦想》的"开场白"："表彰那些毕生从事诗歌创作（或研究）并取得骄人业绩的诗人，同时，将他们的精神产品推展开去，让社会各界了解与接纳，这是我们的责任。希望通过不懈努力，十年二十年后，未名湖不仅成为学者的摇篮、诗歌的海洋，还能成为全中国乃至全世界诗人向往的精神家园。"[①]

第四届亚洲诗歌节 2012 年 6 月 16—20 日在土耳其的伊斯坦布尔举办，北京大学中国诗歌研究院乃主办者之一，我不是诗人或诗评家，谈的依旧是"大学"与"诗歌"之关系：

> 让未名湖成为全中国乃至全世界诗人向往的精神家园，这当然只是我们的梦想——可这梦想属于每个热爱诗歌的北大人。明年春天，随着北京大学中国诗歌研究院小楼"采薇阁"的正式落成，未名湖畔将有更多诗人雅聚的身影，以及"风声雨声读'诗'声"。我相信，绵绵春雨中，"随风潜入夜"的，不仅是青春的笑语，更有那大学校园里永远不灭的诗歌的精魂。[②]

20 世纪 80 年代，燕园里流传一个笑话：在北大，你随便扔一个馒头，都能砸死一个诗人。一般解读为：这是在嘲笑北大诗人太多，北大食堂的馒头太硬。在我看来，还有第三种可能性：诗人们喜欢在绿草如茵的校园里闲逛，而不愿意待在实验室或图书馆里，这才可能轻易被砸中。

引两段北大中文系学生的文字，看诗歌对于大学生活的意义及局限。1987 级学生李方称："我总以为，人在二十岁的时候，都是诗人；而到了三十岁的时候，若还有心弄这些分行的东西，才可称为真正的

---

① 陈平原：《未名湖的梦想》，2011 年 12 月 30 日《文汇报》。
② 陈平原：《作为大学精魂的诗歌》，2012 年 6 月 25 日《文艺报》。

诗人。可惜的是，现在我们三十岁还不到，已没有一个再写那劳什子了，可见原来都是瞎闹。"① 1985 级学生郁文也反省："我曾站在疯狂的边缘，青春期的骚动不安加上诗歌差点使我毁灭。诗歌不应该有这么重要的地位，它只是生活的'余事'。现在诗歌于我是一种信仰，靠得很近，但已不是时时意识到它的存在。"② 是的，大学校园里，写诗、读诗、评诗，以及各种轰轰烈烈的诗歌活动，都只是生活的"余事"，并非"全部意义"所在。

可在我看来，世界上最虚幻、最先锋、最不切实际、最难以商业化，但又最能体现年轻人的梦想的，就是诗歌。十八岁远行，你我心里都揣着诗；三十岁以后，或许梦想破灭，或者激情消退，不再摆弄分行的字句了。可那些青春的记忆，永远值得珍惜，值得追怀。眼下中国各大学都讲专业化，且为争取更高的就业率，纷纷开设各种紧贴市场的实用性课程，我则反其道而行之，告诉大家，大学就应该有诗，有歌，有激情，有梦想。这种事，中文系不做，太对不起学生了。

我当然明白，绝大多数北大学生走出校门后，不再写诗，不再读诗，也不再做梦了。之所以如此坚持，强调"诗歌乃大学之精魂"，有三件事对我触动很大。

最近许多年，在北京大学全校毕业典礼上，有两个节目一直没换，且深受毕业生欢迎，一是朗诵中文系教授谢冕的散文《永远的校园》，一是合唱中文系已故教授、著名诗人林庚作词的《新秋之歌》。每当这个时候，我都深感骄傲——这就是我们的校园，这就是我们中文系对这个校园的贡献。

2009 年 12 月 12 日，毕业于北京大学的一群音乐人聚集深圳音乐厅，举办了一场名为《未名湖是个海洋》的"北大校园歌手音乐会"。那是

① 李方：《文人之初》，橡子、谷行主编《北大往事》295 页。
② 郁文：《诗歌与骚动》，橡子、谷行主编《北大往事》（二）211 页。

一场商业演出，我在场观察，演员与观众都极为投入。尤其轮到北大校园歌手许秋汉创作的《未名湖是个海洋》，全场起立，跟着歌手齐唱——

> 未名湖是个海洋，
> 诗人都藏在水底，
> 灵魂们都是一条鱼，
> 也会从水面跃起。
> ……

如此青春想象，属于北大这样"永远的校园"。像我这般年纪，轻易是不会落泪的，可那一瞬间，也都控制不住。这首歌的创作，明显受谢冕那篇收入《精神的魅力》中的散文《永远的校园》的影响，包括起首那句"这真是一块圣地"。许秋汉在自述中提及这一点，只不过记忆略有偏差，把文章题目搞混了①。

参加第四届亚洲诗歌节期间，有一场活动让我格外震撼。开幕式上，土耳其诗人的两段话，我是半信半疑的："土耳其现在有 200 多家刊物发表诗歌，有 40 多个诗歌奖。""这里几乎人人都写诗，虽然发表诗歌根本赚不来稿费，但是可以说诗歌仍然是生活的重要组成部分。"② 可 2012 年 6 月 19 日的活动，让我深感惭愧。晚上九点半，中

---

① 参见许秋汉：《未名湖是个海洋Ⅲ》，钱理群主编《寻找北大》220–229 页。许文称："反正在我大学一年级时，看到了一本纪念北大的散文集——《精神的魅力》，其中有篇文章标题叫做'未名湖是个海洋'，于是把它写在了这首我自己都唱不好的歌里。'这真是一块圣地'，这首歌的第一句，也是这本《精神的魅力》引言的起始句。"（226–227 页）这首在北大流传甚广的歌，标题得益于张首映的《未名湖是海洋》（见北京大学校刊编辑部编《精神的魅力》313–316 页，北京：北京大学出版社，1988 年），立意及旨趣则更接近谢冕的《永远的校园》（见《精神的魅力》139–143 页）。

② 参见涂志刚《共庆土耳其诗人希克梅特诞辰 110 周年　第四届亚洲诗歌节揭幕》，2012 年 6 月 18 日《新京报》。

国代表团应邀在 Kibele 酒店用晚餐。事先没说清楚，以为只是普通的宴请。到了布置得十分华丽的现场才知道，主人是十几位企业家。这些并不写诗的企业家，拿着两种不同译本的诗集，要求用土耳其语与汉语轮流朗读。那天因交通堵塞以及两重翻译等问题，中国诗人大都显得很疲惫，十一点多就要求结束宴会，这让一直兴致很高的主人很错愕。这场"业余"的诗歌朗诵会，远比诗人间的切磋诗艺更让我感动。单凭这一点，中国大学里的"文学教育"就该好好反省——你能想象在中国，企业家们愿意且能够以"读诗"来宴客吗？不用说，中西各国各有其写诗、读诗、诵诗的传统；而在古代中国，吟诗、吟词、吟诵古文，也都各有自己的一套①。20 世纪 30 年代朱光潜、朱自清等人曾移植英伦经验，在北京组织"读诗会"，从事种种"声音试验"，努力完善"新诗理论"，其间的功过与是非，更是深受文学史家的关注②。可今天，仍能继承这一光荣传统的中国大学，并不多见。

在我看来，无论任何时代，诗歌都应该是大学的精灵与魂魄，不能想象一所大学里没有诗与歌——那将是何等枯燥乏味！幸好，北大是一所有诗有歌的大学，而且新诗、旧诗并重，研究、创作同步，再加上蔚为奇观的诗歌节，此乃燕园的魅力所在。

在我看来，谈论当下亚洲各国大学的高下，在大楼、大师、经费、奖项之外，还得添上"诗歌"。对于具体的大学来说，愿意高扬诗歌的旗帜、能够努力促成诗歌在大学校园里的"生长"，则自有高格，自成气象。

2012 年 8 月 7 日初稿，8 月 30 日改定于香港中文大学客舍

---

① 参见叶扬：《诗为何要吟》，《文景》2012 年 7 期。
② 参见梅家玲《有声的文学史——"声音"与中国文学的现代性追求》，《汉学研究》第 29 卷 2 期 189-221 页，2011 年 6 月。

大学故事的魅力与陷阱*
——以北大、复旦、中大为中心

. . .

多年前，我曾选择"大学排名""大学合并""大学故事"等十个关键词，向国外听众讲述何为"当代中国大学"[①]；也曾使用作为"话题"、作为"文本"、作为"象征"、作为"箭垛"、作为"景观"、作为"文物"等视角，让国内大学生明白阅读大学的六种方式[②]。与此前的八面来风不同，今天集中在一个话题，即如何讲述五彩缤纷的大学故事。

为什么选北大、复旦与中大，除了这三所学校在当代中国的重要性，更因其发展线索清晰，校史叙述干脆利落，不像若干大学的溯源那样不太经得起推敲。当然，也与我对这三校的校庆读物比较熟悉有关系。今天就谈四个问题：第一，"校史、校园与人物"；第二，"故事化了的'老大学'"；第三，"碎片拼接而成的历史"；第四，"在文史夹缝中挥洒才情"。

---

* 据 2016 年 4 月 23 日在上海"新华·知本读书会"所作演讲整理而成，原题《如何讲述"大学故事"——以北大、复旦、中大为中心》，初刊《书城》2016 年第 10 期。

① 参见陈平原：《解读"当代中国大学"》，《现代中国》第十一辑，北京：北京大学出版社，2008 年 9 月。

② 参见陈平原：《阅读大学的六种方式》，初刊 2009 年 2 月 9 日《解放日报》，《新华文摘》2009 年第 7 期转载。

一、校史、校园与人物

若想为"大学"定调，我喜欢用以下十六个字：学问渊薮、诗意校园、政治先锋、象征资本。这里包含办学宗旨、社会功能、文化意蕴以及大众趣味等，高低雅俗全都搅和在一起，有时很难截然切割。具体到描述某一所大学，则不妨从校史、校园、人物以及故事传说入手。

起码从 1917 年的《国立北京大学廿周年纪念册》以及 1923 年为纪念校庆二十五周年而编撰的《国立北京大学概略》起，北京大学就不断地积累校史资料。到今天，北大校史馆的规模以及校史资料整理的业绩，是所有中国高校中最为出色的。六大册的《北京大学史料》①，加上《京师大学堂档案选编》②，还有北大参与编辑的六卷本《国立西南联合大学史料》③，实在是皇皇大观。可惜的是，资料虽丰富，问题太复杂，北大校史的编撰举步维艰。1933 年刘复为主纂的国立北京大学志编纂处曾刊行薄薄一册（17 页）《国立北京大学校史略》，起步不可谓不早；可直到今天，北大依旧只有半部校史——我说的是萧超然等编著的《北京大学校史（1898—1949）》④。至于王学珍等主编《北京大学纪事（1898—1997）》⑤，虽也是用心之作，但侧重资料排列。写史需要独立裁断，受主客观各方面因素制约；纪事相对好些，实在不行，碰到红灯还可绕着走。为纪念复旦大学百年华诞，2005 年复旦大学出版社隆重推出"复旦四书"——《复旦大学百年志》《上海医科大学志》《复旦大学百年纪事》《上海医科大学纪事》，

---

① 王学珍、郭建荣主编《北京大学史料》，北京：北京大学出版社，2000 年。
② 北京大学、中国第一历史档案馆编《京师大学堂档案选编》，北京：北京大学出版社，2001 年。
③《国立西南联合大学史料》，昆明：云南教育出版社，1998 年。
④ 萧超然等编著《北京大学校史（1898—1949）》，北京：北京大学出版社，1988 年。
⑤ 王学珍等主编《北京大学纪事（1898—1997）》，北京：北京大学出版社，1998 年。

也都是采取如此小心谨慎的策略。《复旦大学志》第一卷1985年刊行，写到1949年；第二卷1995年刊行，写到1988年，这回终于"百年梦圆"了。与之形成鲜明对照的是，中山大学在校史资料整理方面乏善可陈，但勇于撰史，如梁山等编著《中山大学校史》①、黄义祥编著《中山大学史稿》②、吴定宇主编《中山大学校史（1924—2004）》③，后者一直写到当下，实在是勇气可嘉。中大校史上的敏感话题比较少，加上广州远离政治中心，说话比较方便；但即便如此，这三种个人署名的校史，还是显示了另一种可能性。

因在中国现代史上占有特殊地位，北大校史既波澜壮阔，又暗流汹涌，校方落笔很费踌躇，但研究者很喜欢这种挑战。除了北大学者编写的《北京大学学生运动史（1919—1949）》④《北京大学与五四运动》⑤《北京大学创办史实考源》⑥《老北大的故事》⑦《论北大》⑧等，还有校外学者的众多著述，如庄吉发的《京师大学堂》⑨，刘军宁的《北大传统与近代中国——自由主义的先声》⑩，陈以爱的《中国现代学术研究机构的兴起——以北大研究所国学门为中心的探讨》⑪，魏定熙著、张蒙译的《权力源自地位——北京

---

① 梁山等编著《中山大学校史》，上海：上海教育出版社，1983年。
② 黄义祥编著《中山大学史稿》，广州：中山大学出版社，1999年。
③ 吴定宇主编《中山大学校史（1924—2004）》，广州：中山大学出版社，2006年。
④ 北京大学历史系编写《北京大学学生运动史（1919—1949）》，北京：北京出版社，1979年、1988年。
⑤ 萧超然：《北京大学与五四运动》，北京：北京大学出版社，1986年、1995年。
⑥ 郝平：《北京大学创办史实考源》，北京：北京大学出版社，1998年、2008年。
⑦ 陈平原：《老北大的故事》，南京：江苏文艺出版社，1998年；北京：北京大学出版社，2009年、2015年。
⑧ 钱理群：《论北大》，桂林：广西师范大学出版社，2008年。
⑨ 庄吉发：《京师大学堂》，台北：台湾大学文学院，1970年。
⑩ 刘军宁：《北大传统与近代中国——自由主义的先声》，北京：中国人事出版社，1998年。
⑪ 陈以爱：《中国现代学术研究机构的兴起——以北大研究所国学门为中心的探讨》，台北：政治大学历史系，1999年；南昌：江西教育出版社，2002年。

大学、知识分子与中国政治文化，1898—1929》^①等。区区一所大学的历史，竟然吸引国内外这么多研究者的目光，北大这方面的优势，复旦、中大无法企及。

说过了沧桑的校史，该谈谈美丽的校园了。对于目前仍在读或已经远走高飞的校友来说，校园里最值得怀念的，除了师友，就是建筑及草木了。这方面北大做得很好，堪称国内各高校的楷模。生物系植物专业出身的许智宏校长，在任期间接收过不少外国大学校长赠送的本校植物图册，退下来后，集合诸多同好，完成了一册《燕园草木》^②。此书图片精美，解说专业，且不乏人文关怀，校内校外读者均叫好。相比之下，《康乐芳草·中山大学校园植物图谱》^③和《复旦校园植物图志》^④，虽也可读，但没那么精彩。

比草木更能显示校园风格的，无疑是老建筑。与北大校史相关的，有两处全国重点文物保护单位，一是北京大学红楼（第一批，1961 年），二是未名湖燕园建筑群（第五批，2001 年），可惜前者现在不归北大管（前些年曾努力争取，但没成功）。现在的北大校园，乃燕京大学旧址。1952 年院系调整后，北大成了燕园的新主人，几十年间建了很多新楼，但老燕大的湖光塔影、园林建筑，依旧是北大校园里最为迷人处。这方面，侯仁之的《燕园史话》^⑤以及宗璞的《我爱燕园》^⑥，无疑是最好的向导。此外，翻阅方拥主编的《藏山蕴海——北大建筑与园林》^⑦，对整个校园规划以及那些老建筑的风格及

① 魏定熙著、张蒙译《权力源自地位——北京大学、知识分子与中国政治文化，1898—1929》，南京：江苏人民出版社，2015 年。
② 许智宏、顾红雅主编《燕园草木》，北京：北京大学出版社，2011 年。
③ 齐璨、洪素珍、周杰主编《康乐芳草·中山大学校园植物图谱》，广州：中山大学出版社，2014 年。
④ 李辉、周晔主编《复旦校园植物图志》，上海：复旦大学出版社，2015 年。
⑤ 侯仁之：《燕园史话》，北京：北京大学出版社，1988 年。
⑥ 宗璞：《我爱燕园》，北京：北京大学出版社，1998 年。
⑦ 方拥主编《藏山蕴海——北大建筑与园林》，北京：北京大学出版社，2008 年。

历史，会有比较清晰的了解。与燕园故事极为相像的，是广州的康乐园。那是岭南大学旧址，1952 年后归中山大学使用。今日的康乐园里，很多岭南大学的建筑都恢复了原名，如怀士堂、马丁堂、黑石屋、格兰堂、荣光堂、张弼士堂、陈嘉庚堂等。而且，在近年刊行的各种校史读物上，中大都标明了各堂的来历及捐赠者，这点比北大强。燕园里那些或巍峨或优雅的建筑，原本也曾有自己的名字——或缅怀创校者，或纪念捐赠人；但随着政权更迭以及意识形态转移，都被一笔抹杀了。除燕大老学生或个别有心人，今日徜徉在燕园的意气风发的北大师生，大都不知道这些陈年往事了。

1988 年，正热心学术史研究的王瑶先生，为北大九十周年校庆撰文，称目前撰写黄宗羲《明儒学案》、梁启超《清代学术概论》那样综观全局的著作有困难，那就退而求其次，编写一部《从历届北大校长看中国现代思潮》，以便我们理解"中国在现代化进程中所经历的艰难曲折的前进步伐"[①]。受此文启发，汤一介教授主持编写了《北大校长与中国文化》[②]，用若干北大校长的思想及行动作为贯穿线索，努力呈现过去一百年的"中国现代思潮"。将个人传记、时代风云与校史论述相结合，需要开阔的学术视野与高超的写作技巧，不是很容易做好的。但无论如何，将某校长或某学者的生平著述与大学史相勾连，成了最近二三十年写作及出版的一大时尚，各大学五十、八十或百年大庆时，一般都会推出此类风格的系列丛书。

从校史说到校园再说到人物，最后才是我今天想讨论的那些虚虚实实的"大学故事"。我曾经说过，大学传统的延续，主要不是靠校史馆，也不是靠校长演说，而是靠熄灯后学生们躺在床上聊天，或者

---

① 王瑶：《希望看到这样一本书》，《王瑶全集》第八卷 49-54 页，石家庄：河北教育出版社，2000 年。

② 汤一介主编《北大校长与中国文化》，北京：生活·读书·新知三联书店，1988 年；北京：北京大学出版社，1998 年。

饭桌上的口耳相传。这些在大学校园里广泛传播的雅人趣事，真假参半，代表了一代代大学生的趣味、想象力及价值判断。不仅北大如此，所有的大学都是这样①。在我看来，"大学故事"之所以有魅力，很大程度在于其兼及理想性与娱乐性，贴近民众欣赏趣味，且每个人都可参与倾听、传播、改编与再创造。每当这个时候，讲者别有幽怀，听者心领神会，不知不觉中，共同完成了对于自家或他人校史的理想化建构。

二、故事化了的"老大学"

大凡稍有点年头的大学，都重视校史教育。问题在于，讲述历史，表彰人物，发扬传统，继往开来，完全可以有不同的途径及方法。校歌的传唱，校史馆的建设，大人物的塑像，校庆读物的编纂等，都是必不可少的一环。只是有心栽花花不发，校方着力处，不见得成效显著。反而是那些不大不小、亦正亦邪的人物及故事，在校园里广泛流播，且代代相传，越说越神奇，越说越有趣，最终成了大学传统或大学精神的"形象代言人"。

对这些五彩缤纷的大学故事进行考辨，并借以建构大学精神，算不算学问？这得看你的参照系。若想在现有学术体系中"投亲靠友"，大概只能选择"教育史"或"民间文学"。在教育部颁布的学科目录中，前者乃"教育学"下面十个二级学科之一，后者的地位更为尴尬，只能在"社会学"所属二级学科"民俗学"后面加一括号，表示寄养关系。好在北大可自行设置专业，经过若干年努力，终于在中文系建成作为二级学科的民间文学。此外，大学故事多采用散文、随笔、报道、杂感等文体，这就与"中国现当代文学""传播学"等二级学科挂上了钩。

---

① 参见《解读"当代中国大学"》。

话是这么说，但若你想以"大学故事"申请课题或参与评奖，很可能"无地自容"；即便勉强挤进去，每个学科都嫌你根基不稳。既然"山穷水尽"，不妨掉头而去，说不定还能撞见"柳暗花明"。说"交叉学科"有点夸张，最好还是老老实实承认，此等介于学术与文学、专业与大众、科学与娱乐之间的"大学故事"，其主要接受及传播者是本校师生以及对中国高等教育感兴趣者。这个群体已经足够大了，若能得到他们的认可，算不算学问，其实没关系。

出于招生需要，每个大学都会刊行图文并茂的简介。与此类读物之表彰新大学及现任领导不同，真正在校园内外广泛流传的大学故事，往往属于老大学。为什么大家都喜欢讲述老大学的故事？首先，斗转星移，当下中国，重新认识晚清至民国年间的大学教育，并借以反省新中国的大学传统，可以展现大学发展的另一种可能性。其次，有资格讲述老大学故事的，多为年长者，其采用追忆姿态，决定了所呈现者多为"过去的好时光"。最后，不同于严谨的档案考辨，讲述大学故事的人，大都采用散文或随笔。

随笔家之谈论大学，往往属于"自将磨洗认前朝"，有感而发，观察细腻，感情充沛，文笔生动，很好读，但并非史家笔法。将近二十年前，我曾撰写《人文景观与大学精神》[①]，提及若干港台学者谈论大学的随笔集，如社会学家金耀基的《剑桥语丝》与《海德堡语丝》、史学家黄进兴以吴咏慧笔名出版的《哈佛琐记》，以及文学教授孙康宜的《耶鲁潜学集》，文章最后称："很想在大陆学界，也能找到同类著述。这些年，校史出了不少，能写出大学'真精神'的随笔集，则依然芳踪难觅。柳存仁、周作人、张中行等关于老北大的系列文章广泛流传，只可惜过于偏重文人逸事，不大顾及学术承传及思想革新。

---

① 陈平原：《人文景观与大学精神》，《书城》1997 年第 6 期。

就像哈佛、耶鲁、剑桥、海德堡，北大等中国著名的'老大学'，同样值得有心人再三品味，同样应该有精彩的'语丝'与'琐记'。"此类以亲见亲历谈国外名校人物故事的作品，还有若干年后李欧梵刊行的《我的哈佛岁月》①。

　　相对于声名远扬的哈佛、耶鲁，无论创建年代还是学术成就，北大、复旦、中大都望尘莫及。但要说波澜壮阔、风云变幻，中国大学一点都不逊色。更何况是自家的事，作者有能力、读者也有耐心，把得失成败说得更为仔细，也更为精彩。最早引领此写作风气的，是张中行的《负暄琐话》②。该书以 20 世纪 30 年代老北大的人物与故事为中心，作者着力经营的是文章，并非校史建构，可无意中开启了世人对于民国年间老大学的想象与接纳。此后若干老学者的相关著述，如季羡林的《牛棚杂忆》③、周一良的《毕竟是书生》④，以及吴中杰的《复旦往事》⑤、黄天骥的《中大往事》⑥、乐黛云的《四教·沙滩·未名湖》⑦、白化文的《负笈北京大学》⑧、谢冕的《红楼钟声燕园柳》⑨ 等，都是兼及往事追怀与校史叙述，不仅努力写实，还可作为文章品鉴。其中最为出色的是季羡林的《牛棚杂忆》，大概可与张中行的《负暄琐话》携手进入文学史。

① 李欧梵：《我的哈佛岁月》，香港：牛津大学出版社，2005 年；北京：人民文学出版社，2010 年。

② 张中行：《负暄琐话》，哈尔滨：黑龙江人民出版社，1986 年；北京：中华书局，2006 年、2012 年。

③ 季羡林：《牛棚杂忆》，北京：中共中央党校出版社，1998 年、2005 年。

④ 周一良：《毕竟是书生》，北京：十月文艺出版社，1998 年。

⑤ 吴中杰：《复旦往事》，桂林：广西师范大学出版社，2005 年；上海：复旦大学出版社，2012 年。

⑥ 黄天骥：《中大往事》，广州：南方日报出版社，2004 年；（增订本）南方日报出版社，2014 年。

⑦ 乐黛云：《四教·沙滩·未名湖》，北京：北京大学出版社，2008 年。

⑧ 白化文：《负笈北京大学》，南昌：江西教育出版社，2008 年。

⑨ 谢冕：《红楼钟声燕园柳》，北京：北京大学出版社，2008 年。

十年前，谈及从"故事"入手来品读"大学"这一出版时尚时，我曾追溯到 1988 年两本有关大学的"怀旧"图书问世，即中国文史出版社刊行的《笳吹弦诵情弥切》，以及北京大学出版社刊行的《精神的魅力》。而随着《北大旧事》①《北大往事》②的出版与热销，集合众多零散的老大学师生的私人记忆而成书，这一编撰策略，得到了广泛的认同。紧接着，江苏文艺出版社和辽海出版社组织了"老大学故事丛书"和"中国著名学府逸事文丛"；而随后出版的"中华学府随笔"丛书（四川人民出版社）以及"教会大学在中国"丛书（河北教育出版社），走的也是这条路子——谈论大学的历史，不再局限于硬邦邦的论说与数字，而是转向生气淋漓的人物和故事③。现在看来，谈论"老大学的故事"，与其注重"编"，不如强调"著"，张中行等人的笔墨情趣更值得关注。

　　凡关注大学故事的，大概都会有这样的疑问：在综合性的现代大学中，理工医农的发展极为重要；可到了讲述大学故事，为何成了文学院的一统天下？1948 年当选中央研究院院士的北大前物理系主任李书华，曾感叹"北大的人才，以文科方面为最多"④。这当然是一种美好的误会。在《老北大的故事》第一篇《校园里的真精神》中，我谈及为何文学院教授在民间版校史中尽领风骚："首先，北大之影响中国现代化进程，主要在思想文化，而不是具体的科学成就；其次，人文学者的成果容易为大众所了解，即便在科学技术如日中天的当下，要讲知名度，依然文胜于理。再次，文学院学生擅长舞文弄墨，文章中多有关于任课教授的描述，使得其更加声名远扬。最后一点并非无关紧要：能够得到公众关注并且广泛传播的，不可能是学术史，

---

① 陈平原、夏晓虹编《北大旧事》，北京：生活·读书·新知三联书店，1998 年。
② 橡子、谷行主编《北大往事》，北京：中国文学出版社，1998 年。
③ 参见陈平原《文学史视野中的"大学叙事"》，《北京大学学报》2006 年第 2 期。
④《北大七年》，见《北大旧事》100 页。

而只能是'老北大的故事'。"不仅北大如此，几乎所有老大学，讲"故事"时，多注重精神气质，而不是社会地位或学术成就，故偏向于昂首天外、特立独行的人文学者。这就形成了一个有趣的局面：重科学管理的，动辄摆"数据"；讲人文修养的，则喜欢说"故事"——别看故事玄虚，故事里边有精神。在这个意义上，故事化了的"老大学"，虚虚实实，不太可信，但自有其独特魅力。

我曾辨析《北大新语——百年北大的经典话语》①，称书中所载北大人的"新语"，凡摘自作者原著的多可信，凡属于逸事转述的，则大都夸张变形。可话说回来，"逸事"不同于"史实"，"变形"方才显得"可爱"。这就回到那个古老的话题："可爱"的不可信，"可信"的不可爱，怎么办？② 当初编《北大旧事》，我在"导言"中曾提醒："逸事虽则好玩，但不可太当真。必须与档案、报刊、日记、回忆录等相参照，经过一番认真的考辨与阐释，方才值得信赖。"近年读者及出版界关注"晚清文化"与"民国大学"，不少依据逸事所作的引申发挥，便因过分追求趣味性而误入歧途。

考虑到大学故事多以"道听途说"的方式生产与流播，阅读者需要审视的眼光，"好玩"并非唯一标准；除了兼听则明，还需借助大视野与小考据，努力"回到历史现场"，方能有比较通达的见解。为吸引受众而极力渲染大学故事的传奇色彩与八卦味道，那可不是正路。所谓"大学故事"的"好读"，只是表面现象，作为学者，你必须有明确的立场及清晰的工作目标，方才不太容易被蒙蔽，且时有独特的发现。

---

① 严敏杰、杨虎编著《北大新语——百年北大的经典话语》，北京：中国广播电视出版社，2007 年。
②《"逸事"之可爱与可疑》，2013 年 8 月 3 日《新京报》。

三、碎片拼接而成的历史

因叙述视角及史料功夫的限制，以自传、回忆录或随笔形式出现的"大学故事"，必定只能是一叶知秋。以论述不完整或考辨有缺憾来诟病此类著述，那真是牛头不对马嘴。此类写作的意义，除了为历史学家的综述提供精彩个案，更因其描述的真切以及剖析的深入，具备独立的阅读与欣赏价值。没错，这些只是文明的碎片；可碎片一旦有光彩，便值得拍案叫好。无论我们如何努力，都不可能得到"完整"的历史图景；如何将碎片拼接成图，需要理论预设、历史感觉，以及史料整理功夫——既钩稽档案、报道及文章，也网罗那些流传在口头上的，还必须抢救性地发掘今人的鲜活记忆。在这个拾取、辨析、理解、拼接的过程中，文人学者的随笔，因其兼及学界与大众，容易被市场及广大读者接纳。其中，尤以中文系师生的写作数量最多，也最值得关注。

比如，论新中国成立后北大、复旦、中大的历史，若能带入乐黛云著《四教·沙滩·未名湖》、吴中杰著《复旦往事》以及黄天骥著《中大往事》，会有趣且深刻得多。三书都是讲述个人的酸甜苦辣，呈现大学的风云变幻，线索清晰，且有血有肉。乐著有一副题"60年北大生涯（1948—2008）"，吴著、黄著其实也当作如是观。乐著中的《初进北大》《四院生活》《阶级斗争第一课》《历史的错位》《空前绝后的草棚大学》，以及吴著的《灵魂的撞击》《最是校园不平静》《"阳谋"下的落网者》《大学还是要办的》《艰难的转折》，还有黄著的《"一边倒"种种》《"课堂讨论"和"拔白旗"》《"放卫星"》《"四清"漫记》《翻身广场》等文，都是既具史学价值，又有文章趣味，值得认真品读。单读此三书，固然不足以了解这三所名校半个多世纪的历史；但有了此三书，我们对大学史的体悟与阐释，有可能上一个台阶。表面上只是增加了若干人物、故事与细节，但重要的是确立了某种民间立场与多元思路。自述不一定可靠，传说也可能离谱，但聪明的读者心里自有一杆秤，借助上下左右前后里外不同资料的对比，还是能八九不离十的。

以北大为例，新中国建立以后的历史，单靠体现校方立场的《北京大学纪事》，显得瘦骨伶仃；将相关随笔集填补进来，顿时变得血肉丰满。相对于自由驰骋、无所忌惮的"老北大故事"，论述新北大，难度要大很多。除了时势、心情、技术，还受限于档案的开放程度。因此，以下四种出自北大中文系师生之手的随笔集，某种意义上可"补史之阙"。

熟悉现代中国大学史的人都知道，55级和77级是两个很特殊的年级，都曾在历史转折关头登台表演，故经风浪，见世面，出人才。北大中文系55级文学专门化同学在拔白旗插红旗以及"大跃进"运动中，响应党中央的号召，冲锋陷阵，因编写"红色文学史"而备受宠爱。半个世纪后，这些饱经沧桑的老同学重新聚集在一起，有人无语，有人怀旧，有人不忘辉煌，有人自我批判。这些集合在《开花或不开花的年代：北京大学中文系55级纪事》①中的文章，在表现一代人的欢乐与痛苦、纯真与复杂、收获与失落的同时，也折射出大时代的光明与黑暗。十年"文革"终于结束，高等教育重获生机，其标志性事件便是恢复高考。作为时代的宠儿，77级大学生的起步阶段恰逢思想解放运动，因而其命运阴晴圆缺、扑朔迷离，极具戏剧性。读《文学七七级的北大岁月》②，年轻读者很难不对20世纪80年代的燕园生活充满向往。

纷繁的世事，真正被记忆的，其实很少。记忆什么，遗忘哪些，

---

① 谢冕、费振刚编《开花或不开花的年代：北京大学中文系55级纪事》，北京：北京大学出版社，2001年。
② 岑献青编《文学七七级的北大岁月》，北京：新华出版社，2009年。

冷淡何处，受时代风气及我们自身学术眼光的限制。媒体、政府和学界都关注的，容易被记住，比如抗日战争的残酷与辉煌。但有些重要的史实事件，却被有意无意地遗忘，比如"反右"或"文革"。曾经的深刻教训，没有得到很好的总结、反思与批判，这是很可怕的事情。考虑到现实环境的限制，北大中文系的教授们选择了鲤鱼洲作为谈论"文革"的切入口——从1969年7月至1971年8月，大约两年时间里，江西南昌附近的鲤鱼洲成了北大教职员的主要栖居地。

说实话，拿到《鲤鱼洲纪事》①的样书时，我如释重负。那是因为，编辑、出版此书，正如序言所说的，"一怕犯忌，二怕粉饰，三怕伤人，四怕滥情，五怕夸张失实，六怕变成旅游广告"。生活在当下中国的读书人，对这段话当能心领神会。此书的工作目标，不是"休闲"，也不是"怀旧"，而是"立此存照"、铭记历史。

相对于略为带刺的《鲤鱼洲纪事》，汇集北大中文系二十余位教师及家属文章的《筒子楼的故事》②，显得温柔敦厚多了。筒子楼是20世纪下半叶中国高校及机关普遍的居住环境，凝聚了几代学人的师友情谊、喜怒哀乐，乃至学术风气的养成。随着校园改造工程的推进，这些饱经沧桑的旧楼即将或已经隐入历史。对于昔日筒子楼的生活，说好说坏都不得要领。那是几代学人的生命记忆，且勾连着某一特定时期的政治史或学术史。

一个小小的北大中文系，百年系史上，有很多"横看成岭侧成峰"的片段，值得你我认真凝视。抓住它，进行"深描"，并给出恰如其分的阐释，这比贸然撰写通史，或许更为可行，也更为精彩。以上四书，加上《北京大学中文系百年图史》③，还有百年系庆

---

① 陈平原编《鲤鱼洲纪事》，北京：北京大学出版社，2012年。
② 陈平原编《筒子楼的故事》，北京：北京大学出版社，2010年。
③ 温儒敏主编《北京大学中文系百年图史》，北京：北京大学出版社，2010年。

时组织的《我们的师长》《我们的学友》《我们的五院》《我们的青春》《我们的诗文》《我们的园地》六书①，以及系友马嘶的《燕园师友记》②、张曼菱的《北大回忆》③等，关于北大中文系的"记忆"，可谓既丰且厚。

我相信，不仅北大中文人，其他名校的师生也有类似的聪明才智。若干年后，这些斑驳陆离、雅俗共赏的大学故事，将成为我们理解中国政治史、思想史、教育史、文学史的一道不容忽视的"风景"。在这个意义上，"碎片"完全可以拼接出别具一格的"历史"。

四、在文史夹缝中挥洒才情

不同于苦心经营的鸿篇巨制，谈论大学的散文随笔，多系即兴之作。此类文章，说易就易，说难也难，就看作者的才华与自我定位。无论任何时代，"大学"的生存与发展，都与整个社会思潮密不可分，必须将政治、思想、文化、学术乃至经济等纳入视野，才能谈好大学问题。另外，必须超越为本校"评功摆好"的校史专家立场，用教育家的眼光来审视，用史学家的功夫来钩稽，用文学家的感觉来体味，用思想者的立场来反省与质疑，那样，才能做好这份看起来很轻松的"活儿"。

经营好此类文章，理想的自我定位是：在校友与史家之间。前者保证了写作的积极性与温情，后者则是距离感与批判眼光。吴中杰在《谈校史的编写方法》④中提及秘书与历史学家是两种不同的职业，凡唯领导马首是瞻的，平日治学固然不成才，写校史文章更是毫无生气。除了他所说的冷静面对校史上的重要领导，还必须保留独立

---

① 北京：北京大学出版社，2010 年。
② 马嘶：《燕园师友记》，北京：清华大学出版社，2008 年。
③ 张曼菱：《北大回忆》，北京：生活·读书·新知三联书店，2014 年。
④《复旦往事》360—373 页。

判断，敢于逆潮流而动。这里牵涉的不仅是事件真伪，还包括学术判断乃至政治立场。二十年前我为蒋梦麟校长鸣不平，撰写《哥大与北大·教育名家》（收入《老北大的故事》一书），惹出很多麻烦；那些"不可思议"的言论如今已被广泛接纳，甚至成了常识。

讲述大学故事，不妨兼及文字与声音、档案与传说、定本与变异、史著与文学、虚构与实录，学会在文史的夹缝中挥洒才情。考虑到上述文章的作者多为中文系教授，其抒情的笔调、特殊的趣味以及自嘲的能力，均在情理之中。

谢冕教授所撰散文《永远的校园》（1985），在最近十年北大的毕业典礼上，都被校方指定为表演节目。每当背景音乐响起，合唱团的同学朗诵以下这段文字，总能让即将走出校园的莘莘学子热泪盈眶："一颗蒲公英小小的种子，被草地上那个小女孩轻轻一吹，神奇地落在这里便不再动了——这也许竟是夙缘。已经变得十分遥远的那个八月末的午夜，车子在黑幽幽的校园里林丛中旋转终于停住的时候，我认定那是一生中最神圣的一个夜晚：命运安排我选择了燕园一片土。"[1]

与谢冕的抒情笔调不同，同是现当代文学专业教授的吴中杰，借《海上学人》[2]一书，呈现诸多复旦教授的身影，如写朱东润（20-24页）、写陈子展（25-30页）、写孙大雨（106-111页）、写王中（112-118页），都很精彩，尤其难得的是那篇《应世尚需演戏才——记赵景深先生》，因就像文中所说的，赵景深先生"个性并不突出，没有棱角，很随和，有时随和得近乎迎合"，这样的性格不太好刻画。可作者抓住"演戏才"，那既是专业修养，也是应世技巧，表面上随风俯仰，可又自有根基。如此知人论世，分寸感掌握得很好。文章结尾

---

① 《红楼钟声燕园柳》18 页。
② 吴中杰：《海上学人》，上海：复旦大学出版社，2012 年。

是："赵先生有很多世俗的东西，他自己也并不掩饰。但是他善良、坦率、随和、勤奋，这就使得人们不时地怀念他。"（40-46 页）。只是此书谈论的是"海上学人"，不仅仅是复旦教授，且附录若干谈鲁迅、周作人、郭沫若、朱光潜、吴晗的短文。

去年撰写《南国学人的志趣与情怀——读黄天骥教授近著四种》[1]时，我曾谈及《中大往事》（增订本）的笔墨情趣："书中写得最好的，当属《高校'鸳鸯楼'纪事》（第 95-106 页）。中山大学西区那栋教工集体宿舍，曾拥有'鸳鸯楼'的雅号，很多人则直呼之为'夫妇宿舍'。1960 至 1970 年间，这里住着年轻的教职工夫妇，发生过很多让人啼笑皆非的故事。作者的笔墨很克制，且不乏自我调侃（如走廊上做饭如何充满乐趣等），但眼前发生的故事——如钱老师的精神错乱、余老师的闯下大祸等，实在让人笑不出来，甚至有点欲哭无泪的感觉。……大概是自幼调皮捣蛋，加上学的是戏曲，黄老师对生活中有趣的细节很关注，且擅长讲故事，故其回忆文章好读。"

讲述或辨析大学故事，虚实之间的巨大张力，固然是一个障碍；但这属于技术层面，比较好解决。真正麻烦的是，怎样处置与主流论述的冲突。不是考辨有误，而是不合时宜，或担心给学校抹黑，或让领导很为难。可正是这些"被压抑的故事"，代表了校史坎坷的另一面。大学故事若彻底抹去那些不协调的音符，一味风花雪月，则大大降低了此类写作的意义。

阅读林昭的舅舅、原中国社科院文学研究所所长许觉民所编《林昭，不再被遗忘》[2]，我们对大学故事幽暗沉重的一面，当有深刻的体悟。关于一代才女如何在北大登上历史舞台，《红楼》群体怎样在反

① 陈平原：《南国学人的志趣与情怀——读黄天骥教授近著四种》，2015 年 11 月 29 日《羊城晚报》。
② 许觉民编《林昭，不再被遗忘》，武汉：长江文艺出版社，2000 年。

右运动中遭厄，以及林昭为何入狱乃至被害，读彭令范、张元勋、许觉民、林斤澜诸文，可大致了解；只是此事件的内涵及意义，远超出了校史的论述范围。相对而言，钱理群《论北大》中谈论反右运动的《燕园的三个学生刊物》，以及描述 1980 年北大校园选举的《不能遗忘的思想遗产》，可都是发生在燕园里的故事，也是北大校史上绕不过去的严峻话题。

若希望"大学故事"有魅力且有分量，诙谐优雅之外，还必须直面惨淡的人生。记得那些可脱口而出且很容易引来阵阵掌声的，也请记得那些被压抑、被遗忘或暂时说不出来的"大学故事"。轻重缓急之间，到底该如何处置，取决于时代氛围，也取决于写作者的立场、趣味与智慧。

2016 年 8 月 5 日修订完成于烟台东方海天酒店

·中文传统

>>>

那些日渐清晰的足迹 *

...

随着时光流逝，前辈们渐行渐远，其足迹本该日渐模糊才是；可实际上并非如此。因为有心人的不断追忆与阐释，加上学术史眼光的烛照，那些上下求索、坚定前行的身影与足迹，不但没有泯灭，反而变得日渐清晰。

为什么？道理很简单，距离太近，难辨清浊与高低；大风扬尘，剩下来的，方才是"真金子"。今日活跃在舞台中心的，二十年后、五十年后、一百年后，是否还能常被学界记忆，很难说。作为读者，或许眼前浮云太厚，遮蔽了你我的视线；或许观察角度不对，限制了你我的眼光。借用鲁迅的话，"伟大也要有人懂"。就像今天学界纷纷传诵王国维、陈寅恪，二十年前可不是这样。在这个意义上，时间是最好的裁判。不管多厚的油彩，总会有剥落的时候，那时，什么是"生命之真"，何者为学术史上的"关键时刻"，方才一目了然。

当然，这里有个前提，那就是，对于那些曾经做出若干贡献的先行者，后人须保有足够的敬意与同情。十五年前，我写《与学者结缘》，提及"并非每个文人都经得起'阅读'，学者自然也不例外。在觅到一本绝妙好书的同时，遭遇值得再三品味的学者，实在是一种幸运"。所谓"结缘"，除了讨论学理是非，更希望兼及人格魅力。在我

---

* 初刊 2010 年 4 月 22 日《人民日报》，后作为北京大学出版社 2010 年刊行的"北大中文文库"及"北大中文百年纪念"丛书的"总序"，收入各书。

看来，与第一流学者——尤其是有思想家气质的学者"结缘"，是一种提高自己趣味与境界的"捷径"。举例来说，从事现代文学或现代思想研究的，多愿意与鲁迅"结缘"，就因其有助于心灵的净化与精神的提升。

对于学生来说，与第一流学者的"结缘"是在课堂。他们直接面对、且日后追怀不已的，并非那些枯燥无味的"课程表"，而是曾生气勃勃地活跃在讲台上的教授们——20世纪中国的"大历史"、此时此地的"小环境"、讲授者个人的学识与才情，与作为听众的学生们共同酿造了诸多充满灵气、变化莫测、让后世读者追怀不已的"文学课堂"。

如此说来，后人论及某某教授，只谈"学问"大小，而不关心其"教学"好坏，这其实是偏颇的。没有录音录像设备，所谓北大课堂上黄侃如何狂放，黄节怎么深沉，还有鲁迅的借题发挥等，所有这些，都只能借助当事人或旁观者的"言说"。即便穷尽所有存世史料，也无法完整地"重建现场"；但搜集、稽考并解读这些零星史料，还是有助于我们"进入历史"。

时人谈论大学，喜欢引梅贻琦半个多世纪前的名言："所谓大学者，非谓有大楼之谓也，有大师之谓也。"何为大师，除了学问渊深，还有人格魅力。记得鲁迅《关于太炎先生二三事》中有这么一句话："先生的音容笑貌，还在目前，而所讲的《说文解字》，却一句也不记得了。"其实，对于很多老学生来说，走出校门，让你获益无穷、一辈子无法忘怀的，不是具体的专业知识，而是教授们的言谈举止，即所谓"先生的音容笑貌"是也。在我看来，那些课堂内外的朗朗笑声，那些师生间真诚的精神对话，才是最最要紧的。

除了井然有序、正襟危坐的"学术史"，那些隽永的学人"侧影"与学界"闲话"，同样值得珍惜。前者见其学养，后者显出精神，长短厚薄间，互相呼应，方能显示百年老系的"英雄本色"。老北大的中国文学门（系），有灿若繁星的名教授，若姚永朴、黄节、鲁迅、刘师培、吴梅、周作人、黄侃、钱玄同、沈兼士、刘文典、杨振声、胡适、刘半农、废名、孙楷第、罗常培、俞平伯、罗庸、唐兰、沈从文等（按生年排列，下同），这回就不说了，因其业绩广为人知；需要表彰的，是1952年院系调整后，长期执教于北大中文系的诸多先生。因为，正是他们的努力，奠定了今日北大中文系的根基。

有鉴于此，我们将推出"北大中文文库"，选择二十位已去世的北大中文系名教授（游国恩、杨晦、王力、魏建功、袁家骅、岑麒祥、浦江清、吴组缃、林庚、高名凯、季镇淮、王瑶、周祖谟、阴法鲁、朱德熙、林焘、陈贻焮、徐通锵、金开诚、褚斌杰），为其编纂适合于大学生/研究生阅读的"文选"，让其与年轻一辈展开持久且深入的"对话"。此外，还将刊行《我们的师长》《我们的学友》《我们的五院》《我们的青春》《我们的园地》《我们的诗文》等散文随笔集，献给北大中文系百年庆典。也就是说，除了著述，还有课堂；除了教授，还有学生；除了学问，还有心情；除了大师之登高一呼，还有同事之配合默契；除了风和日丽时之引吭高歌，还有风雨如晦时的相濡以沫——这才是值得我们永远追怀的"大学生活"。

没错，学问乃天下之公器，可有了"师承"，有了"同窗之谊"，阅读传世佳作，以及这些书籍背后透露出来的或灿烂或惨淡的人生，则另有一番滋味在心头。正因此，长久凝视着百年间那些歪歪斜斜、时深时浅，但却永远向前的前辈们的足迹，有一种说不出的感动。

作为弟子、作为后学、作为读者，有机会与曾在北大中文系传道授业解惑的诸多先贤们"结缘"，实在幸福。

2010年3月5日于京西圆明园花园

"中文教育"之百年沧桑 *

• • •

　　每一个中国人，自打牙牙学语起，就在进行卓有成效的"中文教育"；但作为现代大学制度下特定的科系与课程，系统的"中文教育"（隶属于现代大学里的"中国文学门""中国文学系""中国语文系""中国语言及文学系"），却只有百年历史。这里借北大中文系走过的坎坷历程，观察百年教育之风云激荡。

一、从书院教育到大学制度的建立

　　传统中国的书院教育，跟今天我们实行的大学制度，无疑有很大的差异。站在中文系的立场来观察，首先，以前的书院教育，不管哪家哪派、何时何处，都是以人文学为中心的。到了晚清，随着西学东渐，现代大学制度建立，"中文"或"文学"逐渐蜕变成众多科系中的一个。

　　曾经的"不学《诗》，无以言"，成为遥远的神话；"文学"就这样被"边缘化"为一个特定的专业了。当然，古时学《诗》，不等于今天念"文学"，几乎涵盖了整个人文学以及人格修养等。在传统中国，"文学"是所有读书人的基本修养，而不是一个"专业"。除了在特定时空，如东汉末年的"鸿都门学"，南朝宋文帝的"四馆"，有过

＊　初刊《文史知识》2010 年 10 期。

相当短暂的专门的文学教育外，其他时候，今天所理解的"文学"，是所有中国读书人的"必修课"。

其实，不仅仅在中国，整个世界都如此。18世纪以前的大学课程，都是以人文学为主导。直到19世纪，随着科技突飞猛进，自然科学和社会科学相继崛起，人文学科才逐渐从中心向边缘转移。1898年成立的京师大学堂，以救亡图存为主要目标，声光电化（自然科学）、经济法律最有用，当然受到主事者的高度重视。只是在"拷贝"整个西方大学制度时，"文学"作为众多学科中一个小小的分支，也被纳入其中。

1903年，晚清最为重视教育的大臣张之洞奉旨参与重订学堂章程，强调"学堂不得废弃中国文辞"。以"中学为体西学为用"著称的张之洞，之所以主张"中国文辞"不可废弃，与其说是出于对文学的兴趣，不如说是担心"西学东渐"大潮过于凶猛，导致传统中国文化价值的失落。与传统中国文人普遍修习诗词歌赋，但只是作为一种"修养"不同，今天的中国大学里，"文学"已经成为一种"专业"。专业以外，依然有很多人关注中国语言与文学，这才是希望所在。在晚清以降的一百多年里，西学大潮虽然对人文学科产生了巨大的冲击，但中国文化以及中国文学并没有垮掉，而是浴火重生。这点很让人欣慰。

二、为什么从1910年说起

今天的中国大学（包括院系），都喜欢"追根究底"，校史及院系史越拉越长。江南某大学，创立第二年，就做百年校庆纪念活动，理由是他们的某个科系是从某某大学分出来的，而某某大学又与某某大学有历史因缘。一般来说，越早创立的大学及院系，历史长，积淀深，质量有保证，确实值得夸耀。但有一点，溯源时必须"言之凿凿"。我的看法是，做校史、系史溯源，还是"保守"点好，必须是正式的教学机构，有老师，有学生，有课程，有章程，这才算。简单点说，编"校（系）友录"时，能落到实处。

常有人问，北大中文系为何以 1910 年为起点，而不是京师大学堂建立的 1898 年或京师同文馆建立的 1862 年？我们都知道，既然办大学，多少总有中国语言或中国文学方面的课程，但作为一个专门的教学机构，却是分科大学堂成立以后的事情。1903 年的《奏定高等学堂章程》里确实有"文学科大学"，其中包括中国史学门、万国史学门、中外地理学门、中国文学门、英国文学门、法国文学门、俄国文学门、德国文学门、日本文学门等。但光有章程没用，这些"门"当年都没有开办。直到 1910 年 1 月，学部建立分科大学堂的奏请获批，教员及学生到位，并于 3 月 31 日举行了开学典礼，这才算数。而这个时候的"文学科大学"，并非九门都办，而是先设中国文、外国文二门。

换句话说，设想和实现是两回事。就好像北大的研究生教育到底从何说起，我与北大校方就思路不同。校方称，应该从 1917 年算起，有《北京大学日刊》上的名单为证。可你仔细看，那些"研究生"都是二三年级的在校大学生，是根据各自兴趣在导师指导下进行"研究"。这与今天公认的独立的教学及研究阶段，不是一回事。其实，这事蔡元培说得很清楚：1917 年想做，但没钱，做不起来；真正做起来是在 1922 年，以研究所国学门的成立为标志[①]。

三、废门改系与院系调整

对于院系来说，除了"生日"，值得关注的还有历史上的"关键

---

① 参见陈平原：《北大传统：另一种阐释——以蔡元培与研究所国学门的关系为中心》，《文史知识》1998 年 5 期。

时刻"。这方面，思想史、教育史与学术史说法不一，落实到院系史那就更加微妙了。我的思路是：承认大学受制于整个大的政治/经济/文化环境，但不照抄政治史的"宏大叙事"。若说到北大中文系史上的关键时刻，我以为是1919年与1952年，即新文化运动的兴起以及新中国成立以后的院系调整。后者不仅名称、地址、思想脉络、办学思路等都有明显变化，甚至可以沙滩的"红楼"与未名湖边的"博雅塔"作为象征。

北大中文系最初称"中国文学门"，1919年方才废门改系。读"五四"时期的历史文献，有说"中国文学门"，也有说"中国文学系"，就因为1919年是个重要关口。那一年，不仅有大家熟知的五四运动，北大校园里还有"废门改系"这么件大事。说它是"大事"，因为与此相关联的是采用"选科制"，这就涉及课程设置及教学方式等一系列问题。1910年的课程表未见，但我找到了1915—1916年"中国文学门"的课程，总共九门：中国文学史、词章学、西国文学史、文学研究法、文字学、哲学概论、中国史、世界史、外国文。为了说明历史变迁，我拿今天的课程作对比：2009—2010学年第二学期北大中文系开设的研究生课程，总共是57门。换句话说，早期北大的课程非常简单——文史哲通史或通论，加上外语，就这些。那时教师少，学生也很有限，课程设置简单，可以理解。引入选科制后，对老师、对学生都是个很大的压力。学生有更多选择的机会，老师也必须努力研究，不断往前走，才能给学生们开新课。借助《北京大学日刊》以及校史档案馆的资料，我们能够复原当初老师们上课的情况①。细节就不说了，总的趋向是，废门改系及选科制的确立，对北大中文系的学术发展意义重大。

———————————————

① 参见陈平原：《知识、技能与情怀——新文化运动时期北大国文系的文学教育》，《北京大学学报》2009年6期及2010年1期。

还有一个关键时刻，那就是 1952 年的院系调整。北大从沙滩搬到燕园，不仅是校址改变，更重要的是院系重组。工科整个被切除，这且不论；中文系的一些老师被调走，如杨振声、冯文炳到了东北人民大学（现吉林大学）。但从清华大学和燕京大学调进很多学业专精的教授，更加上两年后将当时全国唯一的语言学系——中山大学语言学系并入，北大中文系在"院系调整"中其实是获益的。你会发现，1952 年以后，北大中文系整体的学术水平，跟国内其他大学比，有明显的优势。这个优势一直延续到 20 世纪 80 年代。那时全国评重点学科，中文学门有 11 个，北大是 5 个，其他 6 个属于复旦、南大、中山等六所大学。当时的北大中文系兵强马壮，占有绝对优势。但这种"一枝独秀"的局面现已不复存在，以后也不太可能出现。各大学都在励精图治，发展自己的优势项目及科系，彼此之间的差距日渐缩小，像"北大中文"这样的老牌院系，面临很多严峻的挑战。

　　除了这两个容易被人提及的关键时刻，另一值得注意的是：北大中文系是语言、文学、古文献三足鼎立，这局面是如何形成的？1925 年度的课程指导书里特别提出，除了一般的基础课程，为了让学生尽早确定专业方向，课程分为三组：A 类是语言文字，B 类是文学，C 类是整理国故之方法。这所谓"整理国故之方法"，包含了我们今天的古文献专业，但不全是这个，还有考古学等。换句话说，自 1925 年起，北大中国文学系的专业范围，就不是纯粹的"文学"，还包含"语言"及"文献"等。当然，从建制的角度看，1959 年北大在全国率先设立古文献专业，并交给中文系统管，这对于北大中文"三足鼎立"局面的形成，起了决定性作用。至于北大中文系历史上曾经有过的新闻专业以及编辑出版专业，日后被转移出去；而新设立的比较文学与比较文化，还有语言信息处理等，也不是传统的"中国语言文学"所能够涵盖。故所谓"三足鼎立"，也只是个形象的说法，日后可能有新的拓展与变化。

四、师长风雅与同学少年

谈大学史，很容易聚焦于若干著名教授；其实，对一所大学来说，学生比老师更重要。因为，教授是可以全世界招聘的，有钱就能做得到（大致而言）；学生不一样，那是你呕心沥血，手把手教出来的。放宽视野，决定一所大学或一个院系声誉的，是你培养出来的学生。在这个意义上，《北大旧事》与《北大往事》对着读，很有意思。我曾经撰文，谈论清华国学院的"神话"，称其得益于师生之间的良好互动①；同样道理，北大中文系的声誉，也与历届学生的努力及追忆分不开。正因此，我们编六种"北大中文百年纪念"文集时，专门做了一册《我们的系友》，用一种不着痕迹的方式，表彰那些至今仍奋斗在教学科研第一线的北大中文系的优秀毕业生。因体例所限，对政界、商界、文坛的优秀系友，只能用别的办法来表达我们的敬意。

一到追忆往事，老学生们最常提及的，往往是当年的"师长"如何"风雅"；其实，"同学少年"同样值得怀念。以北大中文系为例，能有今天的名声，与"五四"新文化运动密不可分。谈及"五四"，常被提及的，多是师长辈。但请记得，那是一个以青年为主体的政治/文化运动。俞平伯在纪念五四运动六十周年的时候，写了一组诗，其中有这么两句："同学少年多好事，一班刊物竟成三。"②这"三"是指新文化运动时期三种重要刊物——《新潮》《国故》《国民》。此三种刊物的主要编者，都是北大中文系学生。翻翻系友录，我很惊讶，那时中文系的学生真有出息。五四运动爆发那一年，在北大中文系就读

① 参见陈平原：《大师的意义以及弟子的位置——解读作为神话的"清华国学院"》，《现代中国》第六辑，北京：北京大学出版社，2005年12月。
② 《"五四"六十年纪念忆往事十章》，《战地》增刊第三期，1979年5月。

的有：1916级的傅斯年、许德珩、罗常培、杨振声、俞平伯；1917级的邓康（中夏）、杨亮功、郑天挺、罗庸、郑奠、任乃讷（二北）；1918级的成平（舍我）、孙福原（伏园）等。要是你对现代中国政治史、文化史、学术史略有了解，你就明白这一名单的分量。政治／文化立场不一样，但都那么活跃，真诚地寻求救国救民之道：有提倡新文化的（《新潮》），有主张旧传统的（《国故》），也有希望介入社会革命的（《国民》），当年的北大中国文学门（系），是如此大度，容纳各种思想、学派以及政治立场。这特别能体现蔡元培校长的大学理念——思想自由，兼容并包。

现在的北大中文系学生，或许没有当初的思想活跃，因其大都转入专业研究。这是整个社会环境决定的，不能怨学生。"铁肩担道义，妙手著文章"，依旧是很多人的梦想（能实现多少是另一个问题）。统计近十年北大中文系的本科毕业生，在国内及国外念研究院的，占百分之八十，这一专业化趋向，与中国高等教育的发展路径大致吻合。虽然整个国家的高等教育日益大众化，但北大还是坚持精英教育。尤其是中文系，近二十年本科招生规模没有扩大，一直在80至100名之间波动。另一个值得夸耀的是，在北大中文系读学位的外国留学生（本科、硕士、博士）以及国外高级访问学者，占全系学生总数的四分之一。最近十年，一直稳定在这个规模。北大若想成为世界一流大学，能否吸引大量外国留学生，是一个重要标志。在这方面，中文系有天生的优势（相对来说，物理学院就难多了），再加上我们从20世纪50年代起就着意培养留学生，做起来得心应手。现在世人谈"杰出校（系）友"，大都局限于本国学生；其实，留学生中，也有出类拔萃者。

五、北大中文人的特点

谈论北大中文人的特点，我害怕大字眼，比如"精神"等。因为

"精神"这个词我看得很重，不愿意动辄赠予某人或某物。中文系提"中文精神"，物理系呢，难道叫"物理精神"？连"北大精神""清华精神""中大精神"我都觉得勉强。我更愿意谈谈北大中文系让人感觉温馨，或让人念念不忘的地方。很多追忆北大的书籍，如《精神的魅力》《北大旧事》《北大往事》等，你去看看，有许多中文系的奇人趣事。大家为什么多写中文系师生？我想，除了我们的学生会写文章，爱写文章，还有一点，就是中文系的老师和学生比较有个性。一旦讲起故事，功业不重要，重要的是独特的人格。中文系师生最大的特点，就是强调个性，追慕自由，不受固有的条条框框束缚，喜欢根据个人的特质来选择生活态度、学术道路以及研究方法等。换句话说，站在民间立场讲授"北大故事"时，怪人多多、逸事多多的中文系，占很大便宜。

如何追赶世界一流大学，我不止一次被人严肃追问。我的答复是：不能将我们的中文系跟国外著名大学的东亚系比，人家是外国语言文学研究，我们是本国语言文学研究，责任、功能及效果都大不一样。要比，必须跟人家的本国语言文学系比。作为本国语言文学的教学及研究机构，北大中文系的独特之处在于：我们除了完成教学任务，还有效地介入了整个国家的思想文化建设。这是一种"溢出效应"。也就是说，我们的教师和学生，不仅仅研究本专业的知识，还关注社会、人生、政治改革等现实问题，与整个国家的历史命运紧紧联系在一起。

正常情况下，任何一个国家的外国语言文学研究，都不是那个国家的学术主流；你不能想象"中国研究"在美国成为主流，同样也不能想象中国学术的中心在英文系或日文系。相对来说，本国语言文学（以及历史、哲学、宗教、社会、经济等）的教学及研究，集中最多的精英，也最有可能深入展开，并对社会产生较大的影响。因此，我以为中文系师生有责任介入当下的社会改革以及思想文化建设。不是不要专业，而是在专注自己专业的同时，保留社会关怀、思想批判、文化重建的趣味与能力。说到底，"人文学"是和一个国家的命运紧密联系在一起的，它不仅是一种"技术"或"知识"，更是一种挥之不去的"情怀"。

这么说，不等于北大中文系教师都在关注当下，也有闭门读书，不问窗外事的。应该允许不同文化立场及学术趣味的教授各自独立发展，不强求一律。你整天上电视，名声显赫；我闭门读书，十年磨一剑：各有各的舞台，也各有各的听众。有骨有筋，有雅有俗，有内有外，这样的话，中文系才有活力，才可能比较"大气"。

六、中文教育的困境、魅力及出路

学文学的，容易情绪化，要不特自卑，要不把自己的专业设想得特伟大。某种意义上，现代化的进程，也就是日渐专业化。以前有一句话，"一物不知，儒者之耻"；晚清以降，谁也不敢这么说了。因为，同是读书人，专业分工越来越细，彼此间的隔阂也越来越深。

这一大趋势，使中国语言文学的教育，呈现两个方向：一方面，它越来越成为众多学科中的一个，范围及功能大大缩小；但另一方面，它又掉转过来，逐渐变成一种"修养"或"趣味"——就好像画布上的"底色"，虽不显眼，但不可或缺。在我看来，作为专家之学的"语言"/"文学"研究，必定是小众的；但若从"通识教育"入手，则前途无量。

如何看待通识教育，以及如何处理与专业教育的矛盾，目前中国学界仍在摸索中。北大、复旦、浙大、中大，各有各的一套。哪一个更合适，现在很难说。人的求知欲望和可用时间之间，本就存在着巨大的矛盾。既希望让学生具有良好的修养，又要求其获得足够的专业训练，很难协调。但有一点必须明白，大学的意义，主要不在于教你多少知识，而是教会你读书，养成好的眼光、习惯、方法和兴趣，这比什么都重要。因为知识是无穷尽的，你永远学不完，在短短的四年里，不可能真的"博览群书"。"博"与"专"的矛盾，永远无法协调，就看你想培养什么样的学生。这个问题，吵来吵去，没用。应该做一个全面调查，各院系的毕业生出路何在，日后工作中碰到的最大困难是什么，回过头来，再谈如何进行教学改革。

人文学被如此地边缘化，这是目前中国教育过分市场化的结果。等到国民的温饱问题解决了，那种将"求学"等同于"谋职"的趋势，会逐渐转变。整个社会弥漫着拜金主义，家长的期待、媒体的渲染、再加上大学的失职，导致学生选择专业时更多考虑毕业后的薪水（还不一定能实现），而很少坚持个人兴趣。我不敢提倡"安贫乐道"（确实有人勒紧裤带，只读自己喜欢的书，只走自己选择的路，但这不具普遍性），我想说的是，目前这样盲目追求"热门专业"，实在不可取。其实，这些年中文系学生的就业情况，远比外界想象的要好。相反，从全国范围看，最容易找不到工作的，正是所谓的"热门专业"。2010年5月5日《文汇报》上有一篇《工商管理："热门"专业风光不再》，说的是根据调查，十个失业率最高的专业，包括工商管理、计算机、法学、英语、国际经济与贸易等"热门专业"。

表面上，人文学科处于边缘状态，但这些年仍在平稳发展。那是因为，传统的人文学科适应面广，对于学生日后的发展有很大的裨益。现在我们的教育进入了一个误区，即把大学当作职业学校、培训中心来经营，宣扬"市场需要什么，我们就教什么"，忘却了大学的责任。大学教育，是为你一辈子的知识及精神打底子，而不是职业培训。很多东西只需"岗前培训"，根本用不着你花好几年时间来学习。当然，学校性质不同，完全可以有不同的选择。我批评的是那些本该志向远大的大学或院系，走上了"经济实用"的职业培训之路，那绝对是一个失败。

这方面的思考，我写过《人文学的困境、魅力及出路》[①]、《当代中国人文学的"内外兼修"》[②] 等，有兴趣的朋友可参看。总的来说，我以为，在中国，"人文学"（包括中文系）最低潮的时刻已经过去，若调整适当，是应该"贞下起元"了。

七、如何给自己"祝寿"

既然是"百年系庆"，当然得好好庆贺一番。当初有很多宏阔的设计，最后确定，别太张扬，还是以学术为中心来展开。除了10月23日的正式庆典，邀请广大系友回燕园聚会，其他的活动，都相当低调。比如，筹集资金创建"胡适人文讲座"（邀请国外学者）和"鲁迅人文讲座"（邀请国内学者），邀约十几所著名大学创建"海峡两岸研究生中文论坛"等，都是"可持续发展"的。这里着重介绍十个会议和两套丛书。

十几年前，我参加完轰轰烈烈的北大百年庆典，随即赶往捷克的首都布拉格，参加布拉格查理大学为创建650周年而组织的系列学术会议之一。当时我很感慨，大学以学术为本，热闹背后，必须有坚实的精神支持及学术追求。轮到中文系办百年庆典，我首先想到的，便是动员各专业，组织系列学术会议。因此，为纪念百年系庆，从一月份起，我们筹办了一系列的学术会议，一直持续到年底。这十个会议分别是："纪念林庚先生百年诞辰"学术研讨会（1月）、"中国典籍与文化"国际学术研讨会（3月）、"中国古代诗学与诗史"研讨会（7

---

① 陈平原：《人文学的困境、魅力及出路》，《现代中国》第九辑，北京：北京大学出版社，2007年7月。
② 陈平原：《当代中国人文学的"内外兼修"》，《学术月刊》2007年11期。

月）、"走向当代前沿科学的现代汉语语法研究"国际学术研讨会（8月）、"中国语言学发展之路——继承、开拓、创新"国际学术研讨会（8月）、"数字文献研究发展战略"国际研讨会（8月）、"四川境内藏缅语——重构的原则及实践"国际学术研讨会（10月）、"当代汉语写作的世界意义"国际研讨会（10月）、"比较文学：在中国的实践与理论创新"国际论坛（11月）和"1930—1940年代平津文坛"学术研讨会（11月）。

至于组织编纂20卷"北大中文文库"和六册"北大中文百年纪念"文集的缘起，我在《那些日渐清晰的足迹——写在北大中文系建系一百周年之际》①中，有简要的说明。老北大的中国文学门（系）有灿若繁星的名教授，这回就不说了，因其业绩广为人知；需要表彰的，是1952年院系调整后，长期执教于北大中文系的诸多先生。因为，正是他们的努力，奠定了今日北大中文系的根基。

北大中文系有过阳光灿烂的日子，但也不乏坎坷和失落。这回之所以用心经营"百年系庆"，那是因为意识到这是一个历史机遇，抓住了，可实现大的突破。国家的中长期人才发展纲要，北大之创建世界一流大学路线图，配合"北大人文基金"的创立、"人文学苑"的即将落成，再加上中文系同人的不懈努力，"北大中文"是有可能重塑辉煌的。

2010年7月21日修订于京西圆明园花园

---

① 陈平原：《那些日渐清晰的足迹——写在北大中文系建系一百周年之际》，2010年4月22日《人民日报》。

百年阳光，百年风雨 *

. . .

尊敬的各位系友、各位来宾：

北京大学中文系的前身是京师大学堂中国文学门。1898 年京师大学堂创办之初，有"文学"科目，而无作为一种独立组织形态的系科。1910 年分科大学正式开办，中国文学门于是成立。1919 年改称中国文学系，并实行选科制。1937 年因抗战全面爆发，随学校南迁，并入国立西南联合大学；抗战胜利后，于 1946 年北归，恢复了北大国文系的建制。1952 年院系调整后，改称中国语言文学系，并在原燕京大学新闻系基础上设立新闻专业（1958 年转中国人民大学）。1954 年中山大学语言学系并入北大，加强了语言学专业（后改称汉语语言学专业，并于 2002 年又增设应用语言学专业）；1959 年设立了古典文献学专业，至此，北大中文系语言、文学、古文献三足鼎立的局面正式形成。

以上这段话，出自挂在中文系网页以及印在《大学》专号上的"北京大学中文系简介"。这个简介，是为了百年系庆而专门修订的；推敲过程中，最为吃重的是一头一尾。前面的溯源属于"史学"，后面的统计属于"数学"——各种学生数字，必须与《北京大学中文系系友名录》符合。对于一个百年老系，少十个八个人，一点都不稀奇。

---

* 2010 年 10 月 23 日上午在北京大学百周年纪念讲堂举行的"北京大学中文系百年系庆庆祝大会"上的祝词，初刊 2010 年 11 月 3 日《中华读书报》。

可落实到那些被遗漏的系友，却是天大的事。我们尽了最大的努力，但愿能差强人意。

百年来，北京大学中文系已培养全日制本科生 7285 人、专科生 675 人、硕士研究生 1701 人、博士研究生 778 人，共计 10439 人（其中外国及台港澳 939 人）。这些都是完成学业，拿到毕业证书，因而记录在案的。此外，改革开放三十年，北大中文系还接收了博士后 18 人、国外访问学者及进修教师 1773 人、国内访问学者及进修教师 1870 人。这 3661 名学者，在北大的时间只有一年或两年，但其对于北大中文传统的体认与接纳，同样让人欣慰。这次修订《北京大学中文系系友名录》，破例之处在于，列入仍然在读的 607 名本科生、247 名硕士研究生、230 博士研究生的大名。理由是："百年"我们一生中大概只能遇到一次，短期内"系友录"也不会重编，故特别允许这 1084 名在校生预支"系友"的头衔。

其实，办学百年，培养人才总共不过一万五千位（包括进修教师及在校生），实在不算多。可是，对于追求"百年树人"的大学来说，数量不是最重要的，关键是质量。从这里起步，曾经走出不少叱咤风云的仁人志士、英雄豪杰、学者名流，如果你嫌"系友名录"不够鲜活的话，请翻阅《精神的魅力》《北大旧事》《北大往事》《开花或不开花的年代——北京大学中文系 55 级纪事》《文学七七级的北大岁月》《筒子楼的故事》《北京大学中文系百年图史》，还有北京大学出版社刚刚推出的《我们的师长》《我们的系友》《我们的青春》《我们的五院》等六册纪念文集，那里有很多我们系友的英姿与妙语。

至于北大中文系办学业绩，这里仅提供几个数字，内行人一听就明白：1987 年以来，中文系教师共获得中国高校人文社会科学研究优秀成果奖 34 项（第 1 届—第 5 届），北京市哲学社会科学研究优秀成果奖 67 项（第 1 届—第 11 届），国家级优秀教学成果奖 20 项（包括全国优秀博士论文5篇，国家教学名师3人，国家级精品课程7门，国家级优秀教学成果奖4项，国家级优秀教学团队1个）。2007年北京大学中文系荣获"全国教育系统先进集体"称号。按惯例，庆典大会上，应着重汇报成绩，可我不想多说。原因是，对于北大中文系来说，做得好，那是应该的；做得不好的地方，我们大都心里有数，正努力改进，不适合在这个场合谈。

我更愿意说说我们的招生与就业。因为，最近接受媒体采访，才发现社会上对北大中文系颇有误解，以为我们"生存艰难"。不久前，我回答《新京报》记者提问，特别提到：托北大这块金字招牌的福，我们的本科招生情况很好。最近三十年，北大中文系没有扩招，一直稳定在80至100人，视每年考生水平而略为上下浮动。今年情况尤其好，最后录取了106人。本来我们在京计划招收5人，可录取线上共有27人报考，最终录取了13人。另外，北大允许学生根据自己的兴趣转专业，中文系每年转出去4—6名，转进来的则是10—15名。20世纪80年代，北大中文系学生中，各省市文科第一名的很不少；90年代以后，家长都希望孩子念能赚大钱的院系，中文系风光不再。可最近几年，情况又有变化，开始有各省市文科第一名报考北大中文系。今年我们总共招了四名各省市文科第一名（北京、新疆、内蒙古、云南），让很多人跌破眼镜。不是说第一名就比第二、第三好很多，那只是一个象征意义，代表社会上开始重新看好中文系。我稍做分析，成绩顶尖而愿意选择北大中文系的，大都是大城市的孩子。一是视野比较开阔，二是家庭相对富裕，故更多地考虑个人兴趣而不是就业前景。因此，我有个大胆判断：随着中国人日渐"小康"，中文系等人文学科，开始"触底反弹"了。

至于学生就业情况，大致如下：本科毕业生中，进入国内外研究院继续读书的，大约80%，另外10%到国家机关、学校、新闻出版单位工作，10%进入商业机构或回省就业；硕士毕业生中继续念博士的30%，进入机关、学校、新闻出版单位的50%，从事经营性业务或回省就业的占20%。博士毕业生中进入高校、研究院或做博士后研究的，大约65%。在各大学同一学科中，或在北大相近学科中，我们学生的就业情况比较理想。但即便如此，每年还是有若干同学未能如愿，若能有更多学长施以援手，那就更好了。

我们设想中北大中文系在学术界的位置——立足国内，沟通两岸三地，背靠东亚，面向欧美。不满足于在国内学界引领风骚，还希望在国际学界占有一席地位。这方面，我们借助举办国际会议及学术讲座、邀请讲学、互相访问、特聘与兼职等，让我们的老师有更多直面欧美主流学界的能力与机会。

需要"国际化"的，除了教授，还有学生。周其凤校长说，希望北大每一位研究生、本科生都有外出学习或参加国际会议的机会。这一点，台湾大学及香港中文大学都做不到，北大想做，有很大压力。我加了个注：到台湾、香港参加学术会议的也算，这就比较容易做到了。北大甚至让我们的博士生自己独立组织小型的国际会议，这点在国外大学也不容易做到（中文系今年获批一个项目）。另外，我们设计了"两岸三地博士生中文论坛"，明天正式开张。第一届我们主持，十九所两岸三地的著名大学轮流做东，邀请各自的研究生前来发表论文并展开学术对话。以后我们的研究生每年都有各种"论坛"可申请参加，长此以往，他们会有比我们这一代有更为开阔的学术视野。

说到北大中文系的国际化程度，不能不提及我们引以为傲的留学生教育。整个中文系学生，若按百年统计，留学生占9%，若按改革开放三十年统计，留学生占14%，至于目前在读学生中，留学生所占比例是23%。我说的是到北大中文系念学位的，不是那些单纯学汉语的。上次周校长到中文系调研，看到这个数字，很是赞赏。今天我们谈优秀系友，往往只看国内的；如果有一天，那些生活在异国的北大中文系系友做出了不起的成绩，我一点都不惊讶。

经常有人对北大中文系的教师及学生说三道四，这很正常，因为"驳杂"是我们的特色。只要把握好大方向，扶持那些值得且急需支持的学科、课题及学者，尽可能创造宽松的学术环境，不争一时之短长，不求步调一致，让大家"八仙过海各显神通"，那样，才能出"有学问的思想"以及"有思想的学问"，且介入当下的社会改革。不仅仅研究本专业的知识，还关注社会、人生、政治改革等现实问题，与整个国家的历史命运紧紧联系在一起。这是北大中文系的传统，不能丢。

北大中文系有过阳光灿烂的日子，但也不乏坎坷和失落。这回之所以用心经营"百年系庆"，那是因为意识到这是一个历史机遇，抓住了，可实现大的突破。国家的中长期人才发展纲要，北大之创建世界一流大学路线图，配合"北大人文基金"的创立、"人文学苑"的即将落成，再加上中文系同人的不懈努力，"北大中文"是有可能重铸辉煌的。

此次大张旗鼓地操办系庆活动，邀请各位系友回家，看看逐渐老去的恩师，看看日新月异的校园，看看多年不见的老同学，也看看像自己当年那样青春勃发的学弟学妹。不能说一点功利目的都没有，但确实是以联络感情为主。今天的纪念大会，不设主席台，免得梁山泊英雄排座次，引起诸多纠纷。舞台上空空荡荡，主角既不是你，也不是我，是"百年中文"。各位系友，或从政，或经商，或做学问，或搞创作，都不容易，也都各有创获。我们的目标是：尽最大努力，向系友致意，向成功的或不太成功的、得意的或不太得意的各位系友，表达我们感念的心情。

除了今天的大会，我们还有一系列活动，如"庆祝北京大学中国语言文学系百年华诞学生文艺晚会"、"中文教育的过去、现在与未来"学术研讨会、"众声喧哗的中国文学——首届两岸三地博士生中文论坛",以及从年初到年底陆续举办的十个不同专题的国际或国内学术会议。此外,我们还启动了两个高规格的系列讲座("胡适人文讲座"与"鲁迅人文讲座"),并编辑刊行了六本纪念文集和二十册"北大中文文库"。之所以在经费有限的情况下,还能做这么多事,除了本系同人的齐心合力,也得益于诸多系友明里暗里的帮助与支持。

此次系庆活动,目标是凝聚人气,和系友建立更为密切、通畅的联系。在今后的日子里,特别希望各位能更多关心、支持中文系的发展。组织这么大型的活动,我们缺乏经验,手忙脚乱,肯定会有许多思虑不周、举措失当之处,敬请各位系友海涵。

最后,请允许我代表北京大学中文系,感谢在座的各位系友——尤其感谢那些从外地专门赶来的系友,更感谢那些年迈且行动不太方便的系友,正是因为你们的光临,本次"百年庆典"才有可能获得成功。谢谢大家!

"学堂不得废弃中国文辞"*

· · ·

    五年前，我在澳大利亚莫纳什大学召开的国际学术会议上发表《当代中国人文学之"内外兼修"》[①]，论文评议人叶晓青教授认为我太乐观了，就因文中有这么一句话：尽管中国大学问题多多，但"'素质教育'的提倡，以及'通识课程'的逐渐落实，还是为人文学预留了巨大的发展空间"。在英年早逝的叶教授看来，人文学深陷困境是全世界的问题，中国人无法独善其身。更何况眼下的中国大学，正处于迅速扩张期，越来越急功近利，不太可能真正关心／关注人文学的价值。

    我则反省文中谈及"文化育人"的另一段话："如何协调'专业课'与'通识课'，是世界各国大学面临的共同问题；中国大学的特色在于，怎么看待并妥善处理'通识课'与'政治课'的关系。"此外，同样指向"修养"，外语教育与母语教育在中国大学的命运竟如此天差地别——所有中国大学生，在学期间起码修 8 至 12 学分的外语课，至于"大学语文"，则可有可无，各校自己掌握——也是一个必须直面的窘境。

    提及如何追赶世界一流大学，领导都会说：中文系没问题，因

---

* 初刊 2012 年 5 月 9 日《中华读书报》。

① 初刊《学术月刊》2007 年 11 期，收入熊思东等编《通识教育与大学：中国的探索》，北京：科学出版社，2010 年。

为，研究中国语言与文学，外国学者哪能跟我们比？每当这个时候，我就会站出来申辩——国外学者确实有比我们做得好的，并不一定"中国人"最了解"中国"。况且，在我看来，这么一种策略性的"表彰"，隐含了某种不便明言的"歧视"。说到底，中文系办得"好"与"坏"，对整个大学来说，不是十分要紧；当领导的，往往更愿意将有限的经费抱注到更抢眼、更有实用价值、"投入产出比更大"的专业领域。这不是今天才有的现象，只是因最近十多年情势变化而显得格外刺眼。作为一名中文系教授，我明显感觉到大学里非专业的"中国文辞"，正大踏步地后退，颇有逐渐隐入历史深处的趋势。

之所以使用古雅的"中国文辞"，而不是时尚的"母语教育"，除了希望兼及"中国语言"与"中国文学"，更因其典出百年前的一场教育改革。光绪二十九年（1903）十一月，晚清最为重视教育的大臣张之洞奉旨参与重订学堂章程，据张自述："数月以来，臣等互相讨论，虚衷商榷，并博考外国各项学堂课程门目，参酌变通，择其宜者用之，其于中国不相宜者缺之，科目名称之不可解者改之，其有过涉繁重者减之。"[1]"参酌变通"的结果，便是同时上呈的《学务纲要》。在张之洞等人看来，以往"专习文藻，不讲实学"，固然很不应该；如今规定"中学堂以上各学堂，必全勤习洋文"，便应反过来力保"中国文辞"的存在价值。"外国学堂最重保存国粹"，而"中国各种文体，历代相承，实为五大洲文化之精华"，故《学务纲要》强调"学堂不得废弃中国文辞"[2]。此处之刻意凸显"中国文辞"，不是基于文学兴趣，而是担心"西学大潮"过于凶猛，导致传统中国文化价值的失落。

---

① 参见张百熙、荣庆、张之洞：《重订学堂章程折》，舒新城编《中国近代教育史资料》上册 197 页，北京：人民教育出版社，1961 年。
② 参见张百熙、荣庆、张之洞：《学务纲要》，舒新城编《中国近代教育史资料》上册 204 页。

认同张之洞等"杞人之忧"的，可谓代不乏人；正因此，才有民国年间逐渐演变成型的"大一国文"。新中国成立后，此课程位置尴尬，开始扭曲变形；到了1952年院系调整，追摹苏联体制，走的是专业化道路，绝大部分院校不再开设此类课程。"文革"结束后，在苏步青、匡亚明、徐中玉等人的倡导与努力下，"大一国文"于1980年恢复开设，更名为"大学语文"。二十年间，也曾风生水起，轰轰烈烈。可是，进入新世纪后，整个中国大学的发展路径，明显向新兴学科及实用学科倾斜，"大而无当"的"母语教育"，于是命若游丝，随时可能退出历史舞台。

不管叫"大一国文""大学语文"，还是叫"文选及习作""阅读与写作"，课程名称及教学内容可以变通，唯一不能模糊的是：是否有必要为所有中国大学生开设讲授"中国文辞"、专注"母语教育"的基础性课程。一句话，只要两个学分，但必须是必修课，不是选修课。不做硬性规定，任由各大学自由选择，偶然碰上华中科技大学原校长杨叔子或南开大学原常务副校长陈洪，"大学语文"很重要；否则，或信马由缰（如北京大学），或闭目养神（如清华大学），"大学语文"只能自生自灭。以教育部的权威，还有北大、清华在中国大学中的龙头地位，他们不想动或不能动，这口头上很重要、很重要的"大学语文"，就注定只能在边缘地带痛苦挣扎。

为什么提这么沉重的话题，那是因为，跟绝大多数中国人一样，我的母语是汉语；而如今汉语的"神圣性"与"纯洁性"正受到越来越严峻的挑战。某种程度上，可以说也是到了"最危险的时候"。因此，不能只是"彷徨"，需要有人站出来"呐喊"——即便没有多少回声。

你在神州大地走走，从大城市到小村镇，只要有标语、通知或告示的地方，就很容易发现错别字，以及半通不通的句子。有朋友对

"垃圾分类，从我做起"愤愤不平，问我，什么时候我们都成了垃圾？应该是替垃圾分类，或分类处理垃圾，才有可能"从我做起"。至于报纸上、电视上那些错字或不通的句子（还不算"不雅"的表达方式），更是和尚头上的虱子——明摆着。开始你还愤怒，还抗争，渐渐地，也就见怪不怪了。可怜这"遍体鳞伤"的汉语，在国外正极力推广，在国内却已不再被人尊重、敬畏、爱惜。

2011 年，中国媒体格外关注故宫的诸多失误。比起"失窃门""哥窑门""会所门""屏风门""瞒报门"来，我最不能接受的是"错字门"。5 月 13 日下午，故宫博物院负责人向北京市公安局赠送锦旗，上面写着"撼祖国强盛，卫京都泰安"。网友质疑，怎能将"捍卫"的"捍"错成"撼动"的"撼"？人家故宫振振有词：使用"撼"字没错，这样显得更厚重些。回想起年初《光明日报》发表的调查报告，称对中国人民大学"大学汉语"课的 74 份作业进行分析，结果是："49 份作业存在行文格式问题，占总数的 66.2%；64 份作业存在表达语气与自荐信要求不符的问题，占总数的 86.5%；语法方面的问题就更为突出，74 份作业都或多或少存在搭配不当或虚词误用等语法问题。"[1]

正为此感叹不已，有位在国外大学任教的北大中文系早年毕业生悄悄告诉我：为了做课题，她到图书馆调查北大中文系历年通过的博士论文，发现不止一份论文的评审意见称："个别语句欠通顺。"她反问：中国语言或中国文学的博士论文，怎么可以有"语句不通"的呢？我辗转反侧了好几天，决定告诉全系老师：如此家丑，必须正视。

故宫、人大、北大，这都应该是"最有文化"的地方，他们尚且

---

① 参见贺阳等《高校母语教育亟待加强——基于海内外十余所高校的调查分析》，2011 年 1 月 11 日《光明日报》。

如此，不知道有谁敢拍胸脯说：当今中国大学（就算是中文系）的本科生、硕士生、博士生，能写没有错别字、语句通顺、条理清晰的文章。半个世纪前的 1951 年 6 月 6 日，《人民日报》曾发表题为《正确地使用祖国的语言，为语言的纯洁和健康而斗争！》的社论，称："语言的使用是社会经济政治文化生活的重要条件，是每人每天所离不了的。学习把语言用得正确，对于我们的思想的精确程度和工作效率的提高，都有极重要的意义。很可惜，我们还有许多同志不注意这个问题，在他们所用的语言中有很多含糊和混乱的地方，这是必须纠正的。为了帮助同志们纠正语言文字中的缺点，我们决定从今天起连载吕叔湘、朱德熙两先生的关于语法修辞的长篇讲话，希望读者注意。"半个世纪后，重温这篇文章，重读吕、朱所著《语法修辞讲话》，深感惭愧。不知道我们这代人，还能为"正确地使用祖国的语言"做些什么。

语言的使用，首先追求准确，而后才是生动、活泼、有雅致。若学问大了，知识多了，可语句不通，或满纸错别字，就好像浑身名牌服装，可沾满了污秽。以前看中文系学生的考卷或论文，着重观察有无独立见解；现在倒过来了，先问文句"通不通"。如果连专门研究中国语言或中国文学的中文系学生，都可能"语句欠通顺"，那我们的"母语教育"肯定是前途堪忧。

先是广告的刻意混淆，制造特殊效果以吸引眼球；后有网络语言的迅速普及，趋新、猎奇、搞怪成为时尚；再加上海量的信息以及粗枝大叶的阅读，导致没人再把"错别字"以及"病句"当回事。若你提出抗议，人家会觉得你脑子有毛病，或者是外星人——这样的事，也值得你发火。

我多次引用周作人"国文粗通，常识略具"的自诩——那是"五四"新文化人的共同追求，也是后人追慕不已的目标。进入网络时代，检索方便，各种"常识"越来越容易获得；反而是"国文粗通"变得有点"奢侈"了。当下的中国人，普遍"外文"能力增强，"国文"能力下降——这个大趋势，正因各种考试制度、录用人才标准，而得到进一步的强化。

一个是国际化，一个是专业化，这两大潮流都有很大的合理性。但若以牺牲"母语教育"或"中国文辞"为代价，则又实在有点可惜。北大中文系百年庆典，我接受《新京报》记者专访，谈及："'母语教育'不仅仅是读书识字，还牵涉知识、思维、审美、文化立场等"；"在我看来，针对目前社会上对于母语的忽视，以及高中的文理分科，确实有必要在大学里设置类似'公共英语'那样必修的'大学语文'"①。文章发表后，北大校长周其凤院士马上回应，表示大力支持。可一旦付诸实践，则关山万里，困难重重。问题的关键在于，教育部对于是否开设"大学语文"课程，态度始终很暧昧。

2006 年 9 月，中共中央办公厅、国务院办公厅印发《国家"十一五"时期文化发展规划纲要》，要求"高等学校要创造条件，面向全体大学生开设中国语文课"。2007 年 3 月 12 日，教育部高教司下发《关于转发〈高等学校大学语文教学改革研讨会纪要〉的通知》，要求各地"认真做好大学语文教学改革工作"。当年 5 月 10 日的《北京晨报》上，刊出题为《教育部要求高校面向所有学生开设语文课》的短文，称："以前英语不及格不能毕业，现在汉语不及格也不能毕业。教育部要求高校面向全体大学生开设中国语文课，北大、清华、北航、南开等多家学校将语文列为必修课。"此报道引起强烈反响，各媒体纷纷跟进。教育部赶紧澄清：这只是建议，并非强制性规定。问题在于，只要不做硬性规定（像政治课、外语课那样），所谓"大

① 陈平原：《中文百年，我们拿什么来纪念？》，2010 年 10 月 9 日《新京报》。

学语文"很重要、"只能加强不能削弱",就是一句空话。

你也许会说,作为课程的"大学语文"之所以被压抑,是因其本身定位有问题。我很怀疑这种说法。为全校学生开设"大一国文",这本是老北大的传统,傅斯年将其带到了台湾,至今仍枝繁叶茂。最近十多年,台湾大学校方曾做过多次全校性教学评鉴,"大一国文"平均值遥遥领先其他科目,成为最受学生欢迎的共同必修课。每个台大学生必修大一国文 6 个学分(3+3),政治大学则是 4+2(大一学生必修"国文"4 学分,修满及格后可再选修"进阶国文"2 学分),其他大学也都有类似的规定。我在台大教过书,对那里非中文专业学生的国文水平啧啧称奇。反而是在大陆,"大学语文"始终没能挺直腰杆。在我看来,这是个恶性循环——教育部不敢硬性规定,是因为大学内部意见不统一;领导态度犹疑,院系也就不可能投入太多的资源;好教师不太愿意介入,教学效果必定不理想,学生们于是多有怨言……打破这个循环的关键在领导,若是承认开设"大一国文"/"大学语文"对于大学生的阅读与写作、思维与表达、修养与自信大有益处,铁下心来做,就能做好。若三心二意,前怕虎后怕狼,则中国大学生的母语水平还会进一步下滑——意识到问题的严重性,努力阻挡尚且不易,更何况犹豫不决。

我给北大校长写信:"提议恢复'大一国文',很大程度是基于一种社会责任感。若真的推行,必定大大增加我们的工作量,这点中文系同人有心理准备。除了专业著述,我们还有义务为北大,也为中国教育做点事情。但此举的前提是:校长以及学校行政当机立断(因牵涉到学分及课程设置),我们才有可能积极配合。"除了大学校长,希望教育部领导乃至普通民众,都来关心这个问题——如何尊重我们的母语,热爱"中国文辞"。

我深知,作为中文系教授,这么说话,会被嘲笑为"自我保护"。

可"母语教育"之轻重缓急，确实是个迫在眉睫的大问题。至于谁来做，委托中文系，还是另立山头，都可以讨论；唯有目前这种半死不活的状态，长远看，对整个民族文化的发展非常不利。至于具体操作上的困难，如领导不重视、教师欠投入、课程须改革等，只要大的宗旨确定，制度上有了保证，就都可迎刃而解。

2012 年 4 月 5 日于京西圆明园花园

知书、知耻与知足 *

· · ·

几天前，北大中文系举行毕业晚会，我因事未能出席。事先录制的视频，现场放映时，只有图像而没有声音。据说，我站在北大五院满墙翠绿的爬山虎前，哇啦哇啦说了五分钟，很深情的，就是不知道说了些什么。事后，主办的学生一再道歉，我说没关系。学生于是感叹：陈老师真大度，录像被消了音，也不生气。他们不知道，当初接受采访时，我说的是，系主任在毕业晚会上致辞，基本上说的都是"多余的话"。因为，此情此景，你能说些什么？劝学太严肃，祝贺太一般，勉励太空洞……真是天意呀，这段说了跟没说差不多的话，居然因技术原因丢失了，因此也就变得莫测高深起来，真是"此时无声胜有声"。其实，平日里主要是学生听老师的，到了毕业典礼，就应该是老师听学生的；这种场合，我们这些当老师的，全都心甘情愿当绿叶，或者"配合演出"。

十年前，我指导的一位硕士生毕业后到外地工作，据她事后称，坐上了出租车，指挥着司机，右转，右转，再右转，再右转，一直绕着北大转了三圈，才一把鼻涕一把泪地离开。一开始，司机很愤怒，问：你到底要去哪里？看她哭成那个样子，反过来安慰：又不是生离死别，现在交通发达，随时可以回来嘛。她说："你不懂！"确实，

* 2012年6月26日在中央民族大学外语学院毕业典礼上的主旨演说，初刊2012年6月30日《新京报》。

外人全都不懂，她是在悼念自己埋葬在未名湖边的青春岁月。事后，那女孩告诉我，那会儿，她哭得很伤心。停了一会，又补上一句：不过，也很幸福。是的，哭过，也就放下了。

刚开始在大学教书，我对毕业典礼前后同学们的"过分热情"很不习惯，一时手足无措，不知如何应对才好。后来想明白了，凡是"无端狂笑无端哭"，都是别有幽怀。我曾开玩笑说，高考前夕的父母，以及离校前夕的毕业生，都是不可理喻的。旁人认为很好笑的举动，在他们则很正常。作为过来人，理解他们此刻的心境，不劝解，不打扰，也不嘲笑，默默地走开，这是对于毕业生最好的尊重。当然，如果他们要求合影，你千万别推脱。

毕业典礼上，作为嘉宾，你总得给同学们送上几句好话。"好话"可不好说，既要有教育意义，又不能讨人嫌。最近两年，大学校长在毕业典礼上致辞，越来越喜欢"飙潮语"，演讲中夹杂大量网络语言，借此收获满堂掌声。如此不讲文体与修辞，过分追求"现场效果"，我很不以为然，去年曾撰文批评^①。现在，轮到我来致辞，该说什么好呢？

以前，中国人喜欢攀亲戚、认老乡，现在教育普及，念大学的人越来越多，认校友于是成了另一种时尚。据说，你与哈佛毕业生交谈，三五句话，对方必定让你知道他是哈佛毕业的，导师是谁，有哪些著名的同学。在中国，北京大学毕业生也被人家这么嘲笑——特别喜欢将母校挂在嘴边。中央民族大学也是名校，想来学生也有这个特点。

毕业生走出校门，我都会叮嘱两句：第一，到了工作岗位，看不顺眼，可以提意见，但切忌动不动就说"我们北大如何如何"。你已

---

① 陈平原：《毕业典礼如何致辞？——警惕"根叔体"的负面效应》，2011 年 7 月 8 日《南方都市报》。

不再生活在燕园，得努力适应新的环境。你的同事来自五湖四海，各大学争强斗胜，各有自己的一套。万一你的上司只是中专毕业，或者念的是"二本"，你这么伤人家的自尊心，以后的日子可怎么过呀！越是名牌大学毕业的，越得学会诚恳待人，谦恭处世。在中国，"名校毕业"是很好的象征资本，对你以后的发展非常有利。这也是很多人拼命考名校的原因。但这不必挂在嘴上，你的上司以及周围的同事全都知道。反过来，你必须用事实证明，你的"名校毕业"不是浪得虚名。我想叮嘱的第二句话是：不要将母校挂在嘴上，但不能不将母校放在心里——你是名校毕业的，必须对自己有更高的要求。

不管是学士、硕士还是博士，念了四年、七年还是十年，说到底，只是给你日后的工作打下基础；走出校园后，是否有出息，还得靠自己努力。"成功人士"为了回报母校，常说自己如何如何得益于母校老师的谆谆教诲。这话不能完全当真——否则，怎么解释同一班级，有的成功、有的不很成功、有的很不成功？

什么叫"成功"，各人看法不一。作为老师，也都立场及趣味迥异，有喜欢聪明的，有喜欢善良的，有喜欢听话的，也有喜欢漂亮的。但好老师一般都尊重学生的选择，当初因材施教，日后则欣赏同学们各尽其才，各得其所。

大转型的时代，随时都有人掉队，有人陷落，也有人飞黄腾达。比起北宋大儒张载的"为天地立心，为生民立命，为往圣继绝学，为万世开太平"，或者过去常挂在嘴边、现在略显生疏的"为共产主义事业奋斗终生"，我更看好"守住做人的底线"——这年头，讲究"道德底线"，要求并不低。比起高扬理想主义大旗，我更想谈谈技术性的"三知"——"知书"、"知耻"与"知足"。如果允许的话，再添上一条"知天命"。上大学不就是为了"求知"吗？这"三知"很耐人寻味。

读书人历来讲究"知书达理"。诸位即将毕业，还有点书生气，估计还愿意亲近书本。但我知道，很多人毕业两三年后，就不读书了，忙于日常事务，或整天琢磨如何赚钱。前几年我回广州，老同学见面，说起某某人很痴、很傻，都毕业这么多年了，还在读书。说实话，那一瞬间，我心里一凉——读书是一辈子的事，怎么能这么说呢？可见，很多人早已远离了书本。随着科技发展，书本的形态各异，不一定非"手不释卷"不可；但"知书"才能"达理"，那是永恒不变的。这里先提个醒：要是有一天，你半夜惊醒，发现自己已经好久不读书，而且没有任何异常感觉时，那就证明你已经开始堕落了——不管从事什么职业，也不管是贫还是富。不是说"读书"这行为有多么了不起，而是远离书本本身，说明你已经满足于现实与现世，不再苦苦追寻，不再奋力抗争，也不再独立思考了。

第二，关于"知耻"。大家肯定记得《礼记·中庸》的话："知耻近乎勇。"而明末清初大儒、那位主张"天下兴亡匹夫有责"的顾炎武先生，在《日知录》中称："不廉则无所不取，不耻则无所不为。……故士大夫之无耻，是谓国耻！"也就是说，士大夫的无耻，乃整个时代堕落的表征。

在这个充满欲望的时代，我必须提醒大家，做人应"有所不为"。北大中文系77级同学聚会，我没资格参加，因我本科是在中山大学念的；我妻子参加了，回来说了一句，让我很感动。他们同学聚会，清点了好一阵子，很得意——三十年了，全班同学没有一个人"进去"。这年头，诱惑那么多，77级大学生又身逢其时，占据那么好的位子，居然没有人因贪污受贿等罪名而入狱。如此"清白"，值得庆贺。诸位，今天落网而被法办的贪官，有不少是名牌大学毕业的。所以，在清点同学中有多少人当大官、赚大钱、为母校赢得光荣的同时，也请向北大中文系77级学习，清点一下同学中是否有"进去"的。名校毕业生，能认认真真做人，清清白白处世，也很值得骄傲。

第三，关于"知足"。有一回，北大中文系请老教授袁行霈先生给学生谈学问与人生，袁老师说到什么是"幸福"：你生而为人，而不是猪或狗，这是幸福；你长大成人，没有夭折或大病缠身，这是幸福；你有足够的智力与机遇，读大学，而且念的是北大，这更是万幸，应该学会感恩。他最后说道：生活在"伟大的时代"，那可能见仁见智。但袁先生演讲的立意很好——长存感恩之心。感激父母，感激家乡，感激老师与同学，感激这个时代。这么说话，听起来很"道德"、很"说教"，可随着年龄增长，阅世日多，你会逐渐领悟这个道理。《老子》说："知足不辱，知止不殆，可以长久。"我之强调"知足"，不是功成名就后为避祸而采取的特殊策略，而是人生中必不可少的"感恩"。在我看来，当下中国人，最大的心理隐患就在于怨毒太深，而感恩太少。

本来还想添上一句"知天命"，怕被过度解读，免了。孔夫子说"五十而知天命"，诸位还没到"而立"之年，似乎不该说得那么早。可我理解的"知天命"，是指洞察人生的局限性——才情不同、机遇不同、时代不同，再心高气傲的人，你也必须明白，耕耘与收获并不一定同步。俗话说，人比人，气死人。必须学会"尽人事而听天命"，这样，才能真的"知足"而"常乐"。

说过了沉重的，再说点轻松的。诸位走出校园后，何时"重归苏莲托"呀？20世纪80年代有一首歌，传唱很广："再过二十年，我们重相会，伟大的祖国该有多么美！"这是典型的80年代风格，"理想"与"大话"齐飞。我们都知道，"光荣"不仅"属于八十年代的新一辈"，也属于每一代有为的年轻人。为什么强调二十年后重相会？原因是，这首歌写于1980年，二十年后，那就是2000年。改革开放初期，我们有个口号——到本世纪末，基本实现四个现代化。

我想说的是：这么多同学，"再过二十年，我们重相会"，实在有

130

点太迟了。大学毕业时，我随口说了句"十年后见"。为什么是"十年"？我也搞不清楚，后来逐渐琢磨出来了。"五年"太短，山高水长，还没见出分晓呢；三十年又太长，差不多快要退休了。"十年"不长不短，正合适。而且，以我的体会，毕业后第一个十年非常重要，上下求索，不断拓展，确定自己的位置及奋斗方向。十年后，该做什么，能做什么，大体上已心里有数，以后就是如何往前走的事了。

再过几天，我们这些77、78级大学生，也要白头相聚，纪念毕业三十周年了。发言稿我还没写，但题目早有了，那就是《我们和我们的时代》。我想说的是，每代人都有自己的欢笑与责任、激情与泪花、得意与失落。要警惕"过度自恋"，不断反省自己走过来的路，是否已经尽了力，留下多少遗憾，有没有愧对这个时代？使用"时代"这样的"大词"，容易被敏感的年轻人讥讽；可我认定，"大词"也自有其存在价值。

你我的过去、现在与未来，其实离不开大时代。我们这代人——约略等于你们的父母辈，走过了九曲十八弯，因特殊缘故，"文革"结束后才上了大学，从很低很低的地方起步，一步深一步浅，三十年，伴随着中国改革开放的步伐，好不容易走到今天。好在基本上走的是上坡路，虽然很辛苦，但有期盼，因而也略有成就感。你们这一代，起点比我们高多了，也正因此，要一直往上走，比我们更吃力。三十年后，希望你们也举行这样的聚会，也能欣然告诉后来者，说你们活得很充实，因此，也很幸福。

祝福大家。

中文人的视野、责任与情怀 *

. . .

    也许你从小就喜欢文学,进入北大中文系,乃如愿以偿;也许你不是第一志愿进来的,一开始有点委屈。但这都没关系——四年乃至十年的熏陶,定能换来你一声"不虚此行"的感叹;而且,在今后漫长的岁月里,你会以曾就读北大中文系为荣、为傲。因为,有些大学乃至院系的好处,不是一眼就能看出来的。追求"惊鸿一瞥"时的"尖叫",那不是我们的风格。中文系的好看与耐看,必须浸润其间,才能逐渐体会到。

    不久前,东京大学荣誉教授、日本学士院会员、著名的中国戏剧史专家田仲一成先生来访,交谈中,提及一趣事。当初他本科读的是东大法学部,研究生才转为中国文学研究;很多人认为他明珠暗投,是头脑进了水。五十多年过去了,当年法学部的同学毕业后当官,风光了一阵子,如今全都退休在家,无所事事。只有他,今年满八十,还经常受邀演讲,兴致勃勃地东奔西跑。说起年轻时的固执己见,田仲先生非常得意——这是可以干一辈子的活儿,而且越干越来劲,越老越精彩。所谓"老而弥坚,不坠青云之志"是也。有更多的时间读自己喜欢的书,写自己愿写的文,做自己想做的事,那不是很幸福的事情吗?

---

* 2012 年 7 月 1 日在北京大学中文系 2012 届毕业典礼上的致辞,初刊 2012 年 7 月 4 日《中华读书报》。

我在很多场合发言，从不掩饰对于文史哲、数理化等所谓"长线专业"的偏好。今人喜欢说"专业对口"，往往误将"上大学"理解为"找职业"；很多中国大学也就顺水推舟，将自己降低为"职业培训学校"。在我看来，当下中国，不少热门院系的课程设计过于实用化；很多技术活儿，上岗前培训三个月足矣，不值得为其耗费四年时光。相反，像中文系的学生，研习语言、文学、古文献，对学生的智商、情感及想象力大有神益。走出校门，不一定马上派上用场，但学了不会白学，终归会有用的。中文系出身的人，常被贬抑为"万金油"——从政、经商、文学、艺术，似乎无所不能；如果做出惊天动地的大成绩，又似乎与专业训练无关。可这没什么好嘲笑的。中文系的基本训练，本来就是为你的一生打底子，促成你日后的天马行空，逸兴遄飞。有人问我，中文系的毕业生有何特长？我说：聪明、博雅、视野开阔、能读书、有修养、善表达，这还不够吗？当然，念博士，走专家之路，那是另一回事。

在一个"金钱当道"的时代，要学会大声说出我们的好处。去年春天，为了劝说中学生报考中文系，我接受了《中国青年报》的专访。这篇访谈，原题为《写给可能的"中文人"》，在《中国青年报》2011年2月28日刊出时，改题为《北大陈平原：将求学与致富挂钩是对大学的误解／选专业别为虚名所累，要考虑自己的性格与才情》。这么一改，主旨是明确了，可文章缺了点韵味。想当初，谢冕老师听说我要去报纸上做"招生广告"，直表扬我"很伟大"。接着，给我讲了个相当无奈的故事：老朋友的孩子考大学，征求他的意见，他回答得干脆利落：孩子够不够聪明？若聪明，首选北大中文系。结果呢，人家笑他迂阔，"不知今夕何夕"。

我欣赏谢老师的坦率与执着，也认同他的基本判断；只是时代不同了，我将发言姿态尽可能降低。当被问及人文学科不再占据舞台中心，有心就读中文系的学生该如何自处时，我的答复是：所谓"占据舞台中心"，指的是比较能吸引公众目光，如此而已，不含价值评判。20世纪90年代，商品经济大潮兴起后，人文学就不如社会科学吃香了。体现在大学招生中，以文科考生为例，80年代首选"中文"，如今则首选"经管"。变化的原因，不是知识类型，也不是师资水平，而是毕业生的薪水。这是整个社会需求及工作性质决定的，没什么好抱怨。关键是个人志趣。切忌盲目追求"热门专业"，因那不见得适合你的性格与才情，而且，今天热门明天冷门，不是你能预料的。很高兴诸位目光敏锐，志向远大，正确地选择了北大中文系，很好地兼及了个人兴趣与就业前景。

如今，诸位已完成学业，即将走出校园。此时此刻，你们必定对未来充满憧憬，但也请稍为"顾盼"一下前后与左右：想想你的同学，想想你的老师，想想你的校园，想想你埋藏在燕园的青春记忆。很可能，因学业紧张或感情纠葛，你有过不太顺心的日子；也很可能，你对校方的管理以及老师的授课不太满意。但，这一切都过去了。为了轻装上阵，建议你将"羡慕嫉妒恨"全都埋葬在未名湖边，贴上封条。十年后，你自己来启封，并细细品鉴，那是很有意思的事。

各位，十年后归来，中文系的老师们，绝不会检查你是否腰缠千万。生活上过得去，精神上很充实，学术上有成绩，那是我们对于学生的期盼。是否发财，不应该是大学衡量学生成功与否的标准；起码，在中文系教授眼中，"贫穷"并不一定"意味着耻辱和失败"。再说开去，若你一夜暴富，钱财来路不明，你想捐献，我们都不敢要。

请各位记得，在校时，你我是师生；毕业后，你我就是朋友——如果可以成为朋友的话。传统中国有"一日为师，终身为父"的说法，无论对于学生还是老师，这古训都太可怕了，乃生命中无法承受之"重"。在我看来，所谓辈分高低，只是过眼云烟。三百年后，若真的有幸被提及，除非是专门研究或铁杆粉丝，谁能分辨哪个是学生哪个是老师？最可能的提法是：他们是北大中文系的系友。

在大学当老师，有一个好处，每年一次参加毕业典礼，随着毕业生放飞自己的梦想。有幸在毕业典礼上致辞，既需激励学生，也该警醒老师——长江后浪推前浪，"前浪"怎么办？"前浪"不该过早停下脚步，还得尽量往前赶。在这个意义上，这毕业典礼，既属于朝气蓬勃的毕业生，也属于自强不息的指导教授。

但愿如此。

文学课程

>>>

"文学史"作为一门学科的建立 *

· · ·

　　对于今日中国的大学生来说，"文学史"既是一门必修课，也是一种不证自明的知识体系；而对于大学教授来说，撰写一部完整的可以作为教材的"文学史"，更是毕生的追求。具体作家作品的评价可以千变万化，但写作策略以及研究思路则岿然不动。面对如此坚挺的"学科"，我想提一个小小的问题，"文学史"真的有那么重要吗？破除"迷信"的最佳方法，莫过于思考这一学科的建立，以及这一知识体系的诞生。

　　"诗文评"及"文苑传"的写作策略，与现代意义上的"文学史"，确有较大的区别。但这不等于说，古代中国人在谈论（评判）文学时，没有"史"的意识。刘勰、胡应麟、焦循等人的见解，仍为今日的文学史家所津津乐道。只是古已有之的"文章流别论"，转化为今日流行于学界的"文学史"，仍应归功于西学东渐的大潮。这里涉及晚清以来关于现代民族国家的想象、"五四文学革命"提倡者的自我确证，以及百年中国知识体系的转化。在我看来，还有一个环节值得关注，那便是教育体制的嬗变。

　　有必要重新探讨晚清西方教育体制的引进对中国传统学术精神的冲击、"学部章程"等教育法规对于学术转向的诱导，以及文学史

---

* 1995 年 10 月在香港科技大学主办的"中国文学史再思"国际学术研讨会上的发言提要，初刊 1996 年 7 月 10 日《中华读书报》。

教科书编撰方式的流弊、西方（含日本）汉学家的正面及负面影响。在20世纪中国学界，"文学史"作为一种"想象"，其确立以及变形，始终与大学教育（包括20世纪50年代以前的中学教育）密不可分。不只将其作为文学观念和知识体系来描述，更作为一种教育体制来把握，方能理解这一百年中国人的"文学史"建设。

"文学史"之迅速崛起，主要得益于教育改制。废除科举取士，开办新式学堂，此举对于中国文化进程的影响极为深远。晚清学部（以及民初的教育部）对于课程设置、教科书编写和学生考试方法的规定，乃"文学史"神话得以成立的决定性因素。1902年颁布的《钦定京师大学堂章程》，与"文学"相关的课程，只是"诸子"与"词章"。1903年《奏定大学堂章程》则规定，"中国文学门"的科目包括"文学研究法""历代文章源流""周秦至今文章名家""西国文学史"等，并有明确的提示："日本有《中国文学史》，可仿其意自行编纂讲授。"第二年林传甲在京师大学堂优级师范馆的国文讲义《中国文学史》，章节安排完全依照学部章程的要求，并且坦承此乃"仿日本笹川种郎《中国文学史》之意以成书"[1]。汉学家（正如林传甲所说的，笹川此书"其源亦出欧美"）影响中国教育的决策者，决策者制订的章程又制约着中国学者的论述策略——这当然是个极端的例子，但颇有象征意味。"五四"以后，中国学术日渐独立，研究者不再直接受制于汉学家的思路；至于教育部颁布的规章制度，则仍然深刻影响"文学史"的著述与流通。

"今代学制，仿自泰西；文学一科，辄立专史"[2]，刘永济《十四朝文学要略》明显对此趋势不以为然；但既然执教大学，便不可避免

---

[1] 参见夏晓虹：《作为教科书的文学史——读林传甲〈中国文学史〉》，载《文学史》第二辑，北京：北京大学出版社，1995年。
[2] 刘永济：《十四朝文学要略》第1页，哈尔滨：黑龙江人民出版社，1984年。

地投入"文学史"的写作。鲁迅在20世纪30年代曾多次表达撰写文学史的愿望，但终于落空；其中最主要的原因，便是其脱离大学校园的"庇护"，也没有写作讲稿的"压力"①。说到底，体例明晰、叙述井然、结构完整的"文学史"，主要是为满足学校教育需要而产生的。这就决定了其写作很容易受到政教权力的控制，成为国家意识形态的重要组成部分。唐人刘知几所述官修史书所面临的困境②，对于20世纪中国的文学史家来说，并不陌生。全国统编教材，有利于"文学史"权威之建立，这对组织者及编撰者是个极大的诱惑；但作为教科书的"文学史"，不允许冒险闯禁区，绝难做到"究天人之际，通古今之变，成一家之言"（司马迁《报任安书》）。必须考虑各种利益集团的需要，平息各种学术流派的纷争，因此，只能是"不求有功，但求无过"。作为普及教育的工具，此类著作当然必不可少；但将文学史研究等同于撰写教科书，则是天大的误会。

从"诗文评""文苑传"转为"文学史"的写作与教学，此乃晚清以来中国人的自觉选择。由此而使得20世纪的中国人，对"中国文学"的理解与叙述，迥异于前人。"文学史"在20世纪中国学界的风行，主要得益于"科学"精神、"进化"观念以及"系统"方法的引进③。分析这三大支柱的形成，以及在中国学界的流变，需要更多的篇幅。这里只提出两个小问题：一是以西方的文体观念来剪裁中国

---

① 参见陈平原：《作为文学史家的鲁迅》第五节"学界边缘"，《学人》第四辑，南京：江苏文艺出版社，1993年7月。

② 刘知几撰《史通》，《忤时》篇力陈设馆修史之"五不可"，《辨职》篇则正面立论："昔丘明之修传也，以避时难；子长之立记也，藏于名山；班固之成书也，出自家庭；陈寿之草志也，创于私室。然则古来贤俊，立言垂后，何必身居廨宇，迹参僚属，而后成其事乎？是以深识之士，知其若斯，退居清静，杜门不出，成其一家，独断而已。岂与夫冠猴献状，评议其得失者哉！"清人万斯同、焦竑等对此有进一步的发挥，参见《潜研堂文集·万先生传》引万斯同语，以及《澹园集·论史》。

③ 最有代表性的文章，莫过于胡适的《国学季刊发刊宣言》（1923）和郑振铎的《研究中国文学的新途径》（1927）。

文学，提倡"小说"而冷落"文章"，这一学术转型既带来无限生机，也隐含着蔑视中国固有文类的陷阱；一是所谓"清儒家法"、所谓"神悟"与"体味"，以及重新弥合"文"与"学"的追求，始终是一种不容忽视的声音。

"文学史"的写作与教学，从一个特定角度，凸现了中国人对西方教育体制和研究范式的接纳，以及对固有学术传统的改造。反省近百年的中国文学研究，目的是重新寻找出发点。

四代学者的文学史图像 *

. . .

    描述近百年中国文学史研究的轨迹，并非易事。即使纯粹出于技术上的考虑，暂时以中国大陆的研究成果为对象，不涉及台湾、香港学者以及海外汉学家的贡献，这百年学界的风风雨雨、春华秋实，也不是三言两语能够说清楚的。历史现象错综复杂，而且尚在流动变迁之中，为了便于把握和描述，首先必须借助某种理论假设，将这百年学术进程分层处理。

    有三种可供选择的分析框架：以时期（period）、以运动（movement）或以世代（generation）为中心来展开论述。每一种研究框架，都有其无法避免的局限性。比如，同代人中，学术追求五花八门，绝非"主旋律"所能概括；另外，学术总是处在新旧交叉左右渗透的状态，硬要把它排列成前后有序准确无误的不同"时期"，必然伤筋动骨；至于将学术史设想成若干有共同趣味的学者在共同理论旗帜下从事研究，并因而形成各种"运动"，则又未免过于天真。如此说来，只能"两害相衡取其轻"。这里暂时以"代"为主，以"时期"及"运动"为辅，来展开论述。也就是说，借助若干"代"学者的"共同追求"，体现近百年"文学史"研究的进程。

    之所以选择"代"而不是更常用的"时期"，很大程度是考虑到

---

*   1996 年 10 月 22 日据课堂讲稿整理而成，初刊《北京大学学报》1997 年第 4 期。

特殊的政治变故（如抗日战争、反右运动、"文化大革命"等）使得许多学者无法正常发挥其才华，学术成果的面世大大滞后，若按时期划分，很可能整个学界面目模糊。几代人在同一瞬间呈现，而且缺乏必要的呼应与联系，造成这种互相争夺舞台，因而谁也无法得到充分表演的局面，并非学者的主观意愿或学术发展的必然需要，而是严酷的政治斗争的结果。按"时期"分，容易见出意识形态对"文学史"图像的严重制约；而谈论学术史上的"代"，则可以透视学术发展的内在理路。实际上，正是这种"内在理路"，使得近百年的文学史研究，具备某种弹性与活力，没有完全屈从于政治权威。

社会学意义上的"代"，指的是在大致相同的政治环境与道德氛围中成长起来，具备类似的习惯和理想、欲望和观念的一大批人。这种有独立历史品格的"代"的形成，不完全依赖生理的年龄组合以及生物的自然演进，更注重知识结构与表演舞台，因而，有提前崛起的，也有延迟退休的。大致而言，社会变革及转型期，"代"的更迭比社会稳态期快，"代"的成熟也比社会稳态期早。另外，同样注重共同经历与体验，由于专业训练时间的长短，以及登台表演的迟早，决定了不同领域形成"代"所需的时间不一样。比如说，学者的成熟，普遍比诗人迟，衰退自然也比诗人晚。假定作家的"临界年龄"为四十岁①，那么，学者的"临界年龄"，大概是五十岁。这并非认定年过半百的学者便不再有创造性的研究成果，而是说，当上一代学者的主力超过五十岁时，新一代学者才有可能得到充分的发挥，也才得到社会的普遍关注。

学术史上的"代"的更迭，并不仅仅是换了一批新面孔，而很可

---

① 参见罗贝尔·埃斯卡皮：《文学社会学》（于沛选编）18页，杭州：浙江人民出版社，1987年。

能是意味着学术思路及研究模式的转移。随着有共同生活感受和学术训练的新一代学人的崛起，学术界很可能"焕然一新"。这里的"新"与"旧"，只是现象描述，并非价值评判。不管是"长江后浪推前浪"，还是"一代不如一代"，学术史上新一代的崛起，不以当事人的意志为转移。

不同学者起步有早晚，学术生命也有长短，但大致而言，三十至六十岁是人文学者的"黄金时代"。最佳年华不一定有最佳表现，还必须考虑到整个社会环境以及学术思潮的演进。借用"三十年河东，三十年河西"的套语，学术范式的转移，大体需要这么一个时间周期。从政治史的角度讨论 20 世纪中国知识分子的心路历程，或许可以十年、二十年为"一代"[①]；但从学术史角度思考，我主张把"代"的期限稍微放宽，以三十年为其表演的舞台。

具体说，以成长并主要活跃于 20 世纪 10—40 年代的学者为第一代；以成长并主要活跃于 20 世纪 30—60 年代的学者为第二代；以成长并主要活跃于 20 世纪 50—80 年代的学者为第三代；以成长并主要活跃于 20 世纪 80 年代至世纪末的学者为第四代。这种"代"的划分，兼及近百年中国的政治文化思潮，既非单纯的生理年龄，也不是抽象的理论设计。只可惜，以"代"的更迭与学术范式的转移为中心，必然对单个学者（尤其是特立独行者）造成压抑。这里只是描述笔者所能感觉到的"大趋势"，而无意为具体学者"盖棺论定"。本文原为讲课提纲，近乎"青梅煮酒论英雄"，难免粗疏。记得陈寅恪先生说过："对于古人之学说，应具了解之同情，方可下笔。"[②] 如今

---

① 参阅冯雪峰《鲁迅先生计划而未完成的著作》(《宇宙风》第 50 期，1937 年 11 月）中对鲁迅"写四代知识分子的长篇"的介绍，以及李泽厚《中国现代思想史论·后记》(《中国现代思想史论》，北京：东方出版社，1987 年）将现代中国知识分子划分为六代的设想。

② 陈寅恪：《金明馆丛稿二编》247 页，上海：上海古籍出版社，1982 年。

尚未深得其中三昧，唯恐过于唐突前贤，故暂时割舍对于具体学者评判的部分，只保留论说的基本框架。

第一代文学史家主要活动于 20 世纪 10—40 年代，代表人物均为 19 世纪生人①。其特点是：第一，借助西方"文学"及"文学史"观念，从事系统的"科学研究"。其学术思路，伴随着新的教育体制的建立而迅速传播。第二，由于身处新旧交接时期，学者们大都有较好的旧学修养。在具体研究中，承继乾嘉遗风，注重考据辑佚，兼及金石与文史。第三，或从"新"诗人转为"旧"学者，或将"新文学的建设"与"国故之新研究"合而为一，这一代的文学史家，其活动的天地，大都不局限于书斋与教室。第四，其开拓者的姿态，至今仍令人神往。开风气，立规则，跑马圈地，四面出击——至于在所难免的粗疏与乖谬，自有后人加以纠正。最后，由于对待"传统"的态度迥异，发展出两种不同的研究策略，分别以北京大学和东南大学为代表。以思想文化刊物《新青年》，来衡量作为一种学术刊物的《学衡》，不太恰当。倒是北大的《国学季刊》（与《清华学报》《燕京学报》《史语所集刊》并称四大学刊），可以拿来与《学衡》做比较。北大为代表的新文化，日后得到很大的发展，成为近百年中国学术的主流；但东南学术另有渊源，对传统中国学术精神有更多体认与继承，同样值得重视。

---

① 第一代主要活动在 20 世纪 10—40 年代，主要人物及著作有：章太炎《国故论衡》，梁启超《中国韵文里头所表现的情感》《中学以上作文教学法》，王国维《人间词话》《红楼梦评论》《宋元戏曲史》，刘师培《中国中古文学史讲义》《论文札记》，黄侃《文心雕龙札记》，吴梅《中国戏曲概论》《曲学通论》，胡适《五十年来中国之文学》《白话文学史》《中国章回小说研究》，鲁迅《中国小说史略》《汉文学史纲要》，郑振铎《中国俗文学史》《插图本中国文学史》，周作人《中国新文学的源流》《儿童文学小论》，俞平伯《红楼梦辨》《论诗词曲杂著》，顾颉刚《孟姜女故事研究》《吴歌小史》，闻一多《神话与诗》《唐诗杂论》，朱自清《诗言志辨》《中国歌谣史》《中国新文学研究纲要》，胡小石《中国文学史》，陈钟凡《中国文学批评史》，钱基博《现代中国文学史》等。

第二代文学史家主要活动于 20 世纪 30—60 年代，除个别"出道较迟"者，大都系 20 世纪生人①。第一，规范化及专业化倾向已经相当明显，缺少上一代那种生气与博大，但各种文类及文体史的研究，成果相当可观。步正轨，出成绩，多"专家之学"，属于学术史上的"常规建设"阶段。第二，学术思路及研究领域大有拓展。如敦煌学、神话学、民间文学、妇女文学等，上一代人略有涉及；但大踏步地前进，并形成独立的学科意识，却是靠第二代文学史家。第三，关注仍在进行的文学进程，发展出意义深远的"现代文学"学科，使得文学理论、文学批评与文学史，有可能三位一体或良性互动。第四，引进唯物史观，突出文学研究中的社会学取向，曾经大大改变了以往的"文学史"图像。最后，尽管有战争的阴影，以及 20 世纪 50 年代以后连续不断的政治运动，这一代学者年轻时受过良好的学术训练，故仍能排除干扰，较好地发挥其才华。

第三代主要活动于 20 世纪 50—80 年代②。以马列主义为指针，以"改造旧大学"为己任，以"文学史写作"为入门——这代人的提前登台，日后以不断的补课为代价。古与今、中与外、史与论、文与史等的相当隔膜，使得如何扩大学术视野，成了当务之急。更因受特

---

① 第二代主要活动在 20 世纪 30—60 年代，以文学通史的写作见长的有陆侃如、冯沅君、刘大杰、林庚等，以批评史研究见长的有郭绍虞、罗根泽、方孝岳、朱东润等，注重诗词研究的有游国恩、龙榆生、夏承焘、唐圭璋、刘永济、顾随、任半塘、钱仲联、程千帆等，注重小说戏曲的有孙楷第、胡士莹、陈汝衡、吴组缃、卢冀野、王季思、董每戡、周贻白等，注重民间文学及敦煌学的有钟敬文、赵景深、丁山、袁珂、向达、王重民、姜亮夫等，开拓晚清及现代文学研究的有阿英、陈子展、李何林、王瑶、唐弢等。陈寅恪与钱锺书的著作出入文史且兼及中外，虽在此期间出版，与上述诸君之"专攻"不同，难以相提并论。

② 第三代主要活动在 20 世纪 50—80 年代，在古代文学研究方面成绩突出的有陈贻焮、傅璇琮、程毅中、褚斌杰、袁行霈、郭预衡、胡念贻、曹道衡、周勋初、章培恒、徐朔方、黄天骥、孙昌武等，古代文论贡献较大的有王元化、李泽厚、杨明照、王运熙、张少康、牟世金、罗宗强等，现当代文学研究影响较大的有钱谷融、严家炎、樊骏、孙玉石、黄修己、范伯群、谢冕、洪子诚等。

殊时代政治思潮所裹挟，其批判性思维特征，与建立新规范的渴望，二者不大容易协调。但是，对社会现实的关注，对唯物史观的接受，对"大叙事"的强烈兴趣，依然是这代人的长处。而 20 世纪 80 年代以后的自我调整与重新选择，更使得其有可能得到较好的发挥。目前，这代人中的佼佼者，成了各学科、各专题研究的组织者与带头人。

第四代指的是"文革"以后培养的学者。这些人相互之间年龄差距很大，但从知识结构及学术理想上看，基本属于同代人。就文化环境与所受教育而言，这代人可以说是"先天不足，后天失调"。改革开放以来，学术思潮的急剧变化，迫使其不断地进行自我调整。积极面对西方世界，既可能充满生机，又容易流于浮躁。机会多而能力小，观念新而学养薄，崛起快而沦落早——此乃这代人的尴尬之处。刚刚开始"找到感觉"，又因政治、经济的急剧转型，而被迫面临"艰难的选择"。即便如此，从 20 世纪 80 年代的"回到五四"，到 20 世纪 90 年代的"走出五四"，这代人中的"幸存者"，依然不曾完全失去学术上的自信，仍在寻求范式更新的可能性。对于学术史上的"这一代"，无论褒贬抑扬，均为时尚早——其"学术宣言"，有待众多研究成果的对照与检验。

反思"文学史"*

· · ·

　　世人提及"文学史",可能指的是具体的著作或课程,也可能是相对抽象些的学科,或者知识体系。所谓反思"文学史",不是指具体作家作品的抑扬褒贬,而是思考整个学科的来龙去脉。将"文学史"置于现代中国学术发展的脉络上来考察,理解其得失与成败,对于今日中国学界来说,不无裨益;而对于刚刚入门的研究生来说,更是必不可少。具体说来,我以为有如下几方面的好处。

　　第一,学会用怀疑的眼光来审视以往的种种"定论",这对于现代学者来说,是必不可少的基本功。借用鲁迅《狂人日记》中的追问:"从来如此,就对么?"但是,这种"怀疑"与"挑战",不应该局限于枝节,更不是胡搅蛮缠,而必须是"知根知底"的叩问。文学史研究,就像所有的学科一样,存在着某种惯性,依照已有的思路,也能往前走,但发展的潜力很有限。不加思索地接受前辈学者的结论与思路,只能停留在枝节问题的不断修正上。而那些根本性的问题,或者称之为"真问题",又很可能被目前学界新闻化、随笔化的著述倾向所掩盖。我并不反对学者写随笔,我自己也一直在写。我的意思是说,做学问与写随笔不同,后者可以腾挪趋避,碰到困境,凌空一跃

---
* 2000 年 3 月 3 日于北大第四教学楼为北大中文系研究生开设的"中国文学研究百年"专题课上的"开场白",初刊 2000 年 3 月 22 日《中华读书报》。承蒙张洁宇君记录整理,特此致谢。

就过去了，姿势还很优美；做学问就不行，必须直面难题——因为那很可能正是成败的关键所在，必须扎死寨，打硬仗。能否发现"真问题"，既取决于历史机遇、个人才情，也与学术史视野有关。

第二，研究文学史，应当对研究对象和前辈学者抱有一种"了解之同情"。这是陈寅恪先生在评价冯友兰的《中国哲学史》时提出的，这里隐含着对胡适《中国哲学史大纲》过于"有主见"的研究方法的批评。在陈寅恪看来，胡适更多的是先确定研究框架和理论原则，然后让中国哲学资料对号入座；而冯友兰则力图沉入中国哲学内部进行思考，故对孔子、庄子等人的思想有较为深入的体贴。按照陈寅恪先生的设想，研究者应以艺术家的眼光来鉴赏古人的作品，以"神游冥想"的方式来理解前人的思路和苦衷，然后再作评价。其实，这种读书方法，对于古代中国人来说，是再自然不过的了。只是到了强调反叛的 20 世纪，情况才发生了逆转。如果说古代中国学者的最大问题是"进去了，但出不来"，20 世纪中国学者的困惑则很可能是"进不去"或根本没想"进去"。对于聪明人来说，读书时一味挑错，不是好习惯；擅长领略别人的好处，其实不太容易做到。在我看来，研究者不只应该具有独立的审美标准与文化立场，必要时还能与古人处同一境界，理解其苦心孤诣——至于认不认同，那是另一回事。一个优秀的文学史家，应当是既"特立独行"，又"体贴入微"。有自己的判断，却又能领悟前辈学者的好处并理解他们的困境，如此平正通达的学者，其著述方才显得大气。

第三，套用冯友兰先生的说法，研究学问，要追求"接着讲"，而不自限于"照着讲"。冯先生在《新理学》所说的"接着讲"，是指由研究哲学史转为哲学创作，我则借以表达某种研究策略。人文研究领域，几乎每个重要课题都是成果汗牛充栋，偶尔也有完全不理会前人那一套而"横空出世"者，但正路还是追求"百尺竿头，更进一步"。

最可怕的是跟在别人后面鹦鹉学舌，重复无数遍已经成为常识的"真理"。目前中国学界的最大问题，是为了完成各级学校及科研机构的"论文指标"，而十分努力地从事"无效劳动"。这是很可惜的事情。在我看来，研究者首先必须了解哪些是真问题，什么是真学问，何处是前辈学者停足的地方，怎样才能"接着说"。哪怕一时力有不逮，至少也要具有这样的志向和鉴别能力。

第四，反思"文学史"，或者说谈论学术史上的"文学史"，其目的是通过触摸历史来面向未来。既然是面向未来，择善而从、直接引进不就得了，何必如此啰唆？通过与过去对话来获得经验与方向感，比起直截了当的"拿来"，确实是慢了些。之所以宁愿下此笨功夫，正是有感于百年中国学界的过于急功近利。流行思路是，走出国门，寻找"最新潮"的理论与方法，套用在自家的研究中。表面上看，走得很快，早就"与国际接轨"了，但实际上一直跟在别人后面。永远的"拿来"，不是好办法，"中国经验"不应该只是研究中的"原材料"。并非漠视国外的研究成果，而是批评时下流行的西方理论"嫁接"本土经验的研究思路。说得不好听，这是偷懒，目的是"多快好省"，一步抢到最前沿。通过触摸历史来获得问题意识和方向感，并没提供任何可以"活学活用"的理论与方法，只能说有长期效应，但无法马上"上一个台阶"，属于"滋补"而非"救急"。

第五，借助学术史研究，培养一种境界与情怀。不讲理论体系，而从个案研究入手，缺点是抽象程度不高，好处则是"有血有肉"。通过对前辈学者的体贴与追慕，通过对具体著作的演习与理解，比较容易"进入角色"。而对于学者来说，能否"浸淫其间"，比智商高低、才情大小可能更要紧。另外，个案研究中，"学"与"人"往往不可分割，易于体会前辈学者的思路与情怀。理论框架与具体结论都可能过时，但第一流学者的研究和著述中所体现出来的情怀与境界，历久弥新。所谓研究的"入流"，不只体现为以新方法、新材料研究新问题，更落实为学者的精神境界。王国维《人间词话》称"词以境界为最上，有境界则自成高格"，完全可以借用来谈论学问——论学之文，也是"有境界则自成高格"。讲到文章的境界，似乎有点玄虚，但个中人大都能意会。这里需要的是潜移默化，而不可能现炒现卖。我之所以再三强调学术史研究不仅是一个课题，而且更是一种极好的情感、心志以及学养的自我训练，原因就在这里。

最后，我想谈谈学术史研究可能产生的副作用。俗话说，"是药三分毒"，20世纪90年代以来逐渐成形的学术史研究思潮，自然也不例外。我提醒诸位，修这门课，大概可以养成较好的眼光与品位，却无法因此获得神力。最常见的状态是：志大才疏，眼高手低。这还不是大问题，就像老话所说的，"师傅领进门，修行在个人"，以后自家努力就是了。最怕的是"会当凌绝顶，一览众山小"后，造就一种居高临下的姿态，随意指点江山，如入无人之境。把读书做学问看得太容易，把前辈和同行设想得太愚蠢，这种心态很可怕。所以，我不主张专门从事学术史研究，而是希望诸位术业有专攻，而后才将学术史作为研究课题或自我训练的途径。这样的话，多一分通达，多一分体贴，也多一分悲悯——无论做人还是做学问，都很重要。

假如没有"文学史"……*

在我看来，"文学史"是一门既可爱又可疑的学问。为此，我写过不少文章，质疑国人根深蒂固的"文学史"情结。从 1988 年追随王瑶先生思考"中国文学研究现代化进程"算起，我之关注兼及大学课程、著述体例、研究思路、知识体系以及文化商品的"文学史"，至今已有二十年历史。其间，除了先后在北京大学、台湾大学、华东师范大学讲授"中国文学研究百年"专题课，先后出版编著《小说史：理论与实践》《文学史的形成与建构》《中国文学研究现代化进程二编》《早期北大文学史讲义三种》《学术史：课程与作业——以"中国现代文学学科史"为例》等[①]，还曾和友人合编《文学史》集刊[②]。总括起来，不外是在学术史与教育史的夹缝中，认真思考"文学史"的生存处境及发展前景。

八十年前，郑振铎反省中国的文学研究，撰写《研究中国文学的

---

* 2008 年 10 月 14 日在河北大学召开的"新形势下中国现代文学的研究格局与教学问题"研讨会上的专题发言，初刊《读书》2009 年第 1 期。

① 参见《小说史：理论与实践》，北京：北京大学出版社，1993 年；《文学史的形成与建构》，南宁：广西教育出版社，1999 年；《中国文学研究现代化进程二编》，北京：北京大学出版社，2002 年；《早期北大文学史讲义三种》，北京：北京大学出版社，2005 年；《学术史：课程与作业——以"中国现代文学学科史"为例》，合肥：安徽教育出版社，2007 年。

② 参见陈平原、陈国球主编《文学史》第一、第二、第三辑，北京：北京大学出版社，1993、1995、1996 年。

新途径》，批评以往中国人的研究从没上过"研究的正轨"；提倡系统的、科学的、"统括全部历史"的文学史著述①。宋人说，"天不生仲尼，万古长如夜"（朱熹《朱子语类》卷九十三）；如此夸张而蹩脚的吹捧，今天不可能被接受，更遑论区区"文学史"？反省这种"文学史"迷思，并非基于民族自信心，也不是套用后现代论述，而是教育史与学术史的巨大张力，促使我直面如何有效地进行"文学教育"这一难题。说到底，有关"文学史"的课程及著述，只是我们进行文学教育的拐杖，并借以逐步进入文学殿堂。如今，教材俨然学问，丫鬟变成了小姐，真是有点伺候不起了。我的目的是，以教学实践为杠杆，撬开大门，从缝隙中窥探文学史建构中的若干问题，反省、质疑、重构世人所熟悉的文学史图像。这里所说的"文学史"，不仅仅是具体作家作品的评价，甚至也不只是学术思路或文化立场，还包含课程与著述、阅读与训练、学术研究与意识形态、校园与市场等。如此立说，即便建树无多，起码提醒学生们，作为课程的"文学史"，其实没有想象中的那么神圣。

那么，反过来想，假如没有文学史，我们该如何思考、教学、著述？依我猜测，最直接的效果，很可能是如下几点：

第一，知识破碎，不成体统。不仅具体大学的老师、学生，整个社会的知识结构都如此。唐诗过后是宋词，李杜光芒万丈长，《金瓶梅》影响了《红楼梦》等，这是常识；周氏兄弟思想及文章的差异，古风及律诗的审美特征，这些也都明白。差别在于：世人可能关注作家风格及文章体式，但不太熟悉也不太在意所谓的"时代风貌"——比如明代文学的整体特征或20世纪30年代中国文坛的各个侧面。今

---

① 参见郑振铎：《研究中国文学的新途径》，《中国文学研究》第 4 页，上海：商务印书馆，1927 年。

天中文系学生的"文学史常识"（即便不含外国文学），很可能比清代的博学鸿儒都丰富。可是，扪心自问，我们真能"全史在胸"，纵论古今，从屈原一直讲到鲁迅？请记得陈寅恪在《冯友兰中国哲学史上册审查报告》的提醒："其言论愈有条理统系，则去古人学说之真相愈远。"[①]

第二，阅读优先，经典第一。从四书五经、《史记》《文选》，一直到《唐诗三百首》《古文辞类纂》等，这是以经典及选本为中心的文学教育。这当然很不民主，"赢者通吃"，许多作家作品被遗忘了，文学的复杂性及多样性也因此无法呈现。这还不算确定经典及编辑选本时可能存在巨大的"利益"与"偏见"。以经典为中心组织阅读，可能导致后人的偏食，以及对整体历史进程的无知。重"讲授"还是重"细读"，形成了不同的知识结构。因印刷便利以及学术风气转移，今人说出来及写下来的，比他们的实际水平高；古人则反之。如果说过去是以阅读/理解/承传为中心，现在则以写作/表述/创新为中心。原中山大学中文系教授黄家教曾感叹："父亲生我们七个儿子，每个孩子学一门专业，都不及父亲的学问好。真是一代不如一代哦。"[②] 黄教授的父亲黄际遇先生，抗战中任中山大学数学天文系主任，可他同时在中文系讲授"历代骈文"课程。这样的奇才，现在不可能出现。可另一方面，学问很好的黄际遇先生，留下来的作品并不多。这就是时代风气的差异。

第三，攻其一点，不及其余。因为没有清晰的文学史线索，不晓得或不屑于了解何为"整体"、怎么"演进"、哪些是必不可少的"转

---

① 陈寅恪：《冯友兰中国哲学史上册审查报告》，《金明馆丛稿二编》247 页，上海；上海古籍出版社，1980 年。
② 参见林伦伦《〈黄际遇先生纪念文集〉序言》，载陈景熙、林伦伦编《黄际遇先生纪念文集》，汕头：汕头大学出版社，2008 年。

折"，反而获得了极大的阅读自由。不读汉赋，照样欣赏元曲；不了解《西厢记》，同样喜欢《牡丹亭》，对于非专业的读者来说，尽可全凭兴趣，选着听，跳着读。至于专业研究者，因"术业有专攻"，不能不有很多舍弃。我常感慨，海外汉学家的著述很有深度，但他们对研究范围之外的东西，竟然如此"无知"。这就是差异——同样是博士资格考试，人家要求视野开阔，注重知识间的联系；我们要求常识丰富，不能千里走单骑。单就文学阅读以及学术探索而言，"个人性"与"片段化"，或许更可行。过分注重"系统性"，必定导致不懂装懂，还有就是以"综述"代替"研究"。

第四，不循常规，误入"歧途"。这里所说的"歧途"，不含褒贬意味，只是脱离了原有的规范以及原定的发展方向。那样的话，有意无意地，全凭个人兴趣，不时"越界操作"。但这并非就是坏事。最典型的，莫过于《红楼梦》研究；胡适曾讥笑蔡元培校长为代表的索隐派乃"猜笨谜"，可人家乐此不疲，且代有传人。即便在专业范围内，也有很多"明修栈道，暗度陈仓"的。遵从文学史的嘱咐，步步为营地展开阅读，这就好比修好了渠道再放水，不浪费，少走弯路，但也因此缺少奇思妙想，很难有意外的惊喜。

第五，讲课时注重个人体悟，随意发挥。从晚清到 20 世纪 30 年代，各大学乃至中学，多要求教师自己编写文学史教材，如最近岳麓书社刊行来裕恂先生 1909 年稿本《中国文学史稿》，那是他在浙江海宁中学堂教书时所撰的。现在讲求规模化、集约化、标准化，倾向于在某个层次上实现"统编"。这里有意识形态以及商业利益方面的考量，还有就是课堂教学本身的特点。虽有各式教科书，但好大学里的好老师，大都灵活掌握，还能有别具一格的讲授；随着教育部逐步推行硕士生入学"统一考试"，从教材到讲授，各种个性化的表述，将越来越难有立锥之地。因此，得提醒学生，那些面面俱到、八面玲珑的文学史（作为教材只能如此），只是入门的拐杖，并非"文学教育"最佳、更不要说唯一的途径。

第六，著述时固执己见，罔顾学界共识。作为教材的文学史，说到底是个人趣味屈服于集体意志。这里所说的"集体意志"，包括学界共识、听众需求以及商业利益。太个性化的表述，只能局限在特定校园，无法广泛流通。假如你希望教育部推荐以及学界同人认可，那你只能妥协——包括《中国现代文学三十年》（钱理群等）、《中国当代文学史》（洪子诚）等非常成功的教材，都是如此。这一点，只要对比他们的个人著述，你就明白其中的差距。陈西滢嘲笑英国人附庸风雅，没人敢公开说自己不喜欢莎士比亚[①]；如果你编文学史教材，确实没有特立独行的权利。你敢说《红楼梦》写得不怎么样，或者说鲁迅不如胡适伟大？反过来，不编教材，你完全可以固执己见，撰写"有特色"且"充满偏见"的个人著述——只要能自圆其说就行了。

当然，这只是假设而已。今日中国学界，不可能退回到诗话、词话、文话的时代。1903年引进的作为教学及著述体系的"文学史"，还将继续引领风骚，只是其光环在逐渐退去，功能也在逐渐转变，学者们在腾挪趋避之中，积累了越来越多的经验与教训、体味与反省。不说遥远的王国维、刘师培、鲁迅、胡适，或者国外的勃兰兑斯等，就从我们的老师说起。近日拜读北大出版社刊行的《回顾一次写作——〈新式发展概况〉的前前后后》以及相关

---

① 参见陈西滢《听琴》，《凌叔华、陈西滢散文》257页，北京：中国广播电视出版社，1992年。

笔谈 ①，还有《文艺研究》所刊王水照教授的访谈录等 ②，对上一代学者从事"文学史"的研习、教学、撰述的追忆与反省，可谓感同身受。

受此鼓舞，也想野叟献曝，谈谈我对文学史教学及著述的几点意见。

第一，人文学关注的重点，本来就应该是心灵，可现在我们跟着社会科学跑，越来越关注外在的世界。萨义德晚年写了一篇文章，题目叫《回到语文学》。大意是说，现在流行的读书策略有问题，从一些很粗浅的文本阅读，迅速上升到庞大的权力结构论述，他对这个趋向非常担忧。他认为，这么做，相当于"放弃所有人文主义实践的永恒的基础" ③。也就是说，人文学者的实践，最关键的是语文学。所谓语文学，就是对言词、对修辞的一种耐心的详细的审查，一种终其一生的关注。这是人文学的根基所在。你现在把这个根基丢了，拼命往外在的世界跑，找了很多很多材料，表面上很宏阔，但品味没了，这是今天人文学的困境。对于人文学者来说，保持对文辞的强烈关注，既是基本训练，也是安身立命的根基 ④。

第二，在我看来，中国的"文学教育"，主要问题出在以"文学史"为中心的教学体系（背后确有配合国家意识形态及思想道德教育的意味，此处不赘），窒息了学生的阅读快感、审美趣味与思维能力。文

---

① 参见谢冕等著《回顾一次写作——〈新诗发展概况〉的前前后后》，北京：北京大学出版社，2007 年；《文艺争鸣》2008 年第 2 期上赵园、孙绍振、钱理群、刘复生、孙玉石、姜涛、冷霜、洪子诚等人的笔谈。

② 参见侯体健《为问少年心在否，一篇珠玉是生涯——王水照教授访谈录》，《文艺研究》2008 年 6 期。

③ 参见萨义德《回到语文学》，爱德华·W. 萨义德著、朱生坚译《人文主义与民主批评》71-72 页，北京：新星出版社，2006 年。

④ 参见陈平原《人文学的困境、魅力及出路》，《现代中国》第九辑，北京：北京大学出版社，2007 年 7 月。

学教育的关键，在"读本"而不在"教科书"，是在导师引导下的阅读、讨论、探究，而不是看老师在课堂上如何表演——教科书及老师的表演越精彩，越容易被记忆与模仿，对于学生来说，这是一种限制（从思考、提问到表达）。背教科书长大的一代，学术上很难自立。到过欧美的，都惊叹其中小学乃至大学教育之"放任自流"，可人家照样出人才。像咱们这么苦读，还不怎么"伟大"，实在有点冤。我再三强调，对于中文系学生来说，课堂及教科书远不是全部；课余的自由阅读及独立思考，方才是养成人才的关键。

第三，读惯/写惯文学史的学者们，一出手就是居高临下的"教训"——以传授知识为己任，而很少平心静气地探讨问题。其实，提倡"以问题为导向"的分析史学，有个意料不到的好处——那就是超越"抄袭"或"变相抄袭"这一可能存在的陷阱。时下流行且容易获奖的通史类写作，或成于众人之手，属于拼盘性质；或学力不足，只好多有借鉴。而作为教材的文学史，不便处处加注，一不小心，就是学术犯规。今天监管不严格，大家习以为常；日后回过头来看，很多大部头的书，都有此类问题。之所以主张专题研究，某种意义上，也是为了"趋避"，免得他日后悔莫及。

第四，区分课堂讲授与书斋阅读，也区分教科书编写与专业著述——目前的状态是该深的深不了，该浅的浅不下去。深入浅出，很不容易，我推崇朱自清的《经典常谈》、三联书店的"三联精选"以及北京出版社的"大家小书"，那都是前辈学者所为，今天的教授，能做得到吗？至于专业著述，需要"彻底解决"的意志与能力。这是我主编英文版《文学研究前沿》（每年大约选文 30 篇）时的最大感触。尤其是中国现当代文学研究，思想极为活跃，著述相当丰富，但让人拍案叫绝的好论文并不多。不全是数字化管理的压力，还有本学科的特点：过于鲜明的启蒙意识与社会感慨，立意高而规范少，缺乏就某一话题深入研究，以求"彻底解决"的意志与能力。当然，追踪当代文学进程的批评家，与关注历史演进的史学家之间，本就应该有区隔；我说的主要是后者。

第五，成功的文学史研究，必须兼及技术含量、劳动强度、个人趣味、精神境界。这四者，在我看来，缺一不可。"个人趣味"与"精神境界"，意思显豁，学者多有体会，不必多言。反而是前两者，必须说两句。"技术含量"指的是专业技能，那是入门手艺，业余爱好者也有贡献（如报纸上的专栏文章及电视上的百家讲坛），但不可同日而语。为何连"劳动强度"也算在内？你用什么资料，花多少力气，下多大功夫，内行一眼就能看得出来。劳动量大的，不一定是好论文；但没有一定的劳动强度，凭小聪明写出来的，不会有大的贡献。

文学史、文学教育与文学读本*

. . .

　　十七年前，在香港科技大学召开的"中国文学史再思"国际学术研讨会上，我发表了《"文学史"作为一门学科的建立》，其中有："面对如此坚挺的'学科'，我想提一个小小的问题，'文学史'真的有那么重要吗？"[①]写下这段话，有一种三分苍凉七分悲壮的感觉——那时我正与承接项目《中华文化通志·散文小说志》苦斗，又因学术史思路的展开，对"文学史"这一知识类型产生了刨根问底的冲动。如此左冲右突，上下求索，真的是心力交瘁。也正是这既"努力写作"又叩问"写作理由"的过程，让我深刻体会到："作为课程设置的'文学史'，与作为著述体例的'文学史'，以及作为知识体系的'文学史'、作为意识形态的'文学史'，四者之间互相纠葛，牵一发而动全身。"[②]

　　记得 2004 年 11 月，在北京大学和苏州大学联合召开的"中国文学史百年研究国际研讨会"上，我除了介绍新发现的法兰西学院藏吴梅讲义《中国文学史》，还对国人过分热衷于编撰结构严密、体系完整的"文学史"表示不以为然。回答记者提问时，因表达不太周

---

* 2012 年 12 月 8 日在武汉大学主办的"现当代中国文学史书写的反思与重构"国际高端学术论坛上的主题发言，原题《以"读本"为中心的文学教育》。初刊《河北学刊》2013 年第 2 期。

① 陈平原：《"文学史"作为一门学科的建立》，1996 年 7 月 10 日《中华读书报》。

② 陈平原：《作为学科的文学史·后记》，《作为学科的文学史》479-480 页，北京：北京大学出版社，2011 年。

全，引起了一些朋友的误解，以为我完全否定"文学史"的存在价值。其实，我多次提及，文学教育的重心由技能训练的"词章之学"转为知识积累的"文学史"，并不取决于个别文人学者的审美趣味，而是整个中国现代化进程的有机组成部分。因此，今日中国，只要你执教大学并从事文学教育，便会不可避免地投入"文学史"的编撰与讲授[①]。

十几年来，一直自我反省：为什么我就写不出一部文学史？到底是不能、不为，抑或二者兼而有之？

一、为何选择"中途退场"

我所在的北京大学中文系，乃文学史写作的大本营。从清末民初至今，很多有代表性的文学史著作（尤其是教材），是我的前辈或同事撰写的。不说远的，单是我读博士期间接触较多的几位老先生，王瑶先生有披荆斩棘、为本学科奠定根基的《中国新文学史稿》；林庚先生不同时期撰写了三种不同形制的《中国文学史》，且各有千秋；季镇淮先生乃四卷本通用教材《中国文学史》的主编之一，晚年"异想天开"，邀请弟子夏晓虹与其合撰一部新的文学史（当然只是说说而已）；每次访问吴组缃先生，听他讲述如何撰写中国小说史，是一件很愉快的事情——可惜因悬的过高，此书最终没有完成。至于今天仍健笔如椽的师友，在编纂文学史方面有绝佳表现的，如袁行霈主编《中国文学史》，钱理群、温儒敏等合著《中国现代文学三十年》，洪子诚独立完成《中国当代文学史》，严家炎主编《二十世纪中国文学史》——这四部文学史，恰好是目前中国高校的主流教材。长期生活

---

① 参见陈平原《作为学科的文学史》第十章，此章以《重建"中国现代文学"——在学科建制与民间视野之间》为题，初刊《人文中国》第12辑，上海：上海古籍出版社，2006年9月。

在如此学术氛围中，可以想象我所承受的"撰写文学史"的压力。可为什么我就那么没出息，最终选择了"中途退场"呢？

说起来，我的起跑状态很好。博士毕业后，参加严家炎、钱理群主持的《二十世纪中国小说史》课题组，承蒙二位主编信任，让我由着自己的兴趣及性情独立撰写第一卷。1989年2月，我在《二十世纪中国小说史》第一卷的"卷后语"中提及：

> 我给自己写作中的小说史定了十六个字："承上启下，中西合璧，注重进程，消解大家。"这路子接近鲁迅拟想中抓住主要文学现象展开论述的文学史，但更注重形式特征的演变。"消解大家"不是不考虑作家的特征和贡献，而是在文学进程中把握作家的创作，不再列专章专节论述。……鉴于目前学术界对这一段文学历史的研究尚很不充分，本卷特借助"作家小传"和"小说年表"两个附录，一经一纬展示阅读这卷小说史时不能不掌握的基本史料。①

不管别人怎么看，在我自己，此书的撰写，确实是在探索"文学史"写作体例的革新。书出版后，为了给课题组各位师长汇报，也为了在随后召开的国际学术研讨会上发言，我写了好几篇有关文学史眼光及小说史研究方法的文章，日后收入《小说史：理论与实践》（北京：北京大学出版社，1993年）一书。应该说，那段时间，我对如何撰写"文学史"是有不少思考的。

1993至1996年间，除了若干学术史论文，我的精力主要集中在《中华文化通志·散文小说志》——此书第二版日后独立刊行，改题

---

① 陈平原：《二十世纪中国小说史》第一卷300页，北京：北京大学出版社，1989年。

《中国散文小说史》。在"新版后记"中，我谈及："此书的撰写，不仅促成我学术视野、趣味及笔调的转化，更让我深刻体会到生命中必须承受的'重'。"①为什么这么说？因我原先的学术训练主要是中国现代文学，如今要"从头说起"，且兼及散文、小说两大文类，谈何容易！几次打退堂鼓，都因找不到愿意接手的人，只好勉力前行。最悲观的时候，我感叹自己可能走不出这本书。本以为对"中国散文"和"中国小说"有不少好的体会，且对文学史的理论及实践颇有心得；可具体落笔时，则处处陷阱，让你不时感觉捉襟见肘。"文学史"不比"专著"，不能随意腾挪趋避，重要的作家作品，懂得的你得说，不懂得的你也得说。每当我临急抱佛脚，补读各种需要评说的作品时，这才明白古人所说的"全史在胸"到底有多难。像我这样接受"专业教育"的现代学者，即便本学科"题中应有之义"，也都所知甚少。因此，此书完成后，我从不敢吹嘘自己如何"学贯古今"，最多只是讨论"提要钩玄"的必要性，以及介绍本书的"述学文体"。

所谓"一朝被蛇咬，十年怕井绳"，此后好长一段时间，我都婉拒各种编纂文学史的邀请。一直到 2002 年 6 月，北京大学出版社下了"最后通牒"：北大中文系现当代文学专业的光荣，很大程度是因为王瑶（第一代），严家炎、张钟等（第二代），钱理群、洪子诚、温儒敏（第三代）所撰文学史教材，难道你忍心让这一传统断绝？话说到这个分上，我只好强打精神，花了将近两个月时间，构思了《二十世纪中国文学史》的写作框架，再召集北大中文系若干教师，在香山饭店仔细推敲，落实每个人的写作任务。那阵子，北大出版社领导很兴奋，以为真有可能推出精彩的"第四代"文学史教材。

讨论会上，我开宗明义："合作项目，除在计划经济时代可组织

---

① 陈平原：《中国散文小说史》394–395 页，上海：上海人民出版社，2004 年。

集体攻关外，从来都无法按时完成，往往是一拖再拖，最后不了了之。我们或不做，或一鼓作气。"当时大家都表决心，说是没问题；可回去不久，就不断接到要求推迟交稿时间的电话，有人甚至流露出勉为其难的意思，似乎是看在主编面子上才接受此任务的。我吓出了一身冷汗，当即自我反省：如此合撰文学史，会不会委屈了年轻老师，乃至影响其学术前程？另外，我有没有能力既不违背自己的学术理念，又顾及课题组同人的工作热情与实际利益？还有，教材不同于个人著述，得接受有关部门的吹毛求疵，我能否委曲求全地密切配合[①]？最后，倘若希望此教材被广泛使用，就得参与出版社组织的"推广活动"，我有没有这种胆识？思虑再三，实在没把握，尤其是有"二十世纪中国小说史"的前车之鉴，我当机立断主动退却。

我独立撰写的《二十世纪中国小说史》第一卷 1989 年就出版了，而严家炎等先生负责的第二卷以下至今没有消息[②]。不断有人问这个问题，我的答复是：

> 现在学界通行"造大船"，很多人在一起攻关，做大项目，出大成果。以我们的经验，如果是资料性质的，只要统一体例，通力合作，就能"多快好省"地达成目标。如我们六卷本的《二十世纪中国小说理论资料》，便是这样完成的。至于撰史，除非是一位长辈领着自己的一批学生，否则很难协调。学术个性越强的学者，越不合适此类"大项目"——

[①] 十多年前，我受国务院学位委员会委托，主持编撰《同等学力人员申请硕士学位中国语言文学学科综合水平全国统一考试大纲及指南》，因与审查委员意见严重相左，曾抗争了两年多，弄得双方都很不愉快。

[②] 等了十六年，此书续集杳无音信，北大出版社于是将第一卷改题《中国现代小说的起点——清末民初小说研究》，于 2005 年 9 月重刊。出版社允诺主编严家炎先生，何时第二卷以下刊行，则此书何时归队。

委曲求全，有违本心；各说各话，又实在"不成体统"。北大学者大都有自己的一套，这是优点；但既要互相尊重，又不做违心之论，这可就难办了。与其互相妥协，弄成个平淡如水的"大拼盘"，还不如像我们这样，不凑合，干脆各做各的。[①]

北大中文系教授确实"大都有自己的一套"，不怎么循规蹈矩。我当初自作主张，写成了颇具特色乃至不太好衔接的小说史。同样道理，我主编《二十世纪中国文学史》，也会碰到类似的挑战。同事交来立场迥异的文稿，你改不改？不改，此书成了"百衲衣"；改，又可能伤了同事。既然明知可能出现如此窘境，还不如及早解散，"各做各的"。

我撰写文学史的三次努力，一次比一次失败；前两次还有若干战果，可怜这第三次，还没冲锋就开始退却，只留下了一堆五彩斑斓的"计划书"。当然，必须承认，作为文学教授，我之所以不下决心"屡败屡战"，是与自家学术史思路的逐渐展开，以及对于"文学教育"目标及方式的反省有关。

二、"文学教育"的目标及方式

十几年前，在谈及中山大学的历史及传统时，我曾激赏抗战中兼教中文系"历代骈文"课的中大数学天文系主任黄际遇[②]。而他的儿子、原中大语言学教授黄家教感叹："父亲生我们七个儿子，每个孩子学

---

① 参见陈平原《史识、体例与趣味——文学史编写断想》，《南京师范大学学报》2007年3期。
② 参见陈平原《不该消失的校园风景——〈走近中大〉序》，《万象》1卷7期，1999年11月；又见吴定宇编《走近中大》，成都：四川人民出版社，2000年。

166

一门专业，都不及父亲的学问好。真是一代不如一代哦。"① 单就具体专业成就而言，不见得真的"一代不如一代"，但 20 世纪 30 年代以后，专业化成为主流，很难再出现黄际遇那样的奇才了。不要说横跨文理且兼及书法、围棋，单是"文史兼通"，就已经变得很不容易了。我曾将 20 世纪中国的文学史家划分成四代：第一代主要活动于 10—40 年代，第二代主要活动于 30—60 年代，第三代主要活动于 50—80 年代，第四代指的是"文化大革命"后培养的学者②。第一代文学史家中，若章太炎、梁启超、王国维、胡适、顾颉刚等，在史学界的贡献或许更大；第二代文学史家中，尚有一位陈寅恪兼通文史纵横古今；至于第三代及第四代文学史家，其影响力基本局限于文学研究圈内。反过来，若历史学家范文澜、吕思勉、钱穆等，其文学研究方面的业绩，也不被文学史家关注。

其实，换一个角度，"文学史"本身也是"史"，可看作"史学"的一个分支。20 世纪 20 年代，梁启超撰《中国历史研究法补编》，第四章"文化专史及其做法"专门介绍语言史、文学史、神话史、宗教史、学术思想史、美术史等，称这些专门史都从属于"历史学科"；而顾颉刚刊行于 1947 年的《当代中国史学》，下编第四章"俗文学史与美术史的研究"，专门讨论小说史、剧曲史、俗文学史、美术史等，更是径直将"文学史"纳入史学范围来考察。今日中国，学科分野日趋严重，研究"文学史"的重任，似乎天然地落在中文系教授肩上。换句话说，"文学史"基本上成为"文学教育"而非"史学研究"的重要支柱。

二十年前，我写《独上高楼》，分辨三种不同类型的文学史：研

---

① 参见林伦伦《〈黄际遇先生纪念文集〉序言》，载陈景熙、林伦伦编《黄际遇先生纪念文集》，汕头：汕头大学出版社，2008 年。
② 参见陈平原《四代人的文学史研究图景》，《北京大学学报》1997 年 4 期。

究型、教科书、普及型。虽说"三类文学史都有其存在价值"，我明显偏爱第一种，不满意国人之将"教科书"与"学术专著"混为一谈①。当初京师大学堂教习江亢虎为同事林传甲所撰《中国文学史》（1904）作序，称："况林子所为，非专家书而教科书。"②意思是说，此书不同于古人"瘁毕生精力"之"著述"，只是为了便利初学而写作。区别"教科书"与"专家书"，这是个很有意思的提法。此后百年，中国学者撰写无数大同小异的《中国文学史》，很少人认真反省这一著述本身的内在限制，因而使得"教科书心态"弥漫于整个学界。

大学里的教科书，也可以是很好的学术著作，我曾提及民初代表桐城、选学两大文派的四部重要著述《春觉斋论文》（林纾）、《文学研究法》（姚永朴）、《中国中古文学史》（刘师培）、《文心雕龙札记》（黄侃），最初均是北大讲义。至于"五四"新文化运动时期的北大讲义，如周作人的《欧洲文学史》、鲁迅的《中国小说史略》、吴梅的《词余讲义》（后改题《曲学通论》）、朱希祖的《中国文学史要略》、黄节的《诗学》、刘毓盘的《词史》等，也都非常值得关注③。但这有个前提：开山之作，功不可没；独辟蹊径，也可自由挥洒。否则，编撰学堂教科书，既受制于教学大纲，又得照顾听众能力，很容易陈陈相因。最常见的变通方式是，将大而化之的"文学通史"，切割成断代史、文类史或专题研究，这样就可拓展出另外一番新天地。郭绍虞在《中国文学批评史·自序》中，称自己"屡次想尝试编著一部中国文

---

① 参见陈平原《独上高楼》，《读书》1992 年 11 期。

② 江绍铨：《中国文学史序》，载《早期北大文学史讲义三种》3 页，北京：北京大学出版社，2005 年。

③ 参见陈平原《新教育与新文学——从京师大学堂到北京大学》，《学人》第十四辑，南京：江苏文艺出版社，1998 年 12 月；《知识、技能与情怀——新文化运动时期北大国文系的文学教育》，《北京大学学报》2009 年 6 期及 2010 年 1 期。

学史"，因规模过于庞大，没有勇气进行下去，"所以缩小范围，权且写这一部《中国文学批评史》"①。罗根泽在《乐府文学史·自序》中也说，自己准备分歌谣、乐府、词、戏曲、小说、诗、赋、骈散文八类，撰写"中国文学史类编"②。问题在于，历经百年书写，"中国文学史"其实已经极少未经开垦的处女地了。这个时候，该如何面对"专业著述"与"教科书"之间的巨大张力呢？

不提意识形态问题，单说撰述体例——写书时考虑不考虑课堂教学，这绝对影响你的研究思路及论述策略。多年前，我曾提问：鲁迅晚年多次计划编一部《中国文学史》，并为此做了大量的准备工作，最后为何功败垂成？我的结论是："文学史著述基本上是一种学院派思路。这是伴随着西式教育兴起而出现的文化需求，也为新的教育体制所支持。鲁迅说'我的《中国小说史略》，是先因为要教书糊口，这才陆续编成的'，这话一点不假。假如没有'教书'这一职业，或者学校不设'文学史'这一课程，不只鲁迅，许多如今声名显赫的文学史家都可能不会从事文学史著述。"③

假如承认那种首尾完整、体例匀称、见解通达、四平八稳的"文学史"，主要是为"教学"（尤其是本科生必修课）而撰写的，那么，我的想法很简单：干脆进一步拉大"教科书"与"专业著述"之间的距离。扩大"楚河汉界"，既方便课堂教学，也是为了拯救中国学术——想想那么多中国学者从"编教科书"起步学习如何做研究，感觉很是悲哀。此外，我还想提醒，对于"文学教育"来说，"教科书"的重要性很可能被高估了。

---

① 郭绍虞：《中国文学批评史·自序》，《中国文学批评史》，上海：商务印书馆，1934年。
② 罗根泽：《乐府文学史·自序》，《乐府文学史》，北平：文化学社，1931年。
③ 参见陈平原《作为文学史家的鲁迅》，《学人》第四辑，南京：江苏文艺出版社，1993年7月。

十年前，我在《文汇报》上发表题为《"文学"如何"教育"》的短文①，称按照目前中国大学这种"以文学史为中心"的教学模式，其结果必然是："学生们记下了一大堆关于文学流派、文学思潮以及作家风格的论述，至于具体作品，对不起，没时间翻阅，更不要说仔细品味。这么一来，系统修过中国文学史（包括古代文学、近代文学、现代文学、当代文学课程）的文学专业毕业生，极有可能对于'中国文学'听说过的很多，但真正沉潜把玩的很少，故常识丰富，趣味欠佳。"如何解决这个问题，或者说怎样重建"文学教育"，我的意见是：若从事学术研究，尽可能以"问题"为导向；若是课堂教学，则不妨以"读本"为中心。

三、何谓"以'读本'为中心"

大概是兼治大学史的缘故，我对于从教育史、思想史及文化史的夹缝中思考学科建制及著述体例感兴趣。正因此，作为教材的"文学史"，很容易被放置在"'文学'如何'教育'"这一平台上，加以认真的审视与叩问②。

在我看来，所有的学科建制，发展到一定程度，就会自我繁殖，自我重复，自我保护，进而拒斥一切可能危及自身利益的革新。突围的策略包括召唤亡灵、引进新知、借鉴其他学科、凭借天才创造等，还有就是进行"学术史反思"。四年前，我在河北大学召开的"新形势下中国现代文学的研究格局与教学问题"研讨会上，做了题为《假

---

① 陈平原：《"文学"如何"教育"》，2002 年 2 月 23 日《文汇报》。
② 近日在台湾新地文化艺术刊行《"文学"如何"教育"》（2012 年 11 月）一书，收录《新教育与新文学》《知识、技能与情怀》《"文学"如何"教育"》三篇长文，加上"'文学史'之是非曲直"一组短论；短论取自三联书店 2011 版《假如没有"文学史"……》，长文则来自北大版《作为学科的文学史》。虽是"旧书新编"，书名很能凸显我的思考方向。

如没有"文学史"……》的专题发言，现场效果很好，不过很多人以为我是说着玩的。因为，教育部规定中文系的必修课中，"文学史"乃绝对主力；而且，随着"马工程"（即中宣部主导的"马克思主义理论研究和建设工程"）的进一步推进，作为教材的"文学史"将越来越步调一致。

暂不考虑学术与政治、道德与审美、校园与市场等，单说教学实践："在我看来，中国的'文学教育'，主要问题出在以'文学史'为中心的教学体系（背后确有配合国家意识形态及思想道德教育的意味，此处不赘），窒息了学生的阅读快感、审美趣味与思维能力。文学教育的关键，在'读本'而不在'教科书'，是在导师引导下的阅读、讨论、探究，而不是看老师在课堂上如何表演——教科书及老师的表演越精彩，越容易被记忆与模仿，对于学生来说，这是一种限制（从思考、提问到表达）。"[1]

正因长期任教大学，讲台上的我，自我定位是"文学教授"，而不是"文学史家"。我曾在北大开设"中国散文史""明清散文研究"两门选修课，前者思路阔阔，文采飞扬，但不太接地气，基本上是我一个人在表演；后者则选读若干明清散文家的作品，兼及相关的史学、文化、思想、学术等，也就是我在"三联讲坛"整理本《后记》所说的："借助明清十八家文章，呈现三百年间（16 世纪中叶至 19 世纪中叶）中国散文发展的大致脉络，并引起学生对这一古老文体的兴趣，是这一课程的主要目的。"[2] 事后征询学生意见，普遍认为修"明清散文研究"课的收获更大，因其贴近"中国文章"特点，符合"课堂教学"要求，且有"参与感"。

---

[1] 陈平原：《假如没有"文学史"……》，《读书》2009 年 1 期。

[2] 参见陈平原《从文人之文到学者之文——明清散文研究》265–266 页，北京：生活·读书·新知三联书店，2004 年。

以"读本"为中心，这其实是传统中国文学教育的基本方式。想想《文选》《唐诗三百首》《古文辞类纂》等"选本"曾发挥的巨大作用，就明白"文学教育"并非一定要以"文学史"为中心。1903年起，中国大学选择了"文学史"作为主课，此举既使得学生们视野开阔，上下古今多有了解；又容易落下不读原著、轻视文本、夸夸其谈的毛病。解决的办法，或如老北大之同时开设"文学史"与"文学研究"两门课程，一讲历史演变，一重艺术分析，各司其职，各得其所[①]；或根据各学校的自我定位，在"精研读本"与"历史论述"之间，构建某种必要的张力，改变目前普遍存在的"重史轻文"倾向。必须承认，连续多年的大学升级与扩招，使得中国高等教育日渐平民化，此前采用的"精英教育"模式已不太适用；学生们大都缺乏独立阅读、深入思考、自由表达的兴趣与能力，言谈举止均打上教科书烙印。这一点，大凡在高校教书的，都有深刻体会。

对于生活在网络时代的中文系学生来说，知识爆炸，检索便捷，记忆的重要性在下降，如何培养阅读、品鉴、阐发的能力，成了教学的关键。以精心挑选的"读本"为中心来展开课堂教学，舍弃大量不着边际的"宏论"以及很可能唾手可得的"史料"，将主要精力放在学术视野的拓展、理论思维的养成以及分析能力的提升——退而求其次，也会多少养成认真、细腻的阅读习惯。至于说这么一来是否回到了"中学语文"的老路子，那要看你是怎样编选、如何讲授的了。

作为"文学教育"的"阅读"，其工作目标是批判性、联想性、拓展性以及个人性，应鼓励学生们广泛阅读、自由驰骋。以"中国

---

① 1918年北大发布的《文科国文学门文学教授案》，明确规定"文科国文门设有文学史及文学两科，其目的本截然不同，故教授方法不能不有所区别"。前者的目的是"使学者知各代文学之变迁及其派别"，后者的功用则为"使学者研寻作文之妙用，有以窥见作者之用心，俾增进其文学之技术"。参见陈平原《作为学科的文学史》97—99页，北京：北京大学出版社，2011年。

现代文学及文化"课程为例，我在北京大学及香港中文大学已讲了三轮[1]，下学期将作为"公选课"面向北大各院系大学生。因修课对象不同，每次讲课内容都有所调整，但基本思路是：有脉络，但跳跃前进；有变幻，但呈现方向感；有文学史线索，但允许自由组合。具体说来，就是根据我的学术立场及文学史想象，为本课程设置了十五六个专题，每个专题开列若干我认为值得推荐的文本——至于"中国现当代文学"的学科背景、知识范围及参考资料等，我用一讲就解决了。以"现代中国的'儿童书写'"这一专题为例，除了略为介绍社会思潮及文化氛围，我主要讨论鲁迅的《朝花夕拾》（1928）、叶圣陶的《稻草人》（1923）、沈从文的《阿丽思中国游记》（1928）、萧红的《呼兰河传》（1941）、骆宾基的《幼年》（1944/1994）、丰子恺的《子恺漫画》（1926）、张乐平的《三毛流浪记》（1947）、周作人的《儿童杂事诗》（1950）等。上述作品，学生只需部分选读，也可另行组合，在呈现大视野的同时，凸显个人趣味——这是一种近似万花筒的阅读方式。

之所以不局限于文学，兼及文化、艺术、思想、教育等，除了考虑这个学科的特殊性，更因为我设想的文学课堂，其工作重点是"打开思路"，而不是"提供结论"。至于为何将思考的重心从"重写文学史"，转为"重建文学课堂"，请允许我摘录自己的一段话：

> 从学术史角度，探究现代中国大学里的"文学教育"，着眼点往往在"学科建构"、"课程设计"与"专业著述"，而很少牵涉师生共同建构起来的"文学课堂"。那是因为，文字寿于金石，声音随风飘逝，当初五彩缤纷的"课堂"，

---

[1] 2007 年春本课程第一次在北大讲授时，题为"中国现代文学名著"；而后，2011 年秋在香港中文大学为本科生讲授、2012 年春在北京大学为研究生讲授。

早已永远消失在历史深处。后人论及某某教授，只谈"学问"大小，而不关心其"教学"好坏，这其实是偏颇的。①

理解、关注、表彰那些"曾生气勃勃地活跃在讲台上的教授们"，相信"文学课堂"的魅力及其重要性一点不亚于"文学史"教材，这是我的基本信念。

我当然明白，如此信念，在中国大学"重科研而轻教学"的现实面前，很可能不堪一击。即便如此，还是希望脚踩两只船，兼及"史学著述"与"文学课堂"，但拒绝将二者混为一谈。

2012 年 11 月 27 日初稿于香港中文大学客舍，

2013 年 2 月 12 日改定于京西圆明园花园

---

① 参见陈平原《"文学"如何"教育"——关于"文学课堂"的追怀、重构与阐释》，《中国文学学报》创刊号，2010 年 12 月。

"文学史"的故事 *

. . .

一、鲁迅的遗愿

除了是著名的文学家、思想家，鲁迅同时也是卓越的文学史家，其撰写的《中国小说史略》、《汉文学史纲要》以及《〈中国新文学大系〉小说二集序》，至今仍被中国学界奉为圭臬。可鲁迅晚年再三表示想编一部《中国文学史》，并为此做了许多准备，却最终没有成功，为什么？在我看来，此中大有深意。

20 世纪 30 年代，鲁迅在给李小峰、曹靖华、曹聚仁、增田涉等人信中，先后谈及为何没能从事文史著述，其理由可归纳为生活无法安静、缺乏参考书籍、工程过于浩大以及"没有心思"等四种 ①。前三者属于外在条件，第四种涉及鲁迅对学术的真正估价，需要分别对待。这里先述"不能"，再解"不为"。

中国古代有"究文体之源流而评其工拙者"（如《文心雕龙》），也有"第作者之甲乙而溯厥师承者"（如《诗品》）；可就是没有"统括全部历史的文学史的研究"，故郑振铎称"简直没有上过研究的正轨过" ②。

* 此文英译本刊 Carlos Rojas 教授等编 *The Oxford Handbook of Modern Chinese Literatures*，Oxford University Press，2016。
① 参见《鲁迅全集》第十二卷 44 页、130 页、184 页，第十三卷 582 页，北京：人民文学出版社，1981 年。
② 郑振铎：《研究中国文学的新途径》，《中国文学研究》4 页，上海：商务印书馆，1927 年。

郑氏的说法不准确，却道出所谓"文学史研究"乃近代西潮冲击的产物这一事实。一直到今天，绝大部分《中国文学史》，都是应某种教学需要而撰写的。

鲁迅因在北大等校兼课需要课本而撰写《中国小说史略》，因在厦门大学任教"须编讲义"而完成《汉文学史纲要》；上海十年，鲁迅没有重返讲台的设想，还有必要苦苦追求文学史的编纂吗？大学教授编文学史是一种本职工作，是完成教学任务并获取劳动报酬的一个组成部分，不指望靠出版教材谋生。作为自由撰稿人的鲁迅则不能不考虑从事文学史研究的投入与产出——这无疑是一项无法迅速获得稿费或版税的"长线工程"。并非真的有钱且有闲的鲁迅，其实不应该选择此类课题。在厦大任教时，鲁迅每周六小时课，其余时间尽可阅读、研究，编四五千字的文学史讲义不成问题[1]。而在上海则没这么空闲，政治和经济的双重压迫，不允许鲁迅安静地研究；这还不包括缺乏参考书籍等不利条件。因此，"久想作文学史"的鲁迅，本来应该心里明白，就其"所处的境遇"，从事学术研究不大可能[2]。不是说撰写文学史非生活较优裕的大学教授莫属，也有不少文学史出自书局编辑或自由撰稿人之手。可那种常见的连编带抄的著述方法[3]，又岂是鲁迅所能接受的！"清儒家法"使得鲁迅要么不做，要做就"先从作长编入手"；而"即此长编，已成难事"[4]，更何况是"通古今之变，成一家之言"的文学史著述。

在同样的经济条件下，别人能编文学史，鲁迅不能；因其期待太高了，故投入的时间和精力必然远比别人多。"编成一本较好的文学

---

① 参见《鲁迅全集》第十一卷 117 页、123 页、136 页。

② 参见《致李小峰》《致胡今虚》，《鲁迅全集》第十二卷 44 页、207 页。

③ 如谭正璧《中国文学进化史》(上海：光明书局，1929 年)一书，作者在《序》中称："既称为编，就不妨采用现成的好材料。"

④《致曹聚仁》，《鲁迅全集》第十二卷 184 页。

史"说出一点别人没有见到的话来",这些鲁迅都能做到[1];问题是做到这些并非举手之劳,必须以牺牲其他工作为代价。这就必须追问那"久想作"的"文学史",在鲁迅心目中到底有多重要。

虽然有几年执教大学的经历,可鲁迅一直处于学界的边缘。支持学生运动,鼓励"好事之徒",颠覆现有的体制及权威,再加上对处于中心地位的"名人学者"热讽冷嘲,鲁迅注定很难与"学界主流"取得共识或携手合作。这一点鲁迅丝毫也不后悔,甚至可以说有意追求这一"反主流"的效果。《摩罗诗力说》中歌颂"立意在反抗,指归在动作,而为世所不甚愉悦者",这一"精神界之战士"的追求贯穿鲁迅的一生[2]。学术上也不例外,鲁迅表彰"异端",也自居"异端",立意仍然在"反抗"。"异端"相对于"正宗"而存在,有其价值也有其局限。写杂感不妨偏激尖刻,攻其一点不及其余;做学术研究则须力求平正通达,顾及全人全文。这不只是两个不同的课题,更体现两种不同的思路和趣味。鲁迅早年在学术著作(如《中国小说史略》)中,曾力图滤去其不必要的"杂文笔法";而晚年更喜欢"战斗的文章"的鲁迅,实在很难"冷静"地"心平气和"地从事学术研究——单是从其以是否"反叛"为千古文人归队划线,便可明白其思路近杂感而远学术,重现实而轻历史。这种心态,其实不大适合从事文学史著述。

写杂文与做研究,一须"热血沸腾",一要"心平气和",两者很难同时兼顾。1926年年底,鲁迅曾因此"徘徊不决":"作文要热情,教书要冷静",兼做两样可能"两面不讨好"。这里的"教书",包括从事文学史著述。既长"作文"又能"研究"的鲁迅,最后定下"此后的方针":"或者还不如做些有益的文章,至于研究,则于余暇时做。"[3]

此后十年,鲁迅大致执行此方针,写下大量于国于民"有益的文

---

① 参阅《两地书》,《鲁迅全集》第十一卷 117 页、184 页。
②《摩罗诗力说》,《鲁迅全集》第一卷 66 页、100 页。
③《两地书》,《鲁迅全集》第十一卷 184 页。

章"。只是"余暇时做"的文学史著述，不免因此被冷落——不仅因无法投入大量时间和精力，更因杂感的思路本就不适于学术研究。在鱼与熊掌无法兼得的情况下，鲁迅选择了杂文；只是对放弃自认擅长的文学史著述于心不甘，故不时提及。作为一个如此成功的杂文家，很难设想其能同时"冷静"地穿梭于古书堆中。君子求仁得仁，后人无权妄加评说；只是少了一部很有特色的《中国文学史》，总是一件令人遗憾的事。

二、文学史之建立

古代中国并无"文学史"，此等新生事物，乃伴随着新式学堂的兴起而逐渐成型。晚清兴办西式学堂的直接目标，原本是通过传授西学与西艺，培养治国安邦的"有用之才"。在晚清人眼中，西艺局限于声光化电，西学也不包括文学艺术[①]。机器不如人，制度不如人，教育不如人，难道连原先自诩"天下第一"的"道德文章"也都不如人？时人对连"文学"都必须"进口"，感到不可思议。可是，借助于"大学堂章程"的不断修订，"文学教育"的重要性日渐得到承认；另外，新式学堂里的"文学"，与传统书院的"辞章之学"，也日渐拉开了距离。即便暂时无法开设正规的"西洋文学"课程，单是"中国文学"的科目设置及"研究法"，也让中国读书人耳目一新。

1902 年的《京师大学堂章程》，谈及"词章"课程时，只有"中国词章流别"六字；同样的话题，在 1903 年的《大学堂章程》中，则洋洋洒洒两千言，除总论性质的"中国文学研究法略解"外，各门课程均有具体的提示。《大学堂章程》在"文学科大学"里专设"中

---

① 张之洞《劝学篇·设学》称："学校、地理、度支、赋税、武备、律例、劝工、通商，西政也；算、绘、矿、医、声、光、化、电，西艺也。"见《劝学篇》41 页，上海：上海书店，2002 年。

国文学门",主要课程包括"文学研究法""《说文》学""音韵学""历代文章流别""古人论文要言""周秦至今文章名家""四库集部提要""西国文学史"等十六种。其中最值得注意的是,要求讲授"西国文学史",以及提醒教员"历代文章源流"一课的讲授,应以日本的《中国文学史》为摹本。此前讲授"词章",着眼于技能训练,故以吟诵、品味、模拟、创作为中心;如今改为"文学史",主要是一种知识传授,并不要求配合写作练习。排斥作诗,将文学教育界定为"文章流别"之分疏或"文学史"的讲授,此举更接近日本及欧美汉学家的研究思路。

新式学堂的文学教育,不再以《唐诗别裁集》或《古文辞类纂》为意,那么,学生该如何在茫茫书海里获取所需知识?总不能再要求他们在《四库》《七略》中自己求索。时人比较中西教育之异同,对外国学堂皆编有"由浅入深、条理秩然"的教本大为欣赏,以为可省去学生许多暗中摸索的工夫[1]。可是,一到具体落实,依旧阻力重重——尤其是大学文科教材的编纂。

1902 年,张百熙执掌大学堂,重提教科书的编纂。西政、西艺,以翻译为主,只需删去"与中国风气不同及牵涉宗教之处";反而是有关"中学"的教习,找不到适用的教材。之所以急于将浩如烟海的"百家之书","编为简要课本,按时计日,分授诸生",目的是:"欲令教者少有依据,学者稍傍津涯,则必须有此循序渐进由浅入深之等级。故学堂又以编辑课本为第一要事。"[2] 依此思路,京师大学堂除采用编书局所译之教本外,也要求各科教习自编讲义。国人编纂的大学堂讲义,历经岁月沧桑,现在存留下来的数量不多,只有张鹤龄编《伦理学讲义》、王舟瑶编《经学科讲义》与《中国通史讲义》、屠寄

① 《总理衙门奏拟京师大学堂章程》第一章"总纲",北京大学校史研究室编《北京大学史料》第一卷 81 页,北京:北京大学出版社,1993 年。
② 张百熙:《奏筹办京师大学堂情形疏》,北京大学校史研究室编《北京大学史料》第一卷 54 页。

编《史学科讲义》、邹代钧编《中国地理讲义》，以及陈黻宸编《中国史讲义》等寥寥数种①。最后一种之所以"残缺不全"，据说是因"提倡民权"而遭到焚毁②。

京师大学堂的讲义，不只使用于校内，还可能传播到全国各地。如国文科教员林传甲的《中国文学史》，1904 年的原刊本难得一见，而 1910 年武林谋新室的翻印本则流传甚广。深入解剖林著，对我们理解京师大学堂的教科书建设，以及新学制下的文学教育，将是不可多得的范例。

作为第一部借鉴和运用西方文学史著述体例撰写的《中国文学史》，林传甲此书历来备受关注③。既是"开山之作"，缺陷在所难免，论者往往宽厚待之，甚至努力发掘其实际上并不存在的"自创体例"与"独出机杼"。《大学堂章程》的提醒，以及林氏的自述，使得世人较多关注此书与其时已有中译本的《历朝文学史》（笹川种郎）的关系。这自然没错，只是林著对于笹川"文学史"的借鉴，尤其是将其改造成为"一部中国古代散文史"④，并非一时心血来潮，而是大有来头。对照《大学堂章程》，不难发现，林著十六篇的章目与"研究文学之要义"前十六款完全吻合。作者最初计划亦步亦趋，让"章程"的四十一款款款得到落实。可在实际写作过程中，因担心体例过于紊

---

① 参见庄吉发《京师大学堂》（台湾大学文学院，1970 年）第三章第二节"教材与教法"。另外，郝平《北京大学创办史实考源》（北京：北京大学出版社，1998 年）第九章对此也有所陈述，可参阅。

② 此说见陈谦编《陈黻宸年谱》"1904 年"则所录李士桢《挽诗》，《陈黻宸集》1192 页，北京：中华书局，1995 年。

③ 比如，郑振铎《插图本中国文学史》、容肇祖《中国文学史大纲》等都将此书作为最早由中国人撰写的文学史来表彰；夏晓虹《作为教科书的文学史——读林传甲〈中国文学史〉》（《文学史》第二辑，北京：北京大学出版社，1995 年 10 月）和戴燕《文学·文学史·中国文学史——论本世纪初"中国文学史"学的发轫》（《文学遗产》1996 年 6 期），更对此书有专门的评述。

④ 参见黄霖《近代文学批评史》783–785 页，上海：上海古籍出版社，1993 年。

乱，放弃了后二十五款。对此写作策略，林著《中国文学史》的开篇部分有相当明晰的交代①。其实，在已知的京师大学堂讲义中，林著堪称遵守章程的模范。王舟瑶、屠寄、陈黻宸、邹代钧等人讲义的章节安排，均与《大学堂章程》有很大出入。或许，这正好说明了其时"文学史"研究"妾身未明"的尴尬位置——既不像"经学"那样标准自定不待外求，也不像"地理学"那样基本取法域外著述，于是，只好照搬现成的大学堂章程。

同是大学讲义，不见得非囿于"章程"不可。继林传甲而讲学上庠的，不乏艺高胆大的文人学者，其撰述也远比林著优秀。更重要的是，大学堂里的文派之争，直接影响了整个时代的文学潮流，甚至与"五四"新文化运动的兴起不无关系。这里说的是林纾、姚永朴为代表的桐城派，如何被刘师培、黄侃为代表的文选派取而代之。对比林纾的《春觉斋论文》、姚永朴的《文学研究法》与刘师培的《中国中古文学史》、黄侃的《文心雕龙札记》，不难发现前两者独尊唐宋，体会深入；后两者推崇六朝，学养丰厚。这四种讲义各有千秋，为何后者一路凯歌，而前者则兵败如山倒？除了时局的变迁、人事的集合，更有两点值得注意：一是六朝的文章趣味与其时刚传入的西方文学观念比较容易会通；一是朴学家的思路与作为大学课程兼著述体例的"文学史"比较容易契合。因而，此后几十年的"中国文学史学"，走的基本上是刘、黄而不是林、姚的路子。

在民初的北京大学，"桐城""选学"势同水火，争斗的结果，提倡六朝文的选学派大获全胜。可迅速崛起的"新文化"，将清代延续下来的文派之争一笔抹杀，另辟论战的话题。刚刚获胜的刘、黄之学，一转又成了新文化人攻击的目标。最直接的证据，莫过于"桐城

---

① 林传甲：《中国文学史》1页，武林谋新室，1910年。

谬种，选学妖孽"口号的提出 ①。

"桐城"基本退出历史舞台，"选学"历经转化而有所存留，1917年以后的北京大学，新文化人占据了绝对优势。按照当年北大校方的规定，每门正式课程都必须为学生提供即便是十分简要的讲义。教员多是一边编写讲义，一边进行教学；讲义修改后正式出版，往往便成了学术史上的重要著作。如周作人的《欧洲文学史》、鲁迅的《中国小说史略》、吴梅的《词余讲义》(后改名《曲学通论》)，均属于相关领域的开山之作，实在功不可没；至于胡适的《五十年来中国之文学》，一改中国人的崇古倾向，将"当代文学"纳入考察的视野，这本出版于 1922 年的小书，并非讲义，但也与其在北大的工作息息相关。此举起码让我们明白，文学史的教学与研究，不同于一般的批评实践，作为一种知识体系，需要新学制的支持，也需要一代代学人的不懈努力。

三、整理国故与文学教育

作为知识生产的重要一环，古今中外的"文学教育"，相差何止十万八千里。这里有思想潮流的激荡，有教育理念的牵制，有文化传统的支持，此外，还有学校规模、经费、师资等实实在在的约束。需要追问的是，文学教育依托"文学史""文学理论""文学批评"以及诸多相关学科，为何历经百年演变，"文学史"会如此独领风骚？

借助 1917 年北京大学中国文学门的"课程表"以及 1918 年的《北京大学文科一览》，我们不难发现新文化运动中北大课堂的四大变化——"文学史"成了中文系的重头课；中文系学生不能绕开"欧洲文学"；"近世文学"开始受到重视；此前不登大雅之堂的"戏曲"与"小

---

① 钱玄同本人对这一"发明"十分得意，在致陈独秀、胡适函中再三陈述（参见《新青年》2 卷 6 号、3 卷 5 号、3 卷 6 号的"通信"栏）。

说"成了大学生的必修课①。虽说从此北大课堂气象一新，但当年国文门师生中，面对"新潮"与"国故"，大都选择的是后一种立场。只不过随着时势迁移，前者的声音越来越大，加上傅斯年、杨振声、俞平伯等人不断追忆，方才造成如此"东风压倒西风"的印象。

20世纪20年代的北大国文系，文白之争逐渐消歇，外国文学史不被看好，新文学课程艰难起步，而制约着这一切的，是师生们对于"学问"的想象。后世史家谈及新文化运动后的北大国文系，有讥讽其"学行浅薄"的，也有感叹"文学的失语"的②。二者都有道理，但又都不无偏颇；叠加起来，恰好凸显国文系的尴尬——我们亟须的，到底是"学问"还是"文章"？而所有这些，都牵涉到"文学革命"与"整理国故"之间的巨大缝隙。对于前者来说，后者在研究上是深入，在趣味上则是逆转。

就在文学革命摧枯拉朽的1919年，胡适连续写了《新思潮的意义》《论国故学——答毛子水》《清代学者的治学方法》三篇很能体现其"历史癖"的文章，正式亮出"整理国故"的旗帜。原本以"输入学理"著称的胡适之先生，一转而"整理国故"去了，让刚被唤醒而从古书堆中冲杀出来的青年学子茫然若失。单就个人著述而言，从《中国哲学史大纲》到《〈水浒传〉考证》，不算多么突兀的转折；可从文化思潮着眼，从《新青年》到《国学季刊》，确实是斗转星移。社会上对此颇多争议，学界则默默前行。某种意义上，此乃大势所趋。问题在于，研究文学毕竟不同于治经治史，考据并不能解决所有

---

① 参见陈平原《新教育与新文学——从京师大学堂到北京大学》，《学人》第十四辑，南京：江苏文艺出版社，1998年12月；此文后改订为《作为学科的文学史》（北京：北京大学出版社，2011年）第一章。

② 参见桑兵《近代中国学术的地缘与流派》，《晚清民国的国学研究》28-64页，上海：上海古籍出版社，2001年；罗志田《文学的失语：整理国故与文学研究的考据化》，《裂变中的传承——20世纪前期的中国文化与学术》255-321页，北京：中华书局，2003年。

问题。胡适成功地把小说研究提高到"与传统的经学、史学平起平坐"的地位①，但其过分迷信"科学"，将"拿证据来"作为学术研究的金科玉律，必定对"文学趣味"造成巨大的压抑②。

当年北大国文门学生傅斯年，起而呼应胡适的思路，而且说得斩钉截铁："国故的研究是学术上的事，不是文学上的事。"③但"文学的研究"呢，难道这不算"学问"？或者说讨论《诗经》《楚辞》《红楼梦》，可以完全与"文学"无涉？没人这么明说，只是兴趣所在，评价标准发生了位移。眼看学界大有以"考据"统摄"义理""词章"之势，讲哲学或讲文学的，热衷的是考辨年代、版本、事迹，而较少涉及思想内涵或文学价值。不时有人提出抗议，但声音太小，很快被淹没。到了20世纪40年代初，沈从文撰《文运的重建》、程千帆作《论今日大学中文系教学之蔽》，依旧激不起多少涟漪。沈之批评"五四文学革命"的发源地北京大学，"到民十六以后，就只好放弃了北大之所以为北大的进取精神，把师生精力向音韵训诂小学考据方面去发展"；"这结果在学术上当然占了一个位置，即'老古董'位置"④。如此讥讽固然痛切，可学者们根本不在意，认定这只是小说家的狂言。程之批评"持考据之方法以治词章"，称大学中文系所教授的，"无非作者之生平、作品之真伪、字句之校笺、时代之背景诸点"，也都属实，可作者态度很温和，所要论证的是："考据对于欣赏，不仅是无害，而且是必须的。可是，它的功用也有个限度。我们不能永远停

---

① 参见唐德刚译《胡适口述自传》258页，北京：华文出版社，1992年。
② 参见陈平原《假设与求证——胡适的文学史研究》，《学人》第五辑，南京：江苏文艺出版社，1994年2月；此文后改订为《中国现代学术之建立》（北京：北京大学出版社，1998年）第五章"作为新范式的文学史研究"。
③ 傅斯年：《毛子水〈国故和科学的精神〉附识》，《新潮》1卷5号，1919年5月。
④ 沈从文：《文运的重建》，初刊1940年5月4日昆明《中央日报》，见《沈从文全集》第十二卷81-82页，太原：北岳文艺出版社，2002年。

滞在考据的过程上。"① 况且，程千帆所积极鉴赏的，其实是"古代诗歌"，而非"新文学"，这点与沈从文思路迥异。

当然不该将此等过失统统推到胡适身上，只要"整理国故"成为潮流，就会出现这种倾向。套用胡适的话，"文学革命"需要的是"大胆假设"，至于"整理国故"，一旦展开，必定逐渐走向"小心求证"。前者注重"才气"，后者强调"功力"。提倡"拿证据来"的科学方法，虽然只是胡适个人的表述，但20世纪20年代的中国学界，对考据的推崇乃至迷信，直接导致了知识类型的转化，那就是诗学的衰落与史学的兴起。毫无疑问，任何学问都需要"高远的想象力"，但"整理国故"作为一种思潮，对新史学的崛起，是个很好的契机；而对于正在转型中的"文学教育"，则造成不小的冲击。

明显得益于"新文化"光环的北大国文系，在"文学革命"退潮、"整理国故"迅速崛起后，借助课程的调整、教员的招聘、讲义的完善，以及课堂的改良等，逐步实现了"文学教育"的转型，其中最为关键的一环，便是不断扩大"文学史"的地盘②。此后几十年，"文学史"作为一种不证自明的知识体系，成为全国各大学中文系最为重要的必修课。

四、"文学史"成为一种神话

从"诗文评""文苑传"转为"文学史"的写作与教学，此乃晚清以降中国人的自觉选择。"文学史"在20世纪中国学界的风行，主要得益于"科学"精神、"进化"观念以及"系统"方法的引进，其中得失，尚未得到认真的分疏。像章太炎那样，批评新式教育过求速悟，以课堂讲授为中心，使得学生"专重耳学，遗弃眼学"，因而所

---

① 参见程会昌（千帆）：《论今日大学中文系教学之蔽》，《斯文》3卷3期，1943年2月；《关于〈论今日大学中文系教学之蔽〉》，《国文月刊》68期，1948年6月。
② 参见陈平原《知识、技能与情怀——新文化运动时期北大国文系的文学教育》，《北京大学学报》2009年6期及2010年1期。

得"不能出于讲义"①；或者如刘永济讥讽"今代学制，仿自泰西；文学一科，辄立专史"，所谓"文学史"，不外杂撮陈篇、稗贩异国，正轮扁所谓古人的糟粕②，虽十分"解恨"，却无法从根本上撼动已成规模的"文学史"大厦。今日中国，只要你执教大学并从事文学教育，便会不可避免地投入"文学史"的编撰与讲授。

最近十几年，随着若干从学术史或知识考掘角度谈论百年中国"文学史书写"的著述陆续问世③，学界对于"文学史"作为一门学科、一个知识体系、一种著述形式的利弊得失，方才有较多的深入反省。可惜的是，这种思考，目前仍停留在"坐而论道"层面，还没有真正影响到现有的大学课堂。

文学教育的重心，由技能训练的"词章之学"，转为知识积累的"文学史"，并不取决于个别文人学者的审美趣味，而是整个中国现代化进程的有机组成部分。"文学史"作为一种知识体系，在表达民族意识、凝聚民族精神，以及吸取异文化、融入"世界文学"进程方面，曾发挥巨大作用。至于本国文学精华的表彰以及文学技法的承传，反而不是其最重要的功能。大学中文系在教学实践中独尊文学史的流弊，不妨借用以下这段描述："经过好几代学者的长期积累，关于中

---

① 参见章太炎《救学弊论》，《章太炎全集》第五卷98页，上海：上海人民出版社，1985年。

② 参见刘永济《十四朝文学要略》1-2页，哈尔滨：黑龙江人民出版社，1984年。

③ 参见陈平原《小说史：理论与实践》（北京：北京大学出版社，1993年）、郭英德等《中国古典文学研究史》（北京：中华书局，1995年）、王瑶主编《中国文学研究现代化进程》（北京：北京大学出版社，1996年）、赵敏俐等《二十世纪中国古典文学研究史》（西安：陕西人民教育出版社，1997年）、陈国球等编《书写文学的过去：文学史的思考》（台北：麦田出版，1997年）、陈平原《文学史的形成与建构》（南宁：广西教育出版社，1999年）、龚鹏程主编《五十年来的中国文学研究》（台北：学生书局，2001年）、戴燕《文学史的权力》（北京：北京大学出版社，2002年）、陈平原主编《中国文学研究现代化进程二编》（北京：北京大学出版社，2002年）、陈国球《文学史书写形态与文化政治》（北京：北京大学出版社，2004年）、董乃斌《近世名家与古典文学研究》（上海：上海大学出版社，2005年）等。

国文学史的想象与叙述，已形成一个庞大的家族。要把相关知识有条不紊地传授给学生，不是一件容易的事情。倘若严格按照教育部颁布的教学大纲讲课，以现在的学时安排，教师只能蜻蜓点水，学生也只好以阅读教材为主。"①

不想讨论百年来中国文学史的撰述为何倾向于宏大叙事，也不想挖掘大一统论述背后隐含的话语霸权，更不想质疑"历史"的真实性或"文学"的存在价值，作为一名大学教师，我只想提出一个最最基本的问题：大学中文系培养学生的目标是什么？怎样才算合格的文学教育？近百年来中国人之以"文学史"（准确地说，是文学通史）作为大学中文系的核心课程，这一选择，是否有重新调整的必要？

我并不完全否定"文学史"的存在价值，质疑的是世人对于"文学史"的迷信，另外就是追问现代中国的文学教育，是否一定要以"文学史"课程为中心。对于具体的学者来说，撰写一部进入大学课堂的"文学史"，确实是名利双收的大好事②。可要说这就是学问的至境，我不太相信。我甚至怀疑，中国学界（以及出版界）之倾心于编撰各种各样的"文学史"，除了学问上的追求，还有利益的驱动，以及莫名其妙的虚荣心。过去之"统编教材"，容易造成思想专制以及知识垄断；现在的全民大编"文学史"，则走向另一歧路——除了不必要的浪费，还可能污染学界的风气。

反省这种"文学史"迷思，并非基于民族自信心，也不是套用后现代论述，而是教育史与学术史的巨大张力，促使我们直面如何进行有效的"文学教育"这一难题。老北大曾明确规定："文科国文学门设有文学史及文学两科，其目的本截然不同，故教授方法不能不有所

---

① 陈平原：《"文学"如何"教育"》，2002 年 2 月 23 日《文汇报》。
② 想想刘大杰《中国文学发展史》以及游国恩等主编《中国文学史》之影响深远，还有近年热销的袁行霈主编《中国文学史》、章培恒等《中国文学史》、钱理群等《中国现代文学三十年》，你就不难明白其中奥秘。

区别。"前者的目的是"使学者知各代文学之变迁及其派别"，后者的功用则为"使学者研寻作文之妙用，有以窥见作者之用心，俾增进其文学之技术"①。一年半后，国文教授会再次讨论教材及教授法之改良，到会十五人，包括钱玄同、刘半农、吴梅、马幼渔、沈兼士、朱希祖等。为便于交流磋商，此次教授会甚至决定"教员会分五种"：文学史教员会、文学教员会、文字学教员会、文法教员会、预科国文教员会②。一讲历史演变，一重艺术分析，在早年北大的文学教育中，二者各司其职，各得其所。"文学"与"文学史"并重，这本来是个很好的设计。可惜，20世纪50年代以后，随着"文学史"课程的一家独大——这一点，越是重点大学、越是名师讲授，越是如此——教书的蜻蜓点水，听讲的走马观花，文学教育出现了很大的偏差。

回过头来，我们方才理解胡适的思路——胡适称自家的小说考证，"完全是文学史的看法，不是研究文学的看法"③。基于这一阅读趣味，他甚至甘冒天下之大不韪，称《红楼梦》也不怎么样，"思想见地"不如《儒林外史》，"文学技术"则比不上《海上花列传》和《老残游记》④。你可以嘲笑胡适的艺术鉴赏力，可你不得不佩服，他有勇气说自己想说的话。明知国人无比推崇《红楼梦》，还这么说，那是需要勇气的。

更为决绝的是钱锺书，除了20世纪60年代初奉命主持中国社科院文学所版《中国文学史》唐宋部分的编写工作，没有出版过任何通史性质的著述。选择一种自由自在的读书及著述的态度，是因作者看

① 《文科国文学门文学教授案》，1918年5月2日《北京大学日刊》。
② 《国文教授会开会纪事》，1919年10月17日《北京大学日刊》。
③ 胡适：《什么是"国语的文学"、"文学的国语"》，《胡适作品集》二十四卷《胡适演讲集》（三）240页，台北：远流出版公司，1986年。
④ 胡适：《答苏雪林书》《与高阳书》，《胡适红楼梦研究论述全编》279-280页、290页，上海：上海古籍出版社，1988年。

透了，自家所治文史之学，谈不上规划人生、影响世界；而那些冠冕堂皇、体系严密的理论大厦，迟早会坍塌，变成无人光顾的遍地瓦砾。与其如此，不如转而抚摸"文明的碎片"，从中读出宇宙的奥秘与精义。既然"往往整个理论系统剩下来的有价值东西只是一些片段思想"，又有什么理由"眼里只有长篇大论，瞧不起片言只语"[①]？不是"通史"，也未见"体系"，这种"坐而论道"的姿态，是作者的自觉选择。今日学界，对于《谈艺录》《管锥编》的意义，已经有了相当清晰的理解。

这说的是教授的心态及策略，学生呢？对于大学生来说，"文学史"也未必是最佳读物。说到底，有关"文学史"的课程及著述，只是我们进行文学教育的拐杖，并借以逐步进入文学殿堂。如今，教材俨然学问，丫鬟变成了小姐，真是有点伺候不起了。

作为著述的"文学史"，确实有高低雅俗之分；但世上并不存在"理想的文学史"。也正因此，每一代学人都在重写文学史——这既是文学革命或文化革新的惯用手段，也和新意识形态的实践以及新一代读者的崛起有着密切的联系。因此，与其说"重写文学史"，不如提"重建文学史"，即不仅仅是具体作家作品的评价，也不只是学术思路或学术立场，还兼及阅读与训练、课程与著述、学术研究与意识形态、校园与市场等。反省、质疑、重构世人所熟悉的文学史图像，目的在于呼唤那些压在重床叠屋的"学问"底下的"温情"、"诗意"、"想象力"与"批判意识"。

2015年1月6日修订于香港中文大学客舍

---

① 钱锺书：《读〈拉奥孔〉》，《七缀集》（修订本）34页，上海：上海古籍出版社，1994年第2版。

·

现代文学

走出"现代文学"*

· · ·

　　一定要我谈现代文学研究的进展，我也只好说实话。在我看来，年青一代学者中，酝酿着一种新趋势，那就是"走出现代文学"。不是说现代文学研究已经山穷水尽，没有进一步发展的可能性；而是必须换一个角度，换一种思维方式，跳出庐山看庐山。当然不排除有些人跳出庐山后，不愿再看庐山。上一两代学者中不少人一辈子钻研现代文学，心无旁骛，情有独钟；而年轻学者可能对这学科不那么"从一而终"。

　　20 世纪 80 年代初期，现代文学研究显赫一时，那时吸引的一大批年轻有为的学者，目前成了这个学科的中坚力量。这十年，全国各大学招收了大量现代文学研究生，各书局出版了大量现代文学研究专著，在文学研究界，可谓一枝独秀。相对于这个学科的"潜能"来说，目前的研究队伍过于庞大，研究思路过于狭窄，以至出现学问越做越细，越做越小的趋向。近年发表的论著，研究水平普遍比五六十年代高；可比起 80 年代初的突飞猛进，又处在相对停滞阶段。可以这么说，这个学科目前仍在 80 年代初建立起来的学术规范和研究框架的笼罩之下。个别学者自己做了调整，整个学科并没有骚动不安重新寻求出路的征兆。也就是说，目前这种状态还会持续好长一段时间，已

---

* 1991 年 10 月 4 日在济南与山东现代文学研究专家座谈时的发言纪要，初刊《书生意气》，上海：汉语大词典出版社，1996 年。

有的研究框架还能容纳不少成果。我之所以介绍另一种研究思路，并没有取而代之或否定这个学科的存在价值的意思。

我所说的"走出现代文学"，包括时间和空间两种策略；而其核心则是"五四情结"的消解。现代文学的魅力在"五四"，现代文学的标尺也在"五四"，不少学者的文学理想和研究目的都是"回到'五四'"（或曰恢复"五四"文学精神）。姑且不论学者们对"五四"文学魅力的诠释是否准确，这种单一的价值尺度以及相对狭小的研究视野，都严重妨碍研究的进一步深入。只有将"五四文学革命"作为中国文化发展进程的一个步伐（而不是终极理想）来考察，才可能超越以此"归队""划线"的简单做法。说得更明确点，"五四文学革命"作为现代文学史的研究课题，本身并不具备"标尺"的功能；应该有更高一级的融合文学理想和历史哲学的"标尺"，以便衡量包括"五四文学革命"在内的所有课题。

新标尺的建立，既得益于理论意识，也得益于历史感及研究视野的拓展——后者演化成"走出现代文学"的两种策略。所谓时间的拓展，即把研究视野延伸到晚清、晚明，甚至在整个中国文学发展的框架中来思考"现代文学的地位和作用"；所谓空间的拓展，即把整个现代中国思想文化的发展纳入研究视野，在此基础上谈论"现代文学的地位和作用"。

当然，"术业有专攻"，现代学术发展趋势是专业化程度越来越高，不可能再搞"大而全"。很可能这些"走出现代文学"的浪子们一去不回头，成为另外学科的专家；但也可能有些"浪子"并不想放弃这个学科，"走出去"是为了更好地"打进来"。他们撰写的论著已经不是传统意义上的"现代文学研究"，但作者其实仍然关注"现代文学"，而只不过研究思路和论述角度与此前的学者不大一样罢了。

如果说这种研究有什么值得重视的话，主要不在于比较宏观的论述框架，而在于隐藏在这种设计后面的研究思路。比如，之所以上溯晚清、晚明，在研究策略上似乎是有意消解"五四文学革命"的中心地位，其实更重要的是借此突出传统的创造性转化在文学变革中的作用；不再只是考察域外文学如何刺激与启迪中国作家，而是注重传统文学中蕴含着的变革因素及其如何规定了这一变革的趋势。这两种合力的作用如何描述才能恰如其分，有待进一步探索。不过，研究"五四文学革命"不该过分渲染其"断裂"，这点已为越来越多的研究者所接受。

至于将"现代文学"置于现代思想文化史的背景下来考察，明显地体现了这么一种判断：20世纪的中国，不是一个"纯文学"的时代。不同于过去的"知人论世"或者从时代背景解读作家作品，研究者更多强调文学思潮与学术思潮、政治思潮的同构与互动。"五四"一代既是作家又是学者，主动介入各种思想文化思潮；五六十年代作家大都只是纯粹的"文人"，没能力在思想和学术领域中发言。可不管是领导潮流还是被潮流裹挟前进，文学家不只生活在文学圈里，这点大概没人会否认。这种研究由于较多考虑学术史背景或者思想史命题，很可能相对忽略作家的才气与想象力，不大像是文学研究。学科的界定本来就是人为的，只要文章做得好，不必担心其学科归属。

以上所说的这两种研究策略的运作，还处在起步阶段。目前还无法讨论其成败得失——尽管我本人对此颇有信心。

学术史上的"现代文学" *

。。。

一

五年前，在一个学术会议上，我做了题为"走出现代文学"的即席发言①。由于当时语焉不详，事后又没有及时整理发表，引起了一些不必要的猜疑。最直接的联想是，我是站在"二十世纪中国文学"的立场，来质疑并拆解"中国现代文学"这一曾经相当辉煌的学科。

1985 年，钱理群、黄子平和我，联名发表一系列文章，提倡"二十世纪中国文学"②。此举得到了同行的普遍关注，也招来不少赞赏与批评。目前，这一尚未得到充分论证与阐发的概念，已被学界广泛使用，对"中国现代文学"作为一个独立学科的存在与发展，构成一定程度的威胁。但是，当我谈论"走出"时，着眼点却是"补天"，而非"取而代之"。或者说，是站在本学科的立场，来反省面临的危机，以及可能的出路。

学科的界定，很大程度受制于大学课程的设置。而后者牵涉到的，远不只是学术发展的内在理路，更包括意识形态的需求、教育体制的变更、校园政治的冲突等。作为具体的学者，没有能力独辟疆

---

* 初刊《中国现代文学研究丛刊》1997 年第 1 期。

① 陈平原：《走出"现代文学"》，《书生意气》，上海：汉语大词典出版社，1996 年。

② 参见《文学评论》1985 年第 5 期上的《论"二十世纪中国文学"》和《读书》1985 年第 10 期至 1986 年第 3 期上的《二十世纪中国文学三人谈》。

域，另树大旗，但不妨纵横驰骋，跨越假定性的学科边界。前者隐含着利益与霸权，后者则只需要良知与见识。因此，在我看来，置身某一学科，远不如采纳某一理论假设重要。举例说，在国家教委正式下达命令之前，大学教师无权自行取消"中国现代文学"学科；但撰写研究著作，却不必介意是否符合"教学大纲"。

至于质疑大学课程的合理性，以及为学科的重新设置而抗争，事关知识积累与传递之大局，非具体的专业论文所能承担。学者有义务、也有权利从知识社会学角度，思考此类"大理论"（grand theory）；但这与站在现有学科立场，反省危机，探讨突围的策略，并不截然矛盾。

作为一个学科，必须有自己相对独立的范围、视野与方法。目前的状态是，曾经树大旗领风骚的"中国现代文学"，面临被几个相关学科挤压而萎缩的命运。在中国学界，所谓的"现代"，历来与"近代""当代"关系暧昧。"近代文学"的研究，近年日趋活跃，其思路是从1840一直说到1949。不管是学术思潮（比如夷夏之辨、今古文之争），还是具体文类（比如武侠小说、言情小说），其视野颇有超越"现代文学"者。就现状而言，"近代文学"的研究队伍及著作水平，均不及"现代文学"；但后者已趋成熟，而前者尚在生长。"当代文学"的发展，更是令人刮目相看。不再满足于对当下文坛的批评，追根溯源时从"五四"说起，或者讨论解放区文学与五六十年代文学千丝万缕的联系，已经是非常普遍的思路。随着时间的推移，原先心照不宣的"楚河汉界"，不再能够阻挡得住"近代"与"当代"的两头夹攻。长此以往，就连"三十年"也都无法独霸；更何况，对于一个学科来说，"三十年"的天地，实在是过于狭窄了。

另外，由于"三千年未有之大变局""为人生而艺术""在东西方文化碰撞中"等学科特征，"现代文学"很容易成为文化史、思想史、政治史研究的"资料库"。至于比较文学家，更是喜欢在"现代文学"园地里纵横驰骋，而且也确实大有作为。既然这么多学科的专家有能力与现代文学史家争锋，那么，身在其中者，该如何应战？若没有足以自立的根基，无法开拓新的天地，只剩下大作家大作品的精细解读，难以支撑起一个独立的学科。

21世纪的中国学界，重新界定学科并划分疆域，将是当务之急。近、现、当代的重叠，使得其必须"删繁就简"。若如是，现有的"现代文学"思路，将处于相当尴尬的位置。比如，晚清被"近代文学"包容，左翼及解放区文学又为"当代文学"所喜爱，鲁迅、胡适等作为思想史、学术史的对象，张恨水们又成了通俗文学的样板，所谓的"现代文学"，还能否自成体系，实在很难说。对于具体学者来说，不必画地为牢，尽可穿越学科边界，从事综合研究；但作为与教育体制密切相关的学科建设，却必须有相对确定的对象、思路与方法。

古人云，居安必须思危。不妨用稍为苛刻一点的眼光，审视本学科得以建立的根基，并及早进行自我调整，以应付可能出现的各种挑战。

二

讲求方法更新，拓展研究范围，此乃20世纪80年代以来中国现代文学研究的大趋势。但有一道门槛，似乎无论如何也跨不过去。那就是，假定"现代文学"等于"五四新文学"，因而也就必然从属于"新文化运动"。所谓"成也萧何，败也萧何"，就从这学科的根基及标尺说起。

1980年，王瑶先生在中国现代文学研究会第一次年会上做报告，称"它是一门很年轻的学科"；事隔十四年，在西安会议上，樊骏和钱理群都提到"我们的学科正在走向成熟"①。在我看来，二说都能成立。撇开当事人的谦虚与立说时的留有余地，几十年的现代文学研究，确实已经形成了自己的传统，并迅速走向成熟。

对于"学科的迅速成熟"，可以从不同角度阅读：研究者工作努力；学科潜力有限；理论框架恰当。前二说褒贬悬殊，但都与第三者密切相关。作为学科根基的理论框架，不因存在着才华横溢或特立独行的研究者，而模糊其面目及意义。大而言之，有两部书，对"中国现代文学"的学科建设，起着决定性作用。一是毛泽东的《新民主主义论》，一是上海良友图书公司20世纪30年代出版的《中国新文学大系》。前者突出文学与政治的联系，后者则更关注文学自身的发展。20世纪80年代中期以后，前者的指导意义受到了严峻的挑战，而后者所体现出来的艺术趣味及审美判断，时至今日仍为许多研究者所津津乐道。

为总结"第一个十年"而编辑的《中国新文学大系》，不只保存了大量珍贵史料，更提供了一幅相当完整的"文学史"图景。除了蔡元培高度概括的总序，胡适、郑振铎、茅盾、鲁迅、郑伯奇、周作人、郁达夫、洪深、朱自清、阿英等为各卷所撰导言，都是相当精彩的文学史论。这就难怪后世的研究者，常将其作为立论的根基。鲁迅的总结，历来被史家奉为圭臬；至于20世纪50年代的突出茅盾、郑振铎，20世纪80年代的注重胡适、周作人，主要缘于政治环境的变化。倘若不考虑各家命运的荣衰与升降，单就学术思路而言，新文学创立者的自我总结，始终规范着研究者的眼界与趣味。

当事人的证词与研究者的成果，二者过分一致，既可喜，又可

---

① 参见《中国现代文学研究丛刊》1980年第4期上王瑶的《关于中国现代文学研究工作的随想》、《中国现代文学研究丛刊》1995年第2期上樊骏的《我们的学科：已经不再年轻，正在走向成熟》以及钱理群撰写的《编后记》。

忧。当人们再三引证胡适、鲁迅等人的精彩论述时，很少追究其立说的文化背景及心理动机。作为一次成功的文学运动，"五四"新文化人从一开始便有明确的"文学史"意识。这一点，读读《新青年》等报刊上提倡"文学革命"的论说，很容易理解。比起此前中国历史上众多诗文革新运动，"五四"一代更喜欢在"文学史"框架中讨论问题。不管是"破旧"还是"立新"，讲"进化"还是主"演变"，其工作动力及理论预设，均来自"文学史"的想象。构建一种文学发展模式，在重写文学史的同时，树立自家旗帜；而革命一旦成功，又迅速将自家旗帜写进新的文学史。从1922年胡适的《五十年来中国之文学》，到1932年周作人的《中国新文学的源流》，再到1935年的《中国新文学大系》，仅仅十几年时间，"五四"新文化人已经完成了"盖棺论定"——包括运动的历史定位以及著作的经典化过程。

作为一代人的自我总结，《中国新文学大系》的成功毋庸置疑，这从后世研究著作基本沿袭其思路，并大量引用其具体结论，可以得到证实。作为当事人，胡适等人之以"五四新文学"为标尺，抹杀与之相悖的文学潮流，一点也不稀奇。只是如此立论，更接近于批评家的"提倡"，而不是史家的"总结"。最明显的偏差，莫过于对待"晚清文学"以及"通俗小说"的态度。

"五四"那代人，有意无意地贬低甚至抹杀晚清文学改良运动，这一点，对现代文学研究者影响甚大。直到今天，《中国现代文学研究丛刊》依然很少刊登晚清研究论文。在我看来，这很可惜。关于晚清社会、文化、学术、思想以及文学的研究，在国内外学界，近年都有很大的进展，而且前景颇为乐观。借助晚清，起码比较容易沟通"现代"与"传统"，也比较容易呈现"众声喧哗"局面，并进而走出单纯的"冲击—回应"模式（impact-response model），不再将"五四新文学"解读为西方文学的成功移植。而"现代文学"非从"五四"（包括其前奏）说起不可的思路，严重地局限了这一学科自身的发展。表面上，"二十世纪中国文学"这一概念被广泛采纳，晚清也已经进入不少现代文学研究者的视野，可大都只是为了扩大研究范围，或者为"五四"追根溯源，因而"标尺"依旧，"正统"仍在，情况并没有根本性的改变。

与晚清之被忽略相对应的，便是史家对于通俗小说的蔑视。站在"五四"的立场，鸳鸯蝴蝶派"不能算文学"，最多只能以"逆流"——新文学的对立面进入文学史。比起"新文学大系"的置若罔闻，今日史家之不再拒绝张恨水，已是天翻地覆的变化。但引进"晚清记忆"与"通俗小说"两个维度，目的是重构现代文学场景，而不仅仅是发掘被埋没的作家与作品。"牵一发"未必都能"动全身"，如何叙述通俗小说在20世纪中国文坛的命运，对文学史家来说，依然是个极大的挑战。

迎接挑战的逻辑起点，便是反省"五四"的立场，超越"大系"的眼界。这种说法，并不意味着一切推倒重来，而是对自家那些似乎是"不言而喻"的理论预设，保持比较清醒的认识，并进而有所抉择，有所修正。

三

曾经作为现代文学学科建设指导性纲领的《新民主主义论》，20世纪80年代中期以后，受到或明或暗的质疑。不再是"金科玉律"，但研究者仍一如既往地注重文学与社会、文学与政治的联系，就因为，此乃学科特点所规定，无法回避，也不应该回避。我想说的是，除了社会与政治，学术思潮同样影响着文学进程。比如，关于"文学史"的想象，便已直接介入了"五四文学革命"。

文学史的写作，蕴含着文学观念的变革；文学史的教学，更是普及新的文学观念的最佳途径。校园文学，比如北京大学、西南联大师生的创作，只是其表面的成绩；更重要的是，通过文学经典的确立，培养新人，树立风尚，推动潮流。此前的学界，比较注重文学批评、文学理论与诗文、小说、戏剧创作的联系，而很少考虑文学史的写作与教学。其实，对于"文学"作为一种知识的生长与传播，"文学史"起了不容忽视的作用。因而，不妨将学术史与教育史作为参照系，思考学界重建文学史的努力，如何蕴含着文学发展的动力与方向感。

另外，20 世纪众多学术思潮（如东西方文化论战、古史辨、中国社会性质论战等），都对文学创作产生了直接、间接的影响。谈论文学潮流，必须兼及其可能具有的"学术背景"。在这个意义上，试图将"文"与"学"挂钩，并非无稽之谈。

记得当年谈论"走出现代文学"，注重的是思想史、文化史的思路与方法。将报刊出版、教育体制以及都市化进程等，纳入研究视野，而且从作家作品转向文学流派与文学现象，20 世纪 80 年代我们已经这么走过来了。近年西方"文化研究"的急剧发展，对现代文学研究者来说，是个很好的契机。不管是民族国家学说、公共空间理论，还是区域研究、现代性争辩，都可能为我们的研究提供革新的动力。

借助某种机缘，拓展眼界，修正思路，此乃学术研究的"常规"。这种努力，此前有过，此后更不会缺少，之所以用了近乎危言耸听的"走出"二字，针对的正是"现代文学"作为一门学科之"成熟"。

在学术史意义上，强调不断的自我反省，此乃学科保持青春长在的秘诀。我走上现代文学研究之路，很大程度得益于王瑶先生包头会议上的讲话（即《关于中国现代文学研究工作的随想》）。那是一篇相当精彩的学术史论，对现代文学作为一门学科的重建，起了决定性作用。1994 年西安年会上的众多发言，也有强烈的"继往开来"意识。

当时我正在日本访学，听了尾崎文昭先生带回的全部发言录音，相当激动。回国后，一直想为那场没能赶上的盛会，作点补充或注解，可惜没能如愿。这一回的"纸上谈兵"——所谓的学科发展战略，确有兵家色彩，也可算作迟到的发言。

对于具体的学者，选择什么样的研究策略，除了审时度势，还必须考虑自家的兴趣与能力；可对于学科来说，则有可能借助经常的自我反省，调整方向与步伐。每一次理论反省，每一次方向调整，每一次队伍集结，都是为了重新出发。"现代文学"的不确定性，促使我们保持清醒的头脑，这未尝不是好事。

1996 年 10 月 18 日于京西蔚秀园

文学史家的报刊研究 *
——以北大诸君的学术思路为中心

...

　　一百年前，梁启超将报章作为传播文明三利器之一，予以大力提倡，此举确实很有见地。20 世纪的中国，其社会生活与文化形态之所以迥异于前，报章乃至广播、电视等大众传媒的迅速崛起，无疑是重要因素。从 1872 年发行不足千份的《申报》，到今日几乎无远弗届的卫星电视，大众传媒的勇猛扩张，让我们切实感受到什么叫"生活在大众传媒的时代"。

　　"媒体帝国"操纵人类生活这样的寓言故事，或许有些危言耸听；但起码也应承认这一点：现代人的生活方式、情感体验乃至思维与表达能力等，都与大众传媒发生极大纠葛。大众传媒在建构"国民意识"、制造"时尚"与"潮流"的同时，也在创造"现代文学"。一个简单的事实是，"现代文学"之不同于"古典文学"，除了众所周知的思想意识、审美趣味、语言工具等，还与其生产过程以及发表形式密切相关。换句话说，在文学创作中，报章等大众传媒不仅仅是工具，而是已深深嵌入写作者的思维与表达。

　　在这个意义上，理解大众传媒，不仅仅是新闻史家或媒体工作者

---

* 　2001 年 11 月 20 日于北京大学召开的中日"大众传媒与现代文学"研讨会上的发言，初刊 2002 年 1 月 9 日《中华读书报》。

204

的责任，更吸引了无数思想史家、文化史家以及文学史家的目光。但将"大众传媒"与"现代文学"扭结起来，并以此为题展开综合研究与国际交流，还属于尝试阶段。此次"大众传媒与现代文学"的讨论会，因研究对象及专业视野所限，较多地从"报章与文学"这个特定角度入手；但若干涉及其他媒体（如广播、电影、电视）的发言，同样显示了我们的研究思路。具体论述中，很可能涉及纪实与虚构、思想与文学、文字与图像、运动与创作、潮流与个性、生产与接受等一系列重大问题。当研究者从一个特定的角度，将关于如何建构意识形态这样的"宏大叙事"，落实到具体而微的媒体手段时，所谓历史研究中大与小、远与近、虚与实的边界，很可能面临挑战。或许，正是借助这一大而小、远与近、虚而实的历史叙事，可以帮助我们重建中国现代文学史。

不同历史时期、不同国家与民族、不同文化传统的人们，在驾驭大众传媒时，会有很多精彩的发挥，这自在意料之中。但同时还必须意识到，大众传媒并非铁板一块，因其自身特征，会发展出面目全非的十八般武艺。同是传媒，以文字为主的报章，不同于兼及图像和声音的电视；同是报章，日报不同于周刊或月刊；同是杂志，文艺期刊中作为补白的社会生活报道，以及政经杂志中的连载小说，都不会因此模糊自家面目。在这方面，确实需要很多专深的研究，而不是追求痛快淋漓的"一言以蔽之"。当我们谈论报刊连载这一发表形式改变了中国小说的结构方式、画报的"天涯咫尺"改变了中国文人的空间想象、照片的大量使用促使史家反省古已有之的"实录"精神，或者电视普及改变了政治家的演说姿态等，所有这些显而易见的文学／文化现象，既耐人寻味，更值得认真解读。

至于北京大学与日本大学合作召开的这次研讨会，以"大众传媒与现代文学"为题，既是去年东京会议的继续，更希望借此体现我们的学术追求。清点我本人去年参加的学术活动，发现一个小小的秘密：其中不少是围绕着"报刊研究"来展开的。4至9月间，德国海德堡大学瓦格纳（Rudolf Wagner）教授、法国东方语言文化学院何碧玉（IsabelleRabut）教授、英国伦敦大学贺麦晓（Michel Hockx）教授应邀来北大讲演，其论述各具特色，分别指向近现代史上三种重要报刊——《申报》、《新青年》和《现代》；6月参加在德国马堡大学召开的"赞助新文化：1910年的文学期刊"国际学术研讨会；10月应邀在武汉大学做"报刊研究的策略——以《点石斋画报》为中心"的专题演讲；再加上这回的中日"大众传媒与现代文学"研讨会，所有这些，都指向一个隐约的目标，那就是文学史家眼中的大众传媒。这里有巧合的因素，但也不尽然。一方面代表学界的某种兴趣——不约而同地关注包括报刊在内的大众传媒对于现代文化及现代文学的影响；另一方面，选择北大作为讲台，更适合于中外学者间的对话。贺麦晓教授在演讲中提到，正因为深知北大学者的学养与兴趣，因而刻意选择"最有挑战性的题目"。既然如此，我觉得有责任将北大研究中国现当代文学诸君的学术思路略为展示，算是为这次讨论会提供背景资料，以便听众更好地进入对话状态。

原本是带有浓厚私人色彩的学术回顾，干脆使用第一人称叙事，以示并不客观，更无意"总揽全局"。在我的印象中，北大学者之从文学史角度关注现代报刊，由来已久，甚至可以说，从参与创立中国现代文学学科那一刻起，就有此倾向。我不止一次听王瑶先生提及现代文学之不同于古典文学，与其发表形式及生产流程大有关系。而据师长们转述，王先生的这一思路，很早就已形成，而且不惮其烦，再三强调。因此，这早已成为北大中国现代文学研究者基本的共识。说是"共识",不等于没有差异。随着时势的推移，50年间，北大诸君的学术思路迭有变化。

王瑶先生不做专门的史料收集与考辨工作，但充分重视这方面的研究成果（比如高度评价阿英之专注于晚清报刊以及现代文学史料辑录），这大概与其早年的古典文学研究训练有关。而这一思路，对于日后北大的现代文学研究者，有潜移默化的影响。王瑶先生之所以强调研究者必须阅读报刊，而不能仅限于作家文集，一是有感于现代作家常常根据时世变迁不断修改自家作品，不能以日后的修订本解说作家当初的精神状态；二是阅读报刊，可使研究者对那一时代的文化氛围有更为直接的了解。记得十几年前严家炎先生批评学界不读原始资料，仅靠二三手材料做学问这一不良倾向时，曾举修订本不足为凭为例。至于孙玉石、方锡德之发现并研究鲁迅佚文《自言自语》，深化了我们对于鲁迅散文诗创作的理解，更是阅读旧报刊的直接收获。

这一思路延续下来，使得1980年以后，北大的教授们率先走出单纯的作家作品论，而从事文学流派或文艺思潮的研究。除严家炎的《中国现代小说流派史》[①]、孙玉石的《中国初期象征派诗歌研究》[②]，还有两位教授各自指导的博士生，也多从思潮与流派入手，且擅长发掘和使用报刊资料（比如解志熙的《存在主义与中国现代文学》、吴晓东的《象征主义与中国现代文学》、李今的《海派小说与现代都市文化》等）。我是1984年方才进入北京大学，跟随王瑶先生攻读博士学位的，当时的直觉是，北大学者之谈论"中国现代文学"，最具史的意味。事后想想，这与他们很早就走出自家书斋、浸泡于图书馆的

---

① 严家炎：《中国现代小说流派史》，北京：人民文学出版社，1989年。
② 孙玉石：《中国初期象征派诗歌研究》，北京：北京大学出版社，1988年。

旧报刊室大有关系。当然，这与北大图书馆旧报刊收藏相当丰富也密不可分。中国学界普遍注重新史料的发现，这自然是很好的传统。只是所谓"新资料"，并不仅限于地下出土的铜器、竹简和帛书；收藏在博物馆、档案馆和图书馆里而不为人所知的实物及文字，也都有待我们发掘。对于文学史家来说，曾经风光八面、而今尘封于图书馆的泛黄的报纸与杂志，是我们最容易接触到的、有可能改变以往的文化史或文学史叙述的新资料。

据说，1985 年是"方法年"，各种西方文学理论纷至沓来，学者们（尤其是青年学者）沉湎其中，大胆借鉴。在这一"拿来主义"潮流中，文学社会学的引进并不十分起眼，但因其与我们以往的思路比较接近，很快被暗度陈仓，运用于实际研究中。晚清诗人黄遵宪所说的"文集之文"与"报馆文"的区别，因而得到更加认真的对待。所谓"自报章兴，吾国之文体，为之一变"，在小说研究中，也比较容易得到落实。在拙著《中国小说叙事模式的转变》[①] 和《二十世纪中国小说史》第一卷 [②] 中，报刊生产过程以及报刊连载形式对于作家写作心态、小说结构和叙事方式的影响，已有较为切实的讨论。

1990 年，欧美汉学界先后受德国哈贝马斯"公共空间"（Public Sphere）假设和法国皮埃尔·布迪厄"文学场"（Literary Field）学说的启示，广泛关注晚清以降报刊的文化传播功能以及文学生产意义。中国学界对这一潮流也有所了解，但似乎不很热心，甚至有点怀疑这种理论移用的有效性，与 20 世纪 80 年代对于欧美学界的亦步亦趋，已不可同日而语。虽然直接运用哈贝马斯或布迪厄的理论来研究中国

① 陈平原：《中国小说叙事模式的转变》，上海：上海人民出版社，1988 年。
② 陈平原：《二十世纪中国小说史》第一卷，北京：北京大学出版社，1989 年。

现代文学的，目前还不太多，但《公共领域的结构转型》①和《艺术的法则：文学场的生成和结构》②的出版，确实重新引起了我们对报刊研究的浓厚兴趣。

基于对 20 世纪 80 年代"理论先行"的反省，20 世纪 90 年代中国的文学史家，似乎更强调对于研究对象的体贴与理解，以及对文学原生态的了解与描述。钱理群的《1948：天地玄黄》③、洪子诚的《中国当代文学概说》④对于报刊资料的灵活使用，在学界得到众多好评。戴锦华关于当代中国电影的诠释、张颐武关于后现代文学状态的描述，也都引起广泛关注。正是从 20 世纪 90 年代初起，北大中文系为现代文学专业的研究生开设了"现代文学史料学"专题课，要求研究生们至少亲手触摸并尝试评述两三种旧报刊，借此训练学生对于这一媒介的理解，同时培养一种历史沧桑感。这门课程的直接效果是，学生们在作家文集外获得另一资料库，近年更有不少以报刊为基本史料或研究对象的学位论文出现。

将北大学者的研究思路一律归之于"大众传媒与现代文学"，当然不合情理，也有悖事实。这里只想提示一点：阅读并理解大众传媒，既是手段，也是目的；既是技术，更是心态。钱理群《1948：天地玄黄》的"代后记"中有这样一句话："每回埋头于旧报刊的尘灰里时，就仿佛步入当年的情境之中，并常为此而兴奋不已。"对于历史学家来说，理论框架可以改变，但借助某种手段而"触摸历史"，尽可能进入当时的规定情境与历史氛围，却是必不可少的"起步"。在这方面，阅读报刊等大众传媒，可以发挥

---

① 曹卫东等译《公共领域的结构转型》，上海：学林出版社，1999 年。
② 刘晖译《艺术的法则：文学场的生成和结构》，北京：中央编译出版社，2001 年。
③ 钱理群：《1948：天地玄黄》，济南：山东文艺出版社，1998 年。
④ 洪子诚：《中国当代文学概说》，香港：青文书屋，1997 年。

十分积极的作用。至于从不同角度切入大众传媒，学者们尽可"八仙过海各显神通"。

比起具体的研究课题来，我更关心下列问题：假如大众传媒的文字、图像与声音，不仅仅是史家自由出入的资料库，本身也成为独立的研究对象，那么，从解读相对来说前后一致的作家文集，到阐释"众声喧哗"的大众传媒，研究者的阅读姿态与理论预设该做何调整？另外，文学史家眼中的大众传媒，与传统的新闻史家、文化史家或新兴的文化研究者眼中的大众传媒，到底有何区别？

"未刊稿"及其他*

...

    文献整理工作，我也做过一点，比如编小说史资料以及校点章太炎的《国故论衡》等。我的体会是，编作家的集子好办些，整理学者的文献，尤其是清末民初的大学者，难度很大。今天的会议，本来应该请夏晓虹来，她做晚清，尤其是花了将近十年的时间编梁启超的《饮冰室集外文》，这书一百多万字，在北大出版社排了五年，目前只能说是"快出来了"。为一个"大家"编"全集"，满世界跑，到处搜集各种边边角角的资料，这样的经历，很多人都有。围绕今天讨论的题目，我想着重谈谈全集编纂的宗旨、体例及方法等。有些思路，只是临时想起，提出来，供大家参考。

    第一个问题是，全集有没有必要编，以及怎么编才对得起作者与读者。我的想法很简单：不是所有有名气的作家、学者都值得出全集；说绝对些，大部分作家学者都不应该出全集。因为，如果水平不够，出全集，对他们本人，对学术界，都没有好处。

    为什么这么说？让我从清人全祖望的一篇文章说起。在《奉九沙先生论刻〈南雷全集〉书》中，全祖望谈道：黄宗羲前面的文集好，是他自己编的；后面的文集不好，因生前来不及校订，弟子又不敢删改，难免玉石杂陈，可惜了。全祖望说得没错，唐人宋人的文集，看

---

* 初刊《中国现代文学研究丛刊》2004 年第 3 期。

上去很精彩，那是大量淘汰的结果——有本人删改，有弟子校订，还有时人及后人的自然选择。再说，雕版印刷成本高，编纂文集时不能不有所取舍。现在不一样，出书太容易了，于是各家文集、全集遍地开花。为已经谢世的著名作家学者出全集，是好事，起码是一种文化积累。可编纂时必须认真考量：这个作家学者到底是出文集好，还是非出全集不可？想清楚了，再谈具体操作问题。要不，都想出全集，什么都进来，表面上很有分量，但过分芜杂，反而降低了水准。我说过，有些人出了全集，没加分，还减分，就是这个意思。

我想谈的第二个问题，是关于稿本。编全集的人，都特想找到"未刊稿"。因为，万一找到的话，全集的意义就非同寻常了。如果这些"未刊稿"真有价值，那不用说，宝贝得不得了。但好些并非如此，作者有意淘汰的，我们反而收进来了。或者是思考过程中的零星想法，或者是写作中的边角料，这样的东西，全弄进全集里，我看没这个必要。大家都有这样的工作习惯，撰写一篇论文，或从事一个课题研究，会事先做些笔记，拟拟大纲，还写成若干片段什么的。这样的东西，正式论文发表后，一般来说就没什么价值了。放在博物馆，以便后世专家查阅；或者影印行世，作为书法作品欣赏，这都挺好。但如果非要把它也收进全集，很可能有违作家学者的本意。就好像编《钱锺书集》，没必要把那些读书笔记收进去。将钱先生的读书笔记影印刊行，那是给有考据癖的专家，或书法爱好者看的。我个人的看法，对待稿本，必须慎重，一看是否真有学术价值，二看是否作者故意舍弃，三看是否已有更完整的版本流传。

第三个问题，编全集要不要尊重作家学者本人的意愿。为什么这么说？我的感慨，缘于钱锺书先生的打官司。钱先生生前不允许人家重印他早期的文章，还起诉出版《围城》校勘本的出版社及作者，这些举措，很多研究现代文学的人有意见。怎么看待这件事？我以为，这涉及现代文学和古代文学的一个重大区别。

古代作家编集子，大都是晚年自己或门生帮助定稿。写完了，即便开始流传，也都可以不断修改，最后以晚年的定稿为准。现代文学不一样，随写随刊，没必要等十年二十年后再公开发表。这就带来一个问题，很多人"悔其少作"，但那些东西已在社会上广泛流传，你拿它怎么办？这个时候，作家有没有权利舍弃早年刊发的文字，只保留晚年的定稿？作者的审美趣味、读者的好奇心、研究者的阅读需要，三者是有矛盾的，怎么办？作者说，出全集请以我的改定稿为准；研究者说，我希望了解你思路的演变，初刊更有用。应该说，二者都有道理。对于研究者来说，东西越多越好，越是芜杂混乱，越有利于我们观察分析，并从中找到缝隙，展开论述。那么作者及读者呢，有没有必要尊重？

跟这有关联，还有两个比较具体的问题，一是如何处理文件与书札，二是怎样对待某些特殊文稿——说明白点，就是作家学者在历次政治运动中被迫撰写的检讨书。

曾任要职的大人物，如蔡元培、梁启超、胡适、郭沫若等，他们签署的公文收不收？蔡元培是个特例，因为他当大学校长、中央研究院院长，签署的命令与自家学术思想相关，故都被收进全集里。但梁启超呢？他当司法总长的时候，每天都在签文件。怎样区分行政官员签署的文件与个人著述，这是个难题。你说没关系吧，是有些关系；但你说关系很大，又不见得。收与不收，在我看来，是两难。

关于书札，现在在编全集的，都很重视这一块，一般会在报纸上刊登启事，或向师友学生发信。征集来的书札，是否都该收进去？也不见得。记得我们编王瑶先生的文集时，有一个规定，王先生晚年的书札，要看原件，再决定收不收。因为，先生晚年有些不太要紧的信，是老钱（钱理群）回的，还有个别是我代笔的。我相信，很多名人都有这种情况。编全集的时候，最好能甄别一下。

如何处理文件与书札，是个技术问题，比较容易平心静气地讨论；怎样看待检讨书，则一不小心就上升到思想路线，没有多少回旋的余地，这样，反而限制了其思考的深入。编《王瑶全集》时，要不要收他的检讨书，关于这个问题，我是少数派。我不主张将这些东西收进全集，而希望把它们放在现代文学馆里供人查阅。我当然知道，这些东西对于理解那个时代知识分子的命运非常有帮助，对于研究者的思考与论述，也很有用。但我始终有个顾虑：要不要尊重作者的意愿？最后还是收了。书印出来后，关于这一点，学界评价很好。

我的印象中，好像现代中国的作家学者还没有谁立了遗嘱，规定不准（或多少年内不准）出版自己的某些作品（包括书信、讲稿或文件等）。如果立了，你怎么办？要不要遵守？我的意见是，应该尊重作家学者的个人选择。不能说为了某某崇高的目标，对不起，个人利益服从集体利益。当然，王先生并没叮嘱出或不出他的检讨书，只要家属同意，全集收录进去，没有任何问题。我只是陈述一个基本观念：尊重已逝者的权利与意愿。

为作家学者编全集，对于文学史、学术史研究来说，意义非同寻常。现在的思想文化界，确实还有很多禁忌，有些人在故意隐藏自己某些不光彩的行为与言论。这些，当然需要揭发。但除此之外，还应该有文章及学术方面"精益求精"的考虑。就像我刚才所说，每个写作的人，都会有札记、资料、大纲、一稿、二稿什么的，经过深思熟虑，最后才凝聚成为一部完整的著述。这些前期工作，对于研究者本人来说很重要；可作为"作品"发表，则没有必要。这与意识形态没关系，也不涉及个人的道德品质问题。当年编《王瑶全集》，我负责第一卷，关于中古文学部分，王先生还有好些草稿，开始我很兴奋，仔细比照后，发现大都已经改写成短文，或编织进著作里去了。最后确定为"佚文",收进全集里的，不是很多，就是这个原因。假如你非要把那些思考过程中的点点滴滴，全都收进来，一来浪费纸张，二来不利于作者的"形象"。

我说有的人全集出来后，不只不加分，还减分，不是指道德意义上的，而是文章或学问意义上的。名人留下来的文稿，即便只言片语，也都值得珍惜，这我承认。但有些东西是给人阅读、品味的，有些东西则是供查阅、使用的，功能及价值不一样。如果已经公开发表，即使内容重复或目前看来有违碍处，比如像周作人的文章，我主张照单全收；但如果是草稿，则又另当别论。换句话说，处理未刊稿时，应该更多考虑作者的意愿；对待已刊稿，则着重保护读者的知情权。前者，不是为了掩盖某些"历史真相"，而是基于对作者的尊重，以及对文章、学问本身的敬畏。

作为物质文化的"中国现代文学"*

. . .

阅读"中国现代文学",可以有很多角度;从"物质文化"入手,不仅合情合理,而且颇有新意。所谓"文学"的"物质性",不外乎作为文字载体的报刊、书籍,作为生产者的报社、出版社,以及作为流通环节的书店、图书馆等。最近二十年,做文学史研究,多有从新闻出版切入者。比如,借阅读报刊,得以返回历史现场;借考稽书局,从中辨析文学思潮;还有借报刊书局谈论"公共空间"或"文学场"的。除此之外,还有一点,那就是在对于古旧书籍的沉潜把玩中,增长见识,提升品位,进而养成学问的兴趣。

经由阿英、唐弢等老一辈学者的努力,新文学也有珍本、善本,这个观念,已经得到学界乃至市场的认同;若初版《域外小说集》等堂而皇之地进入拍卖场,已充分证明这一点。现在,从事现代文学研究的,逛旧书店或上孔夫子旧书网抢购"现代文学珍本",已经成为一种小小的时尚。年长的,像北京的姜德明,中年的,像上海的陈子善,固然有让人歆羡的"宝贝";年轻一辈,也多能从自家书柜里,掏出几册像模像样的"旧藏"。至于各图书馆,更是在传统的宋椠元刊外,另辟展室专门收藏晚清及民国年间的"新善本"。

我对"中国现代文学珍本"之作为藏品,并不担忧;我关注的是,

---

* 为香港中文大学图书馆"中国现代文学珍本展"而作,初刊 2007 年 1 月 15 日《文汇报》。

这些"珍本"如何有效地服务于教学与研究。为了保护藏品，很多图书馆都采取这么一种策略，同一种书刊，只要有新的，就不借旧的；只要有缩微，就不让看原刊。一般读者无所谓，可对于专业研究者来说，新刊、旧刊就是不一样。除了版本学的意义，更有其中隐含的历史气息。让大学生、研究生直接面对甚至亲手摩挲那些储存着丰富历史信息的旧书刊，是十分重要的教学环节。至于专家学者，更是希望通过解读具体的书刊，将"文学"的物质性与精神性合而为一。

办一个专题展览，让诸多同好，得以从容地观赏作为物质文化的"中国现代文学"，在我看来，功莫大焉。至于排除商务、中华、世界、大东、开明五大书局这么一种展览策略，更是明显带有拾遗补阙的史家眼光。因为，即便前者占有民国年间全部出版物的百分之六十，依旧有很多精致的小书局值得表彰。以文学图书的出版而言，北新书局、未名社、创造社出版部、新月书店、泰东书局、现代书局、光华书局等，都有可圈可点处。本次展览重点推介的良友图书公司、文化生活出版社，此前学界多有谈论，对我来说不算稀奇；倒是像刘以鬯创办于上海的怀正文化社、黄新波等创办于香港的人间书屋，还有老舍与赵家璧合办的晨光出版公司等，其出品让我大长见识。做出版史研究的，大都关注家大业大的商务、中华等；可实际上，小书局因其同人性质，更具理想性，也更有创新精神。假如你想理解中国现代文学何以"今夜星空灿烂"，离不开这些遍地开花、转瞬即逝的小书局。

既坚持文学品位，又不至于赔钱，这方面成功的例子，可举出吴朗西、巴金合办的文化生活出版社。该社出版的"文学丛刊"（巴金主持），15年间共推出10集160本，其中很多日后成为文学史家津津乐道的名著。因职业关系，我更关注那些名家的"非名作"，比如曹禺的《艳阳天》、茅盾的《少女之心》、老舍的《开市大吉》、巴金的《龙虎狗》等。这些书，如果不是出现在如此特定场合，一般不会被提及，更不要说被认真阅读欣赏了。

声名显赫的良友图书公司，曾以出版《中国新文学大系》被文学史家和普通读者记忆。除了皇皇巨著，该社还有两册奇妙的小书，值得一读。一是胡蝶女士刊行于1936年的《欧游杂记》，一是《人间世》杂志社编的《二十今人志》（1935），这两本小书，从装帧到内容，都很有味道。

说到对书籍的鉴赏把玩，开本、纸张以及装帧设计等，无疑是极为重要的环节。中国人之刻意经营"书衣"，是晚清以降才开始的。依我的观察，中国书籍装帧的黄金时代，是20世纪二三十年代。那时候，诸多文雅之士，以手工的方式，介入新兴的书籍装帧事业。如鲁迅、孙福熙、叶灵凤、陶元庆、钱君匋、倪贻德、闻一多、司徒乔、丰子恺等，其封面以及整体设计虽各显神通，仍大致呈东西合璧趋势。抗战军兴，图书出版困难，装帧自是尽量从简。此次展览的书籍，因大都刊行于抗战爆发后，"书衣之美"没能很好呈现，实在有点可惜。举个例子，文化生活出版社的"文学小丛书""文季丛书"等，都是一套书一种设计，每册略为调整一下颜色，说是为了追求"整体感"，还不如老老实实承认就是"偷懒"。如此素面朝天，与二三十年代的绚丽多姿，形成了鲜明的对比。再比如，同是良友出版物，抗战前后，封面之精粗，也都差别很大。不完全是图书价格方面的考量，关键是，无论作家、画家、读者还是出版社，都不那么"穷讲究"了。

十五年前，春节前夕，我到香港逛旧书店，在一家叫作"实用书局"的，买了一批周作人、刘西渭、钱锺书等人的书。其中周著为影印，其他的则是原刊。我所拥有的第三版《围城》，刊行于1949年，封面改用英国印象派画家锡尼特的《烦恼》，画的是一男一女正在赌气。此前三年，老舍与赵家璧合办晨光出版公司，出版"晨光文学丛书"，刊行的好书，包括老舍的《四世同堂》、巴金的《寒夜》、师陀的《结婚》、钱锺书的《围城》等。在《编辑忆旧》[①]中，赵家璧曾提及作为文学编辑的最大喜悦，莫过于从作家手中接过一大叠手稿，将其编印成书，而日后此书竟成为"传世之作"；赵文举的例子，恰好正是上述四书（487页）。如此看来，这些今日静静地躺在图书馆里的"珍本"，当初凝聚着多少作家、编辑、读者以及批评家的心血与厚爱。念及此，你我能不仔细端详、好好把玩？

2006 年 12 月 31 日于京西圆明园花园

---

① 赵家璧：《编辑忆旧》，北京：生活·读书·新知三联书店，1984 年。

"中国现代文学"的意义及可能性 *

. . .

今年4月，我在北京大学出版社推出薄薄一册《作为一种思想操练的五四》，32开本，总共才216页，是一册精致的小书，带论战性质，目标是回应当下的社会思潮。5月25日在北大人文社会科学研究院举办的专题座谈会，有2018年6月30日《北京青年报》的专题报道，更有《文艺争鸣》2018年第9期集中刊出的十篇短论。而我的那一篇，题为《为何不断与五四对话》，单看题目，你都能大致明白我的立场。

我曾谈及，与研究唐诗宋词或李白杜甫不同，谈论"五四"的，不管左中右，都很容易与现实政治发生纠葛。这也是我再三强调"'五四'之于我辈，既是历史，也是现实；既是学术，更是精神"的缘故 ①——这里的"五四"，置换成"现代文学"，同样适应。

有时候觉得很委屈，明明在讨论历史问题，也得尽量回避敏感词。原本十分丰富的话题，或相当深刻的见解，为了适应现实环境，你只能点到为止，不敢深入开掘。后世学者看我们，大概会觉得很奇怪，为何说话吞吞吐吐，好像智商有问题。但另一方面，作为人文学者，我也无法保证一旦禁忌完全撤销，就一定能比现在做得更好。某

---

* 2018年12月1日在"新时代中国语言文学的创新与发展——长江学者论坛"上的发言，初刊2018年12月18日《北京青年报》。
① 陈平原：《触摸历史与进入五四》3页，北京：北京大学出版社，2005年。

种意义上，带着镣铐跳舞，包含着自我克制，也蕴含着学术激情，这是我们这代学人——尤其是中国现代文学研究者的宿命。

俗话说，见贤思齐。我曾认真谈论"晚清的魅力"、"与学者结缘"的方式，以及人文学者整天与古往今来第一流人物打交道，这种"尚友古人"的美妙。你整天读章太炎、梁启超、蔡元培、陈独秀、胡适与周氏兄弟等人的书，不能不对这些志向高远的"有学问的文人"和"有文采的学者"感兴趣。我说"五四"研究既是历史也是现实，既是学术更是精神，指的就是这个。随着中国学界专业化程度日益提升，今天的博士教授，都有很好的学术训练，但在专业研究之外，有没有回应各种社会难题的愿望与能力，则值得怀疑。原本就与现实政治和日常生活紧密相连的中国现代文学专业，若失去这种介入现实的愿望与能力，其功用与魅力将大为减少。把鲁迅研究、胡适研究做得跟李白研究、杜甫研究一样精细，不是我们现代文学学科的目标。经典化与战斗性，犹如车之两轮，保证这个学科还能不断往前推进。

二十年前，我出版《中国现代学术之建立》，好些朋友撰写书评，评价有高低，但都承认阅读时很受感动。学术著作之所以能让人感动，那是因为你谈论的话题具有普遍性，且触及一代人的敏感神经。读者在阅读时，不自觉地把自己的困境与经验带进去，与作者一起思考，一同探索。可这书在台湾出版时，有历史系教授批评其专业性不够。这里有作者能力问题，但也与语境相关，相互隔膜之际，很难感同身受。这就说到人文学的意义与局限，你不能不贴着你赖以生存及耕耘的这块土地思考与表达；可一旦这么做，又可能让局外人"无感"。

我深受"五四"新文化人影响，谈及学问，对回应时代话题有很高的期待。十年前，我谈人文学的困境、魅力及出路："我想象中的人文学，必须是学问中有'人'——喜怒哀乐，感慨情怀，以及特定时刻的个人心境等，都制约着我们对课题的选择以及研究的推进。做学问，不仅仅是一种技术活儿。假如将'学问'做成了熟练的'技术活儿'，没有个人情怀在里面，对于人文学者来说，是一个很大的悲哀。"[1]对于晚清及"五四"新文化，我不仅研究，而且追慕，虽不见得成功，但毕竟努力过了，有几分精神遗存，这就够了。

前几年北大制定"北京大学发展战略纲要"，文科方面列了四个重点发展方向，要不偏向于古典，要不一带一路相关，再就是国际视野，我再三提议，北大应该将"现代中国"作为重要的研究支点，这是北大传统，也是命脉所在。最后虽勉强加上了，但没有任何配套设施。我理解领导的难处，在那个位子上，都力求平稳，关注"现代中国"不是最佳选择，因为有风险。可也正因为大家都不求有功，但求无过，当下中国的人文学，学问是越做越扎实了，成果也越来越丰厚，可我们对社会的影响力却日益下降。

2010年北大中文系百年庆典，我撰写《"中文教育"之百年沧桑》[2]，其中提及"中文系师生有责任介入当下的社会改革以及思想文化建设"："说到底，'人文学'是和一个国家的命运紧密联系在一起的，它不仅是一种'技术'或'知识'，更是一种挥之不去的'情怀'。"

曾经，最能体现中文系学者的"社会关怀、思想批判、文化重建的趣味与能力"的，是各大学现当代文学专业的教授。可最近十年，经由大学内外各种因素的调整，这个学科的从业人员远没有20世纪八九十年代那么活跃。在我看来，这是很可惜的——这里的可惜，既指向我们自身，也指向整个学界。

---

① 参见陈平原：《人文学的困境、魅力及出路》，《读书的风景——大学生活之春花秋月》253页，北京：北京大学出版社，2012年。
② 陈平原：《"中文教育"之百年沧桑》，初刊《文史知识》2010年第10期。

在《作为一种思想操练的五四》①中，有两段话，代表我的基本
立场：

> 中国人说"传统"，往往指的是遥远的过去，比如辛亥
> 革命以前的中国文化，尤其是孔子为代表的儒家；其实，晚
> 清以降的中国文化、思想、学术，早就构成了一个新的传
> 统。可以这么说，以孔夫子为代表的中国文化，是一个伟大
> 的传统；以蔡元培、陈独秀、李大钊、胡适、鲁迅为代表的
> "五四"新文化，也是一个伟大的传统。某种意义上，对于
> 后一个传统的接纳、反思、批评、拓展，更是当务之急，因
> 其更为切近当下中国人的日常生活，与之血肉相连，更有可
> 能影响其安身立命。

> 我的基本立场是：尊重古典中国的精神遗产，但更迷恋
> 复杂、喧嚣却生气淋漓的"五四"新文化。我曾说过："就
> 像法国人不断跟 1789 年的法国大革命对话、跟 1968 年的
> '五月风暴'对话，中国人也需要不断地跟'五四'等'关
> 键时刻'对话。这个过程，可以训练思想，积聚力量，培养
> 历史感，以更加开阔的视野，来面对日益纷纭复杂的世界。"
> 在这个意义上，对于今日的中国人来说，"五四"既非榜样，
> 也非毒药，而更像是用来砥砺思想与学问的"磨刀石"。

我所谈论的"现代文学"，并不局限于 1917—1949 这么短短
三十年，也不全然是我早年与钱理群、黄子平合作提出的"二十世纪
中国文学"，而是晚清所开启的面向世界，融入文明大潮，参与国际

---

① 陈平原：《作为一种思想操练的五四》，初刊《探索与争鸣》2015 年第 7 期。

事务，迎接中华文明复兴的整个过程中所产生的文学。一定要画线，大略等于现有学科体制里的中国近代、现代、当代文学。相对于"古典文学"，它不以渊深或优美见长，而是略显粗糙但生气淋漓，与今人的生活经验与审美感受更为休戚与共。

不管是今天的长江学者论坛，还是明年的"五四"一百周年纪念，我都想追问：网络时代的人文学者，到底还能不能做到既学问，又思想，还在一定程度上引领社会风气。因为，这是我最为关心的。

·通俗文学

"通俗小说"在中国

学术史上的俗文学

俗文学研究的精神性、文学性与当代性

作为一种精神气质的"游侠"

>>>

"通俗小说" 在中国[*]

. . .

一、从 "金庸风波" 说起

从世纪初梁启超为改良群治而提倡 "小说界革命"，到世纪末小说创作因受电影电视的挤压而开始走下坡路，百年中国，小说即使不算独领风骚，起码也是始终 "挑大梁唱主角"。新小说家 "二十世纪系小说发达的时代" 的预言[①]，总算没有落空。此前不登大雅之堂，此后也很难再有如此辉煌，"小说" 在 20 世纪的中国，可说是八面风光，盛极一时。不难想象，学者们开始关注此 "文学之最上乘"，小说史著述纷纷问世。学界对百年中国小说演进的描述，本来已经初具规模；可世纪末 "通俗小说" 的再度崛起，使原先颇为清晰的图景，又变得模糊起来了。

晚清新小说家变革文学的努力受挫，"五四" 作家方才真正开创了中国小说的新纪元，此后便是一路凯歌，一直唱到世纪末的今天。这种以 "五四" 小说为 "正统" 的描述，正受到 "通俗小说" 越来越强烈的挑战。作为表征，不妨以金庸的 "浮出历史地表" 为例。1990年秋天，北京大学开设研究武侠小说的专题课，并没有引起传媒的关

---

[*] 初刊《上海文化》1996 年第 2 期。

[①] 参见计伯《论二十世纪系小说发达的时代》、邯郸道人《〈月月小说跋〉》、耀公《小说与风俗之关系》、老伯《曲本小说与白话小说之宜于普通社会》等。首篇刊《广东戒烟新小说》第 7 期，1907 年；余者均见《二十世纪中国小说理论资料》第一卷，北京：北京大学出版社，1989 年。

注。1994 年 10 月，北京大学授予金庸名誉教授，本是顺理成章，或者说小事一桩；可恰逢所谓"文学大师"排座次风波①，于是被炒得沸沸扬扬。其中最为痛心疾首的批评，并不见诸报端，而是在学界私下流传，那就是：北大背叛了新文化传统。

创办于 1898 年的北京大学，本身便是新学之士变法图强的产物。百年中国，倘就知识分子介入社会而言，北大称得上"独领风骚"。从"五四"新文化运动起，历次知识者争取民主的运动，作为整体象征的北京大学，始终扛大旗唱主角。这种特殊地位，使得其任何"新动向"，都可能得到过分的关注与诠释。套用张爱玲的妙语：这是个夸张的地方，即便摔个跟斗，也比别的地方疼。北大在新文化运动中的作用举世皆知，而新文化运动的一个重要侧面，便是批判以上海为大本营的鸳鸯蝴蝶派。不管金庸小说地位如何提升，其与民国通俗小说渊源极深，这点无可否认。因而，北大与金庸，很容易被分别作为雅、俗文化的旗帜来阅读。正是这种不无偏差的理解，引发了以金庸为战场、以北大为目标的论争。

这场争论，涉及 20 世纪 90 年代中国的政局，以及教育体制的改变、知识分子功能的转化等②，远不只是文学思潮的演进。正因为如此，好些话题没有办法展开，更谈不上深入，要不"隔山打牛"，要不"指桑骂槐"。也有出而应战，为北大辩解的，理由是："五四"先驱本就提倡"平民文学"，注重对"民间文化"的整理与借鉴；接纳"武侠小说家"金庸③，正是承继了北大"一以贯之"的开放传统。

---

① 北京师范大学的王一川等编辑《二十世纪中国文学大师文库》时，将金庸列为小说家第四，位在鲁迅、沈从文、巴金之后，老舍等之前；至于茅盾，则名落孙山。此举备受传媒关注，一时间议论纷纷，报上屡见不得要领的争论文章。
② 不少批评者针对的是 20 世纪 90 年代北大校方的举措，以及教授们的思想姿态，只不过拿金庸当战场。参见邵燕君《中国文化界的金庸热》，《华声月报》1995 年 6 月号。
③ 论证北大接纳的是"历史学家"兼"政论家"的查良镛，而不是"武侠小说家"金庸，此说更不通——虽则呵护北大的用心十分良苦。

不妨暂时搁置过于笼统的"北大是非"之争，将话题局限在学界该不该接纳金庸、如何接纳金庸、接纳金庸是否构成对已有小说史叙述的挑战，以及这种"接纳"与"五四"新文化传统的关系。在我看来，"该不该"的问题早已解决。时至今日，仍一口咬定武侠小说不能成为学术课题的，当然不乏其人；可热衷于阅读、品味甚至研究武侠小说的，同样也是大有人在。长期以来，喜欢或不喜欢金庸（武侠小说），纯属个人爱好；学界也是各说各的，基本上相安无事。只是到了试图将其纳入正规的知识体系，希望得到社会普遍认可时，这才激活了本就存在着的根深蒂固的矛盾。"拒绝"还是"接纳"金庸[1]，于是成了传媒最愿意操作的"话题"。事情已经过去一年多了，直到近日，还不断有传媒"猛炒"金庸小说的定位。学界与传媒关注点不同，不大愿意凑这个热闹。即便以冷静著称的小说史家，可以躲开摄像机，却躲不开金庸这个话题。

只是阴差阳错，由首倡"文学革命"的北京大学，来为当年新文化人嗤之以鼻的"通俗小说"的"嫡传"平反，毕竟颇有反讽的意味。单用"三十年河东，三十年河西"来解释，未免低估了这一话题的分量。我以为，撇开诸多偶然因素，北大此举确实非同小可[2]。因其无意中触及了学界必须面对、但又尚未真正面对的课题：通俗小说在 20 世纪中国的地位。

尽管从 80 年代中期起，学界已经开始尝试将所谓的"鸳鸯蝴蝶派"等通俗小说纳入研究视野，但效果不太理想。我曾经描述文学史家接纳通俗小说的三条途径，即在原有小说史框架中容纳个别通俗小说家、另编独立的通俗小说史、强调雅俗对峙乃 20 世纪中国小说

---

① 鄢烈山率先在 1994 年 12 月 2 日《南方周末》上发表杂文《拒绝金庸》，此后便战火连绵无已时。

② 授予金庸名誉教授，乃校方决策，与文学教授无干；反过来，北大学者之论证金庸为代表的武侠小说，可以堂而皇之地进入大学讲堂，也与校方无涉。

的一个基本品格，并力图将其作为一个整体来把握①。除了单独修史，另外两种策略，都面临如何为通俗小说定位的问题。不一定体现为金庸与茅盾"争座位"的戏剧性场面，但谈论 20 世纪中国小说，总不能漠视张恨水、金庸等通俗小说"大家"的存在。称金庸为通俗小说大家，一般不会有异议；可一旦需要将其贡献纳入文学史，连毫不相干的外行都会表示义愤填膺。说到底，在专家以及一般读者心目中，"通俗小说"并非真正的"文学"。这种对于通俗小说的普遍歧视，植根于"五四"时期构建的"文学神话"。因此，话题还得回到 20 世纪初。

二、"通俗小说"与"平民文学"

由于新文化运动的成功，以及"五四"精神对后世的巨大感召力，"文学革命"日益成为开天辟地的"神话"。学界过多依赖胡适、鲁迅、茅盾等人对其事业的总结，使得整个研究很难超越当事人的历史记忆。比如，"五四文学革命"的提倡者，为了拓展生存空间并确立其文学史地位，过分渲染其"破旧立新"，以至抹杀其先驱晚清"小说界革命"的历史功绩，对"新小说"在 20 世纪二三十年代的传人，也采取势不两立的决绝态度。将这种当事人在历史活动中自然而且合理的"姿态"，直接作为文学史著的结论来陈述，可就显得不太"自然"，也不太"合理"了；举一个明显的例子，"五四"新文学家动辄依照自家的文学理想，批评"旧派文人"的作品不能算"文学"。在众多"不能算文学"的作品中，数量最多而且影响最大的，当属"通俗小说"。这里就从新文学家对"通俗小说"的界定及评价说起。

晚清及"五四"的文学批评家，基本上不用"通俗小说"这个概念。唯一的例外，是刘半农 1918 年初春在北京大学所作题为《通俗小说

---

① 参见陈平原《小说史：理论与实践》113–122 页，北京：北京大学出版社，1993 年。

之积极教训与消极教训》的演讲。刘氏首先解题，"通俗小说"即英文"Popular Story"，原义应为：

1. Suitable to common people; easy to be comprehended.
2. Acceptable or pleasing to people in general.

这段从辞典里抄来的解释，并无特别之处，有趣的是刘氏的引申发挥：通俗小说乃"上中下三等社会共有的小说，并不是哲学家科学家交换思想意志的小说，更不是文人学士发牢骚卖本领的小说"。"发牢骚卖本领"的小说，可以举出《花月痕》《聊斋志异》；"交换思想意志"的小说，《水浒》《红楼》勉强也能凑数；至于真正属于"通俗小说"的，刘氏定的是《今古奇观》、《三国演义》和《七侠五义》。除了强调"通俗小说"娱乐色彩突出、为大众所喜闻乐见外，刘氏更假定其不曾隐含高深的思想。故文章结尾有曰："到将来人类的知识进步，人人可以看得陈义高尚的小说，则通俗小说自然消灭了，我这话也就半钱不值了。"[①]

事隔两月，刘半农又在北大公开演讲，这回的题目是《中国之下等小说》。所论主要为流行于下层社会的弹词唱本。不过，其强调文学眼光应从"绅士派"转为"平民派"，仍与上文思路颇为相通。在"通俗小说"的旗帜下，既有"下等社会"的思虑，又有"平民文学"的主张，这其实很符合刘氏创作跨越晚清与"五四"的特征。晚清新小说家主要区分不同小说类型（如政治小说、科学小说、言情小说）的不同功用，偶尔也会考虑不同读者的不同需求。比如，夏曾佑主张中国小说分为两派，"一以应学士大夫之用，一以应妇女与粗人之

---

① 刘复：《通俗小说之积极教训与消极教训》，《太平洋》1 卷 10 号，1918 年。

用"；管达如论小说，也有"为上等人说法"与"为下等人说法"的
区别①。这种"上等人"居高临下，"为下等人说法"的姿态，在"五四"
时期遭到很多非议。取而代之的，是周作人等提倡的"平民文学"。

同样反对所谓的"贵族文学"，比起陈独秀语焉不详的"国民文
学"、胡适之过于武断的"死文学"，周作人对"平民文学"的界定与
阐发，更容易为读者所接受②。说"平民文学应以普通的文体，记普
遍的思想与事实"，或者说"平民文学应以真挚的文体，记真挚的思
想与事实"，其实仍不得要领；周氏于是做了两点补充："平民文学决
不单是通俗文学"，"平民文学决不是慈善主义的文学"。周氏称此乃
"最怕被人误解的两件事"。实际上，也正是这两点，使其与胡适等人
拉开了距离。就在胡适为提倡白话文而大力表彰《水浒》《西游》等
章回小说的同时，周作人在另一篇名文《人的文学》中，将其归入"迷
信的鬼神书类"与"强盗书类"，并直斥为"妨碍人性的生长，破坏
人类的平和"的"非人的文学"。在周氏看来，中国文学史上，只有《红
楼梦》才称得上是真正的"平民文学"。这里所说的"平民文学"，"不
是专做给平民看的"，"也不必个个'田夫野老'都可领会"，而是充
当"先知或引路人"，努力将平民的鉴赏能力及思想趣味提高。提倡
"平民文学"，是为了启蒙，而不是为了俯就，这才是"五四"作家真
正的心里话。一直到20世纪30年代，"大众化"口号已经叫得满天响，
郭沫若仍然认定大众文艺"不是大众的文艺"，而应该"是教导大众
的文艺"③。

周作人发表于1918年的《平民文学》与《人的文学》，乃"五四"

---

① 参见别士《小说原理》和管达如《说小说》，均见《二十世纪中国小说理论资料》
第一卷。
② 参见陈独秀《文学革命论》(《新青年》2卷6期，1917年)、胡适《文学改良刍议》(《新
青年》2卷5期，1917年)和仲密(周作人)《平民文学》(《每周评论》5期，1919年)。
③ 郭沫若：《新兴大众文艺的认识》，《大众文艺》2卷3期，1930年。

时期影响最大的文学论述。而其中流露出来的对于传统中国小说的蔑视，表面上与梁启超"综其大较，不出诲淫诲盗两端"的攻击颇为相近。可梁氏撰《译印政治小说序》时，对中西小说都无多少了解，创办《新小说》杂志后，口气陡然改变，对《水浒》《红楼》等不再信口雌黄。周氏则不一样，发言时已有相当的知识准备，自觉地用西方文论的眼光来裁判中国小说。一直到20世纪50年代，周作人仍一如既往地批评《三国演义》浪得虚名："我近年重读一遍，很虚心的体味，总不能知道他的好处何在。"周氏阅读小说，有其特殊的视角，比如"写女人的态度"、是否"假仁假义"、有无"人道精神"等，之所以高度批评《红楼梦》，而极力贬低同样名气甚大的《水浒》与《三国》，正是基于此 [1]。依照周作人的思路，除了一部《红楼梦》，中国章回小说都是"含着游戏的夸张的分子"、"专做给平民看的"、与理想的"平民文学"明显有别的"通俗文学"。

如果嫌这种说法带有推论色彩，不妨参照同样发于1918年的《日本近三十年小说之发达》。周氏将明治以前的日本小说，一概冠以"通俗小说"之名，理由是其"迎合下层社会心理""做书的目的，不过是供娱乐，或当教训"。这种批评，与《人的文学》中对中国传统小说的攻击如出一辙。这就难怪作者笔锋一转，称梁启超之提倡"小说界革命"，"恰与明治初年的情形相似"。将学习西方小说作为"新小说"的标志，即使《红楼梦》"也只可承认她是旧小说的佳作"，这么一来，"新旧"基本上等同于"西中"。除了《红楼梦》《儒林外史》不大好处理外，周氏几乎倾向于将20世纪以前的中国小说统统归入"通俗小说"。

周作人对中国小说如此苛刻的评价，作为一家之言，自有其深刻

---

[1] 参阅周作人《知堂集外文·〈亦报〉随笔》（长沙：岳麓书社，1988年）中《历史小说》《〈水浒传〉》《〈水浒〉与〈红楼〉》等则。

之处。但这明显不是史家眼光，而更像杂文笔法，主要服务于其时的思想斗争与文学运动。刘半农、周作人都意识到《红楼梦》的特殊性，不敢贸然将其归入"通俗小说"，这一点留待下面论述。这里先从"章回小说"等于"通俗小说"这一"五四"时期确立的重要假设说起。就在《日本近三十年小说之发达》中，周作人有一段常被史家引述的名言：

> 新小说与旧小说的区别，思想果然重要，形式也甚重要。旧小说的不自由的形式，一定装不下新思想；正同旧诗旧词旧曲的形式，装不下诗的新思想一样。[1]

这里所说的"旧小说的不自由的形式"，主要指的是章回体，在"五四"新文学家看来，"章回要限定篇幅，题目须对偶一样的配合，抒写就不能自然满足"；"章回的格式太呆板，本足以束缚作者的自由发挥"[2]。以是否采用章回体写作，作为新旧文学家的重要标志，固然十分便捷，但与"五四"所标榜的"平民精神"其实颇有距离，更与白话文运动的初衷不无矛盾。

　　胡适等人对章回小说的赞赏，与周作人对章回小说的批判，二者学术立场似乎截然相反。但在"五四"新文化运动中，这两种表面对立的小说观念，竟然互相呼应，配合默契。这应该归功于新文化人采取的不同的论述策略：一探讨历史，为文学变革寻找依据，故需要源远流长且读者极为广泛的章回小说作为盟友；一面对现实，着力于引进西方小说的思想与形式，对其时占据文坛主要地位的章回小说自然没有好感。并非完全抹杀胡、周个人学术立场的差异，只是强调二者

---

① 周作人：《日本近三十年小说之发达》，《新青年》5 卷 1 号，1918 年。
② 参阅周作人《日本近三十年小说之发达》和茅盾《自然主义与中国现代小说》。

同属一个文学运动。作为例证，可以举出胡适之赞赏章回小说，局限于"五四"以前的作品，其实也隐含着对"章回小说"作为文类价值的怀疑。

胡适、陈独秀以文言白话，判文章之死活，所标举的"文学正宗"，正是施耐庵、曹雪芹等人的章回小说[1]。何以反抗"十八妖魔"时啧啧称赞的"平易的抒情的国民文学"，一转又因"格式太呆板"，而面临被抛弃的厄运？说到底，白话小说的溯源，只是服务于其以西洋文学改造中国文学的总体目标。这就难怪，一旦白话文战胜文言文，"国语的文学"成为一面可以随意挥舞的旗帜，接下来便是清算昔日的同盟者"章回小说"。

三、中西冲突与雅俗对峙

尽管"五四"作家再三标榜其"平民意识"，并以此对抗充满"贵族气"的"旧文学"；但就文学趣味而言，胡适等人一点也不"德谟克拉西"。主张"把德谟克拉西充满在文学界"的新文学家们，其口号是"扫除贵族文学的面目，放出平民文学的精神"；至于具体措施，则是"将西洋的东西一毫不改动的介绍过来"[2]。批评前辈因囿于"中体西用"的观念，不曾"真心的先去模仿别人"，力主全面接受西方文学的思想与艺术，此乃"五四"作家的最大特色。选择"直译"、"拿来主义"以及"一毫不改动的介绍"，在世纪转折期的中国，自有其历史的合理性，但很难说是基于"平民意识"。依照其时中国人的识字率、教育普及程度以及对西方文化的理解，"一毫不改动的介绍"，并不容易为大众所接受。要说照顾其时一般读者的阅读水平与欣赏趣味，晚清新小说家采取的"移步变形"策略，无疑更合适。

---

[1] 参阅胡适《文学改良刍议》和陈独秀《文学革命论》。
[2] 佩韦（茅盾）：《现在文学家的责任是什么》，《东方杂志》第17卷1号，1920年。

很难准确统计"五四"时期各类小说的接受面，但《狂人日记》等基本上只在学校及知识人中流传；至于真正的"平民"，阅读的仍是情节曲折、娱乐性强的章回小说。1922年，茅盾抱怨一般读者欣赏小说时，只重"情节"，不懂"情调"和"风格"[①]。一直到新文化运动已经取得决定性胜利的20世纪三四十年代，章回小说仍然掌握着"真正的广大的群众"，"《啼笑姻缘》、《江湖奇侠传》的广销，远不是《呐喊》、《子夜》所能比拟"[②]。读者面大小与艺术水准高低，不一定成正比；这里希望指出的是，作为"五四"时期主要文学旗帜的"平民文学"，只适应于对古文的批判，对山歌谣谚民间故事的搜集，以及对小说戏曲地位的提升。至于落实到具体的小说创作，"五四"作家追求的"先锋性"，使得其不可能真正"平民化"。对比新小说家仍然坚持使用大众"喜闻乐见"的章回体写作，不难发现"五四"作家所追求的，其实是另外一种同样高雅的"贵族文学"，相对于其时大众的教育水平与欣赏趣味而言。以小说叙事为例，"五四"作家借鉴的主要不是民间文学，而是文人文学；正是因其部分"脱离群众"，突出主要体现文人趣味的"诗骚"传统，才得以真正突破传统叙事模式的藩篱[③]。

　　比起"五四"作家之"脱胎换骨"，晚清新小说家之部分接受西洋小说（思想与技巧），而力图保留章回小说的叙事框架，就显得相当"保守"与"落伍"了。是否保留章回体，即如何对待传统中国小说，很大程度受制于作家本人的知识结构及其期待读者。晚清关于域外小说的译介，固然有不少以"中国说部体制"改造原作，而且"觉

---

① 茅盾：《评〈小说汇刊〉》，《文学旬刊》43期，1922年。
② 徐文滢：《民国以来的章回小说》，《万象》第1年6期，1941年。
③ 参阅陈平原《中国小说叙事模式的转变》第八章，上海：上海人民出版社，1988年。

割裂停逗处，似更优于原文也"①；但中西长篇小说结构的差异，毕竟越来越为作家与读者所了解。到了 20 世纪二三十年代，还愿意采用章回体写作的，只能说是一种自觉的选择。茅盾是这样评价"现代的章回体小说"的：思想上"毫无价值"，艺术方面只会讲述，不懂描写，故"这种东西根本上不成其为小说"。以"经过近代科学的洗礼"的自然主义作为衡量的标尺，不懂得"完全用客观的冷静头脑去看"的章回小说家自然全部落马；可西洋小说又何尝全都"丝毫不搀入主观的心理"？不过茅盾有一句话说得对，民国年间仍坚持用章回体写作的，"大都不能直接读西洋原文的小说"②。垄断了西洋小说解释权的新文学家，于是显得理直气壮；至于被称为"旧派"的章回小说家，则只有招架之功，而无还手之力。阅读当年新、旧小说家的论争，最令人惊讶的，还不是前者的咄咄逼人与后者的步步退让，而是章回小说家的自我边缘化——除了若干谩骂之辞，剩下的便是自我嘲讽与自我辩解③。李定夷之找到固定工作即脱离文坛、包天笑之洗刷鸳蝴作家印记，以及张恨水之检讨乃"礼拜六派的胚子"④，在在体现其缺乏足够的自信。这与新文学家的昂首阔步，刚好形成鲜明的对比。

被"五四"新文学家命名为"旧派小说"的，正是晚清"新小说"的嫡传。由当初首揭义旗的"新小说"，转为备受嘲笑的"旧派小说"，并非只是"江山代有才人出"，而是整个文化潮流之由"改良"转为"革命"的表征。借助于西化狂潮，"五四文学革命"获得巨大成功；希

① 少年中国之少年（梁启超）：《〈十五小豪杰〉译后语》，《二十世纪中国小说理论资料》第一卷。
② 茅盾：《自然主义与中国现代小说》，《小说月报》13 卷 7 号，1922 年。
③ 参阅魏绍昌编《鸳鸯蝴蝶派研究资料》上卷，上海：上海文艺出版社，1984 年；芮和师等编《鸳鸯蝴蝶派文学资料》上卷，福州：福建人民出版社，1984 年。
④ 参见李定夷《民初上海文坛》（《上海地方史资料》第四辑，上海：上海社会科学出版社，1986 年）、包天笑《钏影楼回忆录》（香港：大华出版社，1971 年）和张恨水《我的写作生涯》（成都：四川人民出版社，1981 年）等。

望更多保留传统中国小说叙事方式者，于是只好退居文坛的边缘。如此描述，"旧派小说"似乎只是"中西之争"的失败者。其实，更为重要的因素，可能是"雅俗之辨"。

正如前面所述，"平民文学"作为"五四"时期最响亮的口号，主要是陈独秀、周作人等用来引入西学、批判传统的武器，并不说明其真正认同于"平民"的文学趣味。倘若借用历史悠久、可惜界说模糊的"雅俗之辨"，鲁迅、郁达夫等人的小说创作，毫无疑问属于"雅文学"（或曰"文人文学"）。除了"五四"小说更多借鉴古典诗文[①]，更因传统中国的章回小说，并非都适合于"通俗文学"的定义。像周氏兄弟那样，谈论传统中国的"通俗小说"时，将《红楼梦》《儒林外史》排除在外，或另眼相看，可能隐含着一种值得重视的思路：即便同为章回小说，也有雅俗之分。

在明清两代正统文人看来，相对于高雅的诗文，章回小说当然只能是"通俗文学"。可实际上，由于大量第一流文人的介入，部分章回小说已经明显化俗为雅。吴敬梓、曹雪芹的努力，以及《儒林外史》《红楼梦》的成功，便是最好的例证。其感情真挚寄托遥深，其文采斐然结构完整，其日渐书面化与文人化，已经与刚刚走出说书场的"民间叙事"大不一样。尤其是其"披阅十载，增删五次""满纸荒唐言，一把辛酸泪"，明显不以"射利"为创作目的。晚清小说界革命中，仍能隐约分辨出这两种不同倾向：职业小说家对读者趣味的屈从，与文人政治家对小说功能的改造。梁启超等人小说创作成就不高，但其注重表达自己的观念与情感，而不强调可读性与娱乐性，与已有的"文人叙事"传统颇有相通之处。也正是这种创作目的的"严肃"，使得朱自清认定其"跟新文学运动一脉相承"[②]。

---

① 参阅陈平原《中国小说叙事模式的转变》第五章。
② 朱自清：《论严肃》，《中国作家》创刊号，1947年。

"五四"新文学家对"旧派小说"的批评，既反"载道"与"教训"，也反"游戏"与"娱乐"；可实际上，主要针对的是后者。讥对方为"文丐"与"文娼"，显然所争不在是否"文以载道"[①]。李伯元、吴趼人等职业小说家的出现，比起明清两代的冯梦龙、李渔来，其对文学市场的依赖更加明显。可这并不一定限制其艺术才华的发挥，更不能因其"著书都为稻粱谋"而一笔抹杀。20世纪20年代以后的"旧派小说"，受到最集中而且最严厉的批评，莫过于"拜金主义"。这里暂不涉及《江湖奇侠传》或《啼笑姻缘》的艺术评价，只想指出一点，"五四"新文化人对职业化写作的蔑视，其实带有"贵族气"。"爱美的"（amateur）"五四"作家，之所以如此嘲笑"拜金主义"的写作，除了对文学事业的忠诚，还因其相对优越的社会地位。而这，牵涉到20世纪一二十年代京海两大城市的文化品格，以及同为近代化产物的新式学堂与报刊书局的不同功能。

四、学校与报刊的文化品格

1899年，梁启超在《清议报》上发表《饮冰室自由书》，大谈"文明普及之法有三：一曰学校，二曰报纸，三曰演说"。此说迅速流传，成为不少新学之士的口头禅。三者并列，其实不太合适："演说"既可在学校里举行，也可在报纸上刊登。作为新学之士的信仰及事业，"学校"与"报刊"无疑更具诱惑力。实际上，讨论中国的近代化进程，学校与报刊，确实是最重要的两大动力。

对于梁启超等人所倡导并从事的"小说界革命"，报刊为代表的传播媒介（包括出版业），起了决定性作用。这一点有目共睹，学界几无异辞。不同于传统教育体制的新式学校，由于其西方文化背景，

---

① 参阅西谛（郑振铎）《新文学观的建设》及其为《文学旬刊》（1922）所写的一组"杂谈"。

自然容易为"新小说"培养最佳的读者以及潜在的作者。当年有思想、有才力，能够阅读并欣赏"新小说"者，未见得都真的受过学校教育；但无格致学、政治学、生理学、警察学"不可以读吾新小说"的说法①，等于断言只有受过新式教育，方才是"新小说"的合格读者。报纸书局为"新小说"的发表提供阵地，学校则为"新小说"的创作提供后备人才，二者可谓相辅相成，缺一不可。没有前者，"新小说"无法迅速传播；没有后者，"新小说"则缺少发展的动力与方向感。

学校与报刊，虽然同为中国近代化过程的重要产物，其承担的功能，其实颇有差异。在某一特殊阶段（比如辛亥以前），由于共同的使命（比如推翻清廷），不少"进步的"学校与报刊步调一致，配合十分默契。但是，除了政党的宣传物可以不计成本，一般报刊都必须靠自身活动获取利润，并谋求发展。也就是说，报刊书局本身尽管很有文化意味，同时也是一种商业活动。学校可就大不一样。除了自古以来中国人对"读书"的迷信，使得学校很容易被"神圣化"；更因教师和学生一般远离"铜臭"，不大介入直接的商业活动。因此，报刊从业人员更多体现市民意识，而学校的教授与学生则基本上继承了传统士大夫的优越感与责任感。作为历史活动中充满偶然性的个体，自然可以在二者之间穿梭或游移；可这两大文化实体的基本品格，却不为个别人的道德情操、审美趣味所左右。

辛亥革命以后，昔日的"步调一致"不再存在，同为传播文明之利器，学校与报刊的分化开始明晰。在报刊书局为谋求商业利益而迅速世俗化的同时，学校还相对"离尘脱俗"，并保持其对社会的批判锋芒。这一点，可以用来解释 20 世纪一二十年代北京与上海两大城市文化品格的差异。"五四"新文化运动，不是发生在最早接受西方

---

① 参见觉我（徐念慈）《余之小说观》、佚名《读新小说法》，均见《二十世纪中国小说理论资料》第一卷。

文化，而且都市化程度最高的上海，实在有点出人意外。北京作为政治中心，尽管西化程度不如上海，仍然很容易吸引新学人才，并制造文化潮流。这种解释框架，局限在政治中心与商业中心的对峙，仍有不尽如人意处。引进学校与报刊催生新文化的不同功用，或许不无小补。

从晚清到民国，上海作为新闻出版业中心的地位，从未动摇过。中小学以及义务教育，上海也大有值得夸耀之处。至于对文化学术发展影响极深的大学教育，上海则始终落后于北京。"五四"新文化运动期间，国立北京大学之号令天下，固然给人特别深刻的印象；其时的北京高师、北京女高师、中国大学、朝阳大学、民国大学中法大学等，也起了羽翼左右的重要作用。而1919年的上海，日后叱咤风云的交通大学和复旦大学，均未正式成立；至于几所教会大学，更不可能在带有反帝色彩的新文化运动中起中坚作用。虽然收回教育权运动20世纪20年代初方才爆发，但冰冻三尺，非一日之寒。强调宗教与教育分离，警惕"情同市惠，迹近殖民"的文化侵略，使得知识界对于教会大学颇有戒心①。至于教会学校"管理严明"，学生对"新思潮的感应力"弱，不为"自由平等诸新名词所迷误"②，也使得其在现代中国的思想革命及政治风潮中，难以扮演主角。

"文学革命"作为"五四"新文化运动的导火索以及重要组成部分，同样依赖于西式的高等教育。大学教授陈独秀、胡适、钱玄同、刘半农、周作人等的社会地位和知识积累，远非上海的报人所能企及。除此之外，其写作不必"为稻粱谋"，也必定令上海滩上众多职业作家

---

① 参见李楚材辑《帝国主义侵华教育史资料——教会教育》，北京：教育科学出版社，1987年；朱有瓛等主编《中国近代学制史料》第四辑，上海：华东师范大学出版社，1993年。

② 参见余日章《基督教会之高等教育之特色》和民侠《教会学校的学生》，均见《帝国主义侵华教育史资料——教会教育》。

羡慕不已。当年提倡新文化的杂志，不少是教授们集资所办，而且编辑与写作均不取酬。这种理想主义者的文化追求，当然与作为近代出版业支柱的稿费制度格格不入。嘲笑"文丐"与"文娼"，鄙弃"拜金主义"的写作，必须有清高优雅的大学作为其知识背景与精神家园。开办大学需要筹集经费，运作大学蕴含权力斗争，这些世俗层面的焦虑，并非作为个体的教授或学生所必须直接感知。起码就表面现象而言，大学校园比起"红尘十丈"的新闻出版业来，要"高雅"与"纯洁"得多。

大学生以及教授的社会责任感与理想主义情怀，始终是中国现代化进程的主要动力。落实到具体的小说创作，也不例外。文学研究会的十二个创始人，十个是大学生和教授，剩下的蒋百里原为保定军官学校校长，沈雁冰则毕业于北京大学预科。至于创造社，则几乎是清一色的留日学生。20世纪20年代以后，新文学的作者和读者主要集中在学校，而"旧派小说"则以市民为依赖对象，这一基本格局没有大的改变。走出校园的学生，可以改造报刊的品位（如沈雁冰、郑振铎之于《小说月报》）；追求时尚的书局，也会征求著名教授的意见（如商务印书馆之于胡适）。借助于这种对话与沟通，学校与报刊的矛盾，可以得到某种缓解。但新式学校的趋向于理想主义，与报刊书局的容易世俗化，仍决定了二者对于小说雅俗的不同需求。

以写作为职业，以报刊连载为主要形式，以一般市民为拟想读者，晚清开启的"新小说"，几乎不可能不走向民国的"通俗小说"。张恨水等所撰"通俗小说"畅销一时，读者面极广，为何反不及实验性很强的"五四"新文学影响深远？除了文学价值的高低，还有各自对读者的"锁定"。新文学以学生为主要拟想读者；贫穷但求知欲极强的学生，对小说的接受，远不只是消闲或娱乐。学校不必真的以小说为教科书，但在学生中广泛流传的小说，实际上就起着教科书的作用。再加上大学生固有的流动性，以及日后可能的为人师表，其对小说的阅读及传播成几何级数增长。就实际效果而言，小说之被阅读，十位市民很可能顶不上一名学生。因此，单看销量，不足以说明小说的传播与接受。

"五四"时期的大学教授，除了社会地位与知识准备比较优越，其从事文学创作，还有一个有利的因素，那便是借助于讲堂讲授与教科书编撰，使其迅速传播。胡适、刘半农、周作人等人在北京大学所作关于小说的演讲，为新文学发展推波助澜；而《五十年来之中国文学》《中国新文学之源流》等著述，更是借总结历史张扬其文学主张。1929年，朱自清甚至开始在大学课堂上系统讲授"中国新文学研究"课程，虽因受到很大压力，四年后关门大吉，可历史上难得有如此幸运的文学运动，尚在展开阶段，便已进入文学史著和大学讲堂。

更能说明"五四"新文学格外幸运的，还属中小学教科书的编纂。1920年1月，教育部下令各省"自本年秋季起，凡国民学校一二年级先改国文为语体文，以期收言文一致之效"①。这对于白话文运动的成功，自是关键的一步。而迫在眉睫的编写新教科书，更使得新文学迅速"经典化"。举两个现成的例子，一是1924年世界书局出版的《中学国语文读本》，一是1935年开始由开明书店推出的《国文百八课》。前者收鲁迅小说四篇、杂感五则，已是大有眼光；至于从叶圣陶、郭沫若出版不到一年的小说集和诗集中选录作品，更是不可思议。后者由夏丏尊、叶圣陶合编，已出的四册共选文144篇，其中五分之三乃白话文，且都出自新文学家之手。新文学家的作品可以轻易进入中学教科书，而"通俗小说"家名气再大（如张恨水），也没有这种缘分。

以"通俗小说"与"文人小说"的对峙来描述中国文学进程，最

---

① 见《教育杂志》12卷2期，1920年。

合适的时段莫过于 20 世纪。此前此后，二者的分野与对立，很可能都不太明显。而在关于 20 世纪中国文学的历史陈述中，"通俗小说"被挤压到几乎没有立锥之地，这又是一个"奇迹"。就在"通俗小说"非常红火的三四十年代，张恨水们也有明显的自卑感，时刻准备为"章回小说家"以及"鸳鸯蝴蝶派"的"盖棺论定"辩解[1]。50 年代以后，随着以毛泽东《新民主主义论》为思想准则、以"鲁郭茅巴老曹"为叙述框架与评价标准的现代文学学科的建立，民国"旧派小说"更是被一笔抹杀。

五、世纪末的挑战

"五四"新文学以反抗"通俗小说"起家，沈雁冰、郑振铎等人之蔑视并有意排斥"文丐"，自有其历史的合理性。至于"中国现代文学"这门学科的缔造者们，为了渲染"五四"新文学的一路凯歌，故意抹杀与之异质的文言文、格律诗以及读者面甚广的"通俗小说"，近十年正不断受到学界的质疑。尽管国家教委规定的教学大纲，仍然维持旧说；但大学课堂刻意回避 20 世纪的"通俗小说"的局面，在我看来，终将被打破。

学界对"通俗小说"的接纳，以及对"五四"立场的重新评估，似乎与 20 世纪 90 年代中国"通俗文学"的迅速崛起遥相呼应。其实，二者大有区别。一乃局限于学院派的自我反省，一为进入大众传媒的积极运作。前者尚在举棋不定、痛苦不堪地"上下求索"，后者则早已如鱼得水。

进入 90 年代，由于商品经济大潮的激荡、政府的鼓励，以及后现代理论的怂恿，中国大陆的"通俗文学"领尽风骚，几乎所有成为

---

[1] 参阅张恨水《总答谢并自我检讨》，重庆《新民报》1944 年 5 月 20—22 日。

大众话题的"文学事件",都与之息息相关。与此相对应,昔日辉煌的"精英意识"与"文人文学",如今不说备受嘲弄,也是处境尴尬。重新高扬"人文精神"旗帜,或者高喊"反抗投降"口号,固然可以为夜行者壮胆,但很容易又把问题逼回到原有的"雅俗对峙"。

如何面对当今世界的世俗化潮流,面对尽领风骚的"通俗文学",面对诸如金庸小说进入大学讲堂和文学史著这样不大不小的难题,乃世纪末中国学者所必须承受的命运。

1995 年 11 月 27 日于北大蔚秀园

学术史上的俗文学 *

...

    2000 年年初，由于机缘凑合，我接手中国俗文学学会的工作。在 3 月 4 日中国俗文学学会第四次代表大会的开幕式上，我做了专题发言，着重谈学会发展的五点设想（参见《我看俗文学研究》，2000 年 3 月 15 日《中华读书报》），顺带解释为何将这次讨论会的主题设定为"现代学术史上的俗文学"：选择"学术史上的俗文学"作为议题，基于如下三点考虑：21 世纪的中国文学史家，无法完全漠视"俗文学"的存在；而这，有赖于我们自身研究水平的迅速提高，而不是咄咄逼人的挑战姿态；学术史的清理，可以让我们获得清晰的前景，起码知道"路在何方"。会议反应很好，年轻朋友兴致勃勃，挽起袖子摆出大干一场的架势。随后两年，除了诸君各自进行的研究项目，学会的工作主要集中在学术史清理方面。一是陆续召开郑振铎、阿英、周贻白、俞平伯等先辈学者的纪念会或专题研讨会，一是筹备本书的撰写与出版。

    这期间，学会曾于 2001 年 10 月 18、19 日举办"俗文学与现代中国文化进程"学术研讨会，除了突破学科藩篱，将俗文学研究与整个现代中国思想文化进程相勾连，更希望借此介入当代中国人的精神生活。2001 年 10 月 24 日《中华读书报》以《学者呼吁加强中国俗

---

* 《现代学术史上的俗文学》序，陈平原编，武汉：湖北教育出版社，2004 年 10 月。

文学研究》为题，对此次会议做了专门报道，其中提及我的即兴发言：

> 中国俗文学学会会长、北京大学中文系陈平原教授在开幕式上强调："20世纪中国文化的进程与俗文学的关系密不可分。"他从文学史、思想史和学术史三个角度阐述了这一论点。他说，从文学史方面看，俗文学自晚清始即从革新文体的角度受到关注，"五四"以后，认为俗文学是文人创作的资源和动力的思路更得到普遍认同。纵观20世纪中国文学发展，俗文学的兴衰对新文学的发展影响重大。今天的文学研究在关注西方思潮影响的同时，不应忽视来自俗文学的影响。在思想史方面，陈平原说："并非所有的文学形式都具有思想史的意义，但俗文学的崛起与20世纪中国政治、思想的变迁密切相关，因而具有深厚的思想史价值。"从学术史角度说，陈平原强调俗文学给其它学科提供新资料和新角度的重要意义。他说，现在学术界很重视考古新发现所提供的资料，其实，俗文学中那些以往未被关注的资料也应得到重视。他由此呼吁各方面支持、加强对俗文学资料的收集和整理。

这篇"本报讯"颇具专业眼光，且记录精确，只是因篇幅有限，不能不删繁就简。而学者的发言，除了大思路，还必须辅以若干专业性论证，否则，容易给人大言欺世的印象。这次正好借着写序的机会，为当初的发言略做补充。

谈论晚清以降文人学者从文体革新角度推崇俗文学，我想到的，不仅仅是梁启超等如何从改良群治的美好愿望出发，将原先不登大雅之堂的"小说"抬举到"文学之最上乘"；也不仅仅是周作人、刘半农等创办《歌谣周刊》在文学史上的意义。"五四"时期的"平民文学",经由 20 世纪 30 年代的"大众文学",发展到 50 年代盛极一时但流弊丛生的"民间文学主流论",其间虽多有差异,但基本延续了 20 世纪中国文化人普遍具有的"民间"崇拜。80 年代以后,文学界的主流是重新面向西方,热情拥抱现代主义和后现代主义文学。可也有例外,读读阿城、贾平凹、韩少功以及高行健等人的小说,你就明白,俗文学依然是中国作家重要的养分。而且,接纳本土的"俗文学",与拥抱西方的"先锋派艺术",二者未必完全不能兼容。

在我看来,并非所有的文学形式革新、文学思潮激荡、文学流派诞生都具有思想史的意义。"俗文学"之所以非同寻常,值得认真关注,就在于其超越文学,与思想潮流乃至政治运动直接挂钩。以民歌的命运为例,想想歌谣的征集与"五四"新文化运动的突进、陕北民歌的转化与毛泽东文艺思想权威的确立、《红旗歌谣》的编撰与大跃进的狂热,乃至小靳庄诗歌作为"文化大革命"的插曲,在这些神奇的个案里,文学尝试与政治运动几乎密不可分。讨论这些个案,单在文学成就方面"斤斤计较"是不够的,必须将其与一代知识分子的命运及精神风貌结合起来,才能明白其功过得失。对于 20 世纪中国知识分子来说,"平民""大众""民间"等词语,代表的不仅仅是文化资源,更是生活经验与思想立场。

我注重的不只是俗文学(或民间文学)作为学科的意义,更强调其对整个现代中国学术的贡献——包括立场、眼光、方法以及资料价值。在某种意义上,俗文学已经成为史学及文化研究重要的资料库,不同学科的学者乘兴而来,满载而归。傅斯年号召的"上穷碧落下黄泉,动手动脚找东西",如果不做排他性的理解,乃是史学研究"题中应有之义"。只不过世人一谈新资料,马上联想到刚出土的文物,而借助出土文献及实物,确实可以解决许多悬而未决的难题。不过,并非每个学科每个课题都有如此运气。我很欣赏清末孙宝瑄《忘山庐日记》中的说法：以旧眼读新书，新书皆旧；以新眼读旧书，旧书皆新。文学的雅俗，以及研究资料的新旧，也当作如是观。

由于偏见与无知，许多存世资料，目前仍未能进入研究者的视野。文史学者中，懂得利用图书馆、档案馆的多，擅长使用旧报刊以及俗文学的，可就不那么普遍了。此等资料并非深埋地下，甚至可以说就在眼前，就看你会用不会用。用得好，真的是"神乎其神"，给人焕然一新的感觉。不管是使用现已整理出版的，比如大陆的"三套集成"以及台湾的"俗文学丛刊"，还是结合具体研究专题，随时随地进行田野调查，都可能给文学及文化研究打开一片新天地。近年，随着研究者的目光逐渐从传统的政治史，向社会史、文化史、生活史、心态史等转移，"不太可靠"但明显充满活力的俗文学，正越来越多地进入研究者的视野。正是在这个意义上，我对目前还不太景气的俗文学研究，抱有很大信心。

今年对于中国俗文学研究来说，有三件事值得关注：一是不少专家撰文悼念年初辞世的钟敬文先生；二是中国俗文学学会正积极筹备《歌谣》周刊创办 80 周年纪念会；第三便是本书的最后定稿。这三者都指向一个共同目标，那便是借助对一个已经消逝了的学术时代的追忆与反省，明确发展方向，聚集学术队伍，以便重新出发。

"现代学术史上的俗文学"，这是我心仪已久的好题目。可惜对于此课题，我能做的，仅局限于"积极倡导"；至于具体撰述，实有赖于各位专家。在我看来，学科史的回顾与自我反省，须依靠各学科的专家；至于专门从事学术史著述者，擅长的是学术思潮的描述以及思想史路向的分梳，而很难真正深入到具体学科内部。经过 30 位俗文学研究者近两年的共同努力，"现代学术史上的俗文学"终于从话题变成书稿，这无疑是件令人高兴的事。这么说，不仅仅出于私心，更是站在广大读者的立场。试想想，诸多学有专长者就自己熟悉的专题撰写言简意赅的评述，既是总结，也是展望，不等于为后来者搭建起得以大展身手的工作平台？

本书的出版，除了诸位作者的同心协力，还得感谢湖北教育出版社给予的大力支持。在世人普遍追求"最大利润"的时代，仍有一些谋其功而不计其利的学问家和出版家在辛勤耕耘，这无论如何是令人欣慰的。

2002 年 7 月 25 日于上海旅次

俗文学研究的精神性、
文学性与当代性[*]

· · ·

    如果我们对当代中国学术思潮保有足够的敏感，就不难发现，"俗文学研究"早已不是什么"显学"，很难再吸引志向远大的年轻学者的目光。按理说，潮起潮落，阴晴圆缺，一切变化都很正常；可即便如此，我们也须追问：曾经显赫一时的俗文学研究，如今为何落得这般"门前冷落车马稀"？在我看来，有三个无形的陷阱，制约着这个学科的进一步发展。这点，对比学科初创期的生机勃勃，当不难明了。

    "五四"那代人——包括蔡元培、李大钊、周作人、鲁迅、胡适、刘半农、沈尹默、顾颉刚、常惠、魏建功、董作宾等——之所以关注俗文学，是有精神性追求的。眼光向下，既是思想立场，也含文学趣味。提倡俗文学（比如征集歌谣），在"五四"新文化人看来，既可以达成对于"贵族文学"的反叛，又为新文学的崛起获取了必要的养分。八十年过去了，"平民文学"的口号早已进入历史。从歌谣中寻找新诗发展的方向，这一努力基本落空；朱自清关于歌谣可以欣赏、研究甚至模仿，但"与创作新诗是无关的"这一论述①，大致上得到了证实。而"文学的新方式都是出于民间的"，由于劣等文人的模仿

---

* 初刊 2004 年 11 月 10 日《中华读书报》。
① 《歌谣与诗》，《朱自清全集》第八卷 272-276 页，南京：江苏教育出版社，1999 年。

而变成"一套烂调子",于是"文学的生命又须另向民间去寻找新方向发展了"①,胡适的这一"大胆假设",也受到了越来越多的挑战与质疑。时至今日,你还会相信《故事会》《今古传奇》《文学故事报》上的作品,或者哪个书场的成功表演,代表着中国文学的未来?失去了"民间崇拜"这一精神支柱,在很多人眼中,俗文学研究正逐渐失去其生机与活力。另一方面,作为一个学科,边界的不确定、理论预设的过于迂阔,以及研究方法的相对陈旧,也使得后来者望而却步,对其发展潜力将信将疑。

20世纪20年代俗文学的迅速崛起,得益于特定的思想潮流,这样的机会可遇而不可求。今人无法复制"五四"新文化人的成功,但在学术研究中坚持某种理想性的追求,这点并不过时。如果俗文学研究失去其精神面向,沦落成为纯粹的技术操作,那确实前程堪忧。如何在经济全球化时代重建"民间"想象,并将其作为达成文化多样性的努力之一,是值得俗文学研究者探究的"真问题"。与此相联系的是,我们该如何面对以下两个危机:俗文学研究中文学性以及当代性的失落。

现代中国,不仅"俗"("民间"),而且"文学",这可能吗?提这样的问题,是因为我注意到,当代中国的俗文学(民间文学)研究,其焦点正逐渐向外转移——研究者关注的,大都是民俗、宗教、语言等,与文学基本不搭边。这一转向,自有其合理性,但丢弃了"文学",只将大陆的"三套集成"或台湾的"俗文学丛刊"作为社会史料来看待,实在有点可惜。1936年4月9日北大《歌谣》周刊复刊,胡适撰《复刊词》,称:"我以为歌谣的收集与保存,最大的目的是要替中国文学扩大范围,增添范本。我当然不看轻歌谣在民俗学和方言

---

① 《〈词选〉自序》,《胡适古典文学研究论集》554、555页,上海:上海古籍出版社,1988年。

研究上的重要，但我总觉得这个文学的用途是最大的，最根本的。"①
对于胡适"我们的韵文史上，一切新的花样都是从民间来的"这一假
设，我是不无保留的；但我承认，胡适的提醒值得注意，俗文学确实
可以"替中国文学扩大范围，增添范本"。

过去我们曾将俗文学说成是一切文人文学之母，如此过度褒扬，
基于以下假设：文人文学与民间文学之间截然对立，前者如果想保持
恒久的生命力，就必须不断地从后者汲取养分。不只胡适、郑振铎这
么想，鲁迅也是这么说的。所谓"旧文学衰颓时，因为摄取民间文学
或外国文学而起一个新的转变，这例子是常见于文学史上的"②；"士
大夫是常要夺取民间的东西的，将竹枝词改成文言，将'小家碧玉'
作为姨太太，但一沾着他们的手，这东西也就跟着他们灭亡"③——
这样绝对化的思考与表述，现在看来是颇有问题的，尤其是将其引入
文学史建构。

或者"刚健清新"的民间，或者"陈腐浅陋"的文人，如此二元
对立，为文学革命的展开提供了原初动力，但无法贯彻到历史写作
中。胡适提倡白话文，获得了巨大的成功；但撰写《白话文学史》，
则留下了很多的遗憾。关键在于，反抗者的"悲情"，没能顺利地转
化为史家的"通识"。其中最要不得的，便是为了渲染白话文学的"正
统"地位，刻意贬低乃至抹杀二千年的文人文学。记得 20 世纪 20 年
代初，胡适曾特别强调："'正统文学'之害，真烈于焚书之秦始皇！
文学有正统，故人不识文学：人只认得正统文学，而不认得时代文
学。"④可他忘记了，这一反"正统"的理论武器，是一把双刃剑：既
指向"文言正统"，也指向"白话正统"。

---

① 《〈歌谣〉复刊词》，《胡适全集》第十二卷 332 页，合肥：安徽教育出版社，2003 年。
② 《门外文谈》，《鲁迅全集》第六卷 95 页，北京：人民文学出版社，1981 年。
③ 《略论梅兰芳及其他（上）》，《鲁迅全集》第五卷 579 页。
④ 《读王国维先生的〈曲录〉》，《胡适全集》第二卷 856–857 页。

在我看来，恢复对于俗文学的信心，不是靠唱高调，也不是靠争正统，而是洞悉并认同文学的多样性——俗文学自有其价值，不必要、也不能够靠贬低李白杜甫，或打击文人文学来给自己鼓气。无论古今中外，文坛上都需要雅俗对话，二者既互相竞争，也互相补充。尽管这里的"雅"，不等于文人文学，"俗"也不就是民间文学。文学一如自然，必须保持生态平衡，没必要弄得有我没你，非此即彼。读者需要多种养分，需要多种体验，也需要多种文学作品。永远的"高雅"——比如拒斥一切"不登大雅之堂"的流行歌曲、武侠小说以及警匪片等——并不怎么值得吹嘘，有时反而是缺乏自信、胃口太弱的缘故。保守自家立场，而又能以通达的眼光来看待另一种文学趣味，这才是真正的高手。

当初提出俗文学命题时，直接针对的是高雅文学/文言文学/贵族文学——这里涉及文体、风格、体裁等不同层面的考虑。那么，今天该如何分拆，哪些思考明显过时，哪些则仍然有效？有一点我深信不疑：谈论俗文学，必须考虑文类特征，不只注重其"说什么"，还得关心其"怎么说"。表现形式的重要性，对于雅文学、俗文学来说，没有任何差异。

随便举个例子，陈寅恪论《再生缘》，便是从思想、结构、文词三点入手。今人注重女性意识与民间立场，此书的思想意义不言自明。至于结构和文词，陈先生同样非常重视："若是长篇巨制，文字逾数十百万言，如弹词之体者，求一叙述有重点中心，结构无夹杂骈枝等病之作，以寅恪所知，要以《再生缘》为弹词中第一部书也。""《再生缘》之文，质言之，乃一叙事言情七言排律之长篇巨制也。""（元）微之所谓'铺陈终始，排比声韵'，'属对律切'，实足当之无愧。"论及此，陈先生悬的甚高：前者对比章回小说，相形之下，《水浒传》《红楼梦》《儒林外史》等"其结构皆甚可议"；后者则称："世人往往震矜天竺希腊及西洋史诗之名，而不知吾国亦有此体。"我们都明白，陈先生如此不遗余力地表彰《再生缘》，其实别有幽怀。除"论诗我亦弹词体，怅望千秋泪湿巾"外，更强调："《再生缘》一书，在弹词体中，所以独胜者，实由于端生之自由活泼思想，能运用其对偶韵律之词语，有以致之也。故无自由之思想，则无优美之文学，举此一例，可概其余。"① 你可以不同意陈先生的具体结论，但如此眼光，如此襟怀，还是很让人感动的。

不是靠争"正统"，而是从文学形式、风格、趣味的多样性，来理解并诠释"俗文学"的独特价值，这样的研究，方才不至于将俗文学彻底"史料化"。

俗文学研究不能仅仅停留在稽古或资料普查的阶段，还得尽可能介入当代中国的日常生活。这一点，几年前我曾提道："二十一世纪的俗文学研究，很可能是在学有根基的前提下，主动出击，以开阔的视野与灵活的姿态，介入当代中国的学术文化思潮。"② 至于何谓"介入"，因系大会发言，当时语焉不详，这里不妨略做补充。

我所理解的"介入"，包含以下三个层面。第一，借助俗文学的资料或眼光，来从事其他领域的专门研究，一如顾颉刚以故事的眼光来理解古史的构成，胡适借母题（motif）的生长与扩张，来诠释中国章回小说的演进，或者像俞平伯、朱自清那样，以歌谣的趣味来解读《诗经》。这一类学科"溢出"的努力，还在继续，还可能会有丰硕的成果出现。第二，直面当代中国俗文学的发展，承认新民谣、二人转、网络笑话等同样值得关注，愿意对此进行严肃的学术批评，而不是将目光局限在传统中国。第三，吸取俗文学的养分，从事各种文学体裁的创作，好似电影电视剧的挪用民俗与民歌，重编梁祝故事、

---

① 陈寅恪：《论再生缘》，《寒柳堂集》1—96 页，上海：上海古籍出版社，1980 年。
② 陈平原：《我看俗文学研究》，2000 年 3 月 15 日《中华读书报》。

白蛇传传说等。这三者，或学术，或批评，或创作，共同点是介入当代中国的文化建设。在我看来，刻意经营学科的"当代性"，是保持其生命力的重要举措。

作为一个历史性的概念，"俗文学"的范围到底多大，一直是见仁见智。从20世纪30年代郑振铎的《中国俗文学史》[①]，到20世纪90年代吴同瑞、王文宝、段宝林的《中国俗文学概论》[②]，历经半个多世纪的努力，学科边界仍在滑动中。俗文学、民间文学、通俗文学三者的互相纠葛，让不少研究者感觉头痛。但我以为，这不是最可怕的。真正的隐忧在于，像"俗文学"这样崛起于危难之中，曾深刻影响一个时代思想进程的学科，一旦失去"精神"、丢了"文学"、远离"当代"，可就真的"一无所有"了。

2004年10月22日于京西圆明园

---

① 郑振铎:《中国俗文学史》，上海：商务印书馆，1938年。
② 吴同瑞、王文宝、段宝林:《中国俗文学概论》，北京：北京大学出版社，1997年。

作为一种精神气质的 "游侠"*

...

一、侠客想象乃对于日常生活的超越

游侠作为一种潜在的欲望或情怀，在好多人心里面都蕴藏着，只不过表现形态不一样而已。中国人的理想境界是 "少年游侠、中年游宦、晚年游仙"。少年时代的独立不羁、纵横四海，是很多人所盼望的。浪迹天涯的侠客，对于中国人来说，是一种对于现实生活的超越，或者说对于平庸的世俗的日常生活的批判。在这个意义上，"侠" 跟打斗本领没有直接关系，也不见得非 "快意恩仇" 不可。这更像是一种超越日常生活的愿望与情怀。

游侠想象和武侠小说不太一样。虽然都讲侠，但前者不见得非有武功不可，它强调的是精神气质，而不是打斗本领。我在《千古文人侠客梦》中提到，司马迁心目中的游侠，主要是讲义气，救人于厄难之中；至于强调打斗本领，那是从唐传奇才开始的。唐传奇开始渲染侠客如何武功高强，杀人于千里之外。日后各种各样的游侠文学及艺术，开始强调技击本领而不是精神境界。这是当初的游侠诗文与后世的武侠小说不太一样的地方，后者更追求情节曲折，更强调快意恩仇，更突出技击的本领。

游侠的 "游"，本身就是流动的意思。所谓 "不轨于法"，既包

---

*　据作者答腾讯文化记者问整理而成，初刊《文史知识》2013 年第 10 期。

含了对于各种规定性的背叛，也是追求在不同阶层、文化、种族间的自由流动。不满现有的固定位置，自觉处于边缘状态，"游民"与"游侠"都不太受法律制度的约束，但二者之间还是有一些差异。比如，相对于游民，游侠更带有反叛性，也更多地寄托了文人的想象与情怀。千百年来，游侠理想及游侠形象被高度文学化了，变成一个象征性符号，代表了文人对于日常生活的超越，故其审美价值远高于游民。

二、"武"是辅助手段，"侠"是精神气质

在"武"与"侠"之间，我更看重后者。所谓"以武行侠"，"武"只是辅助性手段，"侠"才是根本目的——那是一种高贵的精神气质，很可能可望而不可即。只不过在后来的小说及电影中，"武"越来越得到重视。武侠小说或功夫电影特别强调打斗本领，也就是说，更看重行侠的效果而不是心情。单有除霸安良的意愿还不够，还得能在打斗中取胜。这不仅是道德问题，还牵涉观赏效果。仗剑行侠的"武"，和欢娱笙歌的"舞"，本不是一回事；但落实在关于侠客的文学艺术中，却有相通处。不管是武侠小说还是功夫电影，侠客不仅要武功高，能杀死坏人及仇人，还要打得好看。在某种意义上，侠客的"武功"带有表演成分。武侠小说家的一大本领，就是驰骋想象，把一场你死我活的正邪对决，写得非常好看。我们都知道，真正的高手对决，往往是一击致命的。而"一击致命"缺乏观赏性，不可能结构成精彩的武侠小说或功夫电影。

在这个意义上，"武"和"舞"是有相通性的。在功夫电影里，编排打斗过程和舞蹈场面，是一回事。那些打斗已经脱离了实战需要，变成了一种表演。好人坏人都很能打，都有很好的舞蹈修养，动静得宜，挥洒自如，不能轻易倒下。如果大恶人经不起打，一刀就毙

了命，那就不是武侠小说了。打斗场面的舞蹈化，是武侠小说及功夫电影的基本假设，读者及观众不能从实战角度来苛求。

三、武侠小说是成年人的童话

武侠小说本来就是成年人的童话，不能用现实主义的眼光来审视。不仅武功不可靠，江湖也不可靠。侠客的"江湖世界"，有现实生活的某种投影，但基本上是一个大假设。读武侠小说，你会发现，在江湖世界里，武功高低是第一要素，比权势或财富都还要重要。至于如何判断善恶是非，以及用"比武"来解决一切冲突，都只能存在于虚拟世界中。

我曾经写文章讨论"剑"在武侠小说中的作用。为什么大侠不用别的兵器，非要用剑不可？现实生活里，大刀、斧头、长矛都可以杀敌，在战场上更是如此。我们都知道，汉代以后，剑已经不是主战兵器了。但武侠小说里大侠必须用剑，才能舞出绝代风采，才能有如此潇洒的英姿。可以这么说，所有兵器中，没有比剑更能寄托文人情怀的了。所以，不仅"江湖世界"，连一把神奇的宝剑，都带有浓厚的虚拟色彩。读武侠小说的人，你必须接受这些假设，不要追问这"降龙十八掌"到底是怎么回事，真有那么厉害吗？更不要追问金庸本人懂不懂武功，能不能跟习武的你我比画比画。武侠小说家能用生花妙笔，虚构出如此精彩的打斗场面，是一种本事。

所以，功夫电影最初碰到的困难是，如何将武侠小说家笔下那些神乎其神的"武功"转化为影视场面。导演怎么处理，演员如何表演，能不能让观众接受与欣赏，这都是未知数。其实，每个读小说的人，不管懂不懂武功，都会自己想象"降龙十八掌"什么的。电影呈现出来的打斗场景，必须让观众能够接受，但又有不断的惊喜。

四、金庸小说里的"学问"

武侠小说同样体现了中国人的生活、兴趣、欲望、追求和精神世界。甚至可以这么说，民间社会及底层大众的生活趣味及精神世界，在武侠小说里得到了很好的呈现。在这个意义上，要想真正理解中国人，单读儒释道不够，还得明白中国人如何阅读、欣赏乃至痴迷武侠小说。

晚清以降的武侠小说，和20世纪六七十年代诞生于港台的武侠小说，是有不少差异的。平江不肖生、还珠楼主等人的作品，我们称为"旧派武侠小说"；金庸、古龙等人的作品，则属于"新派武侠小说"。其实，单举一两位作家远远不够，同时期还有很多重要的武侠小说家值得追忆，比如20世纪三四十年代生活在天津的武侠小说家，就有好几位很精彩的。从《三侠五义》到《笑傲江湖》，中间的一大变化，就是对于武功及打斗场面的精彩描写。而这，与旧派武侠小说家的努力有很大关系。那时候的作家之所以刻意渲染打斗场面，可视为对于已经过去的冷兵器时代的一个深情款款的追怀。

同样是精彩的武侠小说，有两种不同类型：直指心境的，比如古龙；摆弄学问的，比如金庸。其实二者都有好处，不可偏废。金庸小说里有很多"学问"，比如佛道、历史、地理、琴棋、书画、茶酒、武功、中医等，可视为"普及中国文化读本"。读金庸的小说，在理解血雨腥风、欣赏神奇江湖的同时，最好还能对其作品中隐含的学问与情怀有所了解与领悟。

好的武侠小说家，确实有自己对于中国历史的一套想象。比如金庸，他特别重视中国历史上的民族冲突与民族融合，反省汉族人长期以来对于少数民族的歧视。这样的眼光和趣味，非常难能可贵。但一定要从"历史观"的角度来大树特树，说得比政治家还"政治正确"，比历史学家还学养丰厚，没有这个必要。小说家自有小说家的魅力。

·乡土教材

>>>

在"爱国"与"爱乡"之间
——以晚清潮州乡土教材的编写为中心

乡土教材的编写与教学
——关于《潮汕文化读本》

如何谈论"故乡"

在"爱国"与"爱乡"之间*
——以晚清潮州乡土教材的编写为中心

...

　　现代中国教育的大格局，基本上是在晚清最后十年奠定的。此后百年，从学制到课程，虽有很多演进与曲折，但大方向依旧。庚子事变的惨痛教训，使得"两宫回銮"（1902年1月7日）以后，无论朝野，均承认向西方学习乃大势所趋（一如"文革"结束后的改革开放）。如此置之死地而后生，晚清教育改革的步伐因而迈得相当大；很多老大难问题，竟然在很短时间内解决。换一个历史时空，实在难以设想。

　　谈论晚清教育改革，必须兼及民间言论与朝廷立法；前者呼风唤雨，一往无前；后者虽犹豫不决，可一旦落实，影响更为深远。废除实行了一千三百年的科举制度（1905年），此等中国政治史及教育史上的"关键时刻"，自然值得积极探究；即便是大学里设"中国文学门"，改技能训练的"词章"为知识传授的"文学史"（《奏定大学堂章程》，1903年），或不再将女学局限在"家庭教育"，而是纳入政府主导的学制系统（《奏定女子小学堂章程》，1907年），所有这些政令与措施，都值得认真关注①。在此教育改革大潮中，

---

* 初刊《中国文化》2017年春季号。

① 这三个话题，学界多有精彩论述，也可参见以下三篇拙文：《历史、传说与精神——现代中国大学的六个关键时刻》，《探索与争鸣》2016年第1期；《新教育与新文学——从京师大学堂到北京大学》，《学人》第十四辑，南京：江苏文艺出版社，1998年12月；《流动的风景与凝视的历史——晚清北京画报中的女学》，《中华文史论丛》2006年第一辑。

还有一朵不大不小的浪花，今天看来备感亲切，那就是小学堂里的
"乡土教育"。

在普遍与特殊、全球与本土、国家与地方之间，保持必要的张
力，此乃"乡土教育"的精髓所在。考虑到关于晚清乡土教材的编
写，学界已有不少论述①，本文主要围绕已见七种广东潮州的乡土历
史、地理、格致教科书，讨论"爱国"与"爱乡"这一时代话题中所
蕴含的地域文化、教育资源以及族群竞争。

一、风在哪一个方向吹

徐志摩有一首《"我不知道风是在那一个方向吹"》，诗人反复吟
唱的是"在梦的轻波里依回"、"她的温存，我的迷醉"，以及"甜美
是梦里的光辉"②。我关注的"风向"，不是诗人的梦境，而是教育发
展的大趋势，且具体落实到晚清的广东省潮州府，那里的读书人所感
受到的，到底是哪个方向的来风。

所有论及晚清乡土教育的，都认定 1904 年 1 月 13 日清廷颁布的
《奏定初等小学堂章程》最为关键。此章程明确规定，小学一二年级
应开设每周一课时的乡土教育课程：

> 历史：讲乡土之大端故事及本地古先名人之事实。
>
> 地理：讲乡土之道里建置，附近之山水以及本地先贤之

---

① 关于晚清乡土教材编写的思想资源及实际运作，参见郭双林《西潮激荡下的晚清地
理学》（北京：北京大学出版社，2000 年 5 月）第三章"晚清地理学研究与民族救
亡"、程美宝《由爱乡而爱国：清末广东乡土教材的国家话语》（《历史研究》2003
年第 4 期）、王兴亮《清末民初乡土教育研究》（成都：四川大学出版社，2013 年 8
月）第四章"'爱国之道，始自一乡'：乡土志书的思想资源及其表达"、李新《清
末乡土教材的产生及其文化价值探微》（《湖南师范大学教育科学学报》2013 年第 5
期）以及石鸥《百年中国教科书忆》（北京：知识产权出版社，2015 年）207-231 页。
② 《"我不知道风是在那一个方向吹"》，《徐志摩选集》132 页，北京：人民文学出版
社，1990 年。

祠庙遗迹等类。

格致：讲乡土之动物、植物、矿物，凡关于日用所必需者，使知其作用及名称。[①]

以历史课为例，教学目标是"俾知中国文化所由来及本朝列圣德政，以养国民忠爱之本源"。只是考虑到接受能力，三年级以上讲中国史，一、二年级则"尤当先讲乡土历史，采本境内乡贤名宦流寓诸名人之事迹，令人敬仰叹慕，增长志气者为之解说，以动其希贤慕善之心"[②]。这一教育思路的形成，当初确实是受日本人影响。可仔细辨析，所谓"泰西各国教育，咸注重乡土史志一门。就其闻见中最亲切有味者以为教授，则记忆力与感觉力皆易粘触。所以感发其爱乡土心，由是而知爱国，其为效至巨"[③]；或者"泰西各国，无一学校不有其乡土教科书，非徒云地方教育也。因爱其乡，遂爱其国，推而至于全世界"[④]，其实只是美好的传说。经由许多学者努力，我们对德国人首创、日本人实施的"乡土教育"，至今也只能笼而统之，没有多少深入细致的描述[⑤]；而在当年，那只是提倡者随意挥舞的大旗，既缺乏系统的学制介绍，也没有相关著述引进。

有趣的是，如此简单的论述，居然一呼百应，最终形成巨大的风

---

① 《奏定初等小学堂章程》，璩鑫圭、唐良炎编：《中国近代教育史资料汇编·学制演变》297 页，上海：上海教育出版社，1991 年。
② 《奏定初等小学堂章程》，璩鑫圭、唐良炎编：《中国近代教育史资料汇编·学制演变》295 页。
③ 参见《国学保存会报告第二号》，《国粹学报》第二十一期，1906 年 10 月；以及《国学保存会出版》，载黄晦闻《广东乡土历史教科书》封底，上海：国学保存会，1907 年。
④ 《论学堂急宜编定乡土教科书》，《广益丛报》第六年第二十七期，1908 年 11 月。
⑤ 参见程美宝《由爱乡而爱国：清末广东乡土教材的国家话语》，《历史研究》2003 年第 4 期，以及王兴亮《清末民初乡土教育研究》17—24 页，成都：四川大学出版社，2013 年。

潮。在我看来，就因朝野都能接受爱国意识兼及桑梓情怀这样的知识立场。无论主忠君的、讲国粹的、论教育救国的、谈地方自治的，都能在这个话题中找到自己的影子。因此，与其说从东京吹往北京的"东风"如何"强劲"，不如说"乡土教育"这四个字戳到了"国将不国"的晚清读书人的痛处，于是应者影从。

这从1905年总理学务处编书局为配合学制改革而编成《乡土志例目》，不难看出其中端倪。据编书局监督黄绍箕呈报："查《初等小学堂章程》，历史、舆地、格致三科，均就乡土编课，用意至为精善。谨遵照《章程》编成《例目》，拟恳奏请饬下各省督抚，发交各府、厅、州、县，择士绅中博学能文者，按目考查，依例采录。"[①]乡土教材的编写之所以轻车熟路，就因为中国编写地方志的传统源远流长，历朝历代均有创获，且在清代达到了高峰。清代的省、府、州、县都设局馆修志，成书之众，更是冠绝前代[②]。因此，一说爱国兼爱乡，朝野都能接受；而乡土教育如何落实，不妨就从编写乡土志开始。

以"乡土志"的编写为契机，传统学术与西方新潮顺利对接，且在实际运作中逐渐转型，最终达成编写教科书的目标。敏感而又博学的刘师培，在此学制转型的关键时刻，发挥了重要作用。1906年，就在撰写教科书的同时，刘师培发表长文《编辑乡土志序例》，先是批评郡邑无好的志乘，不足供国史之选择，而后详细辨析舆地志、政典志、大事志、人物志、方言志、文学志、物产志、礼俗志的编写方式[③]。接下来，便是乡土志的工作目标：

① 《学务大臣奏据编书局监督编成乡土志例目拟通饬编辑片》，《东方杂志》1905年第9期。
② 参阅来新夏主编《方志学概论》第二章"历代的方志编纂与研究"，福州：福建人民出版社，1983年。
③ 刘光汉：《编辑乡土志序例》，初刊《国粹学报》第二十一至二十四号，1906年10月至1907年1月，见《刘申叔遗书》下册1586-1600页，南京：江苏古籍出版社，1997年。

则志乘以外，不得不另编乡土志，广于征材，严于立
例，非惟备国史之采也，且以供本邑教民之用。……若一郡
一邑均编乡土志，则总角之童，垂髫之彦，均从事根柢之
学，以激发其爱土之心。……而国粹保存，又以乡邦为发轫，
其有裨于教育，岂浅鲜哉？①

　　按照刘师培的设想，编写乡土志的主要目的是"教民之用"，"以激发
其爱土之心"。此举既是"国粹保存"，又"有裨于教育"，自然是主
要活动于上海的国学保存会所愿意积极推进的。

　　"今学部所颁定章，凡初等小学，格致一科，均教授乡土物产。"
考虑到原本各地编写方志的局馆，不见得能适应新的学问与著述
体例，刘师培呼吁各省设立调查局，制作表格，发给各府县乡，调查
当地物产："夫博物之学，必由近而及远。若并乡土之物而不知，夫
亦可耻之甚矣。"②从学问讲，必须慢工出细活，可时不我待，富有教
科书编写经验的国学保存会诸君③，抓住此转瞬即逝的历史时机，迅
速编写出以下新学堂亟须的乡土教材：刘师培编《江宁乡土历史教
科书》（1906）、《江宁乡土地理教科书》（1906）、《江苏乡土历史教
科书》（1906）、《江苏乡土地理教科书》（1906）、《安徽乡土历史教
科书》（1906）、《安徽乡土地理教科书》（1906）；陈庆林编《江西乡

---

① 刘光汉：《编辑乡土志序例》，《刘申叔遗书》下册 1587 页。
② 汉：《论各省设局调查物产》，1906 年 12 月 11 日《申报》；见万仕国辑校《刘申叔
　遗书补遗》456 页，扬州：广陵书社，2008 年。
③ 1905—1906 年，上海国学保存会印行了刘师培编著的《伦理教科书》二册、《经学
　教科书》二册、《中国文学教科书》一册、《中国历史教科书》和《中国地理教科书》
　二册等。国学保存会在《编辑国学教科书出版广告》中称："本会同人既以保存国
　学为任，安能任五千余年光明俊伟之学术听其废弃？然祖国典籍浩如烟海，学人苦
　无门径，每兴望洋之叹。非提要钩玄，重行编辑，不能合学堂教科之用。同人热心
　发愤，举以自任，将我国五千年之学术其精要重大者，皆融会于五种教科书之中。"

土历史教科书》(1907)、《江西乡土地理教科书》(1907)、《直隶乡土历史教科书》(1907)、《直隶乡土地理教科书》(1907)、《湖北乡土历史教科书》(1907)、《湖北乡土地理教科书》(1907);黄晦闻编《广东乡土历史教科书》(1907)、《广东乡土地理教科书》(1907)、《广东乡土格致教科书》(1909)。以上十五种由"上海乡土教科书总发行所"推出的教材,乃晚清最成规模、发行量大且起某种示范作用的乡土教科书。

既响应朝廷的号召,又坚持自家的理想,同时不无商业上的考量,求新图变且学有根基的国学保存会诸君,虽有些仓促上阵,经过一番努力,还是抢得了教材编写的先机。此后各地编写乡土教科书的,多少都受其影响。

晚清中国读书人,既救国心切,又桑梓情深,愿意投入乡土教材编写的,应该有很多。但有一点,教科书不同于一般读物,除了须遵守《奏定初等小学堂章程》的规定,还得有学校愿意采用,否则,编得再好也是徒劳。当初学部并没有规定乡土教科书的使用范围,可省可府可县。身处粤东的潮州府,撇开上述黄晦闻编《广东乡土历史教科书》《广东乡土地理教科书》《广东乡土格致教科书》,以及黄佛颐编《广东乡土历史教科书》(广州:时中学校,1906年),岑锡祥、黄培堃编《广东乡土地理教科书》(广州:文兴学社,1907年),蔡铸编《广东乡土地理教科书》(广州:粤东编译公司,1909年),而编写自己的教科书,且弄得红红火火,必定是另有原因。

要说晚清的乡土历史教科书只有 16 种,或整个晚清乡土教材只有区区 25 种[①],那肯定是不准确的。并非学者信口开河,而是此等普

---

① 参见俞旦初《爱国主义与中国近代史学》129 页,北京:中国社会科学出版社,1996 年;以及王有朋主编《中国近代中小学教科书总目》261-263 页,上海:上海辞书出版社,2010 年。

及读物，历来不被重视，时过境迁，实在难觅踪迹。像广东潮州这样，居然存留下七种历史、地理及格致教科书，实在是个奇迹。这里有收藏的偶然性，但整个广东省，目前我见到的府州县自编乡土教材，除了《学部审定嘉应新体乡土地理教科书》（萧启冈、杨家骦编，启新书局，1910年），再就是潮州府的这七种了。拒绝采用广府文化为主导的省一级的乡土教科书，而选择另起炉灶的，只有潮州府及嘉应州，可见广东三大族群及方言区的隔阂。

　　既然是乡土教育，没规定以省为单位，允许编写者自由发挥。本就不太认同省城广府文化的潮州人，于是不爱南风爱北风，直接与京城及上海对话。所有教科书都照"章程"编写，否则无法通过官府审查；至于编写体例，多少受先行者上海国学保存会诸君的影响。我注意到一个细节，这七种教科书，六种在本地制作，而蔡鹏云编《（最新）澄海乡土地理教科书》则标明是上海萃英书局印刷。二十多年后，翁辉东编《潮州文概》也是在上海印刷，销售处则是汕头、潮安及上海。

　　除了省内三大民系心照不宣的隔阂，还有就是海运时代，潮州（因汕头港的关系）与上海来往方便，其关系密切程度，或许超过了省城。我注意到从晚清到20世纪30年代，潮汕文学艺术方面的人才，无论早年读书，还是日后寻求发展，很多不选择省城，而是远走上海。新中国成立后，强调行政归属，潮汕文化人方才更多地往广州跑。

　　翻阅晚清文献，你会发现那时的潮州，不是无足轻重的小地方——往往与广州、厦门、上海并列。当然，那时的"潮州"，是指以汕头为港口以府城为腹地的大潮汕。回到晚清潮州乡土教科书的编写，你问风从哪一个方向吹，我的回答是：先东风（东京—北京），次西风（北京—上海），最后是北风（北京/上海—潮州），很遗憾，唯独不见南风哗啦哗啦地吹。

二、谁来编写教科书

与《奏定初等小学堂章程》同时发布的，还有《奏定学务纲要》，那里有"教科书应颁发目录，令京外官局、私家合力编辑"的说明；而私家所纂教科书，"呈由学务大臣鉴定，确合教科程度者，学堂暂时亦可采用，准著书人自行刊印售卖，予以版权"①。也就是说，只要遵守学堂章程的规定，民间人士可自主编写教科书，一旦通过审查，官府保护其版权。

这里最合适的例子，莫过于翁辉东、黄人雄编《潮州乡土历史教科书》。这四册 1909 年由汕头晓钟报社印刷的教科书，每册前有提学司王（人文）第一次审定提要："所拟尚为得法，书中体例谨言，甄录亦当。"及提学司沈（曾桐）第二次审定提要："全书大致妥协，应准其校勘付印。"每册封底则是海阳县徐（庆元）知县告示："查阅该生等所编书籍，词旨简洁，绘画前事各图，尤足增广儿童兴味，以之教授，洵属相宜。业经转禀提学宪核准给与版权，饬令印刷成书，呈由本县示禁翻刻"云云。

因改朝换代的缘故，晚清乡土教科书的使用时间并不长。具体读本因教师或校长的关系，进入民国后仍有继续使用的，但作为思潮的"乡土教育"，很快便偃旗息鼓了。此后虽不断有人站出来呼吁或实践，无论声势、规模或效果，均不能与晚清时相提并论②。

本就是通俗读物，使用时间又不长，若非著名人物所编，图书馆

---

① 参见璩鑫圭、唐良炎编《中国近代教育史资料汇编·学制演变》501-502 页。

② 李素梅在《中国乡土教材的百年嬗变及其文化功能考察》（北京：民族出版社，2010 年）中，"总结出我国乡土教材研究的发端、演变的脉络，将其分为三个时期五个高峰期"（146 页）。对此判断，我不太以为然。百年中国，真正举国上下、朝野同心，从事乡土教育的，只有晚清最后五六年。

一般不会收藏，出版社也懒得重印①。像广东省潮州府这样，居然有七种乡土教科书存世，确实非常不易。因此，展开论述之前，有必要简单介绍相关版本。

（1）蔡鹏云编：《（最新）澄海乡土格致教科书》[图1]，石印，共二册，每册十八课。封面题：学宪审定初等小学堂学生用书，《（最新）澄海乡土格致教科书》第一二册。版权页：宣统元年（1909）三月初版；编辑者：蔡鹏云；印刷者：汕头图画报社；发行处：景韩学堂；寄售处：汕头启新书局、澄海怡兴纸店。

（2）蔡鹏云编：《（最新）澄海乡土地理教科书》[图2]，

图1

图2

① 万仕国辑校《刘申叔遗书补遗》收录刘师培所编五种乡土教科书，缺《安徽乡土历史教科书》，《陈去病全集》（上海：上海古籍出版社，2009年）第一册收入陈编六种乡土教科书的叙，《广州大典》（广州：广州出版社，2008—2015年）史部政书类（第三十七辑）第三十三册（总第338册）收入黄节编《广东乡土历史教科书》。

石印，共四册，每册十八课。封面题：学宪审定初等小学堂学生用书，《（最新）澄海乡土地理教科书》第一二册。版权页：宣统二年（1910）二月四版；编辑者：蔡鹏云，印刷者：上海萃英书局；发行处：景韩学堂；寄售处：汕头启新书局，澄海邑内怡兴号。

（3）蔡鹏云编：《（最新）澄海乡土历史教科书》[图3]，石印，共二册，每册十八课。封面题：审定教科书，《（最新）澄海乡土历史教科书》第一二册。版权页：民国八年（1919）十月拾版；编辑者：蔡鹏云；印刷者：汕头共和书局；发行处：景韩学堂；批发处：澄海邑内怡兴号。

（4）郑岜亮编：《（最新）潮州乡土地理教科书》[图4]，活版，一册，共四十课。封面题：《（最新）潮州乡土地理教科书》，著作者郑岜亮，校正者邱家修、王盛德，浙杭冯学苏鉴定，总发者启明公司，总发行所揭阳邢万顺书局，每部三册定洋五角。版权页缺失（推测出版时间为1909年）。

图3

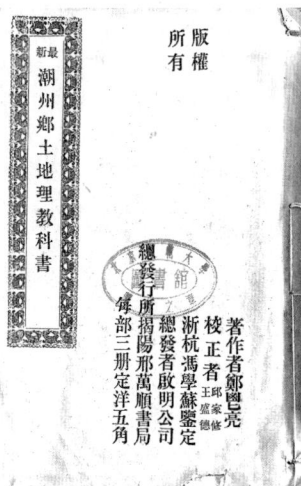

图4

（5）翁辉东、黄人雄编：《潮州乡土地理教科书》[图5]，石印，共二册，四十课。封面题：初等小学堂学生用书，《潮州乡土地理教科书》，大埔邱光汉校正，海阳翁辉东、黄人雄合编。版权页：宣统元年（1909）三月首版；编辑者：翁辉东、黄人雄；校勘者：大埔邱光汉；印刷所：晓钟报社；发行处：海阳剑光编书社、庵埠肇敏两等小学堂；分售处：潮城：开智书局；汕头：启新书局、鼎新书局、开通书局。

（6）翁辉东、黄人雄编：《潮州乡土历史教科书》[图6]，石印，共四册，每册二十课。封面题：学宪第二次审定，初等小学堂学生用书，《潮州乡土历史教科书》，北平徐庆元校定，海阳翁辉东、黄人雄合编。版权页：宣统元年（1909）元月初版；编辑者：海阳翁辉东、黄人雄；校勘者：北平徐庆元；发行处：海阳庵埠肇敏两等小学堂；分售处：汕头晓钟报社、潮州开启书局。宣统二年（1910）三月此书刊行第三版，发行处改为：第一册海阳剑光编书社、庵埠

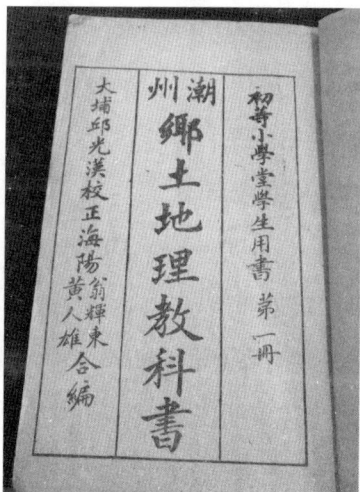

图5

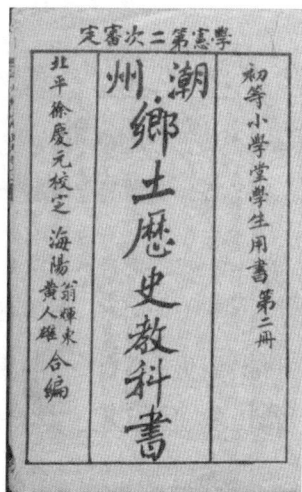

图6

肇敏两等小学堂，第三、第四册则仅署海阳剑光编书社，分售处增加了潮汕揭阳各书局。

（7）林宴琼编：《潮州乡土格致教科书》[图7]，活版，一册，共四十课。封面题：学宪审定初等小学堂学生用书，《潮州乡土格致教科书》，盐山崔炳炎鉴定、潮阳林宴琼编辑。版权页：宣统二年（1910）葭月（十一月）活版；编辑者：潮阳林宴琼；印刷者：汕头中华新报馆；发行处：潮阳竹都端本学堂；分发处：汕头启新书局、潮州开智书局。

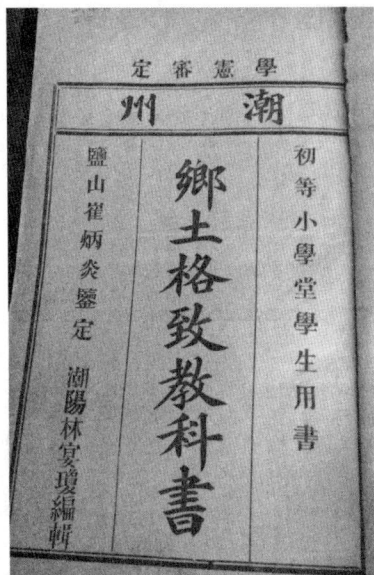

图7

教材选择具有排他性，用了这一种，就不会用另一种。王有朋主编《中国近代中小学教科书总目》收录的晚清乡土教科书仅 25 种，其中省一级最多，府次之，县则只有三种①。"单看这三种县编教材你就明

_____

① 参见王有朋主编《中国近代中小学教科书总目》261-263 页，上海：上海辞书出版社，2010 年。

白，敢于撇开省、府两级而另起炉灶的，必定是经济繁荣、文化发达的地区。"[①] 同理，潮州府辖海阳、潮阳、揭阳、澄海、饶平、惠来、普宁、大埔、丰顺等九县，其中唯独澄海县敢于另编教科书，也是因1860年开埠的汕头，1921年7月成立市政厅前，都归澄海管辖。

至于编者是本地人还是外地人，朝廷没有硬性规定。广东顺德人黄晦闻编广东的乡土历史、地理、格致教科书，这顺理成章；江苏仪征人刘师培编江宁、江苏、安徽的乡土历史、地理教科书，也都理所当然[②]；即便由江苏吴江人陈庆林（陈去病）来编写直隶、江西、湖北的乡土教科书，也未见有人抗议。

上海国学保存会放眼全国，布局各省，这才有陈去病的主动出击，一般情况下，编写乡土教材，还是本地人更占优势。潮州的这七种教科书，都是本地人所编。本地人谈"乡土"，编写时固然轻车熟路，推广也比较方便。但因不是名扬天下的文人学者，没有多少象征资本，时过境迁很容易被遗忘。钩稽以下六位编写者的生平，费了很大功夫，依旧不太理想。

编写三种澄海乡土教科书的蔡鹏云（1867—1952），字百星、柏青，广东澄海西门人。曾参加观海楼神交诗社，1904年在澄海景韩小学堂任教，1908年继任景韩学校校长[③]。1915年起在县城西门行医，并编著《最新人身解剖一夕谈》(1917)、《医学阐微》(1918)、《最新儿科全书》

① 参见陈平原《乡土教材的编写与教学——关于〈潮汕文化读本〉》，《韩山师范学院学报》2017年第4期。
② 顺治二年（1645）设立的江南省，1661年被拆分为"江南右"与"江南左"；1667年，前者改称江苏省，后者改称安徽省。刘师培二者通吃不无道理。至于"江宁布政司所辖之地"，刘编《江宁乡土历史教科书序》说得很清楚："由江宁渡江而北，赅有淮、扬各郡。"见万仕国辑校《刘申叔遗书补遗》466页。
③ 2012年广东澄海自刊本《蔡鹏云编著集册》收录有澄海景韩学校校址照片，以及《校长蔡鹏云先生对于本会成立之训词》、《景韩同学会序》（王定元）、《澄海景韩同学会章程》(1918)、《最新妇科学全书自序》（蔡鹏云）、《七律四首》（蔡鹏云）等。

（1932）、《最新妇科学全书》（1933）等，多会通中西医之类见解①。1933年迁往汕头市区行医，并创办新国医传习所，门下弟子百余人②。

《（最新）潮州乡土地理教科书》编者郑邕亮，揭阳人，生卒年不详。仅知其为汕头正英学堂毕业生，编书时系该学堂教习。1909年因所测绘潮州地图被盗印，与人打版权官司，幸运地留下了若干印记（见下文）。该书《编辑大意》称："读地志易生地方兴衰观念，本书于本府工商农之不振及外国之侵吞，尤为致意焉，以期唤起儿童爱乡土爱国之精神。"至于"读地理不可无参考地图，兹特制鲜明地图十二幅，以便学者参阅"，正与其版权诉讼内容相吻合。

合编潮州乡土历史、地理教科书的翁辉东、黄人雄，乃第一代新式学堂毕业生。这一点很重要，海阳县知县徐庆元宣统元年元月初十为《潮州乡土历史教科书》及《潮州乡土地理教科书》颁布的版权保护令，开口便是这两位编者的资历："同文师范毕业生"③。1900年，曾主讲潮阳东山书院、澄海景韩书院的丘逢甲，积极谋办新式学堂。先邀金山书院山长何士果在潮州创设东文学堂，聘日人熊泽纯之助为教习；翌年移师汕头，将原汕头同文学堂改名岭东同文学堂，丘任监督，温仲和、姚梓芳分掌教务④。除撰写《创设岭东同文学堂禀稿及续议章程》⑤，丘逢甲还曾亲往南洋募款。可惜1903年秋冬，因政治风波，丘转往广州发展。好在萧规曹随，1905年该校增办简易

① 蔡鹏云1933年元月撰于汕头新国医传习所的《最新妇科学全书自序》谈及："是书之编，参用古今中外医籍数十种，弃短取长，删繁就简，参以多年临床经验，寒暑一易，稿凡二脱，始竣事焉。"见《蔡鹏云编著集册》附录十页上。
② 参见陈孝彻《蔡鹏云其人其事》，2008年4月13日《汕头特区晚报》；陈孝彻《岭东名人蔡百星》，见《蔡鹏云编著集册》附录七页下至九页下。
③ 见各册《（学宪第二次审定）潮州乡土历史教科书》以及《潮州乡土地理教科书》封底。
④ 参见夏晓虹《心关国粹谋兴学——丘逢甲教育理念的展开》，《潮学研究》第8辑，广州：花城出版社，2000年。
⑤ 此文初刊新加坡1900年3月23日《天南新报》，现收入《丘逢甲集》817-819页，长沙：岳麓书社，2001年。

师范班，1908 年改为岭东甲种商业学堂①。这在当年，就算是粤东的"最高学府"了②。

翁辉东（1885—1965），字子光，又字梓关，别号止观居士，潮安金石人。岭东同文学堂师范班毕业后，1907 年起任海阳县东凤育材、龙溪肇敏等学堂教员。1908 年秘密参加同盟会。同年与黄人雄合纂《海阳县乡土志》。1909 年与黄氏合编潮州乡土历史、地理教科书获准发行，为各学堂通用。1910 年赴广州广东农林教员讲习所农学科深造，辛亥革命期间曾出任粤东革命军司令部参议。1913 年 9 月起，任省立惠潮梅师范学校教师、学监、代理校长等。1922 年任省立第四中学教员。旋又出任汕头汉英中学校长、潮州红十字会医院附设医专教员。1929 年起任教沪上，同时潜心著述，有《潮汕方言》《潮州文概》等。1947 年任潮州文献馆主任。解放后被聘为广东文史馆研究员③。

黄人雄（1888—?），潮安人，岭东同文学堂师范班毕业生。1908 年与翁文东合纂《海阳县乡土志》。1912 年 4 月毕业于广东农林教员讲习所农学科，与翁辉东同列最优等。后到暹罗任新民学堂校长。1914 年 10 月起赴广东省立惠潮梅师范学校，任地理、博物、习字教员，1915 年末离任。1916 年 9—11 月任广东和平县长；1923 年任南澳县长（任期仅二月）；1925 年 7 月 19 日任澄海县长，11 月 4

① 参见丘晨凌等编《丘逢甲年谱简编》，见《丘逢甲集》980-983 页，以及广东省汕头市地方志编纂委员会编《汕头市志》第四册 24 页，北京：新华出版社，1999 年。
② 丘逢甲创设岭东同文学堂，"将合闽之漳、汀、粤之惠、潮、嘉人士而教育之，学堂宗旨以昌明孔教为体，兼肄东西洋文学为用"，目标是集合民间力量，最终建成大学堂。参见《劝星洲闽粤乡人合建孔子庙及大学堂启》，《丘逢甲集》820 页。这个目标过于高远，一时难以实现，但蔡鹏云《(最新)澄海乡土地理教科书》第四册第七课"学校"有曰："官立学堂凡三所：曰同文（现改为中等商业），曰凤山，曰景韩。"（第三十二页上）
③ 参见林英仪《笃学力行 发扬潜幽——记潮州著名文史专家翁辉东》，《潮州文史资料》第 27 辑，政协潮州市委员会文史编辑组编，2007 年。

日离职。以后情况不详①。

　　编写《潮州乡土格致教科书》的林宴琼，我们只知道系潮阳端本学堂校长，依据的是潮阳县知县崔炳炎所撰《弁言》。而据《潮阳县志》："光绪三十三年（1907），邑庠生郑洪（县城人）积 10 年教薪千余元，在县城创办端本两等小学堂。"② 而该教科书《编辑大意》所称"是册多采郡邑志书乡土之动物植物矿物"，"每课短者二十余字，长者不过七十字"等，乃晚清乡土教科书编写通例。倒是崔炳炎的"弁言"值得一说：所谓"格致"，不一定是声光化电；"动植物亦格致一部，故博物学亦以'格致'名"。此外，批评现在的学堂多据东洋标本说动植物，而对自己家乡毫无了解："指堂内植物以名询，或瞠也，乡土格致之不讲，则亦奚怪其然。"③

　　这位潮阳知县崔炳炎，乃中国历史上最后一科进士。查清光绪三十年（1904）甲辰恩科进士题名录，不难找到三甲 74 名，"崔炳炎，直隶盐山县"④。而这一科的考试题目，中外兼收，难度甚大⑤：能闯过这一关的河北盐山读书人崔炳炎，自然非同一般。但此君为官潮汕，似乎表现不佳。据《汕头市志》，1906 年，广东省提学司派崔炳炎任潮州中学堂监督，把 25 岁以上者编入师范讲习班，余

---

① 以上有关黄人雄文字，乃潮州文史研究者陈贤武根据《民国时期广东省政府档案史料选编》第 11 册（1989）、《和平县志》（1999）、《南澳县志》（2000）及《韩山师范学院校史简编》（2013）撰述，特此致谢。

② 潮阳市地方志编纂委员会编：《潮阳县志》843 页，广州：广东人民出版社，1997 年。

③ 崔炳炎：《〈潮州乡土格致教科书〉弁言》，林宴琼《潮州乡土格致教科书》，汕头中华新报馆，1910 年。

④ 参见《明清历科进士题名碑录》2927 页，台北：华文书局，1969 年。

⑤ 中学的不说，单说西学试题："泰西外交政策往往藉保全土地之名而收利益之实，盍缕举近百年来历史以证明其事策"；"日本变法之初，聘用西人而国日以强，埃及用外国人至千余员，遂失财政裁判之权而国以不振，试详言其得失利弊策"；"美国禁止华工久成苛例，今届十年期满，亟宜援引公法驳正原约以期保护侨民策"。参见《会试闱墨：〈光绪甲辰恩科〉，附题名录》11–13 页，上海：同文社，1904 年。

者归中学正科——这是正常工作，未见褒贬 [1]。而《潮阳县志》提及清知县："崔炳炎，河北盐山。光绪三十四年（1908）任，贪劣革职。" [2] 宣统元年十二月二十八日（1910 年 2 月 7 日）上谕则言："潮阳县知县崔炳炎，短于吏才，办事操切，惟文理尚优，着以教职归部诠选。" [3] 到底是"贪赃枉法"，还是"文理尚优"而"短于吏才" [4]，没做进一步考察，不好妄下结论。

为翁辉东等编《潮州乡土历史教科书》撰写"弁言"的"南丰吴宗慈"同样值得一说。这篇写于"汕埠晓钟报社"的弁言，除表扬翁、黄所编教科书"体例详严，词意简赅"外，着重论述"教育振兴必肇基于初等小学，而初等小学之学科，则尤以乡土历史之影响儿童心理者至大" [5]。这位吴宗慈（1879—1951），字蔼林，江西南丰人，晚清时为《警钟日报》、《民呼报》及《晓钟日报》撰文，曾积极参与政治，后转为专攻方志及史学。1936 年秋，应聘为中山大学研究院与文学院教授，专门讲授《清史》《中国民族同化史》《方志学》等课程。1950 年 1 月受聘为江西省人民政府参事室参事。著有《中华民国宪法史》《护法纪程》等，纂有《庐山志》《庐山续志稿》《江西通志稿》等 [6]。

---

① 参见《汕头市志》第四册 24 页。

② 潮阳市地方志编纂委员会编：《潮阳县志》700 页，广州：广东人民出版社，1997 年。

③ 广东省地方史志编委会办公室、广州市地方志编委会办公室编：《清实录广东史料》第六册 528 页，广州：广东省地图出版社，1995 年。

④ 刘声木《桐城文学渊源撰述考》310 页（合肥：黄山书社，1989 年）表扬崔炳炎的文才与著述；李起藩、郑白涛《愿作世界第一流：潮阳首任中学校长萧凤翥其人其事》（中国人民政治协商会议广东省潮阳县委员会编《潮阳文史》第 11 辑 30 页，1994 年 12 月）则称颂萧凤翥如何发起驱逐"倚藉朝廷权贵，任本县知县期间，贪赃枉法"的崔炳炎。

⑤ 吴宗慈：《〈潮州乡土历史教科书〉弁言》，《潮州乡土历史教科书》，海阳：剑光编书社，1909 年。

⑥ 参见《江西省人物志》编纂委员会编《江西省人物志》350-351 页，北京：方志出版社，2007 年；杨忠民、段绍镒主编《抚州人物》120-122 页，北京：方志出版社，2002 年。

三、旧学与新知的对话

宋人朱熹"旧学商量加邃密，新知培养转深沉"的诗句，主要讲的是"学问"；编写小学教科书，关键不在学问，而在立场、趣味与体例。要说学问及眼界，潮州的小学教师根本无法与刘师培等国学保存会诸君相提并论。刘君此前为高等小学及中学第一年编写的《中国历史教科书》，总共三册，方才讲完夏商周三代。请看第三册第30-36课目录："西周之商业""西周之工艺""西周宫室之制""西周衣服之制""西周饮食之制""西周之美术""论读本期历史之旨趣"[①]，不难想象编者知识之渊博。至于学术立场，则因不满传统史书之"详于君臣而略于人民，详于事迹而略于典制，详于后代而略于古代"，作者力图做到：

> 今日治史，不专赖中国典籍。西人作中国史者，详述太古事迹，颇足补中史之遗。今所编各课，于征引中国典籍外，复参考西籍，兼及宗教、社会之书，庶人群进化之理，可以稍明。[②]

如此胸襟及眼界，轮到为小学一二年级编写乡土教科书，自然不会满足于简单的知识传授。引三段书叙的话，不难发现编者之别有幽怀：

> 今编此书，于苏省武功文化，记述特详。学者观于此，

---

① 刘师培：《中国历史教科书》，见《刘申叔遗书》下册 2262-2272 页，南京：江苏古籍出版社，1979 年。
② 刘师培：《中国历史教科书》，见《刘申叔遗书》下册 2177 页。

而知古代吴民，以尚武立国，而先贤学术，亦于近世之所尚殊途。则文弱之风，庶可稍革乎？①

英人斯宾塞有言：水地使人通。证以中国之书，则孔子言"智者乐水"，又言"智者动"、"智者乐"。今观于苏省之民风习尚，日信泽国之地，迥与山国不同矣。②

皖北之民宜于服兵，皖南之民宜于经商，而实业教育于皖南为宜，军国民教育又以皖北为宜。……嗟乎！皖省之民，其特质有三：一曰尚朴，二曰好义，三曰贵勤。此皆所处之地使然。今则风稍衰矣。编辑此书，不禁为之浩叹也。③

这三段话都很精彩，但对小学生及教师来说，实在太遥远了，可谓近乎天书。黄晦闻《广东乡土历史教科书叙》也有类似的问题，但其强调"吾人之爱中国者，亦未有不挚爱广东。何也？其治乱得失于世界上有影响也"，以及"吾邦人子弟，于吾广东故事与夫吾广东影响于世界大端不可不知，诚有以养其爱乡土之心，由是而群知爱国，亦当世急务也"④，还是比较容易被领略。

这样的襟怀与学养，不经任何转化，就开始编写小学一二年级教科书，那是很难成功的。有研究者指出，刘师培虽撰有《编辑乡土志

---

① 刘师培：《江苏乡土历史教科书叙》，《刘申叔遗书补遗》上册506页。
② 刘师培：《江苏乡土地理教科书叙》，《刘申叔遗书补遗》上册544页。
③ 刘师培：《安徽乡土地理教科书叙》，《刘申叔遗书补遗》上册555页。
④ 黄晦闻：《广东乡土历史教科书叙》，见《广东乡土历史教科书》第一册，上海：国学保存会，1907年。叙中自称注重五方面内容，前三者（吏治之升降、民生之荣瘁、学术之变迁）常见，后两点很有特色——对于中原治乱之影响、对于世界交通之得失。另外，岑锡祥撰《广东乡土地理教科书叙》（载岑锡祥、黄培埅编《广东乡土地理教科书》，广州：文兴学社，1907年），论述"然则爱中国者，尤当先爱广东也"，对黄文多有借鉴："盖地踞五岭以南之冲要，控制南洋往来之咽喉，广东地势实有莫大之价值者矣。是故，抽绎其内容，研究其利弊，识别其险要，诚为生于斯长于斯者有密切之关系，所万不可缓之事，此乡土地理之所由编辑也。"

序例》，编写《安徽乡土地理教科书》时，"也没有完全按自己提出的八个方面来组织内容"，"此书更大程度上是按照奏定学堂章程的规定设计的"[①]。教科书不是驰骋个人才华的地方，若想进入市场，就得遵从学堂章程的相关规定，这也是各书的"编辑大意"大同小异的缘故。

晚清潮州乡土教科书的编者，清一色都是教师或校长，学问不及刘师培，但教学经验丰富，编出来的教材，中规中矩，可教可学。当初编写乡土教科书，除了依据《钦定初等小学堂章程》以及1905年部颁《乡土志例目》，很大程度上是借鉴了各省府县原有的地方志。具体到翁辉东与黄人雄，二人在编教科书前，还曾为潮州府九县之一的海阳县编写过乡土志［图8］。此稿本共十四章（历史部八章、地理部六章），乃"悉遵宪定例目，将本境所有往事近事详细分门列入"（《编辑要旨》），属于基本民情调查，对我们了解晚清海阳县（即日后

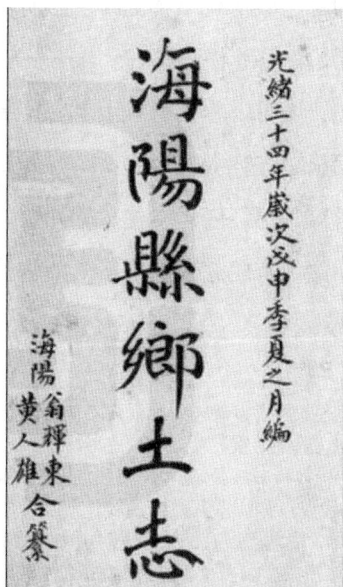

图8

---

① 参见石鸥《百年中国教科书忆》213页，北京：知识产权出版社，2015年。

的潮安县)的社会状态很有帮助,且有些数字十分难得①,但有一点,不适合作为小学教材。不过,此书历史部第四章"人类"第一节汉族、第二节猺族,以及地理部第四章"道路"第二节铁路等,对编者日后编写乡土教材大有裨益。

凡编写乡土教科书的,一般都会强调自己如何"取材悉遵郡邑志书所载",或"取材多出志书,及参考各家著作,附以己意而成"②。实际上也只能这样,谈乡土文化,你不可能凭空想象。以《潮州乡土格致教科书》第一课"鹊"为例:"鹊(《本草》),大如鸦,冬始巢。俯鸣则阴,仰鸣则晴。人闻其声则喜,故谓之喜鹊。"③这就很好体现了《编辑大意》所说的"考据多以古籍为宗,课中皆旁注而标所自出"。因为,李时珍《本草纲目》有曰:"鹊,乌属也,大如鸦而长尾,尖嘴黑爪,绿背白腹,尾黑白驳杂,季冬始巢,知来岁风多,巢必卑下,至秋则毛鲜头秃。"至于鹊鸣预测气候,见师旷《禽经》曰:"鹊,俯鸣则阴,仰鸣则晴。"④翁辉东、黄人雄编《潮州乡土历史教科书》第一册第十三课"韩愈善政一"、第十四课"韩愈善政二",乃潮人耳熟能详的传说,不能随意编撰;即便第二册第六课"宋名贤寓辙",也都言之有据:"宋代名贤,多留寓辙。周敦颐、苏轼、赵鼎、朱熹、杨万里、吴潜,先后游潮。诸贤皆笃文行,延及齐民,时称海滨邹鲁云。"⑤

---

① 如翁辉东、黄人雄编《海阳县乡土志》(稿本,1908年)历史部第七章"宗教"记:"天主教人约六千余人,耶苏教人约三千人";第八章"实业"记:"士约一万人,凡小学生属之。农约二十万余人。工约一十一万余人。商约六万余人。"

② 参见林宴琼编《学宪审定潮州乡土教科书》之《编辑大意》以及翁辉东等编《潮州乡土历史教科书》之《编辑要旨》。

③ 林宴琼:《潮州乡土格致教科书》第六页上,潮阳:端本学堂,1910年。

④ 参见李时珍《本草纲目》第四册2663页,北京:人民卫生出版社,1981年。永瑢等撰《四库全书总目》994页,北京:中华书局,1981年。

⑤ 翁辉东、黄人雄:《潮州乡土历史教科书》第二册六页上,海阳:剑光编书社,1909年。

但相比此类明清方志已有定评的人物与故事，晚清乡土教科书更值得关注的是受《乡土志例目》的指引，增加的"人类""商务""实业"这三个新门类。郑豳亮《（最新）潮州乡土地理教科书》第二十一课"人民"提及"全府皆汉种"，只是分福佬与客人，这未免太简单了；翁辉东、黄人雄编《潮州乡土历史教科书》第一册第五至八课"潮州种列"（一至四），分别介绍客家、福佬以及凤凰山上的畲民①。考虑到种族及移民史比较复杂②，且此前曾掀起轩然大波，翁辉东等小心谨慎，目前这样简要表述是可以接受的③。

传统并非一成不变，乡土也是与时俱进，教材须让学生记忆古老的故事，也关注新生的事物。翁辉东、黄人雄编《潮州乡土历史教科书》以"近来新政"为整套教材作结：

> 溯自庚子后，官民兴学殆遍，潮汕铁路告成，警察尤著成效。工艺、邮政、电报诸局，经已开设。报馆、商会、劝学所、自治会，各有成立。汕头自来水、电灯敷设成就，轮船往来如织，商务繁盛。④

如此欣欣向荣景象，不仅对当年的小孩子，即便对于今天的本地民众来说，同样很有吸引力。其中尤以关于潮汕铁路的描述，最让人感叹唏嘘。因为此乃中国近代史上第一条华侨资本经营的商办铁路，

---

① 参见郑豳亮《（最新）潮州乡土地理教科书》第十三页上下，揭阳：邢万顺书局，1909年，以及翁辉东、黄人雄编《潮州乡土历史教科书》第七页下至九页上。
② 关于"福佬"来源，参见饶宗颐《中国历代移民史》及《福老》二文，黄挺编《饶宗颐潮汕地方史论集》138—150页，汕头：汕头大学出版社，1996年。
③ "潮民有二种，曰客家、福佬，皆华种也。唐黄巢乱，河南居民，避乱来潮，土人谓之客家。"（第五课）"后王绪，率河南兵民，陷汀漳，不能守，遂避乱来潮，言语互异，土人称为福佬。"（第六课）
④ 翁辉东、黄人雄：《潮州乡土历史教科书》第四册十七页下。

1903 年由广东嘉应人、印尼著名华侨实业家张煜南和张鸿南兄弟呈请修建，1904 年动工，1906 年 11 月 16 日正式通车。1939 年，为了不落入侵华日军手中，该铁路被国人主动拆除；而潮州人再次见到火车，则已在半个世纪之后。

火车作为晚清现代化事业的重要表征，进入了几乎所有地理教科书。1905 年刘师培撰《中国地理教科书》第十三课"人文地理下"，谈及各地驿站、电线、航路、商埠等，包括设在广东省汕头的"潮海关"，以及"潮汕铁路，由潮州至汕头，将成"[①]。潮州人编写乡土地理教科书，自然不会放过此绝好风景。郑邕亮《（最新）潮州乡土地理教科书》第三十三课"道路·铁路"述云："铁路创于光绪三十年。造端汕头，经庵埠、彩塘、浮洋、枫溪，直达潮郡西门外。曰潮汕铁路，计程六十余里，建筑历三年之久，今竣工且行车矣。"[②]蔡鹏云《（最新）澄海乡土地理教科书》第四册第十四、十五课"铁路"［图 9］说得更为详细：

> 本境铁道有二，一已成者，曰潮汕铁道（商办铁路，此其嚆矢，丙午十月初十日告成）。总车场，设于汕头同济桥外，隔岸西偏。自开行后，商贩往来潮汕者，舍舟而陆，便捷轻利，无复前此跋涉之艰难矣。
>
> 未成者，为广厦铁道。路径东经饶属，绕县北盐灶村，西至海阳，与潮汕之路线交通。[③]

---

① 刘师培：《中国地理教科书》，《刘申叔遗书》下册 2297 页。
② 郑邕亮：《（最新）潮州乡土地理教科书》第十八页上。
③ 蔡鹏云：《（最新）澄海乡土地理教科书》第四册三十四页下及三十五页上，澄海：景韩学堂，1910 年第四版。

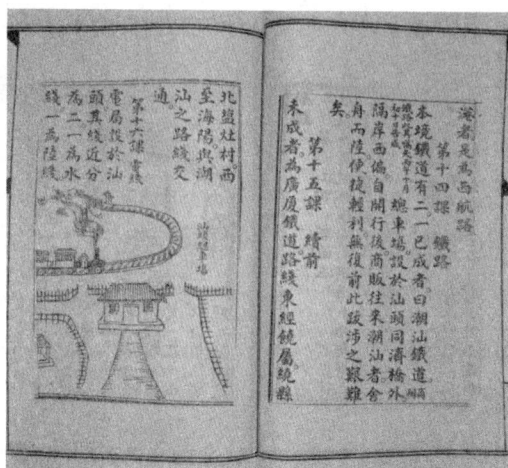

图 9

规划中的"广厦铁道"实际上没有修成，那是长达一个世纪的哀怨故事，不说也罢。

跟铁路同样被格外关切的，还有 1860 年以潮海关成立为标志的汕头开埠。这既是屈辱，也是机遇，四十多年后的潮州人，编写教科书时该如何处置？翁辉东、黄人雄编《潮州乡土地理教科书》第十七课"商埠"称："汕头在潮城之南，咸丰八年辟为商埠，全潮出入口货，多经于此。轮船如织，商务甚盛。"[1] 而蔡鹏云编《(最新)澄海乡土地理教科书》则用总共四课（第二册第十五至十八课）来描述汕头这个新兴的商埠：包括开为商埠的汕头港、角石之英领事馆、潮海关与招商局、出口货物砂糖、果品、瓷器等；这还不够，还在第三册第一、二课补上商埠输入煤油、面粉、洋纱，以及"东陇为县北商埠"[2]。

汕头开埠这个事件，当然影响整个潮州府，但澄海县无疑获益最

---

[1] 翁辉东、黄人雄：《潮州乡土地理教科书》第一册九页上，海阳：剑光编书社，1909 年。

[2] 蔡鹏云：《(最新)澄海乡土地理教科书》第十九页上至二十二页下。

大。随着澄海管辖的汕头港迅速崛起，潮州府城的地位相对衰落①。单从小学教科书对于汕头这一新兴商埠的不同描述，也能解释为何是澄海而不是潮阳或揭阳来编写县一级乡土教科书。

比铁路与商埠更能体现新气象的，或许是新式学堂的建立与推广。郑邕亮《（最新）潮州乡土地理教科书》第二十七课"教育"云：

> 我国旧日，专以科举取士，而重诗文，少有实学。至今科举已罢，命各省府州县设立学堂。潮州立学颇盛，府城及汕头有中学、师范等学堂，各县则有高等小学、初等师范、初等小学。至千户之村，亦有小学堂一所。然风气初开，尚未能普及。复有志士游学外洋，继步者络绎不绝。女学堂仅海、揭、澄有之，余则未之闻也。②

介绍本地区各种新式学堂，不仅当年的小学生感兴趣，后世的历史学家也会珍惜。尤其是其中提及刚刚开始的"兴女学"。

新观念一旦形成，反过来会促进历史文献的发掘与阐释。翁辉东、黄人雄《潮州乡土历史教科书》第二册《本册略例》特意指出："本册于第二、第十二、第十七各课言及闺秀之文行，以见潮州女教已萌芽于宋代。"第二课《翁真姑义烈》讲的是"姑誓不嫁，教弟成立，绍兴成进士"，属于传统的节妇烈女；第十七课《郭真顺贤德》介绍生活在元末明初的女诗人郭真顺（1312—1436），据说她终年125岁，著有诗集《梅花集》③。最值得关注的是第十二课《滨臣奇节》[图10]：

---

① 明治三十六年（1903）六月日本外务省通商局编印的《清国广东省汕头港并潮州情况》，主要调查汕头港的位置、风土、人口、历史以及贸易等，附带涉及潮州的兵营、外国人、货币、商店、交通、输出与输入等。
② 郑邕亮：《（最新）潮州乡土地理教科书》第十五页下十六页上。
③ 参见《汕头市志》第四册855页。

张达，宋都统也，闻端宗居泉州，输粟饷军。及帝昺迁甲子，帅义勇扈从。其妻陈璧娘，送及钱澳。后殉难崖山云。①

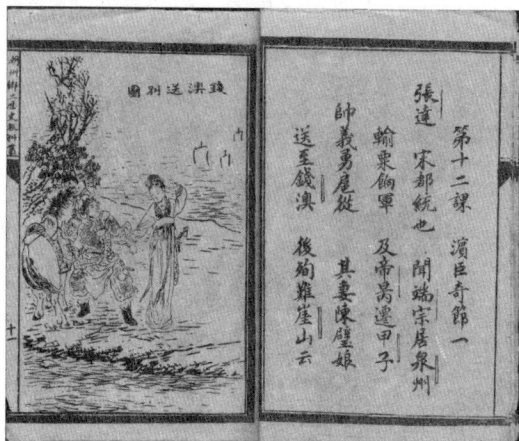

图10

巾帼英雄陈璧娘（？—1279）的故事，在潮汕地区广泛流传——先是劝夫赴崖山勤王，并渡海送至钱澳（后人称此地为"辞郎洲"）；后丈夫战死，求得夫尸安葬，闭门不食而死。曾拍成电影的潮剧《辞郎洲》（姚璇秋主演），讲的正是这个动人的故事。

　　编写小学一、二年级教科书，既不能逞才使气，也没必要过分深刻，语言简洁是第一要务，即所谓"字句惟求明白，意义悉从浅显"②。这方面，晚清潮州乡土教科书大体合格。林宴琼编《潮州乡土格致教科书》第十三课"银鱼"，文为："银鱼，长者二三寸，其色如银，洁白无鳞。味甚佳，可生烹，又可晒干为脯。"翁辉东、黄人雄编《潮州乡土地理教科书》第三十一课"河流一"叙述："大河有三，一曰韩江，发源于汀州（福建），绕郡城三面，至凤凰洲（属海阳），分为

① 翁辉东、黄人雄：《潮州乡土历史教科书》第二册十一页下及十二页上。
② 参见翁辉东、黄人雄《潮州乡土地理教科书》之《编辑要旨》。

三支：曰东溪、西溪、北溪，均由澄、饶入于海。"① 对于七八岁的孩子，这样简要的描述就够了；像郑邲亮《（最新）潮州乡土地理教科书》第十四课"江河一"那样忧心忡忡，反而有些用力过度②，效果不见得很好。

给小孩子编乡土教科书，最好能配插图。恰好晚清引进的石印技术，给图像制作提供了很大方便。翁辉东、黄人雄编《潮州乡土历史教科书》以及蔡鹏云编《（最新）澄海乡土地理教科书》，都有很好的表现。最需要配图的，其实是格致教科书，因为："物产种类繁夥，最难辨别。本书各课，多附插图画，以便学童之认识，益以助其读书之兴趣。"③ 蔡鹏云《（最新）澄海乡土格致教科书》提及那么多鱼类 [图11]，若无配图，是很难准确辨认的。

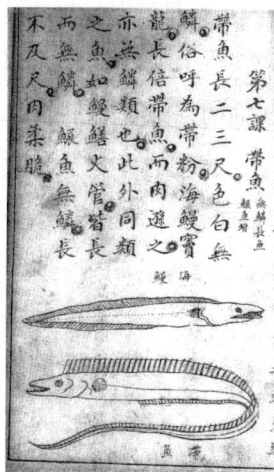

图11

---

① 参见林宴琼《潮州乡土格致教科书》第十二页上，翁辉东、黄人雄《潮州乡土地理教科书》第十六页上。

② 介绍完韩江的基本情况，忧国忧民的郑邲亮还不忘添上："全河长六百余里。运输虽便，惟滩石险阻，江流湍急，沙塞河身，逐日淤浅，殊碍舟行。且沿岸田畴，更低于河路，时有决堤之患。"见《（最新）潮州乡土地理教科书》第九页下及十页上。

③《编辑大意》，蔡鹏云《（最新）澄海乡土格致教科书》，澄海：景韩学堂，1909 年。

四、两场官司的故事

任何教科书的编写，都是集合官府与民间的力量，兼及政治、商业与学术。晚清的乡土教科书自然也不例外，单说教育理念还不够，还必须探究其商业运营方式，以及纠合着立场与利益的版权保护。不妨借助两个与潮州有关的版权故事，一探其中的奥秘。

晚清乡土教科书使用寿命较长的，可举蔡鹏云编《（最新）澄海乡土历史教科书》及《（最新）澄海乡土地理教科书》为例，前者1919年印行第10版，后者1922年印行第13版。但有一点，这两种教科书都是蔡鹏云任教的景韩学堂发行。换句话说，学制变了，前朝的教科书还能使用，因为那是在自家地盘。晚清潮州乡土教科书发行最为成功的，还属翁辉东、黄人雄编的那两种。前有广东提学使王人文、沈曾桐二次审定意见，后有海阳县知县徐庆元的版权保护告示。如此阵容，确保了其发行渠道畅通，从自家门口扩展到全潮学堂。以《潮州乡土历史教科书》为例，首版发行处为海阳庵埠肇敏两等小学堂，那是编者任教的学校，颇有自办发行的意味。第二年刊行第三版时，第一册发行处为海阳剑光编书社、庵埠肇敏两等小学堂；第三、第四册则干脆仅署海阳剑光编书社。后世各种书目或著作提及此教科书，都说是"海阳剑光编书社"刊行，殊不知这是一个因发行成功而创立的机构。

关于翁辉东的传记资料，都会提及其编乡土教科书收入颇丰，因而得以到广州广东农林教员讲习所农学科深造。其实，这个很励志的故事，20世纪30年代翁辉东在《潮州文概》［图12］的自序中已经提及：

> 洎廿余龄，掌教育材、肇敏两小学，益肆隘见，探讨乡
> 先哲言行，以课儿童。日积月累，辑为《乡土历史》、《乡

土地理》等教科书，上之学部，给与版权，尔时一州风行，千百小学多采是书为教本。余本穷人，于无意间获霑余润，资为修学之阶梯，讵敢漫云沾丐于人人？然自食其力，自举其身，收获之丰，迥非意料所及。[1]

原本就"笃好乡先哲所为文"，适逢朝廷提倡乡土教育，于是利用教书的机会，自编教科书。没想到一炮打红，得到官府的版权保护，于是"获霑余润，资为修学之阶梯"。翁辉东没说到底获得多少版税，但收益颇丰是肯定的，否则不会马上辞去教职，上省城进修去。

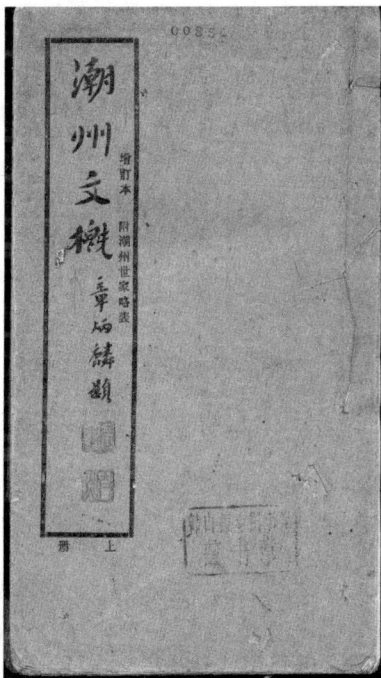

图12

---

① 翁辉东：《〈潮州文概〉序》，《潮州文概》，上海：俪光医院，1933年。

比起翁辉东因编教科书而成功转型，郑邕亮可就没那么顺利了。七种教科书中，唯独郑邕亮编《（最新）潮州乡土地理教科书》的封面没有"学宪审定"字样。这大概是尚未通过审定，或想靠自家努力打天下。书编得很认真，水平也不错，可就是发行难以打开。若不是一场偶然被记录在案的著作权官司，此君不太可能被人记得。直到今天，我对于郑邕亮的了解，也仅局限于以下这张判词。

那位创办《月月小说》的汪庆祺（惟父），编有一本在现代司法史上很重要的《各省审判厅判牍》，其中收录有《翻刻地图澄海商埠审判厅案》。故事有趣，且资料难得，值得全文引录：

缘郑邕亮籍隶揭阳，系汕埠正英学堂毕业生，现充该学堂教习，该生测绘潮州地图，于宣统元年闰二月出版，欲为专卖品。本年四月二十三日，该生向鼎新书局查出地图二十张，曾控警务公所，尚未结案。六月十五日，复以伪造盗刊等情呈诉到厅。二十日传集质讯，据郑邕亮供称，此图载明版权所有，翻刻必究，该书局冒名盗刊，请照侵夺版权律核办。据书局冯佩卿供称，此图系郑邕亮托散书局代售，并未盗刊各等语。查近来中外通例，凡著作权、版权，均须禀准官厅立案，给有证书，始得专卖，该生测绘潮州地图，殊费苦心，惟未经立案，究与禀准专卖之版权有别。鼎新书局为营利起见，发售该生地图，无论盗刊与否，系由该书局查出，且当日并未与该生面商，不为无过。据供郑邕亮托该书局代售，殊属遁辞，揣度人情，断无始而托其代售，继而诬其盗刊之理，本厅从中调停，谕令冯佩卿缴银五元来厅，转给郑邕亮具领，为绘图报酬之资。嗣后该书局不得翻刻再卖，致干重罚，两造均愿遵断，当堂具结完案。讼费银三两应归冯佩卿负担。此判。[1]

虽然"该生测绘潮州地图,殊费苦心",且鼎新书局盗版事实存在,"惟未经立案,究与禀准专卖之版权有别",只好轻判侵权者,略为补偿郑君的损失。如此判案,兼及法理与人情,极为难得[2]。这里没说郑君自己测绘的潮州地图到底是哪些,但《(最新)潮州乡土地理教科书》的《编辑大意》确实强调"特制鲜明地图十二幅,以便学者参阅";"图中所用经纬,以定地方之位置"[3]。

郑邠亮的版权诉讼,纯属商业利益之争,故比较好判。黄晦闻的《广东乡土地理教科书》涉及种族问题,闹出一场轩然大波,可就没那么简单了。当初学部编书局制作《乡土志例目》,显然思虑不周,过多借鉴日本经验,列出条目包括"历史""政绩""兵事""耆旧""人类""户口""氏族""宗教""实业""地理""道路""物产""商务"等[4]。其中新出的三项——"实业"与"商务"好说,这"人类"可就不太好操作了。日本基本上是单一民族(有阿伊努人等,但力量很小),中国可不同。历史上各民族的恩怨不说,眼下愈演愈烈的"满汉之争",正是晚清政治革命极为重要的导火索。从统治者的立场看,学部开展这项调查,极不明智。

上海国学保存会 1907 年印行黄晦闻编《广东乡土地理教科书》,就不小心踢爆了这个炸药桶——好在属于地方族群之争,没有上升到国家层面,最后只是毁版了事。而且,官府并未赶尽杀绝,仍允许其

---

① 汪庆祺编、李启成点校:《各省审判厅判牍》231 页,北京:北京大学出版社,2007 年。

② 参见王兰萍《近代中国著作权法的成长》152–154 页,北京:北京大学出版社,2006 年。

③ 郑邠亮:《编辑大意》,《(最新)潮州乡土地理教科书》。

④ 参见《学务大臣奏据编书局监督成乡土志例目拟通饬编辑片》,《东方杂志》第 2 年第 9 期。

修订后重新发行，实在是宽大处理。

黄晦闻编《广东乡土地理教科书》的问题出在第十二课《人种》："粤中有单纯之汉种，则始自秦谪徙民处粤。自秦以前，百越自为种族……今犹有獞、猺、獠、黎、蜑族、客家、福狫诸种，散处各方。"这里将"客家""福狫"排除在汉族之外，明显是巨大的过失。这与顺德人黄节长期身处广府文化氛围，不知不觉接受了当地民众偏见有关。很可能是随手写下，没想到闯了大祸。先是《岭东日报》刊发《广东乡土历史客家福老非汉种辨》，而后丘逢甲、邹鲁等在穗的客籍人士成立"客族源流调查会"，且上书学部要求查禁黄编教科书。结果可想而知，第二年黄编重版时，删去了引起争议的图表，文字表述也不再将客家、福狫与獞、猺、獠、黎等"散处各方"的少数民族并列[①]。

这个案例非常有名，从晚清到现在，不断被提及[②]。当事人之一邹鲁风潮过后与人合撰的《汉族客福史》，先在南洋集资印发，1932年邹任中山大学校长时，由该校出版部重刊［图 13］。全书只有 22页，除丘逢甲序，正文包括绪论、汉族客福之播迁一、汉族客福之播迁二、汉族客福之播迁三、汉族客福之播迁四、汉族客福之语言、汉族客福之土地、结论。结尾处有邹鲁本人的附识：

民国纪元前六年，黄君晦闻编广东乡土历史地理，诋客家福老为非汉种。鲁乃联全粤客福所隶数十县劝学所，

---

① 参见罗香林《客家研究导论》5–6 页、27–28 页，兴宁：希山书藏，1933 年；程美宝《地域文化与国家认同：晚清以来"广东文化"观的形成》82–96 页，北京：生活·读书·新知三联书店，2006 年。

② 最近读到的论文是《四川师范大学学报》2016 年第 2 期上石鸥等《要人命的教科书——小论黄晦闻的广东乡土教科书》，可惜没有什么新资料或新见解，可见此话题的生命力与发展局限。

与之辨正，并止其出版。事后，搜集事实，编为是书。中经清室载洮那拉氏之死，谋义举，恐散失，乃嘱张君煊终其事。越二年由南洋同人，集资印发。几经变故，箧笥中竟无原书存在。……

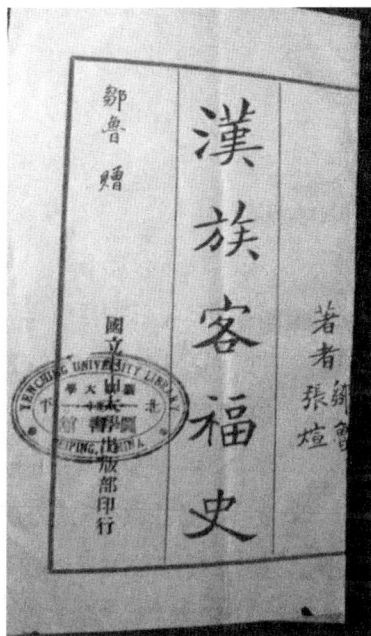

图13

复阅一次，深愧当时旅次中，仓卒秉笔，诸多不洽，且文字之中多提倡民族主义，行文复不免有偏于感情处，然一时又未能修改……①

这个兼及史学与政论的小册子，记录了潮州府及嘉应州的读书人对于广府文化的抗争与挑战。

此次以教科书编写为引信的政治风波，因对方自知理亏、无力应

————————
① 邹鲁、张煊：《汉族客福史》21—22页，广州：国立中山大学出版部，1932年。

战，很快就平息了。可此举折射的，是广东省内长期存在的土客矛盾。"大量客家移民短时间内集中涌入岭南核心区，不可避免地会导致客家人与本地人之间紧张关系的产生"；"到19世纪中期，终于爆发成为彻底失控的大规模持续械斗"①。不难猜想，经济矛盾必定伴随着政治竞争，接下来就该是文化上的激烈冲突了，双方的上层精英不知不觉卷入其中。有论者提及："在此次事件中，许多客家精英，包括黄遵宪、丘逢甲、邹鲁等，纷纷投入全部精力著书立说，阐述客家的源流，论述客家族群的纯正。"而此次事件对于客家人的自主意识及政治激情的调动起了很大作用，"众所周知，客家人在辛亥革命中曾发挥了十分重要的作用"，而"辛亥革命成功，广东成立军政府，客家人在这个新政府中迅速获得了领导地位"（如副都督陈炯明、财政司司长廖仲恺、陆军司司长邓仲元、教育司司长丘逢甲等）②。事件发生在1907年，黄遵宪（1848—1905）已经去世；但黄此前确有关于客家历史文化的论述，只是并非因应此风波。广东的客家人积极从政，有历史渊源与地理因素，其所以在20世纪中国政治史上扮演了远比潮州人重要的角色，是否就因此次教科书事件的感召，却不好遽下断语。

五、韩江边上的文脉

邹鲁、张煊所著《汉族客福史》，前有丘逢甲宣统二年（1910）三月撰于广东咨议局的序言。此前一年（1909），广东咨议局成立，

---

① 梁肇庭著，冷剑波、周云水译：《中国历史上的移民与族群性：客家人、棚民及其邻居》42-43页，北京：社会科学文献出版社，2013年。

② 参见《中国历史上的移民与族群性：客家人、棚民及其邻居》63-66页。另，1932年日本驻广州总领事向东京提交了一份题为《客家族群今昔概况》的报告，首次提及"大客家主义"，称他看到了"不断涌现的客家领袖获得国家权力的前景"（第68页）。

丘逢甲出任副议长，安插邹鲁等革命党人在局任职；同年，丘逢甲受聘两广方言学堂监督，聘邹鲁等到学堂任教。因此，邹鲁剑指黄晦闻，是得到丘逢甲支持的（也可以理解为邹打着丘的旗号）。黄晦闻知错即改，风波本已平息，但邹等客家人借此发难，乃是为了确立族群的自我意识与政治力量。《汉族客福史》表面上是史学著作，可就像邹鲁后来承认的，"文字之中多提倡民族主义，行文复不免有偏于感情处"。

轮到丘逢甲出面为弟子著作写序①，该如何表达呢？《汉族客福史序》除刊 1932 年中山大学版《汉族客福史》，还见于第二年出版的《潮州文概》（翁辉东辑），以及半个多世纪后编辑的《丘逢甲集》②等。丘序先从为何需要辨种族落笔——"世而大同也，民胞物与，何辨乎种？然世未进大同，而又值由国家竞争进而为种族竞争时代，则不能不辨其种，尤不能不辨其族。"再就是讲述汉族流播中国各地而至于南洋的大致过程，移民们"虽地居不同，语言各别，初不过转徙有先后，变化有巨微，其同为汉族则一也"。终于进入主题："乃近有著作，竟贸然不察，以客家福老，语言之差异乎广音，遂以客家福老为非汉族；且以'老'作'猺'，更有一二著作，以'客家'作'哈加'，抑何其偾哉！"这里只是泛指，并非专批黄节——黄编教科书只不过袭用旧说，并非自我作古。结语部分很重要，目的是防止有人误读此书或鼓吹民族仇恨：

　　然则此编之旨，既合同族以与异族竞，则凡非同族者，
皆在排拒之列乎？是又不然。盖他族与汉族，久已相安，利害

---

① 邹鲁《〈岭云海日楼诗钞〉三版序》（1937）述"初谒先生于广州"，丘大为赞赏，称"子今日即为我门弟子"。见《丘逢甲集》968-969 页。
② 广东丘逢甲研究会编，《丘逢甲集》，长沙：岳麓书社，2001 年。

相共者，非特无外视之心，且有同忾之切，是则本书之旨也。^①

既参与客家人为确立自我而进行的抗争，又怕进一步激发族群矛盾，这一点，从风波刚过，丘逢甲即赠诗寄沪刊布，可以看得很清楚。写于光绪三十四年的《寄赠国学保存会诸子》，既表达敬仰之心，又强调共同立场：

> 文明古国五千载，中经秦火诗书在。汉兴诸儒功最多，
> 不有守先后何待。
> 西海潮流猛秦火，东风复助为妖祸。障川挽澜今无人，
> 后生小子忘丘轲。
> 昆仑山高东海深，百王千圣知此心。终看吾道益光大，
> 日月行天无古今。^②

坚信"终看吾道益光大"，同样热爱"文明古国"、抵抗"西海潮流"，自己以及黄节等国学保存会同人愿意携手同进。此时赠诗，不无修补关系、重申友情的意味。从 1907 年支持客家人抗争，到 1908 年的《寄赠国学保存会诸子》、1910 年的《汉族客福史序》，作为晚清著名诗人，原籍广东蕉岭、因割台归来寄籍海阳（潮州）的客家人，丘逢甲的多重身份，使其在此事件中虽有参与，但比较超脱。

　　这就说到"爱国"与"爱乡"的关系，并不像留日学生振臂疾呼的那么简单明了。乡土教育的展开，得益于当年政界及学界"因爱其乡，遂爱其国，推而至于全世界"的共识。可实际上，并非真的人同

---

① 丘逢甲：《汉族客福史序》，见邹鲁、张煊著《汉族客福史》3 页，又载《丘逢甲集》891 页。
②《寄赠国学保存会诸子》，《丘逢甲集》590 页。

此心，心同此理。过分强调家乡之爱，也可能导致另一局面——那就是忘记家乡之上还有国家，国家之上还有人类，陷入狭隘的地区利益之争。当留日学生中"新广东""新湖南""新湖北"的口号震天响，大家都认定"地方自治为立宪之基"，"欲合全国之民为一群，不若先合一省之民为一群，互相维持，互相援助，以长人民亲睦之风"，刘师培却对此思潮表示疑虑，甚至称："世有欲保存中国者，倘其持国界之说，废省界之说而不言，庶中国人民，可以收合群之效，以保我中土乎！"[1] 聪明绝顶的刘师培，其论政特点是格外敏感，且喜欢把话说到顶点，以适应传媒时代的需要[2]。看出时人过分强调省界，容易导致利益纷争乃至互相仇视，故断言"省界之说为中国革新之阻力"；可同时，他又积极投入以省为单位的教科书编写。广东三大族群之间本就有矛盾，如何既提倡乡土文化，而又不陷入偏狭的地方主义，是一个必须直面的难题。

丘逢甲以一"归籍海阳"的客家人身份，积极投身潮汕的教育文化事业，甚至帮助协调潮属、嘉属商民的矛盾，这点没有比他儿子丘琮的描述更精彩的了：

> 潮属与嘉属商民时有土客之争，先父祖籍虽嘉属，而生长台湾，其土语与潮州同为福老系统，言语已无隔阂。又奉旨归籍海阳，每为地方尽力。故土客有争，辄得先父一言为解。[3]

---

① 汉：《论各省界之说足以亡国》，初刊 1906 年 12 月 8 日《申报》，见万仕国辑校《刘申叔遗书补遗》453—454 页。

② 参见陈平原《激烈的好处与坏处：关于刘师培的失节》，《东方文化》1999 年第 2 期；又见《当年游侠人——现代中国的文人与学者》66—89 页，北京：生活·读书·新知三联书店，2006 年。

③ 丘琮：《岵怀录》，见《岭云海日楼诗抄》506 页，合肥：安徽人民出版社，1984 年。

潮汕地区的土客矛盾，没有珠三角土客之争那么严重，但同样牵涉方方面面的利益，不是道德文章所能轻易感化的。丘逢甲明白这个道理，故在支持邹鲁为客家人利益抗争时，话说得很有分寸。

丘逢甲的《汉族客福史序》当初反响不错，这才会被海阳人翁辉东选入《潮州文概》(1933)。只是时过境迁，1945年翁推出《增订潮州文概》(上海弢庐铅印本)时，删去了此文，另选入丘逢甲诗文二则。至于其中原因，编者没有说。当初《潮州文概》选入《汉族客福史序》时，编者有这么一段按语：

> 辉东按：光绪末年，香山黄晦闻，所编《广东乡土历史教科书》，有《客家福老非汉种》一课，经潮梅人士反对，《岭东日报》抨击，卒毁其版。又，邹张二子，即邹鲁、张煊。[①]

大概手中没有材料，全凭记忆，翁辉东的解说错漏可真不少——第一，黄晦闻乃顺德而非香山人；第二，黄书乃《广东乡土地理教科书》而不是"历史教科书"；第三，黄晦闻书中并没有"客家福老非汉种"这么一课，那是争论中被提炼出来的；第四，也是最重要的，此次抗议活动，主角是客家人，潮州人(福佬)其实没怎么作声[②]。除了潮州人对政治不敏感，更多关心经济利益，视野主要投向南洋或上海，不太关心省城的事，不愿出头这一性格外，我怀疑那时的潮州读书人，很可能将此事件理解为历史上"土客之争"的延续。有利益，敢碰撞，经过几代人不懈的拓展，客家人在广府文化占据主导地位的省城，日渐有了政治地位。至于冷眼旁观的潮州人，在广东

---

① 参见翁辉东辑《潮州文概》185页，上海：俪光医院，1933年。
② 梁肇庭提及黄编教科书"激起了客家知识分子的极大愤慨，纷纷撰文予以谴责，而福老人为了明哲保身则选择沉默"，见《中国历史上的移民与族群性：客家人、棚民及其邻居》63–64页。

政坛上，始终不是重要力量。

晚清关注乡土文化，乃好大的一阵风；可风潮过后，还愿意打扫战场的，少而又少。翁辉东是个特例，以编辑乡土教科书起步，此后一辈子没有离开这个并不显赫的战场。《〈潮州文概〉序》所说的"辉东少时笃好乡先哲所为文，偶有所获，辄抄录习诵，视韩柳欧苏文尤为有味"，看来是真心实意，而不是自嘲。青年潮汕教书，中年海上著述，晚年回乡，依旧关注潮汕文献。

别人谈乡土文化，大都偶尔为之，翁辉东则坚守潮学一辈子。《燕鲁纪游》中，翁提及1934年北上游览，在京城潮州会馆见杨守愚，对方正拜读《潮州文概》，大为赞叹[①]。1943年，翁辉东以"上海弢庐刊本"名义发行《潮汕方言》[图14]，书前有胡朴安等九人题辞，书后则是《涵晖楼刊印各书读后言》（节录），一共收录23人"表扬信"，其中不乏名家，如："商务印书馆王云五先生云：捧读台作，仰见阐扬乡邦文献盛意，钦珮莫铭。""中华书局王文濡先生云：我乡俞荫老拼命著书，先生亦同此怀抱。当此浊世，而能孤高自赏，为古人作功臣，洵罕购（构）也。""兴宁罗香林君云：岭东豪气分明在，海外波涛纸上鸣。余敬潮州，余敬翁先生。"[②]"番禺叶退庵居士云：承示《潮州方言》印本，甚多精辟之处，足见苦心孤诣。"[③]虽说应酬文字不能过分当真，可这么多名家愿意站台，也真不容易。再考虑到章炳麟、于右任、蔡元培分别为《潮州文概》题写书名或题辞[图15/16]，可见翁辉东当年在上海的交游圈子并不小。

---

① 翁辉东：《燕鲁纪游》31页上下，上海：弢庐刊本，1940年。
② "岭东豪气分明在"云云，乃剪辑罗香林为《潮州文概》的题辞。
③ 见《涵晖楼刊印各书读后言》（未编页码），《潮汕方言》，上海：弢庐刊本，1943年。

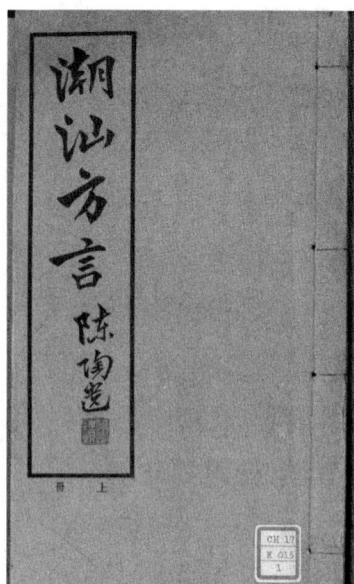

图14

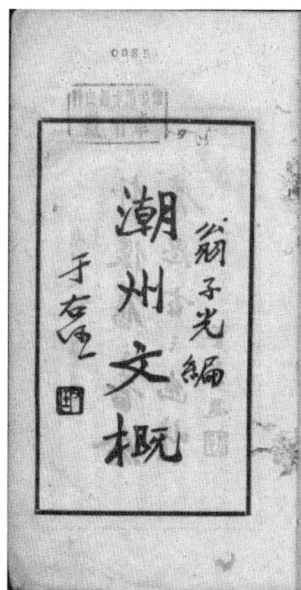

图15

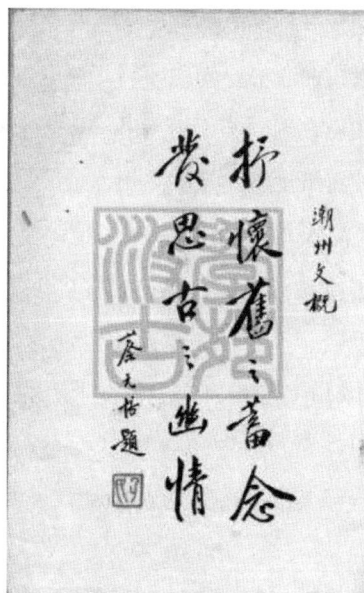

图16

当年的翁辉东，可是意气风发，这点从《潮汕方言》书后《启事》可以看出："是书为传播潮州文化而作，不独可通雅俗，兼可资语言学者之考究。"这还不算，还附有广告性质的《附涵晖楼印行各书书目》："《潮州乡土历史》，纪元前三年刊；《潮州乡土地理》，同上；《海阳县乡土志》，纪元前二年刊；《得闲居士年谱》，民国十三年刊；《翁氏家谱》，民国十五年刊；《唐明二翁诗集》，民国十六年刊；《潮州文概》，民国廿二年刊。"[1]抗战胜利重回潮州后，翁辉东虽有《潮州风俗志》（稿本，生前未刊）等多种著述，但比起上海时期的勇猛精进来，还是逊色许多。当然，这与时代剧变有关，不说撰述体例与学术水准，即便著作已完稿，也都不能像上海时期那样自刊自发了。

说到方言与族群的隔阂，回到晚清的语境，那时的人已经意识到，但似乎很乐观，以为经济发展以及教育普及就能轻易化解。郑邕亮编《（最新）潮州乡土地理教科书》第二十二课"音语"，区分福佬语与客语，然后就是：

> 全潮话语分二支，曰福佬语，曰客语。福佬语行于沿海之地，客语行于内山等处。潮州音语虽分二支，究属同源，第为山川所限耳。他日火车四驰，学堂林立，音语定归一致矣。[2]

如此规划很美好，但不太切实际。学校是最好的文化熔炉，有可能打破种族、性别、省籍、方言的隔阂，做到既"乡土"，也"中国"（乃至"世界"）。百年后的今天，已经"火车四驰，学堂林立"了，但潮汕话与客家话的差异依然存在。所谓"音语定归一致"，若理解

---

[1] 《附涵晖楼印行各书书目》，见《潮汕方言》封底。
[2] 郑邕亮：《（最新）潮州乡土地理教科书》第十四页上。

为推广普通话，而不是泯灭方言，那郑君的预言也算实现了。

说到学堂在传播知识、提振精神、延续文脉方面的贡献，不妨引入三位与位于潮州府城的韩山书院—惠潮嘉师范学堂—省立惠潮梅师范学校（省立第二师范学校—韩山师范学校—韩山师范学院）结缘的人物。丘逢甲（1864—1912），生于台湾，祖籍广东蕉岭，落籍海阳，1897年主讲韩山书院；邹鲁（1885—1954），广东大埔人，1903年冬入韩山书院求学，据说读此书院的最大好处是"可以广交潮梅读书人士"[1]；翁辉东（1885—1965），广东海阳人，1913年起连续八年任省立惠潮梅师范学校教师、学监、代理校长等。这当然只是表征，三位涉及《汉族客福史》的人物，曾围绕广府、潮汕、客家三大方言与族群发言，日后发展道路很不一样（诗人、政治家、学者），但都与韩江边上这所学堂有联系，实在很奇妙。

最后的问题是，晚清轰轰烈烈开展的乡土教育，为何很快销声匿迹？辛亥革命后，新朝不认旧账，一切另起炉灶，这是关键因素。此外，当年第一流学者并未真正投入其间——刘师培、黄晦闻、陈去病编了教材，但没有追踪实践；丘逢甲、邹鲁热心教育，但不编教科书。单靠翁辉东等几位小学教师，晚清潮州乡土教材的编写与教学，影响自然局限一隅，无法被长久记忆。设想当年丘逢甲、邹鲁批评过黄编教科书后，能自己动手，编一两种客家人或福佬视角的"广东乡土历史/地理教科书"，那就是完全不同的局面了。可惜的是，胸有大志者，很难俯下身来，心甘情愿地为孩子们编写教材。

2017年4月4日于京西圆明园花园

---

① 邹鲁：《回顾录》11页，长沙：岳麓书社，2000年。

乡土教材的编写与教学*
——关于《潮汕文化读本》

. . .

今天谈"弘扬传统文化",必须兼顾高文典册与百姓日用——写在书本上,汇集成各种"皇皇大典"的,是"文化积累";活在乡野间,主要靠口传与实践的风土人情,同样是值得关怀的"文化承传"。而在整个教育体系中,后者的声音非常微弱——即便有"非物质文化遗产保护"这杆大旗可以略为借用。

任何时代的教育,从内容到形式,都不可能十全十美。敏锐地发现问题,指出缺憾,这不算太难;难处在于如何进一步完善,而不是按下葫芦浮起瓢。教育的事,关系千家万户,不到万不得已,别轻言推倒重来,最好采取补天而不是拆台的策略。目前由教育部统一规划的全国性义务教育,从宗旨、学制、课程到教学方式,乃现代中国无数教育家努力的结果,有很大的合理性,不是读经班或在家教育所能挑战的。当然,它也有不少遗憾,那就努力修补吧——引入乡土教育,就是其中一个重要环节。

所谓"传统文化的传承",并非只是背诵古诗文,单纯回到四书五经或唐诗宋词,那是没有出路的。教育必须与时俱进,寻求更加合理的教育理念与教学方式,此乃有责任感的读书人的共同愿望。知识从何而来,知书能否达礼,怎样学习更有效,哪些道理非深入

* 初刊 2017 年 4 月 13 日 /20 日《潮州日报》及《韩山师范学院学报》2017 年第 4 期。

体悟不可，还有，大传统与小传统的对话，往圣与今贤的交流、书本知识与日常经验的结合等，所有这些，都值得认真探究。借助晚清以及当下乡土教材的编写与教学，笔者希望能推进上述话题。以《潮汕文化读本》的编写为例，思考当下中国的读书人，如何超越小资情调的"乡愁"，在教育实践中，情系家国，学通远近，文含雅俗。

一、相隔百年的对话

谈及乡土教育，晚清最后十年朝野的协力推进，值得我们认真借鉴。1904 年 1 月 13 日，清廷颁布《奏定初等小学堂章程》，规定小学一二年级应注重乡土教育，具体做法是——

> 历史："尤当先讲乡土历史，采本境内乡贤、名宦、流寓诸名人之事迹，令人敬仰叹慕、增长志气者为之解说，以动其希贤慕善之心。"
>
> 地理："尤当先讲乡土有关系之地理，以养成其爱乡土之心。先自学校附近指示其方向子午、步数多少、道里远近，次及于附近之先贤祠墓、近处山水，间亦带领小学生寻访古迹为之解说，俾其因故事而记地理，兼及居民之职业、贫富之原因、舟车之交通、物产之生殖，并使认识地图，渐次由近及远，令其凑合本版分合地图尤善。"
>
> 格致："先就教室中器具、学校用品，及庭园中动物、植物、矿物（金、石、煤炭等物为矿物），渐次及于附近山林、川泽之动物、植物、矿物，为之解说其生活变化作用，以动其博识多闻之慕念。"[1]

---

[1]《奏定初等小学堂章程》，璩鑫圭、唐良炎编：《中国近代教育史资料汇编·学制演变》295 页、296 页、296 页，上海：上海教育出版社，1991 年。标点略有调整。

一年多后，学务大臣责令编书局制作《乡土志例目》，发交各府厅州县，按目查考，依例编写，而后"呈请学务大臣审定，通行各省小学堂授课"①。若全都照章办事，则晚清的乡土教育不知猴年马月才能展开。好在与《奏定初等小学堂章程》同时发布的，还有《奏定学务纲要》，那里有"教科书应颁发目录，令京外官局、私家合力编辑"；而私家所纂教科书，"呈由学务大臣鉴定，确合教科程度者，学堂暂时亦可采用，准著书人自行刊印售卖，予以版权"②。发行量大且意识形态色彩浓烈的"伦理"或"国文"教科书，官方审查比较严格③；至于乡土教材则相对宽松多了，各省府县行政长官批准即可。

晚清的乡土志与教科书有密切联系，编写者不乏一身二任者，如翁辉东、黄人雄既编《海阳县乡土志》，也编《潮州乡土历史教科书》与《潮州乡土地理教科书》。但总的来说，乡土志有源远流长的方志可资借鉴，更能显示学问与见识；教科书则完全是新起炉灶，重在教化与普及。前者若编得好，可纳入学术史考察；后者因追求浅白与实用，只能在教育史上论述。具体到编写者，前者可以是知县挂名（如广东修《新会乡土志》的蔡尧燨和修《新兴县乡土志》的邹增佑）；后者则大都是学堂教师执笔。这么说，似乎尊卑有序；可放在历史长河中，那些分门别类的教科书其实更值得关注，因其开启了一种新的教育形式。

晚清乡土文化教育以及相关教科书的编写，背后涌动着救亡图存

---

① 参见《学务大臣奏据编书局监督编成乡土志例目拟通饬编辑片》，《东方杂志》1905年第9期。

② 参见璩鑫圭、唐良炎编《中国近代教育史资料汇编·学制演变》501-502页。

③ 参见王建军《中国近代教科书发展研究》第二章第五节"清末的教科书审定制度"，158—190页，广州：广东教育出版社，1996年。

的时代大潮。蔡惠泽（字润卿）为翁辉东等编《潮州乡土地理教科书》所撰"弁言"称："夫地理学之关系于爱国心至钜，爱国必基于爱乡，故乡土地理之编尤亟亟不容缓，潮州乡土地理又有甚焉者。"[1] 这其实是那时候知识界的共识。引领这个编写乡土教科书潮流的上海国学保存会，1907 年在其直隶、江苏、安徽、江西、湖北、广东等省"乡土历史地理教科书"的广告中，除了介绍"编辑宗旨""图书特色"，更强调其"功效作用"：

> 泰西各国教育，咸注重乡土史志一门。就其闻见中最亲切有味者以为教授，则记忆力与感觉力皆易粘触。所以感发其爱乡土心，由是而知爱国，其为效至巨。[2]

再往上追，你会在留日学生关于爱国须爱乡、爱乡必爱国的诸多论述中找到此说的滥觞。不过这位"序于汕头中华新报社"的蔡惠泽还是有所发挥——为何潮州人尤其应该学习乡土地理呢？因"我父老子弟之工商于南洋群岛者，波波相续，不可以数计"；而在外的潮州人之所以拒绝诱惑，不被同化，"盖于爱国心是赖"。在这个意义上，普设学校，"日以我潮州乡土地理教科书教育其子弟，其宜也"[3]。

　　短短几年间，从朝廷到民间竟一致认定，强化乡土教育，乃提振国人爱国精神的最佳途径。于是，举国上下，编写乡土教材

---

[1] 蔡惠泽：《〈潮州乡土地理教科书〉弁言》，《首版潮州乡土地理教科书》，海阳：创光编书社，1909 年。

[2] 《国学保存会出版》，载黄晦闻《广东乡土历史地理教科书》封底，上海：国学保存会，1907 年。

[3] 参见蔡惠泽《〈潮州乡土地理教科书〉弁言》。

蔚然成风 ①。只可惜随着辛亥革命成功，朝代更迭，学制转变，此风潮也就迅速衰落。此后不同时期，虽偶有努力，再无如此规模与气势了。

传统中国社会缺乏国家观念，因此，必须通过乡土教育来培养国人的爱国心，那是晚清救亡图存大背景下知识界的思考。今天不一定了，我们谈论乡土，更多地基于文化多样性的考虑——经济全球化与文化多样性之间并不完全合拍，前者势如破竹，后者则举步维艰。这个时候，相对于欧美主导的"国际潮流"，我们讲"本土情怀"；相对于步调一致的"国家意志"，我们讲"乡土意识"。简单点说，对外讲"本土"，对内讲"乡土"，都是立足当下，自居边缘，与中心展开积极对话，或拨乱纠偏，或拾遗补缺。谈论乡土，最好兼及理智与感情，超越"谁不说俺家乡好"，拒绝片面的褒扬与贬抑，在自信与自省之间，保持必要的张力。

对于乡土的记忆与认知，并非自然而然形成，这与早年教育及日常经验有直接关联。十年前，我应邀为《南方日报》组织的"广东历史文化行"作序，谈及"如何深情地凝视你生于斯长于斯的'这一方水土'"②；去年我撰写《六看家乡潮汕——一个人文学者的观察与思考》③，结尾处提及《潮汕读本》的编写计划："以历史、语

---

① 关于晚清乡土教材编写的思想资源及实际运作，参见郭双林《西潮激荡下的晚清地理学》（北京：北京大学出版社，2000年5月）第三章"晚清地理学研究与民族救亡"、程美宝《由爱乡而爱国：清末广东乡土教材的国家话语》（《历史研究》2003年第4期）、王兴亮《清末民初乡土教育研究》（成都：四川大学出版社，2013年8月）第四章"'爱国之道，始自一乡'：乡土志书的思想资源及其表达"、李新《清末乡土教材的产生及其文化价值探微》（《湖南师范大学教育科学学报》2013年第5期）以及石鸥《百年中国教科书忆》（北京：知识产权出版社，2015年）207-231页。

② 参见陈平原《深情凝视"这一方水土"》，《同舟共进》2006年第4期；作为序言，收入杨兴锋主编《广东历史文化行》，广州：南方日报出版社，2011年。

③ 参见陈平原《六看家乡潮汕——一个人文学者的观察与思考》，2016年7月12日《潮州日报》，收入陈平原、林伦伦、黄挺合著《潮汕文化三人谈》，广州：广东教育出版社，2016年12月。

言、风俗、民情、文学、艺术为主体，兼及教育课本与文化读物，分小学、中学及成人三种，既要接地气，又得有高度。"如今，这包含小学三册、初中一册的《潮汕文化读本》已经刊行（高中及成人册尚在修订中），在书前的《致同学们》中，有一段话可谓感慨系之：

> 一个时代有一个时代的困境，某种意义上，教育的任务就是帮助我们采取一切可能的手段，解决这些难题。四十年前的中国，高考制度刚刚恢复，那个时代的年轻人，对于外部世界知之甚少，其知识与视野大都局限于自家的一亩三分地。四十年后的今天，情况完全不同。随着互联网的迅速普及，远在天边的人与事，不再遥不可及；反而是眼皮底下的日常生活，以及那些蕴含着历史、文化与精神的仪式与习俗，因习焉不察，容易被忽视。因此，所谓的"世界眼光"，必须辅以"本土情怀"，否则，我们的知识及趣味会出现严重的偏差。[①]

今天谈乡土文化，没有百年前亡国灭种的紧迫感，但不等于问题不严重。即便你长居潮汕，家乡的历史地理、风土人情，同样不是自然获得。那些既近在眼前又远在天边的"乡土"，必须不断提醒与学习，才可能被记忆。

热爱家乡的历史、文化、风土、人情，这一般不会有异议；问题在于，这种乡土情怀，到底该怎样承传、如何发展？这就要说到《潮汕文化读本》的编写。

[①] 陈平原：《致同学们》，见《潮汕文化读本》小学各册及初中册，广州：广东教育出版社，2017年。

二、为什么是"潮汕"

江湖上行走，若被问及是哪里人，有多种回答方案：南方人、广东人、潮汕人、潮安人，甚至可以细到哪个镇哪个村。那么，讲授乡土文化，到底是哪个级别的呢？换句话说，你的"家乡"到底有多大，是省、是市、是县，还是村。

编写乡土教科书，首先必须界定"何为乡土"，这个问题从一开始就存在。《奏定初等小学堂章程》只是规定一、二年级开设乡土历史、地理、格致三门课，每周各一节课，至于这乡土教材的编写范围，到底是省是府还是县，不做统一规定。这样一来，编写及使用哪一级的教材，其实是大有讲究的。假如你当年在潮汕某学堂教书，选用黄节编《广东乡土历史教科书》，那没有问题；如果你觉得不合适，愿意编潮州府或澄海县的乡土教科书，同样可以接受。

那当年的情况到底怎样？著名学者及诗人刘师培、陈去病、黄节等为江苏、安徽、直隶、江西、广东等省编写的乡土教科书就有十五种，因出自名人之手，虽系普及读物，仍然备受关注。即便如此，今日查阅这些教材，也都无法凑齐。至于其他人所编，散佚情况那就更严重了。

王有朋主编《中国近代中小学教科书总目》收录大陆及台湾十七家大图书馆所藏教科书目录，其中"小学教材"部分专设"乡土教育"（中学及师范无此课程），仅收录了晚清乡土教科书25种[1]。其中省一级最多，共19种，府一级的有汤寅臣编《扬州历史教科书》（出版者不详，1908年）、林骏编《广州乡土格致教科书》（广州：萃文书报会社，1909年）、翁辉东与黄人雄编《潮州乡土地理教科书》（海阳：

---

[1] 参见王有朋主编《中国近代中小学教科书总目》261-263页，上海：上海辞书出版社，2010年。

剑光编书社，1909年）。县一级的则是马钟琇纂修《东安乡土地理教科书》（天津大公报馆，1907年）、马锡纯编《泰州乡土历史教科书》（泰州教育会劝学所，1908年）以及旧庐编《常昭乡土历史教科书》（城南商立学堂，1908年）。如此记载，当然有很多遗漏；比如潮州的乡土教科书，目前能找到的，就还有另外六种。

先说这三种县编乡土教材，都是大有来头的——这里的"东安"，不是湖南省永州市东安县，而是清代直隶省东安县，1914年改安次县，现为河北省廊坊市安次区，居京津之间，位置很重要，单看该书由天津大公报馆印制，就可以明白其中道理。清代的"泰州"属扬州府，1996年"扬泰分设"，泰州由县级市升为地级市，现辖三市三区，2007年增补为中国历史文化名城。"常昭"指的是苏州府下面的常熟、昭文二县，清代有分有合；今天的常熟市乃副地级市，由苏州市代管，与潮州一样，是第二批中国历史文化名城（1987年），不过经济比潮州好多了①。单看这三种县编教材你就明白，敢于撇开省、府两级而另起炉灶的，必定是经济繁荣、文化发达的地区。

回到广东的情况。《中国近代中小学教科书总目》收录25种晚清乡土教科书，其中广东占了八种——除黄节编历史、地理、格致三种教科书外，再就是黄佛颐编《广东乡土历史教科书》（广州：时中学校，1906年），岑锡祥、黄培堃编《广东乡土地理教科书》（广州：粤东编译公司，1909年），蔡铸编《广东乡土地理教科书》（广州：粤东编译公司，1909年），以及林骏编《广州乡土格致教科书》，翁辉东与黄人雄编《潮州乡土地理教科书》。这里有偶然性，受这十七大图书馆收藏的限制，如刘师培的《江宁乡土历史教科书》与《江宁乡土地理教科书》就没有列入；潮州只列一种，也远远不够。暂时以

---

① 常熟市2015年人均GDP达到21748美元，为潮州的四倍，但愿后者是藏富于民。

此"总目"为例，假设晚清编写乡土教科书，广东一省最为积极。

若以府为单位，则潮州不仅在广东，而且在全国，都很可能独占鳌头。因得到诸多学者的热忱帮助①，我看到的晚清潮州乡土教科书有以下七种：

（1）蔡鹏云编：《（最新）澄海乡土历史教科书》，澄海：景韩学校，1919年10月第十版（初版1909年）

（2）蔡鹏云编：《澄海乡土格致教科书》，澄海：景韩学堂，1909年

（3）蔡鹏云编：《（最新）澄海乡土地理教科书》，澄海：景韩学堂（上海萃英书局印刷），1910年二月第四版（初版1909年？）

（4）郑呰亮编：《（最新）潮州乡土地理教科书》，揭阳：邢万顺书局，1909年

（5）翁辉东、黄人雄编：《潮州乡土地理教科书》，海阳：创光编书社，1909年初版

（6）翁辉东、黄人雄编：《潮州乡土历史教科书》，海阳：创光编书社，1909年初版，次年二月第三版

（7）林宴琼编：《潮州乡土格致教科书》，汕头：中华新报馆，1910年。

晚清广东辖有九府四直隶州，府州这一级所编乡土教科书（不含乡土志），目前知道的，除了林骏编《广州乡土格致教科书》、萧启冈与

① 在查阅及复制这些教科书时，我得到了韩山师范学院黄挺教授、林伦伦教授、陈俊华教授以及澄海文史专家陈孝彻老师、华东师范大学魏泉副教授、北京师范大学林分份副教授、华南师范大学杜新艳副教授、北京大学图书馆副研究馆员栾伟平等人的热忱帮助，特此致谢。

杨家鼎编《学部审定嘉应新体乡土地理教科书》(启新书局，1910年)，再就是潮州这七种了。随着考求深入，广府及嘉应的乡土教科书或许会增加，但大的格局不会改变。

那么，晚清潮州人为何热心编写乡土教科书呢？在我看来，理由很简单：第一，非主流；第二，有文化。这其实牵涉广东省内广府、潮州与客家这三大民系（或曰三个方言区）各自的自我定位。广府占主流地位，不管谁来编广东的"乡土历史"或"乡土地理"教科书，都必定以广府文化为中心。而比起嘉应州来，历史悠久且辖有九县的潮州府，当然更有资格编写自认为合适的乡土教科书了。除了教学需要、商业计较，这里还包含某种文化上的独立、自尊与自信。

这就说到今天编乡土教材，为何选择"潮汕文化"，而不是"岭南文化"或"潮州文化"作为基本框架。今天的潮汕四市，略小于晚清的潮州府（原本九县中的丰顺、大埔，现归梅州市管辖），但基本风貌仍在。而今天作为行政区划的"潮州市"，虽拥有"府城"的历史与光荣，但代表不了整个大潮汕。若以此为名，就像晚清的澄海县编教科书一样，会有难以克服的局限。蔡鹏云所编三书中，"格致"大致妥帖，因潮汕各地物产，本就大同小异；"地理"仅限澄海，已经有点画地为牢了；问题最大的是"历史"，因"本书由《广东通志》潮府志澄海志搜摘纂录，间及正史，并采取近事"①，虽也提及韩愈治潮（第一册第五课"文化肇于唐代"），但基本上局限于明嘉靖四十二年（1563）澄海建制后的人物与故事，必定偏于琐碎。

编乡土教材，范围太小，施展不开；范围太大呢，则很容易纠缠不清，且矛盾重重。不妨以"岭南文化"为例。考虑到地域文化与行政区划错综复杂的关系，今天讲"岭南文化"，其实很憋屈——

---

① 蔡鹏云：《澄海乡土历史教科书·编辑例言》，《（最新）澄海乡土历史教科书》，澄海：景韩学校，1919年10月第十版。

既甩开了广西与海南，又不好妄谈香港和澳门，只能在广东省所辖范围做文章。而且，广东省内三大民系，你还得努力做到"一碗水端平"。于是，评选"岭南文化十大名片"，粤菜、粤剧、广东音乐、广东骑楼、黄埔军校旧址、端砚、开平碉楼、广交会、孙中山、六祖惠能，基本上都是珠三角的人物与故事[1]，为了表示公平，再添上"潮州工夫茶"和"客家围龙屋"。明眼人一看，后两者显然属于"政策性照顾"。不是抱怨如此评选不公，而是感叹谈"文化"而局限于现有的行政区划，无论你怎么努力，都只能是全力以赴堵漏洞，很难有精彩的表现。

去年8月，我应邀在广州289艺术PARK开园暨"新时代视野中的岭南文化"活动演讲，题为《岭南文化如何自我更新》，最后归结为以下三句话——第一，必须意识到，不管是教育还是文化，国际化与本土性，二者应并行不悖；即便做不到相互扶持，也别互相拆台。第二，理工科注重国际化，人文及社科对本土性有更明确的追求。政府倾向于发展科技，故国际化优先；而具远见卓识的民间人士，有义务经营好不断更新的"乡土文化"。第三，"上天入地求创新，雅俗并进图发展"。所谓"上天"，就是国际化——至少也是全国视野，不满足于华南称霸；所谓"入地"，就是努力接地气，关注自己脚下"这一方水土"所蕴含的地理历史、政治经济、风土民情，尤其是方言文化[2]。

在我看来，广东三大民系各有特色，全都不可低估，也都无法互相取代。若你想编写乡土文化教科书，最佳状态是行政区与方言区重合。这也是我为何认定"岭南文化读本"很难编好，而《潮汕文化读

---

[1] 六祖惠能有点复杂，幼随父流放岭南新州，即今粤西云浮市新兴县，父亡随母移居南海。

[2] 参见《289艺术PARK陈平原对话熊育群：岭南文化要"雅俗并进"》（李培），2016年8月21日《南方日报》。

本》以及《客家文化读本》《广府文化读本》则大有可为的缘故。

三、乡土、儿童与文章

借鉴晚清乡土教科书编写的经验教训，我们今天完全有可能更好地重建潮汕人的"乡土记忆"，进而达成因"爱乡"而"爱国"，以及保护"文化多样性"的目标。只是今人编写《潮汕文化读本》，不可能再像晚清那样，将乡土教育集中在小学一、二年级，而必须拉长战线。之所以设计小学三册、初中一册、高中及成人一册，目的是由浅入深，依次递进，符合学习规律。此外，晚清学堂章程规定，乡土教科书分历史、地理与格致（物产）三种，本意是兼及时间与空间、人事与自然、物产与习俗；可分科太细，必定重床叠屋，既浪费课时，也很难编好。三科合一，以文本为中心，不求体系完整，但求片段精彩，这样，更适合于教学。

另外，今天的乡土教材，并非国家规定的必修课，要想在课堂上真正站稳脚跟，就必须有"统编教材"所不可及处。回过头来，总结与林伦伦、黄挺合作主编《潮汕文化读本》的特点，比较得意的有以下三点：第一，乡土气息；第二，儿童趣味；第三，文章魅力。

先说"乡土气息"。中国史视野中的往圣先贤，与潮州乡土志上的英雄豪杰，不是一个概念。之所以编乡土教科书，就是希望"采本境内乡贤、名宦、流寓诸名人之事迹"，让学生们见贤思齐。中国通史不必谈论明嘉靖壬辰科状元林大钦（1511—1545），而潮州乡土教材则不能漏了他。翁辉东、黄人雄编《潮州乡土历史教科书》第三册第六课《林大钦讲学》："林大钦，少聪颖异俦。嘉靖登殿撰，官词垣三年，乞养归。结庐宝云岩，与乡弟子讲贯六经，究性命之学。时人称东莆先生。"而我们编《潮汕文化读本》小学三、四年级的第三课《林大钦对对子》，相对要有趣得多。

更理想的例子是各地物产介绍。林宴琼编《潮州乡土格致教科书》编目有点杂乱，可课文有趣，以第三十三课《鲢、鳙》为例：

> 鲢（《本草》）一作鲢鱼，俗呼鳞鱼，大头细鳞，背青腹白，形扁。又，鳙（郭璞云）形似鲢，而色黑，其头最大，俗呼大头松。鳞之美味在腹，而松之美味在头。[①]

蔡鹏云编《最新澄海乡土格致教科书》，内页署"澄海乡土物产教科书"。第一册前三课教鸡、鹅、鸭，最后三课则是孔雀、犬、猫，这不算稀奇。有趣的是第二册，一半以上篇幅讲河鲜与海产，如河豚、石首、鲨鱼、墨鱼、虾蟹、龟鳖鲎、蚶、薄壳、日月蚝、九孔螺、田螺等。要说对于海产品的了解，潮州府中，海阳（潮安）不及澄海，大埔、丰顺更不要说了。至于同属广东的嘉应州，或省外的云南、贵州等，更很可能不知"龟鳖鲎"为何物。全国各地的谚语、俗语、歇后语，有的可意会，如闽台流行的"金厝边，银乡里""秀才人情纸一张""好马不食回头草"，北方人也能看得懂；但有的则需要生活经验，如潮汕人喜欢说的"龟笑鳖无毛，蟹笑蜞无膏"，不是生活在沿海，很难准确领会。

不满足于静止地介绍当地物产，《潮汕文化读本》一、二年级第十三课《南风去了东风来》以及第十七课《雨落落》，借助童谣的吟唱，带出诸多海鲜与河鲜的介绍，除了兼及图像与声音（拜科技进步所赐），还有文化百科、活动天地等，对于儿童来说，既新鲜，又有趣，相信教学效果会很好。

[①] 林宴琼编：《潮州乡土格致教科书》22页上，潮阳：端本学堂，1909年。该书《编辑大意》称："是册多采郡邑志书乡土之动物植物矿物"；"是册考据多以古籍为宗，课中皆旁注而标所自出"。

编写乡土教材，必须借鉴先贤所撰各种地方文献。但教科书的特点，决定了其不以专深见长，而更注重儿童的认知水平与接受能力。《奏定学务纲要》再三叮嘱："盖视此学堂之程度，以为教科书之浅深；又视此学堂之年限，以为教科书之多少，其书自然恰适于用。"[①] 也就是说，学问大小不是关键，关键在于是否体现儿童趣味。晚清编写乡土教科书，体例上都遵循《学堂章程》的规定，如小学一、二年级共四册，每册十八课，每课150字以内，文字尽量浅显，且配以插图等；最后，还可能提供教学参考书。可何为"浅显"，不同人体会不一样；没有教过书的，往往忽略了儿童的接受特点。请看刘师培编《江苏乡土历史教科书》第一册第一课"上古时代江苏之情况"：

> 上古之时，江苏省地，属于苗族。有共工氏者，苗族之酋长，立国江淮间。其国南境，盖达江南。自伏羲、女娲以来，时与中国战争，以颛顼、帝喾二朝为尤盛。中国之所以不能通江南者，以共工氏阻其间也。历尧、舜、禹三朝，共工之余裔，悉为中国所平。是为江南省入中国之始，然其地仍为夷民所居。《禹贡》有岛夷，商有鬈发文身之国，而商末之时，犹有荆蛮。盖自昔日江苏土著之民，与汉族不同者也。[②]

这还不算，为了落实《编辑大意》"凡课中事实，皆可考见，讲师由此可以得教授之法"的承诺，作者还在《江苏乡土历史教科参考书》这一课上，加了五个注，单是提及"共工"一句，就引了《国语》

---

① 《奏定学务纲要》，见《中国近代教育史资料汇编·学制演变》502页。
② 刘师培编《江苏乡土历史教科书》第一册第一课，见万仕国辑校《刘申叔遗书补遗》上册508页，扬州：广陵书社，2008年12月。

《左传》《淮南子》《楚辞》《史记》《逸周书》《书经》等①。那是因为，此前一年他刚出版了《中国历史教科书》和《中国地理教科书》，博学多闻、驾轻就熟的刘师培，编写小学教科书时，依旧驰骋才华。而这样的教科书，虽很好看，但无法教。

教科书的最大特点，在于不脱离学生的学习、思考及接受能力。在这方面，潮州的七种乡土教材全部出自教师之手：蔡鹏云是澄海景韩学堂的教习，后任该校校长；翁辉东、黄人雄是汕头同文学堂师范毕业生（见书后海阳县令签署的版权保护令），编书那两年在海阳县东凤育才小学堂、龙溪肇敏小学堂任教；林宴琼是潮阳端本学堂校长，郑邕亮则是汕头正英学堂毕业生，编书时任该校教习②，这就难怪诸人编写的教材比较贴合学生的水平及趣味。比如，同样讲沿革，翁辉东等《潮州乡土历史教科书》第一册第一课只有两句话（附"历史统系图"）：

　　潮地唐虞时属南交，周始名海阳。秦汉置县，名曰揭阳，属南海郡。③

紧接着，第二课讲晋至隋，第三课说唐至明，第四课则明成化到当下，也都以几句话概括。如此教学内容，比刘师培编《江苏乡土历

① 刘师培编《江苏乡土历史教科参考书》第一册第一课，见万仕国辑校《刘申叔遗书补遗》上册514–515页。
② 参见林英仪《笃学力行　发扬潜幽——记潮州文史专家翁辉东》，《潮州文史资料》第27辑，政协潮州市委员会文史编辑组编，2007年；陈孝彻《蔡鹏云其人其事》，《汕头特区晚报》2008年4月13日；潮阳县知县崔炳炎为林宴琼编《潮州乡土格致教科书》作序，开篇即称"潮阳端本学堂校长林宴琼"；至于郑邕亮的身世，见《翻刻地图澄海商埠审判厅案》，汪庆祺编、李启成点校《各省审判厅判牍》231页，北京：北京大学出版社，2007年。
③ 翁辉东、黄人雄编：《潮州乡土历史教科书》第一册4页下，海阳：剑光编书社／庵埠肇敏两等小学堂，1909年。

史教科书》简单多了。可即便如此，这种"从头说起"的历史课（不管是中国史还是地方史），其实与儿童趣味格格不入。单是那么多稀奇古怪的古人名字，就会把孩子们吓跑的。

有感于此，这回《潮汕文化读本》的编写，采取了专家学者与一线教师相结合的办法，兼及理论与实践，选择阶梯性的知识传授方式，第一册童谣、第二册故事、第三册古诗，第四册（初中）散文，第五册（高中）论文，让有关潮汕的历史、地理、文学、艺术、教育、科技等知识都隐藏在众多有趣的诗文中，经过多年讲习，力求"随风潜入夜，润物细无声"。

最后说说文章魅力。这其实是借鉴语文教材的编写经验——首先是好文章，而后才是知识与立场。一般认为，乡土教科书只是介绍相关知识，文章好坏不必太计较。如翁辉东等《潮州乡土历史教科书》第一册第十三课《韩愈善政一》（有图）：

> 韩愈因谏迎佛骨，被贬守潮。始设乡校，延赵德为师，文风渐盛。并创筑南北堤，为一方保障。[1]

第十四课《韩愈善政二》：

> 潮城东北意溪中，有鳄鱼，为潮民害。韩愈投以猪羊，为文驱之，鱼忽去，民害始除。[2]"

文字浅白，意思也没错，可就是文章不美——这可有点对不起韩愈这位大文豪。以潮汕的历史传统及文化水准，无论讨论什么话题，完全

---

[1] 翁辉东、黄人雄编：《潮州乡土历史教科书》第一册13页下。
[2] 翁辉东、黄人雄编：《潮州乡土历史教科书》第一册14页下。

可以找到雅俗共赏的好文章。

过去只求把事情讲清楚，现在需要考虑逻辑推进以及文章美感。以韩愈对于潮州的重要性，三五句话是说不清的。《潮汕文化读本》起码有五篇课文牵涉到这位大人物——小学三、四年级第一、二课《韩愈祭鳄鱼》《留衣亭：韩愈与大颠和尚的故事》属于讲故事，小学五、六年级第四课《谒韩祠》（清人吴兴祚）、第六课《韩山》（宋人刘允）则是古诗，再加上初中册第二十二课《古祠不老　文德永辉——潮州韩文公祠》（今人曾楚楠），如此步步推进，针对不同年级的学生，兼及韩愈业绩（知识）与后人追怀（文辞）。

引入文体的观念，注重文章的趣味，兼及声音与图像，这其实是吸纳语文课教学的特点。"乡土"不仅是话题、是材料、是知识、是情怀，同时也应该是好文章。二十多年前，为《漫说文化》撰序时，我提及选择一批有文化意味而又妙趣横生的散文分专题汇编成册，目的是让读者体会到："'文化'不仅凝聚在高文典册上，而且渗透在日常生活中，落实在为你所熟悉的一种情感，一种心态，一种习俗，一种生活方式。"[①] 在乡土教材的编写及教学中，这种打通古今、兼及雅俗、既日常又好玩的"文化"，更有可能、也更应该得到充分的落实。

四、记得潘光旦的追问

我之关注乡土文化教育，有学理的思考，有历史的探究，也有现实的刺激。那天读现代中国著名社会学家、民族学家、教育学家潘光旦（1899—1967）的《说乡土教育》（1946），真的出了一身冷汗：

　　　近代教育下的青年，对于纵横多少万里的地理，和对

---

① 陈平原：《漫说"漫说文化"》，《北京日报》1992 年 11 月 18 日；收入《漫说文化》（与钱理群、黄子平合作），长沙：湖南教育出版社，1997 年。

于上下多少万年的历史，不难取得一知半解，而对于大学青年，对于这全部历史环境里的某些部分，可能还了解得相当详细，前途如果成一个专家的话，他可能知道得比谁都彻底。但我们如果问他，人是怎么一回事，他自己又是怎样一个人，他的家世来历如何，他的高祖父母以至于母党的前辈，是些甚么人，他从小生长的家乡最初是怎样开拓的，后来有些甚么重要的变迁，出过甚么重要的人才，对一省一国有过甚么文化上的贡献，本乡的地形地质如何，山川的脉络如何，有何名胜古迹，有何特别的自然和人工的产物——他可以瞠目不知所对。我曾经向不少的青年提出过这一类的问题，真正答复得有些要领的可以说十无一二，这不是很奇特么？[1]

半个多世纪前的这段话，今天读来，依旧如芒在背。离乡多年，你我还记得湘子桥头的"二只鉎牛一只溜"、笔架山下的宋窑遗址，或者凤凰塔塔尖那三米高的铁葫芦吗？

夜深人静，打开百年前翁辉东等编《潮州乡土地理教科书》，第三课："吾潮土壤肥饶，人民富庶，海岸延长，岛屿环列，诚可爱之土地也。"[2] 不禁会心一笑，是的，谁不说俺家乡好！读到描述潮州位置的第四、五课："潮城在北纬二十三度三十一分，东经一百一十六度五十七分"；"居广东省城东北，相距一千六十里；北京之南，相距七千二百里"[3]。猛然涌上心头的，竟然是"八千里路云和月"！

《潮汕文化读本·致同学们》开篇这段话，虽略嫌煽情，却是道出了乡土文化教育的真谛：

> 也许有一天，你会跑到很远、很远的地方去求学、工作乃至定居，夜深人静，回想曾经生活过的潮汕——那些日渐远逝的乡音、人物与食品，说不定你会泪流满面。当然，你也可能长居潮汕，但千万别以为这么一来，家乡的历史地理、风土人情，你就了如指掌。有关乡土的缤纷知识，并非自然习得，同样需要学习与提醒、关怀与记忆。

有感于高考压力山大，教材日趋一统，城市迅速扩张，科技泯灭距离，年轻一代的"空间感"被极度扭曲，而"寂寞的家乡"也正日渐消亡，你我不妨剑及履及，就从发掘、传播、表彰我们理应熟悉的"乡土文化"做起。

2017 年 3 月 12 日于京西圆明园花园

如何谈论"故乡"*

. . .

如何谈论"故乡",这是一门学问,也是一种心境。什么是故乡,简单说就是自己出生或长期生活的地方。《史记·高祖本纪》:"大风起兮云飞扬,威加海内兮归故乡。"李白《静夜思》诗:"举头望明月,低头思故乡。"杜甫《月夜忆舍弟》:"露从今夜白,月是故乡明。"等等,等等。故乡又叫家乡、老家、故里、桑梓等。可别一听"乡"字,就以为是山村、边地或县以下行政单位;这里的"乡",也可泛指自己生长的地方或者祖籍。比如,你出生在北京或上海,那就是你的故乡。

科举考试时代,籍贯很重要;现代社会不一样,人口流动很厉害,原籍哪里已没有多少意义了。以前填各种表格,都有籍贯这一栏,现在你拿护照看,改为出生地了。可这也不保险,很多人出生不久就离开,故乡的记忆照样很模糊。你低头思的是哪一个故乡,很难精确定义。1924年,周作人写《故乡的野菜》,其中有这么一段:"我的故乡不止一个,凡我住过的地方都是故乡。……我在浙东住过十几年,南京东京都住过六年,这都是我的故乡;现在住在北京,于是北京就成了我的家乡了。"这个态度我很喜欢——你曾经长期生活过的地方,无论乡村、小城或都市,都是你的故乡。

---

* 初刊 2019 年 3 月 20 日《南方都市报》。

你我的故乡，很可能不止一个。因为，最近四十年中国城市化进展神速，据国家统计局的数据：中国的城市化率，1949 年是 10.64%，1979 年为 19.99%，去年（2018）已经是 59.58% 了。也就是说，当下中国，有一半以上人口生活在各大、中、小城市。很多人都跟你我一样，儿时在农村或小镇，每天与青山绿水为伴；念大学后，洗净了泥腿子，变成了城里人。今日繁华都会里很多衣冠楚楚的"成功人士"，往上推一辈或二十年，都是"乡下人"。这些有农村生活经验的"城里人"，整个生命被裁成两截，一截在城，一截留乡。因此，今人的怀乡，大致包含三层意思，一是生活在都市而怀念乡村，二是人到中老年而怀念儿时，三是在互联网时代而怀念农业文明或工业文明。

　　在一个虚拟世界越来越发达、越来越玄幻的时代，谈论"在地"且有"实感"的故乡，不纯粹是怀旧，更包含一种文化理想与生活趣味。谈故乡，不妨就从自家脚下，一直说到那遥远的四面八方。今天就谈四个"乡"——乡音、乡土、乡愁、乡情。

　　学语言或文学的，喜欢抠字眼，"乡"通"向"，四乡应该就是四方。《国语·越语下》："皇天后土，四乡地主正之。"或者《庄子·说剑》："中和民意，以安四乡。"这么说，四乡就是指四方。可我从小就说"四乡六里"，或者"四乡邻里"，那里的"四乡"，方向之外，似乎还包含距离。长大后游走四方，方才知道这是潮汕话，别的地方并不这么说。所谓"四乡六里"，我的理解是看得见、走得到、摸得着、不太遥远的四面八方——包含地理、历史与人文。

一、关于"乡音"

　　"少小离家老大回，乡音未改鬓毛衰"，唐人贺知章的诗句众口相传。此君浙江人，唐武后证圣元年（695）中进士、状元，而后长居长安，晚年回到故乡，写下《回乡偶书二首》。在朝当官，必须说唐代的国语（雅言），这跟自小熟悉的吴越方言有很大差别。几十年后回去，还能"乡音未改"吗？我很怀疑。在外谋生者，游走四方时，必须跟使用国语或各地方言的人打交道，不知不觉中，乡音就改了。前些年我在港中大教书，某次参加香港潮州商会雅集，恰好汕头电视台来录节目，希望大家都为家乡说几句。在场的人要不粤语，要不普通话，只有我自告奋勇，用自认为标准的潮州话侃侃而谈。可很快地，我就意识到自己语言笨拙乏味，都是简单的判断句，像初中生一样。事后反省，口音没变，语法没问题，但我离开家乡四十年，这四十年中涌现的大量新词及新的表达方式，我都必须在脑海里翻译一遍，才能磕磕巴巴说出来。这不太流畅的"乡音"，还能说"未改"吗？当然，贺知章生活的时代，语言变化没有今天这么大，但长期在外生活的，说话不可能不受周围环境的影响，"乡音"其实很难保持纯粹。

这种尴尬局面，是方言区长大的人所必须面对的。我在《作为学科的文学史——文学教育的方法、途径与境界》[①] 中，专门讨论为何 20 世纪二三十年代的北大课堂一定要发放讲义，主要原因是教授们方音很重，北方学生听不懂。所谓"某籍某系"，特指浙江籍学者在北大中文系占绝对主导地位，他们都很有学问，但讲课不无问题——有讲义那就好多了。等到 80 年代我在北大教书，沟通没有问题，但南方口音依旧是个遗憾。可我没有自卑感，甚至半开玩笑说，北方朋友太可惜了，他们缺少方言与国语之间的巨大张力，语言敏感度不够。

20 世纪八九十年代中国电影里的中共领袖，为何选择讲方言而不是普通话？中央文史研究馆开会，我提出这个问题，有知情人回答：当时电影主管部门曾召集各地影院负责人征求意见，问银幕上的

---

① 陈平原：《作为学科的文学史——文学教育的方法、途径与境界》，北京：北京大学出版社，2016 年。

毛泽东、周恩来、邓小平，到底该怎么讲话。百分之八十以上的人认为，毛泽东应该讲湖南话、邓小平应该讲四川话，因为此前的电视新闻或纪录片已做了大量铺垫，大家对他们的声音有记忆，让他们在银幕上改讲字正腔圆的普通话，不好接受。于是有关方面规定，历史影片中，中共政治局委员以上讲方言，以下说普通话。当然，考虑到接受度，讲的都是改良过的方言或方言腔的普通话。正是在这种大背景下，大学老师上讲台，不用测试普通话，学生能听得懂就行。

最近这些年，常有年轻的潮籍朋友来访，若不特别说明，单从口音已经分辨不出来了。这让我既喜又忧。喜的是家乡普通话推广得很好，忧的是方言逐渐丧失。在大一统国家，因政治、经济、文化等因素，方言及地方文化日渐衰微，是个大趋势。幼教提前，影视发达，与此相应的是童谣消失，戏曲没落，这实在很遗憾。前几天跟香港的梁文道聊天，他在筹划用方言讲述历史文化，就选了粤语与上海话两种。其实，在我看来，后者都有点勉强。因政治体制及文化传统，目前只有珠三角尤其是香港的学者能用粤语开学术研讨会。这里说的不是日常沟通，也不是方言学会议，而是天上地下古今中外文史哲等，都能用方言来讨论，这大概只有香港能做得到。

20世纪50年代我们的任务是推广普通话，如今则反过来，必须有意识地保护方言。以广东为例，广府、潮汕与客家三大方言区，其实兼及文化、经济与政治。若编地方文化读本，我不看好笼而统之的"岭南文化"，而主张按方言区来编。《潮汕文化读本》①出来后，这个思路基本上被认可了。可惜的是，另外两个方言区的文化读本因各种原因，至今仍未落实。

《潮汕文化读本》各册前面的"致同学们"，原来有一段话，正式

---

① 广州：广东教育出版社，2017年。

出版时被删去：

> 举个小小的例证，与"乡音未改鬓毛衰"的上一辈乃至
> 上几辈人相反，而今走出家乡的大学生，普遍乡音不明显。
> 一方面是学校推广普通话，已经取得绝大成绩；另一方面，
> 为了日后闯荡世界，方言区的孩子们也都自觉不自觉地远离
> 方言。以致到了今天，谈及如何保护文化的多样性，必须从
> 方言、童谣及地方戏曲入手。这一点，是以前从未想过的。

推广普通话与保护方言，二者如车之双轮，最好能并驾齐驱，因其背后的思路是国际化与地方性、国家与乡土、经济与文化。考虑到当下中国，方言及其代表的区域文化处弱势地位，需着力扶持。

最近为"潮州民间文学丛书"撰写总序，杨睿聪的《潮州俗谜》《潮州的习俗》和沈敏的《潮安年节习俗谈》阅读起来没问题，丘玉麟的《潮州歌谣》已经有些陌生了，到了方言小说《长光里》(张美淦、钟勃)，更是不得不借助注释。才不到百年时间，方言已经出现如此变异，下一代能否读懂并接纳方言作品，是个严峻的挑战。而没有文学滋养及学问熏陶的方言，会变得日益粗糙，且苍白无力。在这个意义上，不仅是方言学家，一般读书人也都有责任关注方言在当代中国的命运。

二、关于"乡土"

二十多年前，在京都大学访学，有一天某日本教授问我，假如你是明清时代的读书人，从潮州到京城赴考，要走多少天，是水路还是陆路，路上怎么住宿，会不会被黑店老板做成人肉包子，还有，万一有机会参加殿试，你们潮州人能与皇帝沟通吗？说实话，当时被问

住了，因我从没想过这些问题。多年后，读翁辉东等编《潮州乡土地理教科书》（1909），第五课"位置二"："居广东省城东北，相距一千六十里；北京之南，相距七千二百里。"这里说的不是空间的直线距离，也不是今天大家熟悉的铁路或公路，而是根据当年的驿站路程统计的。假如你是潮州府的读书人，一路过关斩将，有机会到京城参加会试及殿试，那你该怎么走？查《明会典》及明嘉庆四年休宁黄汴撰《一统路程图记》，大概是这么走的：从凤城水马驿（潮州）、经过产溪水驿（丰顺）、灵山马驿（潮阳）、程江驿（梅县）、榄潭水驿（梅县）、北山马驿（惠来）、武宁马驿（惠来）、大陂马驿（惠来），继续往西走，来到广州，再折往北，经过清远县、英德县、曲江县、大庾县等，出了广东，再往北一直走，走走走，来到了今天河北的涿州，60里就是良乡县，30里到达卢沟河，再走40里，终于进了顺城门。记得1904年清廷颁布《奏定初等小学堂章程》，规定小学一、二年级应注重乡土教育，其中地理课程的教学宗旨是"养成其爱乡土之心"，具体内容包括"方向子午、步数多少、道里远近，次及于附近之先贤祠墓、近处山水"等，再加上"舟车之交通"，逐渐由近及远。现在交通发达了，近处搭高铁，远处乘飞机，沿途的风光及险阻均被忽略，家乡的位置也就变得十分模糊。

我之关注乡土教育，有学理思考，有历史探究，也有现实刺激。去年在韩山师院潮州师范分院讲《乡土教材的编写与教学》，我提及现代中国著名社会学家、民族学家、教育学家潘光旦的《说乡土教育》（1946）。这篇半个多世纪前的文章，感叹"近代教育下的青年，对于纵横多少万里的地理，和对于上下多少万年的历史，不难取得一知半解"，可唯独对于自己的家乡知之甚少。你问"他从小生长的家乡最初是怎样开拓的，后来有些甚么重要的变迁，出过甚么重要的人才，对一省一国有过甚么文化上的贡献，本乡的地形地质如何，山川的脉络如何，有何名胜古迹，有何特别的自然和人工的产物"，他很可能瞠目结舌，不知如何应对。不瞒大家，我在北大接待家乡来的优秀学子，经常碰到这种尴尬的局面，很想跟他们聊聊家乡的事，可聊不下去。谈移民路线、方言形成或韩愈治潮的虚实，那属于历史，不懂可以原谅；说1991年潮汕三市分立的故事，以及当下各市的发展情况，他们也都没有我知道得多，而我已经离开家乡四十多年了。换句话说，今天的孩子们，从小心无旁骛，一心只读圣贤书，好不容易考上了北大、清华，更是胸怀全世界，不把小小的家乡放在眼里。高考压力山大，教材日趋一统，城市迅速扩张，科技日新月异，对于年青一代来说，故乡变得可有可无。

从晚清的提倡乡土教育，到我们编写《潮汕文化读本》，都是关注当地的自然环境、人文历史、文学艺术、物产及人情等。只不过时代不同，今天的读本可以编得更精致，也更实用。从家庭、邻里、地区，说到社会、国家、世界，如此由近及远的目的，是希望保留学习认知过程中的温度与情感。在一个越来越同质化的时代，多元文化的保存以及个人的独特体验，其实很重要。但就像我在《潮汕文化读本》的"致同学们"中所提醒的："有关乡土的缤纷知识，并非自然习得，同样需要学习与提醒、关怀与记忆。"

刚才提及杨睿聪1930年印行的《潮州的习俗》，那书虽在潮州制作，封面设计挺好看，还请了钱玄同题写书名，书中更以补白形式，引入周作人、江绍原、何思敬以及《国立中大民俗周刊》的言论。其中启明《水里的东西》称："我们平常只会梦想，所见的或是天堂，或是地狱，但总不大愿意来望一望这凡俗的人世，看这上边有些什么人，是怎么想。社会人类学与民俗学是这一角落的明灯，不过在中国自然还不发达，也还不知道将来会不会发达。"这段文字，乃周作人1930年5月所写的"草木虫鱼之五"，收入《看云集》。主旨是谈论"凡俗的人世"，从自己家乡的"河水鬼"以及日本的"河童"说起，辨析传说与信仰背后的历史与人情。"我愿意使河水鬼来做个先锋，引起大家对于这方面的调查与研究之兴趣。"其实，谚语、童谣、节庆、习俗、信仰、禁忌等，都包含深刻的民心与哲理，关键是能否读懂它们。借用周作人为另一个潮汕人林培庐编《潮州七贤故事集》（1933）所写的序言："歌谣故事之为民间文学须以保有原来的色相为条件"，切忌将其文艺化，也不要忙着褒贬。第一是实录，第二是阐释，第三才是传承。可以剔除过于荒诞不经的部分，但建议放长视线，不要太急功近利。所谓"旅游开发"，并非传播乡土文化的最佳路径，因其容易走向过分商业化。

三、关于"乡愁"

朋友们见面，聊各自的故乡，有眉飞色舞的，但更多的是忧心忡忡——尤其是从农村走出来的。去年起，我带着老学生们续编"漫说文化"丛书（共十二册），收改革开放四十年来各专题的散文随笔，其中《城乡变奏》这一册，含"城市记忆""城市之美""我的家乡""故乡疼痛"四辑，很明显，前两辑文章好，可选的也很多；谈故乡这一辑最弱，选了刘亮程、梁鸿、南帆、梁衡等八篇，还是不太满意，感觉没超过"五四"时期乡土小说的立场与趣味。

今天众多乡愁文章的模型，乃鲁迅1921年所撰小说《故乡》。"我冒着严寒，回到相隔二千余里，别了二十余年的故乡去。时候既然是深冬；渐近故乡时，天气又阴晦了，冷风吹进船舱中，呜呜的响，从篷隙向外一望，苍黄的天底下，远近横着几个萧索的荒村，没有一些活气。我的心禁不住悲凉起来了。阿！这不是我二十年来时时记得的故乡？我所记得的故乡全不如此。我的故乡好得多了。"不仅仅是故乡颓败的感慨，鲁迅更反省"我"和闰土关系微妙而又不可逆的变化，追怀"海边碧绿的沙地"以及"深蓝的天空中挂着一轮金黄的圆月",思考着地上的路是如何形成的。这当然是故乡书写的经典,但不该是全部。

鲁迅 1935 年在《中国新文学大系·小说二集》的"导言"中,谈及"乡土文学"的特征:"蹇先艾叙述过贵州,裴文中关心着榆关,凡在北京用笔写出他的胸臆来的人们,无论他自称为用主观或客观,其实往往是乡土文学,从北京这方面说,则是侨寓文学的作者。"侨寓他乡,怀念故土,在书写乡愁的同时,隐含着"眩耀他的眼界"。无论小说、散文、诗歌、戏剧,文体可以不同,谈"故乡"的心情与趣味相通。可此类话题谈多谈久了,容易滑向矫情。等而下之的,用怜悯的眼光及高高在上的姿态,俯瞰故乡贫瘠的土地以及不甚富裕的民众,欣赏自己的同情心。

鲁迅没提到的是,假如这个"乡土"不是偏远的贵州、榆关或山阴,而是上海、广州或北京,该如何书写,以及能否纳入"乡土文学"的论述范围。这就说到文章开头提及的"故乡"不仅是边地或乡村,还可以是都市或像潮州这样的小城。十几年前指导一位韩国留学生撰写博士论文,她一反国人基于京海对立的预设而将 20 世纪二三十年代的北平描写成"乡村气十足的城市",借用好些当年韩国游客的文章,说明在那时的韩国人看来,北京已经很都市、很繁华了。请记得,城市的大小与繁华程度,只是相对而言。我儿时生活在汕头农校,那是在洋铁岭下,在少年的我看来,潮州就是了不起的城市了。只要是远走他乡,即便从小生活在大都市的,也都会有乡愁。

不仅远走高飞的,几十年不离本乡本土的人,同样有自己的乡愁。比如感叹时光流逝,今非昔比。今天中国的城市或乡村,对照四十年或一百年前的模样,当然是面目全非了。怎么看待这种巨大的变化,可不能一味感怀"过去的好时光"。

这就说到乡愁的可爱与可疑。比如饮食，很多人感叹现在的食品不如以前好吃。尤其是游子归乡，都说这不是以前的味道。其实，儿时的记忆并不可靠，时间会过滤掉很多尴尬与不快，一次次追忆，强化了你我对故乡食物的美好印象。如果真的是"古早味道"，你还不一定喜欢呢。再说，有什么理由要求故乡几十年不变？我们的口味及食品，其实都在变化，既要适应个体的味蕾，更得适应时代的风气。如何兼及想象中的故乡风味与现代人的感官享受，还有今天的都市怎么改，小城如何建，新农村应该是什么样子，这都是需要认真探索的。

今天的中国，诗意与痼疾兼有。谈故乡，不能太文艺腔，还得有历史感与现实关怀。否则，会显得很矫情。"乡愁"，这本是个很好的词，挺优美的，可近些年似乎被玩坏了。记得《中国在梁庄》和《出梁庄记》的作者梁鸿，在一次演讲答问时脱口而出："现在一听到'故乡''乡愁'这样的词就头皮发麻，就想呕吐。想呕吐不是说不爱'故乡''乡愁'这些词了，而是因为它叙说太多太多了，我们反而把它忘掉了。如果今天一定要谈'故乡'对我意味着什么，我说，实在是难以承受之重。"[1]确实，就像梁鸿提醒的，今天谈故乡，聊乡土，说乡愁，切忌把它抒情化、田园化、牧歌化。

四、关于"乡情"

为何桑梓情深，因为那是我的家乡，谈论它、了解它、传播它，与其说是为了家乡，不如说是为了自己。很多人客居异乡，猛然涌上心头的是"三十功名尘与土，八千里路云和月"，该到为家乡做点事的时候了。读书人除了知书达理，还讲剑及履及。坐而言，起而行，

---

[1]《梁鸿：听到"故乡"和"乡愁"就呕吐》，腾讯文化，2015年3月17日。

若你真想改造社会，不妨就从自己熟悉的故乡做起。

我在北京已经生活了三十五年，照周作人的说法，北京也是我的故乡。2001年起，我好几回在北大讲授"北京研究"专题课，主持相关国际研讨会，出版《北京记忆与记忆北京》等。有感于很多人在北京生活多年，对这座八百年古都及国际性大都市毫无了解，也不感兴趣，前些年我撰写了《宣南一日游》（2012）："可惜不是北大校长，否则，我会设计若干考察路线，要求所有北大学生，不管你学什么专业，在学期间，至少必须有一次'京城一日游'——用自己的双脚与双眼，亲近这座因历史悠久而让人肃然起敬、因华丽转身而显得分外妖娆、也因堵车及空气污染而使人郁闷的国际大都市。"了解自己的故乡或脚下的土地，这不仅是知识积累，更是情景交融。学问讲求切己，如今的人文学者，很多人悬在半空中，表面上知识渊博，可那是电脑检索得来的。读书人的"接地气"，常被解读为占据道德制高点的"关注底层"，我的理解更为平实，那就是贴近时代，关注日常，接近民众生活，获得真实感受。

比起北京来，潮州更是我的故乡，若有可能，当然愿意为其添砖加瓦。虽然2001年教育部颁布《基础教育课程纲要》，提出国家、地方、学校三级课程管理的概念，乡土教育于是有了某种生存空间。但因没有硬性规定，远离高考成绩，在实际教学中，往往被忽视。有机会和朋友们合作编写《潮汕文化读本》，对我来说，无关业绩，更多的是还愿。这个过程很开心，至今想来，仍是美好的记忆。

有理想有才学的人，常常幻想一出手就惊天动地，否则，宁愿袖手旁观——这种心态很不好。每代人都有自己的得意与失意，不能坐等条件成熟。一眨眼，半辈子就过去了。凡过分追求完美的，结果很可能什么事情都干不成。胡适1929年12月为新月书店版《人权论集》撰写序言，引了佛经故事里的"鹦鹉救火"：鹦鹉不问自家能力大小以及成功与否，只因"尝侨居是山，禽兽行善，皆为兄弟，不忍见耳"。这则故事的结尾很光明，"天神嘉感，即为灭火"；可现实生活中，这样的感天动地极少见。做好事而不求回报，只是为了尽心尽力，这才是真正的乡情。

　　故乡确实不尽如人意，可这怨谁呢？你是否也有一份责任？对于远走高飞且在异乡取得很大业绩的你，在表达爱心与倾注乡情时，请尊重那些在地的奋斗者。说实话，家乡的变化，最终还是得靠坚守在本乡本土的朋友们。远在异乡的你我，即便能助一臂之力，也不能代替他们的思考与努力。错把故乡当他乡，还没下马就哇啦哇啦地发议论，以为可以复制你成功的异乡经验，那是不对的。误认的结果必定是乱动，最后很可能双方都不开心。理智的做法是，退后一步，明白自己的位置与局限，除了坚持《深情凝视"这一方水土"》（《同舟共进》2006 年 4 期），再就是因应故乡朋友的呼唤，小叩大鸣，在某个特定领域，略尽绵薄之力，如此而已，岂有他哉？

2019 年 3 月 8 日于京西圆明园花园

·

民族文学

"多民族文学"的阅读与阐释

编一册少数民族文学读本，如何？

>>>

"多民族文学"的阅读与阐释*

...

记得是十年前，张菊玲、关纪新两位满族文学专家力邀我出席"多民族文学论坛"，我谢绝了。因为实在太外行，读书少，且一门少数民族语言都不懂，开口必露馅。后来发现是我理解错了，读张菊玲著《清代满族作家文学概论》[①]、关纪新著《满族小说与中华文化》[②]，尤其是郎樱、扎拉嘎主编《中国各民族文学关系研究》[③]，方才明白所谓"多民族文学论坛"，不一定直接谈用少数民族语言撰写的文学作品（及其译本），或者少数民族作家的创作。从多民族文学如何沟通、对话、借鉴、融合的角度立论，借用郎樱等人著作"前言"的标题，那就是"中国各民族文学'你中有我我中有你'格局的形成与发展"。若是这样，我还勉强够能发言。面对诸多专家，实在说不出什么高深的学理，以下所谈九个问题，纯属野叟献曝。

第一，传统中国是怎么看待民族问题的。首先必须明白，晚清以前和晚清以后，中国读书人看待种族及文化的眼光截然不同。1883年王韬出版《弢园文录外编》，其中的《华夷辨》引《春秋》的说法，论证"苟有礼也，夷可进为华；苟无礼也，华则变为夷"。1897年康

---

* 2015年6月28日在云南民族大学于腾冲举办的"中国多民族文学高层论坛"上的主旨发言，初刊《文艺争鸣》2015年第11期。

① 张菊玲：《清代满族作家文学概论》，北京：中央民族学院出版社，1990年。

② 关纪新：《满族小说与中华文化》，北京：社会科学文献出版社，2014年。

③ 郎樱、扎拉嘎主编《中国各民族文学关系研究》，贵阳：贵州人民出版社，2005年。

有为弟子徐勤完成《〈春秋〉中国夷狄辨》，加上梁启超所作序，也都是这个立场。即便提倡革命的章太炎，1907年撰《中华民国解》，也都承认中华民族乃"经数千年，混杂数千百人种"而成，关键在"文化"而非"血统"，故"中国可以退为夷狄，夷狄可以进为中国，专以礼教为标准"。这与唐人皇甫湜《东晋元魏正闰论》的辨析完全一致："所以为中国者，礼义也；所谓夷狄者，无礼义也。岂系于地哉？"历朝历代的华夷之辨，所争均在文化（礼义）而非种族。这种高度的文化自信，从先秦到晚清，几乎一以贯之。也正因此，才有中华民族日渐融合（也就是章太炎所说的"混杂数千百人种"）的可能性。反过来，若是种族优先，那早就分裂成几十乃至几百国了。文化第一，种族第二，这是传统中国的读书人所坚信不疑的。晚清以前，这个立场被广泛认同，这才有今天以汉族为主体（包含56个民族）、充满自信与活力、日益繁荣昌盛的"中华民族"。即便今天被认定为汉族的，往前推十代、二十代，说不定也是某个少数民族。换句话说，在传统中国语境中，种族的界定相对模糊，远不及"文化"或"礼义"那么理直气壮、坚定不移。

第二，谈论"中国文学"，民族的重要性相对下降，更是一目了然。文学是语言的艺术，古往今来，不管血统上属于哪个民族，只要认同中华文化，采用汉语写作，就早被纳入中国文学史的版图。比如，面对强大的"中华文化"，满族上层人物也倾向于采用汉语来表达思想和感情，如乾隆皇帝写诗，纳兰性德填词等。传统中国，政治是一回事，文学又是一回事。即便在少数民族占主导地位的元代与清代，文学创作仍是以汉字书写为主。所以，我们编写《中国文学史》，很容易从古讲到今，从《诗经》《楚辞》一直讲到《红楼梦》，不会打岔，十分顺畅。可也正因为这个"顺畅"，很容易蒙蔽了我们的眼睛，忽略了历朝历代非汉族作家的生活及写作的特殊性。这正是今天进行

"多民族文学"的对话与交流时，必须特别警惕的。

第三，关于民族主义思潮的兴起。上面说的华夷之辨以及文学一体，乃是基于高度的文化自信。这种自信，面对西洋的坚船利炮，竟轰然倒塌了。在"救亡图存"、创建现代民族国家的过程中，民族主义思潮的崛起是个关键。1902年起，流亡日本的政治家及留学生开始接受并大力传播民族主义理论，使其成为建立现代民族国家的关键论述。这不仅仅是政治主张，还包括了与之配合的新媒介、新语文、新文学。在这个逐步演化的过程中，原本不太自觉的少数民族语文及文学，得到很好的培育与滋养。新中国成立后，随着民族政策的制定，各主要少数民族均拥有独立的报章、出版、学科乃至院校，加上中央一级的中央民族学院（后改为"中央民族大学"）、少数民族文学研究所、《民族文学》杂志等，更是对少数民族文学创作起了推波助澜的作用。不少少数民族作家或直接采用本民族语文写作，或双语写作，或在汉语书写的作品中凸显本民族的生活情趣与审美特性。这里有政府的号召、民族的自觉、市场的影响等，不能一概而论。而强调民族间的差异性，对作家来说是把双刃剑，在凸显本民族文化立场的同时，也可能使原先富有弹性的民族关系变得过分清晰，乃至有点僵硬了。这里谈的不是意识形态上的对与错，而是由于长期的积累，汉语书写的文学作品拥有更为丰厚的资源，不该因政治立场而刻意疏远。

第四，谈民族问题，必须古今有别。我们曾经因过分强调"政治正确"，生搬硬套，付出了惨痛的教训。比如，用今天的民族政策来衡量古代文学作品，争论《四郎探母》能不能演出，文天祥的《正气歌》要不要表彰，传为岳飞所作的《满江红》是否破坏民族团结等。现实生活中，大家也都记得大剧作家曹禺撰写《王昭君》的教训——不是不能翻案，只是不该让文学创作成为现行政策的注解。作家如此，学者也不例外。谈及古人的思想与文章，借用陈寅恪的说法，"应具了解之同情，方可下笔"，切忌套用今天的民族政策。近年学界的风气，倾向于全力以赴地挖掘很可能作家本人意识不到或刻意遗忘的少数民族身份，并大加阐释。出版商及评论家更是众口一词，以文学史考定少数民族作家的数量论英雄，如此渲染"创新之处"，我不无疑虑。除非作家有明确表态，或在作品中隐约透露，否则，没必要为每个古代作家确认民族身份。原因是，"中华民族"本就是逐渐形成的，所谓匈奴后裔或鲜卑后裔，若只是血统而无文化认同，不必过于拘泥。不管先辈来自哪个民族，在长期的民族融合过程中，若干代以降，很可能就只会用汉字阅读与书写了。

第五，如何处理专题研究与文学史书写。谈具体作家，怎么考证都没有问题，越详细越好；至于撰写文学史，轻重缓急、大小详略之间，大有讲究。很可能你考了大半天，证据确凿，但无关大局，对文学史书写没有任何影响。这里牵涉价值判断——文学史家考量的，首先是文学成就，而后才是思想立场、民族认同等。陶渊明诗文之所以被我们世代传诵，与其溪族出身基本没有关系。对此话题，专题考辨（如陈寅恪的《魏书司马叡传江东民族条释证及推论》《陶渊明之思想与清谈之关系》）多多益善，但文学史则只能一笔带过。之所以发此感慨，因近年参加各种文学史、文学读本及大百科全书编写或修订的座谈会，与会者往往纠结于如何发掘汉语写作的少数民族作家，以及怎样将其纳入文学史框架。传统中国文学本是多元一体，流转变迁中，民族身份和文化认同历来比较模糊，且有很大的弹性与空间。着力为两千年中国文学史上无数作家编列档案，确定其种族及文化认同，这工作可以做，但不是文学史研究主要的突破口。我这里说的是采用汉语书写的作家，至于长期生活在少数民族地区且采用母语写作的作家及作品，如何组织力量翻译及评论，确定其在文学史上的地位，那倒是值得认真经营的。

第六，关于文学史的多样性。自 1903 年颁布的《奏定大学堂章程》规定新式学堂采用"文学史"，而非传统的"文章流别"，此后百年，文学教授们各显神通，编纂了各种各样的《中国文学史》。何为"中国文学史"讨论的对象？最初的设想很简单，那就是"中国人"用"汉语"撰写的文学作品。如今，这两大标准都受到了严肃的质疑。这里暂时按下"中国人"不表，单说这"汉语书写"。不管是哪个民族，只要采用汉语书写（如元稹、白居易、纳兰性德），早就进入了《中国文学史》，最多只是局部调整；比较麻烦的是中国三大英雄史诗《格萨尔》（藏族）、《江格尔》（蒙古族）、《玛纳斯》（柯尔克孜族），还有维吾尔族古典长诗《福乐智慧》，你怎么在《中国文学史》中呈现其身影？这就牵涉到各有其宗旨及读者的总体文学史、语种文学史、族别文学史、区域文学史，如何分工合作的问题。那种总揽全局、涵盖古今、强调文学传承、配合国家意识形态，作为高校统编教材的《中国文学史》，我称之为"总体文学史"。此外，坊间还有各种功能各异的文学史。相对于区域性的《湖北文学史》①、《湖南文学史》②、《山西文学史》③、《安徽文学史》④等，我更看好以民族或语种划分的文学史，如《藏族文学史》⑤、《蒙古族文学史》⑥、《满族文学史》⑦、《中国回族文学通史》⑧等。各区域或各民族文学史的撰写，一般都是追根溯源，从头说起，且承认地理环境、生活习俗、口头歌谣、神话

---

① 《湖北文学史》，武汉：华中理工大学出版社，1995 年。
② 《湖南文学史》，长沙：湖南教育出版社，1998 年。
③ 《山西文学史》，太原：北岳文艺出版社，1998 年。
④ 《安徽文学史》，合肥：安徽文艺出版社，2013 年。
⑤ 《藏族文学史》，成都：四川民族出版社，1994 年。
⑥ 《蒙古族文学史》，呼和浩特：内蒙古人民出版社，2000 年。
⑦ 《满族文学史》，沈阳：辽宁大学出版社，2012 年。
⑧ 《中国回族文学通史》，北京：阳光出版社，2015 年。

传说等对后世民众的思考、表达和审美起很大作用；但前者讨论的仍以汉语书写为主；后者则扩大到各种少数民族语言书写的作品，对拓展"中国文学"的边界、改变国人的阅读习惯与欣赏趣味，更有意义些。这两类著作，与"总体文学史"之间，构成了一种互补的关系。

第七，关于中国文学发展的动力问题。20世纪二三十年代，鲁迅、胡适、傅斯年、郑振铎等人都曾谈及，两千年中国文学并非永远向上，一帆风顺，而是跌宕起伏，回环往复。当中国文学呈现整体性的颓败时，有两种途径使其重新焕发青春：第一是从民间吸取养分，第二是从域外获得榜样。这两大"强心剂"，是中国文学不断自我更生的关键。也就是说，或眼睛向下，到民间去寻找文学发展的动力；或眼睛向外，借异域文化的传入重获新生。今天看来，有必要引入第三种发展的动力，那就是中国境内多民族文学的对话与互动。考虑到人类文明史上的"中国文学"大厦，确实是以汉族及其书写形式为主体，那么，我们有必要证明不同时期各少数民族文学如何为这座大厦添砖加瓦，乃至局部更换，使其得以抵抗时间的侵蚀，巍然屹立于世界的东方。回头看，这半个多世纪的少数民族文学研究，让我们对中国文学的自我更新有了更为清晰的理解。引入这"第三种动力"，视野发生了很大变化，会浮现若干陌生的名字，但不会威胁到太多经典作家的历史地位。屈原、陶潜、李白、杜甫照样很重要，只是论述方式需要做些调整。其实，"多民族文学"视野的形成，主要意义在于打破传统的独尊汉族文化的思维定式。当然，凡事皆有度，不能矫枉过正，免得因照顾民族比例而将"中国文学史"弄得支离破碎。须知经典之所以成为经典，生产、流通、阅读、传播缺一不可。假定一部作品，历史上从不被重视，也没能进入一代代读书人的视野，千年后突然出土，当作"考古成就"可以，捧为"文学经典"则不妥。如此"经典化"的过程，不取决于个别人的意志，而是中华民族历史意识与审美趣味的积淀。在这个意义上，引入多民族文学的对话，对总体文学史的书写会有影响，但不会是颠覆性的。

第八，关于"文学关系"的把握。重写文学史时，应更多地关注多民族文学之间的交流、对话与相互影响，我认为是日后的发展方向。但这里有个难题，与"中国文学主流"发生关系的，不管是接纳、转写，还是对抗、背叛，都容易纳入论述；而那些因远离中原政权或汉族文化、独立存在千数百年的少数民族文学作品或艺术形式，则很容易被忽略或排斥。说明白点，就是如何尊重少数民族文学的独立性，而不要过分强调"中国文学"的整体性。"中华民族大团结"是今天的口号，历史上各地域各民族的文化及文学差异必须被尊重。为了政治正确或逻辑严密而强力"收编"，无论说高还是说低，效果都不好。保持主干不动，允许"节外生枝"，如此五彩缤纷的局面，方才是中国文学的真实状态。在我看来，刻意压抑"主流"之外的声音固然不好，强行招安，也是一种扭曲。更通达的做法是，承认文化及文学的多元性，在适当的地方"立此存照"，这样就可以了。

第九，确立"多民族文学"的视野，对于中华民族大团结的意义。在我看来，谈论少数民族文学及文化，并非只是国家民委的责任，教育主管部门也应该积极介入。民族融合是双向的，让少数民族地区的学生了解中华文明的多元一体，这很重要；反过来，也得要求汉族地区的学生了解曾经很辉煌、至今仍在少数民族地区被广泛阅读与传唱的文学作品。而今天的实际状态是，谈论少数民族文学，不管创作还是研究，都只局限在小圈子里，没能进入更为广阔的公共视野。或许有必要编译一册少数民族文学读本，并在大学里开设相关的必修课或选修课。这么做，比简单地宣讲民族政策更有效果。我当然明白，此事牵涉面很广，需要政府的允许与支持，不是学者单凭热情就能做好的。但我坚信，编一册这样的读本，让其进入大学校园，促使汉族学生更多地了解中国境内各少数民族的文化及文学（及其蕴含的历史传统、宗教意识、生活习俗等），养成开阔的视野、宽广的心胸、多元的趣味，不仅有利于消除各民族间的隔阂、保持国家的长治久安，更可促成中国"多民族文学"的健康成长。

2015 年 10 月 3 日修订于京西圆明园花园

编一册少数民族文学读本，如何？*

...

两年前，我在云南民族大学于腾冲举办的"中国多民族文学高层论坛"上做主旨演说，谈论确立多民族文学的视野，对于中华民族大团结的意义，其中提及："今天的实际状态是，谈论少数民族文学，不管创作还是研究，都只局限在小圈子里，没能进入更为广阔的公共视野。或许有必要编译一册少数民族文学读本，并在大学里开设相关的必修课或选修课。这么做，比简单的宣讲民族政策更有效果。"至于此举的目的，是"促使汉族学生更多地了解中国境内各少数民族的文化及文学"①。

这里需要解释的是，为什么是"读本"，而不是"文学史"。十五年前，我发表题为《"文学"如何"教育"》②的短文，称按照目前中国大学这种"以文学史为中心"的教学模式，其结果必然是："常识丰富，趣味欠佳。"怎么解决这个问题，或者说如何重建中国大学的"文学教育"，我的意见是：若从事学术研究，尽可能以"问题"为导向；若是课堂教学，则不妨以"读本"为中心。

应该这么说，对于读过很多文学作品的人来说，文学史著作确实可以帮你总结与提升；但如果你没看多少作品，一心只读文学史，那

---

* 初刊《读书》2017年第8期。
① 陈平原：《"多民族文学"的阅读与阐释》，《文艺争鸣》2015年第11期。
② 陈平原：《"文学"如何"教育"》，2002年2月23日《文汇报》。

只是为有心偷懒或假装博学者提供堂而皇之的借口。在我看来，文学教育应阅读优先，以形成趣味及提升判断力为主导；至于建构完整的文学史体系，那是个别专家的事。

好多年前，我曾论及鲁迅晚年想编一部中国文学史，最终没有成功，原因是："文学史著述基本上是一种学院派思路。这是伴随西式教育兴起而出现的文化需求，也为新的教育体制所支持。鲁迅说'我的《中国小说史略》，是先因为要教书糊口，这才陆续编成的'，这话一点不假。假如没有'教书'这一职业，或者学校不设'文学史'这一课程，不只鲁迅，许多如今声名显赫的文学史家都可能不会从事文学史著述。"① 没有写成系统的中国文学史，但参与编纂《中国新文学大系》，并撰写其中的"小说二集"导言，还是体现了鲁迅的文学史观及方法论。编选《中国新文学大系》乃"五四"新文化人"自我经典化"的过程，其兼及"文学史著"与"出版工程"的巨大成功，日后很难复制。

说到"读本"的作用，不妨就从1934年1月《文学季刊》创刊号所刊鲁迅《选本》一文说起："凡选本，往往能比所选各家的全集或选家自己的文集更流行，更有作用。"当然，只读选本不看全集也会有弊端，你"自以为是由此得了古人文笔的精华的，殊不知却被选者缩小了眼界"；《文选》尚且如此，更不用说后世无数畅销或不畅销的选本了。即便如此，鲁迅还是提醒："评选的本子，影响于后来的文章的力量是不小的，恐怕还远在名家的专集之上，我想，这许是研究中国文学史的人们也该留意的罢。"② 补充一句，好的"文学读本"，其影响力同样在文学史著作之上。尤其是在相对陌生的领域，

---

① 陈平原：《作为文学史家的鲁迅》，《学人》第四辑，南京：江苏文艺出版社，1993年7月。
②《鲁迅全集》第七卷136-137页，北京：人民文学出版社，1981年。

卖弄若干新名词，或罗列一大堆作家作品，不如引导学生切实地阅读作品。还记得各种流行的《中国古代诗文选》，或者 20 世纪 80 年代的《外国文学作品选》吗？那起码诱导我们读了若干名篇。记得我读大学时，因时代潮流及授课老师的趣味，被灌输了好多亚非拉作家的名字，可惜没看多少原著，后来几乎全忘记了。这可是惨痛的教训。陶渊明《五柳先生传》所说的"好读书，不求甚解"，其实是很高的境界；如今则反过来，变成了"不读书，好求甚解"。这种风气，与我们以各种叠床架屋的文学史作为主导课程有关。

基于此判断，我认定，若想扶持或传播少数民族文学，编写文学史未必是最佳选择。一说文学教育或研究，马上就想到文学史，俨然此乃一指定乾坤。其实，作为一种兼及意识形态、知识系统、课程设置与著述体例的特定学科，"文学史"有其来龙去脉，也有其功过得失，需要认真辨析。以文学史作为文学教育的核心，这一选择并非毋庸置疑。2010 年 6 月，在我主持的座谈会上，哈佛大学宇文所安教授称："在哈佛，只有一门文学史课，就是中国文学史课，别的系，不管是英语系、法语系，他们完全没有文学史的课。为什么有中国文学史的课？中国文学的作者，他们做文章的时候，他们自己知道中国文学史，有中国文学史的意识。如果你不是从他们的观点里看他们怎么对待过去和传统，就没有办法理解他们。如果我们讲梵文的文学史，就完全没有意义，为什么？因为梵文作家虽然很多，跟中国一样丰富，但是他们写东西的时候，没有文学史的概念。"[1] 不设文学史课程的院系，怎么教文学呢？那就是以作品为中心，以问题为导向，且开设大量专题性质的选修课。

中美两国文学课程的巨大差异，并非缘于历史长短或作品多寡，

---

① 参见宇文所安、陈平原等《文学史的书写与教学》，《现代中国》第十三辑，北京：北京大学出版社，2010 年 11 月。

349

而是对文学史功能的不同理解。将文学史写成了英雄谱，这已经有点过分了；将编写文学史作为提升少数民族文学地位的重大举措，更是不得要旨。1958年，中宣部下发关于为各少数民族编写文学史的指令，而后，"从1959年由云南人民出版社出版的《白族文学史》（初稿）和《纳西族文学史》至今，蒙古族、藏族、满族、回族、朝鲜族等55个少数民族都有了自己民族的文学史。其中，壮族、蒙古族、藏族、满族、维吾尔族等民族的文学史有多种版本，这些族别文学史的作者大都为本民族学者，他们了解自己民族文化和历史，占有了大量具有原生形态的文学史资料，这些文学史以史料的丰富翔实而著称，使人们能够比较完整地认识各民族文学真实的历史面貌。"① 若在公开场合，你问我怎么看待56个民族都有自己的文学史，我不会表示异议的；因为，这属于"政治正确"。可私底下，我对此举是否大大促进了少数民族文学的传播，持严重怀疑的态度。

恕我直言，不是每个民族都适合拉开架势撰写一部功能齐全的文学史。55个少数民族中，人口在百万以上的有壮族、满族、回族、苗族、维吾尔族、彝族、土家族、蒙古族、藏族、布依族、侗族、瑶族、朝鲜族、白族、哈尼族、哈萨克族、黎族、傣族等18个民族；其他的呢？人口最少的珞巴族，在中国境内只有2300人。对于那一半以上没有本民族文字的少数民族来说，编民族志比写文学史更可行，也更有意义。

记得1960年4月8日老舍在第二届全国人民代表大会第二次会议上做大会发言，称"以汉族文学史去代表中国文学史显然有失妥当"，"今后编写的中国文学史，无疑地要把各兄弟民族的文学史包

---

① 参见李晓峰、刘大先《中华多民族文学史观及相关问题研究》22页，北京：中国社会科学出版社，2012年。

括进去"①。这我完全同意。问题在于，采取什么立场、视野、手段，才能妥善地将各少数民族文学"包括"进整体的中国文学史。这里的困难，不在独立撰写各民族的文学史，只是作为统编教材的《中国文学史》中，如何恰如其分地呈现各少数民族作家的风采及贡献。其中牵涉语言、文体、时代、思潮等，还有各民族文学到底是单列还是混编，评价标准侧重文学成就还是种族意识，还有，怎么讲述那些用汉语写作的少数民族作家。尤其是后者，众多研究成果有利于我们了解特定时代的文化环境与文学风貌，但对具体作家作品的评价，并没因此发生天翻地覆的变化。或者说，整个中国文学史的叙事框架与评价体系，是否因"民族文学"的建构而发生剧变，目前还看不出来。

文学史家的考证、辨析与裁断，确实带有某种"暴力因素"。尤其是很具权威性的统编教材，其居高临下的姿态，必定对被表述者带来巨大压力。"老舍是满族作家，年轻的时候游学西方，见识过欧洲民族国家的状况和多元化的世界；新中国成立后担任国家民族事务委员会的委员，还当了中国作家协会副主席（分管少数民族文学创作）。他对'中国文学史'的看法，就有以往被表述一方之代表的意味。"②这里突出老舍的官方身份，且强调是在全国人大会议上的发言，拥有"中国各族人民共同创造了光辉灿烂的文化"这一尚方宝剑，理论上完全站得住。问题在于，立场之外，还需要修养、趣味与表达技巧——准确描述少数文学的贡献，不是一件很容易的事情。所谓摆脱"被表述"的命运，一不小心，会走到另一个极端，那就是因应特定年代的政治需要，刻意拔高少数民族文学的成就。在我看来，过犹不及。

---

① 老舍：《兄弟民族的诗风歌雨》，1960 年 4 月 9 日《人民日报》。
② 参见徐新建《多民族国家的文学与文化》310 页，北京：人民出版社，2016 年。

都说我们中国幅员辽阔、历史悠久、文化灿烂，但不同时期的"中国"，疆域变动不居，民族差异很大，若能和平相处，互相借鉴，那是一种了不起的力量。但如果民族矛盾激化，则很可能狼烟四起，就像 20 世纪 90 年代的苏联或南斯拉夫，那是很悲惨的。文化多元与政治民主、社会稳定之间，须保持必要的张力。大家都在引费孝通的"中华民族多元一体格局"，可到底如何理解，以及怎样运用到各民族文学关系的论述，依旧是未知数。这不是纯粹的学术研究，还包含国家的大政方针以及特定时期特定地区的政策导向，须兼及原则性与灵活性。我不是民族问题专家，也非守土有责的官员，谈论这个兼及理论与实践的话题，真的是小心翼翼，从不敢放言高论。但有一点，我认准，所有"平等论述"，都受人口比例、文化传统、经济水平等因素的制约。请记得，无论东方还是西方，如何处理主流与支流、中心与边缘、对话与对抗、输出与输入，都是一门大学问。

　　描述多民族且多语种国家的文学史图景，其实是很棘手的。都说借鉴国外经验，可日本基本没有民族问题（阿伊努族人数很少），美国乃民族大熔炉，以英语及国家认同为根基。美国文学史家注重各族裔文学，但那都是英语作品；假如你加入美国国籍，但仍坚持用中文写作，写得再好，也无法进入美国文学史。有学者以 1911 年汉莱克的《美国文学的历史》、1998 年艾略特主编的《哥伦比亚美国文学史》以及 2004 年盖瑞的《美国文学史》为例，说明族裔问题、民权运动以及多元文化兴起，如何影响此三书的章节安排及论述立场[①]。我承认少数族裔意识的自觉以及主体意识的确立，确实对美国文学研究产生了很大冲击。但有一点，进入美国文学史的，都是英语作品（包括华裔美国作家如汤婷婷、谭恩美、裘小龙、哈金等）。在这个意义

---

① 参见李晓峰、刘大先《中华多民族文学史观及相关问题研究》278-281 页。

上，美国学者处理"多民族文学"时，其实比我们简单多了——只需照顾到创作主体因其身份认同而呈现出来的不同文学风貌即可。撰写中国文学史，无论古代还是现代，均得兼顾许多非汉语书写的少数民族文学作品。

我们的难处在于，如何真诚地面对自己的阅读感受与学术困境，而不是动辄追问政治立场，或死守若干教条。在历史进程中，激进与保守，文雅与通俗，单纯与混杂，并不具备绝对价值；就看你如何审时度势，移步变形。前些年，美国学院中人大多不谈审美、文学性以及形式感等，怕被讥为保守或落伍。弄到最后，"谈文"几乎变成了"论政"，表面上很深刻，实则自毁根基。长久下去，文学批评（研究）将失去存在价值。我以为，在国家大政方针与个人阅读感受之间，须保持必要的张力；以文学为根基，兼及政治、文化、历史、艺术与宗教，这是我们编写少数民族文学读本的基本前提。

谈论编写"文学读本"，为何是"少数民族"，而非目前流行的"多民族"呢？我了解最近十几年诸多学者努力提倡"多民族文学"的苦心，那就是超越原先相对狭隘的"少数民族文学"视野："由民族学的角度放眼现实，在中国文学的总格局下，已经不再是'汉族文学'与'少数民族文学'的'二分'态势，而应该是也必然是每个民族都各居一席的'五十六分'的可喜态势。缤纷多姿的民族文化和民族文学，在此情景下显然可以得到更加绚丽完美的展示，得到更加科学准确的诠释。"① 这里说的是作家的民族属性，可我更关注文化认同、写作姿态及使用语言——假如不是"汉族文学"与"少数民族文学"二分，而是"汉语书写"与"非汉语写作"的差异，是否能被广泛接受？

所谓中国文学绝对平等的"五十六分"，不但不可能，也不应该。

---

① 关纪新：《创建并确立中华多民族文学史观》，见汤晓青主编《全球语境与本土话语》9 页，北京：社会科学文献出版社，2014 年。

这里牵涉"民族学"与"文学史"之间立场的歧异——前者关注"民族",后者侧重"文学"。在后者看来,首先是好作品,至于是哪个民族的作家创作的,那是后面阐释的问题。当然也会有反对意见:少数民族文学之所以被低估,因历史上汉族人口、经济及文化均占有绝对优势,故评价标准及审美趣味本身就蕴含着阶级以及民族的偏见。但只是这么抱怨,并不解决根本问题。某种意义上,今天谈论"少数民族文学"(尤其是历史上的),是带有保护性质的。一定要说56个民族地位平等,文学评论也该不分彼此,否则便是"歧视",如此论述表面上很替少数民族作家争气,可实际上不仅无法落实,还可能削弱少数民族文学的竞争性、传播度与阐释力。

这里想引入美国的经验——他们讲多元文化比我们早,论述强度也大得多。可到今天为止,人家仍讲"少数族裔"。美国白人(欧裔)1.8亿,约占总人口63%,此外,西班牙裔3500万,黑人(非裔)3400万,亚裔1000万,印第安人及阿拉斯加原住民250万。不管是非裔或亚裔(包括阿拉伯、中国、印度、伊朗、日本、韩国等)的作家/学者,他们并不忌讳、甚至是刻意强调"少数族裔"的立场,站在边缘处发声,要求特殊照顾。而在中国,让占总人口不到10%的55个少数民族与汉族同台竞争,这对他们是很不利的——赢得了面子,弄不好会失去了里子。正因此,我有点怀疑"多民族文学"这个概念的有效性。若实在需要,不妨含糊点,就说"民族文学",即从"民族"的角度谈文学,或阐释文学作品时更多关注作家的民族属性。

考虑到很多少数民族作家因教育背景、自身修养、文化认同以及对于读者及市场的预设,选择了用汉语书写(不说晋人陶渊明或清人纳兰性德,就说现代的苗族作家沈从文、满族作家老舍、回族作家张承志、藏族作家阿来等),他们的作品早就活跃在"文学史"大传统中,若编辑"少数民族文学读本",建议不必收录,只在"导言"中提及即可。相对于纳兰性德或沈从文，我更关心那些只用本民族语言写作的作家作品，因其在汉族地区即便不被遗忘，也难以得到深入的阐释与广泛的传播。

文学不同于相对直观的音乐或舞蹈，文学史也不同于社会学或民族志，这里的关键在语言。明知藏族、维吾尔族、蒙古族、回族、彝族等有很多好作品，可因语言隔阂，必须借助翻译才能阅读。于是，牵涉到以下两个问题：一是翻译的重要性，二是怎么看待只用本民族语言创作的作家。

若承认多元文化立场，我们必须尊重那些只用本民族语言文字写作、且基本上只在本民族活动范围内流通的作家，以及他们或明显或潜在的对抗汉化、儒化、一统化的努力。据李晓峰、刘大先著《中华多民族文学史观及相关问题研究》，1981—2009 年《民族文学》上16 个非汉族文学作者用母语创作而后译成汉语的作品为 1028 篇，对照这些民族作家用汉语在《民族文学》所刊发的作品，结论是："维吾尔族母语汉译作品占 88.03%，哈萨克族母语汉译作品占 82.39%，朝鲜族母语汉译作品占 64.56%。这种情形说明，在上述三个民族中，母语文学书写占主要地位，而汉语书写占次要地位。这种情形与整体的中国当代文学书写以汉语为主的情形正好相反。"（211 页）但是，第一，投稿给《民族文学》的少数民族作家，对此刊物的性质早有了解（如早年的张承志以及今天的阿来，很可能更愿意将好稿子给《人民文学》而不是《民族文学》）；第二，少数民族作家之所以选择母语写作，有的是文化自觉，有的则因汉语不太好；第三，同样是少数民族作家，生活在民族地区还是国际性大都市，其教育背景及写作姿态有很大差异。考虑到传播途径及效果，当下中国，应多关注那些坚持本民族语言及文学传统的"自觉"的"民族作家"——当然不希望变成一种政治姿态。

接下来是翻译的意义，以及翻译家的作用。提及现代汉语的形成或现代中国文学的建构，我们都会特别表彰翻译家的贡献。像严复、林纾、周氏兄弟、朱生豪、傅雷等翻译家，是得到文坛及学界的充分尊重的。相比之下，翻译少数民族文学或学术著作的翻译家，就没有得到如此礼遇。谈现代民族国家的建立，只讲西学东渐还不够；既然中华民族多元一体，则中国境内各民族文学／学术的译介，其意义同样不能低估。可实际上，后一种译作，即便精雕细琢，也极少被当作"范文"看待（比如进入中小学《语文》课本），也很难在大学课堂上得到充分表彰。很多译作只是配合自家研究，如西北民族大学的老前辈王沂暖，撰有《藏族文学史略》，但在我看来，其将毕生心血倾注到《格萨尔》的整理、翻译、研究事业中，独译或合译《格萨尔王传》二十余部，更值得表彰。正是基于此考虑，若编少数民族文学读本，除了选择译文时需格外慎重，且不妨借助"题解"或"延伸阅读"，谈论那些为少数民族文学的汉译及整理做出重要贡献的人物。

　　编写作为教材的少数民族文学读本，不同于个人著述。若文化遗产整理，必须"不厌其烦"，功夫下得越细越好；可作为文学传播，则必须考虑读者的趣味及接受能力。以藏族文学为例，现存《格萨尔王传》据说有120多部，2000多万字，是世界上最长的英雄史诗，比《吉尔伽美什》《伊利亚特》《奥德赛》《罗摩衍那》《摩诃婆罗多》等五大史诗的总和还要多。问题在于，走出藏族地区，若非专门研究者，没有几个人真的读过《格萨尔王传》的。照理说，既然是中华民族的文学宝典，所有修过中国文学史的大学生或研究生多少总会有所了解吧？实际状况并非如此。除了部头太大，还有就是我们历来重整理而轻传播。对比古希腊史诗《伊利亚特》《奥德赛》在西方乃至全世界的广泛传播，你就明白其中的差距。这与

19、20 世纪西方文化在全球占绝对主导地位有关，但也与人家严谨的整理、精致的改写以及灵活多样的传播方式密切相关。对于流传广泛且变异很多的民族史诗来说，所谓"原汤原汁"的整理，几乎不可能。在哪个时代由哪些专家整理定型，就必定带有那个时代的审美趣味及技术能力。今日中国，要想让《格萨尔王传》进入千百万大学生的视野，在民族政策、非遗保护、文献整理之外，还得有审美趣味及传播技巧方面的考量。

说到精致的翻译以及创造性的传播，不能不提及仓央嘉措（1683—1706）的诗歌。从 1930 年于道泉刊行《第六世达赖喇嘛仓央嘉措情歌》开始，近百年间，不知有多少真真假假的仓央嘉措"情歌"在汉族读者中流传。一首《在那东山顶上》，让无数"文青"或"小资"如痴如醉。至于拉萨八廓街东南角的玛吉阿米餐厅，更是将神话、诗歌与饮食融为一体。文学传播遭遇商业化运作，必定有所扭曲与变形（包括近年影视作品对于仓央嘉措诗歌的过度消费），但这起码激起了公众的阅读热情。回顾历史上众多文学革命，大都兼及政治、文学与商业。俗话说，水至清则无鱼。完全拒绝商业介入，不是好主意。关键在于如何适时地进行自我调整。这就好像面对老建筑，只说保护不够，最好是"活化"。所有的经典作品（不仅是少数民族文学），如何借助与当下读者的对话，不断地自我更生，是个普遍性的难题。在强调学术价值的"整理"与注重读者趣味的"传播"之外，还有第三条道路，那就是相对清高、不太受资本逐利影响的大学课堂——这也是我对编一册少数民族文学读本寄予很大期望的缘故。

若能兼及文学家的情怀与教育者的责任，为中文系乃至全校学生开设"少数民族文学"课程，包括编辑相关读本，是件大好事。具体怎么操作？就说简单的几句话：第一，在中华文化多元一体的大格局中，思考各民族文学的价值及贡献；第二，以中华民族大家庭中非本民族的大学生为拟想读者；第三，考虑到中国历史的复杂性，不求完整叙述，更多关注具体作品；第四，选择文本时主要考虑文学及文化价值，而不是各民族人口比例；第五，借助"题解"与"延伸阅读"，展开较为宏阔的视野，尤其注重文本的历史性与对话性。

2017 年 5 月 3 日初稿，5 月 18 日改定于京西圆明园花园

语文教学

知识生产与文学教育

发现语文之美，享受阅读之乐

语文之美与教育之责

语文教学的魅力与陷阱

如何谈论"文学教育"

知识生产与文学教育[*]

. . .

　　大家都在大学里念书或教书，深知大学这种体制，这种组织形式，对于知识生产和文学教育的意义。近年来，作为一个文学教授，我花了好多时间关注教育问题。因为，在我看来，教育既是一种社会实践，也是一种制度建设，还是一个专门学科，一种思想方式，甚至可以说是一套文本系统，有必要进行深入的探究。即便你只是想了解"什么是文学"，或"怎么做文学"，你也必须介入到关于教育的讨论里来。

　　大概一个月前，我在北大主持召开了一个学术会议，题目是"教育：知识生产与文学传播"。在那个会议上，我们从晚清北京的女学，到民国国文教学实践，再到当今中国大学的发展趋势，目光贯穿整个 20 世纪。具体论述中，既关注教育小说的兴起，课程建设的推进，社会教育的风貌，更关注具体的知识团体以及文学流派的大学背景，还有学科体制的建设与意识形态的纠葛，比如说"现代文学"这个学科的建立，或者"文学史"和"文艺学"这两个学科的对峙，以及"大批判文体"的形成等。总的思路是，在思想史、学术史、文化史以及文学史的背景下，来考察阐释晚清以降的教育问题；通过许多个案研究，来沟通理论和实践、思想和制度、精英和大众，将教育研

---

* 2005 年 6 月 26 日在"中国文学：传统与现代的对话"国际学术研讨会（南京）上的主题发言，初刊《社会科学论坛》2006 年 2 期。

究从过多过细的操作层面解放出来。这不仅仅是我们的愿望，教育学界也有这种想法。在此之前，我跟一些从事教育学或教育史研究的专家交流，他们也有强烈的合作意向。在我看来，"教育"的范围不仅限于课堂，而是牵一发而动全身。我们讨论的问题，其实牵涉到启蒙论述、文化政治、权力运作、经典确立、文学传播、学科规训等。所有这些，都是现在很"时尚"的题目。只是我不习惯空谈理论，更愿意从小处入手，讨论如何探究现代中国的"文学教育"问题。

大概二十年前，做博士论文的时候，我涉及晚清学堂和晚清小说叙事方式的关系，写了初稿，可最后还是割舍了，没放到书里去，只是在"导言"中略为提及。原因是，那个时候，我没有能力把握整个教育制度的演变和具体的文本形式之间的关系。这些年来，学界在这方面有所推进。十年前，我写过一长篇论文《新教育与新文学——从京师大学堂到北京大学》，利用北大校史资料，来描述从"文章流别"到"文学史"这个科目及课程的变化。在这一过程中，蕴含着知识体系的迁移，以及文学趣味的变化。我以为，正是这些当时看来无足轻重的制度建设，导致了新文化的诞生。换句话说，我们以前更多关注"五四"精英们的个人才华，现在转而关注教育制度的变化，看它是如何影响着整个文学潮流。不仅仅讨论"白话文"为什么成功、"现代文学"学科怎么建立，也包括20世纪八九十年代中国学术转向，所有这些问题，我都力图深入到教育制度层面，去进行细致的考察。但我不太希望过多地引入福柯的"规训""惩罚"等，担心那样做会导致"过度阐释"。我更关注的是，具体的历史演进中，诸多影响文学教育的因素，是如何交互作用的。因此，应努力搜寻并解读各种档案、报刊、回忆录、诗文小说等，通过激活这些旧资料，催生新的问题意识以及理论视野，而不是先构建一个理论框架，再去填补相关资料。

我想举几个具体的例子，那样，或许更能说明问题。

以前我们都知道，"五四"新文化运动的发生，有个重要的中间环节，那就是民国元勋章太炎。章太炎的几个学生，如鲁迅、周作人、钱玄同等，在"五四"时期十分活跃，在思想文化界影响很大。我一直想知道，章太炎对那时京城里的大学生，是否真有那么大的影响力。后来，一个偶然的机遇，我在伦敦大学的亚非学院图书馆里找到一本很有趣也很有用的书，那就是半部《国故论衡》。经我考证，那半部书是傅斯年带到英国去的，上面有很多批注，还引了顾颉刚的一段话，大意是：章太炎所攻击的人，正是他从中获益最多者。正因为我们对某个人的书读得太多、太细，知道他毛病所在，以后反而刻意不提。据老同学毛子水回忆，成名后，傅斯年提及章太炎时，不免有轻蔑的语气，那都是因为早年用力太深。以前我惊讶"五四"那一代天资聪颖的大学生，为何日后不太谈及章太炎，现在我明白了。不说，不等于没受影响——这半部《国故论衡》上的批注，坐实了章太炎与傅斯年等北大学子的学术及思想联系。

第二个例子是，去年，我在法兰西学院汉学研究所图书馆发现了二三十种老北大的油印讲义，那是我们学校没有的。那些讲义，字迹已经不太清楚了，法兰西学院图书馆并不看好，堆在角落里。我问他们，能不能让我带回北大，他们说不行。我说，那好，我回北大以后，请校方出面，用一些新书跟你们换。新文化运动时期的北大，教授们讲课前一般先印讲稿，一页一页发给学生，以便听讲时参考。这些讲义，很少及时装订，大都丢失了，学校图书馆也没保留。现在，反而是在法国，保留下来这么几十种，语言的、文学的、历史的讲义，这太好了，对我们理解那个时期北大的教学，实在太有用。比如，吴梅的《中国文学史》以及黄侃编的两种文章选本，以前我们都不知道。这些东西，促使我思考一个问题：早年北大是如何开展文学教育的。以前我们只是读吴梅的《曲学通论》(即《词余讲义》)、黄侃的《文心雕龙札记》,对那个时候北大课堂的了解,是有偏差的。巴黎这些讲义出来后,我重读《北京大学日刊》上当年国文门教授会的会议记录,发现一个有趣的现象。那时国文门的教授们曾达成共识:我们的文学教育分成两类,这两大类界限分明,一类叫"文学",一类叫"文学史"。"文学"课强调的是文学的技术,讲究形式、美感以及艺术分析等;"文学史"则注重文学思潮以及历史变迁。在他们看来,这两者是很不一样的。这让我一下子明白,20世纪50年代以后,我们用"文学史"来整合整个中文系的文学教育,所可能碰到的以及遗留下来的问题。

再有一个例子是,我们谈文学教育,大都关注文学的"经典化"过程。我们都知道,进入中小学教材以及各种选本,是文学经典化的一个重要途径。除此之外,师友之间的互相揄扬,其实也是一个关键。我在北大图书馆保存的胡适藏书中,读到胡适自留的第二版《尝试集》,上面有很多作者修改的痕迹,除了各种批注,还夹了两封信。批注部分包括老同学陈衡哲、任鸿隽的意见,还有俞平伯和康白情这两位得意门生,也都谈了自己的看法。更重要的是鲁迅和周作人的信,他们两个当时是胡适的同事,应胡适之邀,帮他选诗。具体的不说,我只想指出,作为"定本"的《尝试集》,包含了师友们的很多建设性意见。仔细对照,我发现,胡适对于白话诗的某些"坚持",是因为有周氏兄弟的意见在做支撑。这让我想到一个问题,某一作品之所以成为"经典",所以能够广泛流传,影响后世,不完全是作品本身的力量,也包括作家本人的刻意经营,以及师友、学生的褒扬与传诵。换句话说,在文学生产和流播的过程中,大学体制——包括课堂讲授以及朋友、师生、同事之间的互相提携,构成了另外一个重要的"文学场"。这跟一般意义上的"读者"或报刊上的"书评"很不一样，不太张扬，也很难量化，但更有效。当然，教育体制对于具体作品的影响，可能是激扬，也可能是压抑。一般来说，我们更关注"激扬"；其实，"压抑"也是一种重要的影响。

谈论教育对于文学生产与传播的影响，晚清以降比较好办，我们都会关注各个大学的校史档案，还有各种校内校外的出版物等；利用这些资料，我们大致能复原晚清以降的整个文学教育状态。比如说，早期白话文的写作与教会学校课程设置的关系、"五四"时期北大校园刊物与文化思潮的纠葛、北京女高师的文学创作、西南联大的新诗及小说教学等，所有这些，我们都能找到确凿的证据。可再往前推，描述传统中国教育和文学生产的关系，就碰到了比较大的困难。好多年前，北大有位博士生做桐城文派的研究，我建议他把清代的书院教育考虑在内，因为我们知道，姚鼐在钟山书院、紫阳书院等教了四十年书，还有一部影响极大的"自编教材"《古文辞类纂》，讨论教育和文学的关系，这是一个非常好的个案。但因资料搜集困难，他最后放弃了，又回到关于考据、义理、辞章的分辨上来，实在有点可惜。我在北大的课堂上，不断谈论这个问题，希望学生们把古代中国文学和古代中国教育结合在一起来讨论。在此之前，我们知道，程千帆先生、傅璇琮先生他们讨论唐代科举和诗文的关系，做得非常好。至于宋元以降的书院教学和文学生产及传播的关系，还没有得到很好的清理。这些年来，有年轻的学者开始介入，包括北大的学生、南大的学生，都在关注北方或江南的书院如何影响某一文学流派的形成。其实，在教育史领域，这些年"书院研究"做得不错，积累了不少成果，假如能和文学史论述相勾连，那样来阐述"中国文学生产"，我相信会有比较好的发展前景。

发现语文之美，享受阅读之乐 *

· · ·

    今年 9 月，陈平原教授卸任北京大学中文系主任，作为北京大学和香港中文大学的双聘教授，陈先生今后将专心致力于学术研究。他说："做行政不是我的理想，我的志趣在学术。"做行政和做学问确实是两种思路，这几年，陈先生已经感受到行政对于一个学者思维的破坏。陈平原教授也曾经参与过中学语文教材的编写，但是很快就退出了。退出的理由，用他自己的话说就是：中学语文教学是一个专业，不是"客串"一下就可以搞好的，我们必须尊重这个专业。近日，本刊对陈平原教授进行了专访，就语文学习的特点和规律、语文教材的编写等问题进行了深入对话。

    《语文建设》：您是 1977 年参加的高考，当年您的高考作文登在了《人民日报》上。能否谈谈中学阶段语文老师或者语文课对您的影响？

    陈平原：真是很惭愧，都三十多年了，还在谈高考作文。不久前，我去人民日报社演讲，也被提及此事。二十年前，我曾写过一则短文《永远的"高考作文"》，嘲笑自己老走不出"高考作文"的阴影。

* 答《语文建设》记者李节问，初刊《语文建设》2012 年第 9 期，人大报刊复印资料《高中语文教与学》2012 年 12 期转载。

考场上的作文，本就难写好，更何况那时刚从"文革"中走出来，文章如何可想而知。当初《人民日报》选登高考作文，与其说是鼓励千百万考生，不如说是展现改革开放的姿态。正因此，这么多年了，每当需要将"恢复高考"与"改革开放"进程相连接，都会提及此文。

我是在"文革"期间上的中学，初中阶段没课上，整天"闹革命"；念高中时，碰上了邓小平"右倾回潮"，总算认真读了两年书。我是从插队的山乡跑去念书的，就近入学，进的是广东潮安磷溪中学。教我们语文课的金老师和魏老师，人都挺好，上课认真，对我很有帮助。但说实话，我的语文修养主要得益于家庭教育。父母都是语文教师，家里藏书比较多，使得我从小养成了读书的习惯。插队八年，记得"耕读传家"这一古训，没有一日废弃书本。

这不是一个人两个人的问题，最近，我们和欧美同学会建言献策委员会及上海交大媒体文化和社会发展高等研究院联合召开了"纪念77、78级毕业30周年论坛"，我发现，好多人都有类似的经历。或许这是我们这代人的共同特点：缺少正规的基础教育，知识结构上有明显缺陷；好处是善于自学，不墨守成规，无论日后学什么专业，常有逸出常轨的思考。还有一点，这代人不管学什么，普遍对"语文"有好感。因为，在乡下的日子里，"语文"是可以自学的；甚至可以这么说，"语文"主要靠自学。

章太炎说过，他的学问主要靠自学，而且，得益于人生忧患。与别的专业不同，一个人的"语文"能力，与人生阅历密切相关。这也是好多大作家没念过或者没念完大学，以及大学中文系不以培养作家为主要目标的原因。

《语文建设》：根据您个人的经验，学好语文的关键是什么？

陈平原：今日中国，不管中考还是高考，考生都会全力以赴认真复习。这个时候，你会发现，恶补别的科目有用，恶补语文没用。因

367

为语文的学习，主要靠平日长期积累。记得我参加高考，根本没预备语文，只是复习数学。我想，今天的中学生，大概也是这个样子。不是说语文不重要，而是语文无法"突击"。语文教学的特点是慢热、恒温，不适合爆炒、猛煎，就像广东人煲汤那样，需要的是时间和耐心。从这个意义上讲，"语文教学"说难也难，说容易也很容易。问题在于，心态要摆正，不能太急。

传统教育与现代教育有很大差异，不说培养目标，也不说课程设计，就说教学方式吧。以诗文为例，过去主要靠自学，学生面对经典的文本，仔细琢磨，百思不得其解，这才去请教；现在则以"文学史"或"文学概论"为教学中心，经典文本反而成了"配合演出"。学生省了上下求索的工夫，迅速获得有关作家作品的"精彩结论"。一星期就知道《诗经》是怎么回事；再过一星期，《楚辞》也打发了。一年下来，什么李白、杜甫，还有《西厢记》《红楼梦》，都能说出个一二三。这样的教学，确实推进很快，可学生真的掌握了吗？

晚清西学大潮中，章太炎对那时刚刚传入的使用教科书的标准化教学很不以为然，称："制之恶者，期人速悟，而不寻其根柢，专重耳学，遗弃眼学，卒令学者所知，不能出于讲义。"（《救学弊论》）以课堂讲授为主，学生必定注重"耳学"，养成"道听途说"的学风。而传统中国的书院教学，依靠山长的个人魅力，以及师生间的对话与交流，自学为主，注重的是"眼学"。在章太炎看来，前者整齐划一，更适合普及知识；后者因材施教，有可能深入研究。这种对传统书院的理想化表述，有八年杭州诂经精舍的独特经历做底，更因章太炎不满于时人对新式学堂的利弊缺乏必要的反省。

当然，现代社会"知识大爆炸"，学生需要修习的科目很多，不可能只讲"四书五经"。不过，章太炎的话提醒我们：贪多求快，压缩饼干式的教学，效果并不理想。而且，读书人一旦养成"道听途说"

的习惯，很难改过来。如何在"含英咀华"与"博览群书"之间，找到合适的"度"，这值得从事教育的我们认真思考。

《语文建设》：正像您说的，语文教学说复杂也复杂，说简单也简单。关键看是不是抓住了语文教学的真义。

陈平原：其实学语文很简单，多读书、肯思考、勤写作，这样就行了。道理很多人都明白，就是不甘心，总希望有"一本万利"的好生意可做。如果着眼于高考复习，语文确实"投入产出比"太低，不太合算；但如果考虑的是整个人生，这门课影响你一辈子，太重要了。借用杜甫的《春夜喜雨》，语文课的特点就是"随风潜入夜，润物细无声"。学起来很慢，不可能像武侠小说中的大侠，一旦获得武功秘籍便功力猛增；至于效果，却是余韵无穷，在你整个人生旅途上，投下长长的影子。

我在北大推"大一国文"（即"大学语文"），碰到很大障碍，有一领导要我保证，学过这门课和没学这门课的学生要有"明显差异"。我拒绝了，这不仅做不到，而且毫无道理。学语文，特别忌讳每天追问自己：今天进步了多少，上考场能加几分？必须摆正心态，晓得这门课有大用，但不急用，讲究的是积累与熏陶，这才能在学习中获得乐趣。之所以说"乐趣"，而不是学校里老师表扬人时常用的"进步"，那是因为，在我看来，教好语文课的关键，在于让学生在学习过程中"自得其乐"。

面对今天日益见多识广的中学生乃至大学生，你再说什么"书中自有黄金屋，书中自有颜如玉"，不但思想不正确，也没人信。在我看来，要学生热爱这门课，只有一个办法，那就是让他们觉得，这门课既长知识，也很有趣，值得学。

《语文建设》：您说的"急用"与"大用"，似乎分别与语文的"工具性"与"人文性"有关，您怎么看语文的"工具性"与"人文性"？

您认为语文教学的目的是什么？

陈平原：自古以来，中国人做事，都不满足于纯粹的技术操作，而希望由技至道。讲求技术性与精神性的统一，此乃中国文化的特色；只是具体阐述时，往往说得过于玄虚，很难真正落实。语文的"工具性"相对好说，经过百年摸索，我们大致明白该如何培养学生的听说读写能力。你可以批评它太刻板，但确实很有效，具备可操作性。至于"人文性"，真的是只可意会，难以言传。批评别人的语文教学缺乏"精神性"，这很容易；可如何将"精神性"贯彻到具体的教学实践中，则相对要难得多。

语文教育与人的精神发展密切相关，但所谓的"教书育人"，不能理解得太狭隘。过于直接的道德说教，过于强烈的伦理诉求，很容易引起学生反感，效果并不好。传统中国，同样强调文学与教化之间有着千丝万缕的联系，"诗言志"与"文以载道"，就有很大的不同。套用到语文教学，我更欣赏风流蕴藉的"诗教"。在审美中隐含着道德判断，而不是开口见喉咙，这是语文教学不同于"政治读本"的根本所在。

考虑到中学生接受知识有很多途径，并不单纯依赖语文课，我主张语文教学应该轻装上阵：以审美为中心，不戏说，不媚俗，也不自戴高帽。在我看来，中学生之阅读作品，可以有质疑，有批判，但更应注重"了解之同情"，以及鉴赏中的追慕。现实人生中，确有许多假丑恶，但语文教学更倾向于表彰真善美。与此相联系，在教学活动中，以培养"发现的眼光"为主要目标——知识可以积累，眼光及趣味却不见得。而所谓"发现的眼光"，是指在教学活动中，努力去发现汉语之美、文章之美、人性之美以及大自然之美。好的诗文，兼具"四美"，只是含而不露，需要认真体味，方能有所领悟。至于道德教诲，往往浮在上面，一眼就能看清。

语文教学改革中，存在着很多张力，诸如关注"当下"还是"过去"，注重"思考"还是"记忆"，强调"文言"还是"白话"，突出"知识系统"还是"教学乐趣"等。除此之外，还有一个思路，那就是能否将语文教学的重心，从相对朦胧的"人文性"，转换成确凿无疑的审美能力的培养。对于如此美好的世界，不仅仅是"知道了"，还必须学会欣赏与享受；而这一发现"四美"的过程，"真""善"也在其中。

《语文建设》： 蔡元培先生就曾经提出通过国文科进行美育，他认为国文科可以同音乐、美术并列，是美育的基本课程（《在国语传习所的演说》）。如果以培养审美能力为主要目的，让学生通过语文课发现语文的美，教材选文该注意些什么？

陈平原： 通过阅读，可以获得两种快感：一是诉诸直觉，来得快，去得也快；一是含英咀华，来得迟，去得也迟。语文课本的编纂，历来有两种思路：一是贴近生活，一是追求久远。依我浅见，带入本地风光，引入时尚话题，尽量拉近与学生的心理距离，所有这些努力，都不应该以牺牲文章的美感为代价。换句话说，"本地风光"也好，"时尚话题"也好，首先必须是文章可读，值得你认真鉴赏。假如是课外读物，说实话，老师管不着。可一旦作为正式教材，其阅读便带有某种强制性，必须考虑其是否经得起学生的再三咀嚼。

"经典阅读"与"快乐阅读"，二者并不截然对立。我只是强调，追求不假思索的瞬间愉悦，不是语文教学的根本目标；相反，应该注重的是培养学生发现的目光。发现什么？发现表面上平淡无奇的字里行间所蕴含着的真善美。而这种"发现"的能力，并非自然而然形成，而是需要长期的训练与培育。

至于如何编写语文课本，我就说两点：第一，低年级课本不选意识形态很浓的篇章。越是小孩子，记忆越清晰，选择为整个一生打底子的诗文，不能太偏激，不要太现实，多从人性以及审美的角度思考。第二，编教材，我不过分强调"出新"。原因是，很多传世名篇的"好"，是得到广泛认同的。为教材选文，应该只管"好坏"，不问"新旧"。对教师来说是"旧"的，对学生依旧是"新"。基础教育不同于文学创作，讲求的是教学的有效性，而不是编写者的特立独行。经典阅读与时尚阅读，二者如何协调，历来见仁见智。我更偏向于前者，因为，越是时髦的东西，生命力越短暂。

《语文建设》： 新课程以来，很多版本的中小学语文教材都请大学教授担任主编，您对此怎么看？

陈平原： 视野开阔、学识渊博的大学教授参与到中小学教材的编写中，当然有好处。首先是打破了原先相对封闭的教材编纂格局，其次是更多关注知识的整体性与延续性，再次，为推进教材革新提供了某种理论高度以及象征资本。但中小学教育与大学教育毕竟不是一回事，切忌将原本应在大学才教的知识，提前压缩到中学课本中去。大城市里的重点中学，教师和学生水平都很高，可这不是整个教改及课本编写的主要目标。另外，过多站在大学教授的立场看问题，可能会忽略中小学生的生理特点、接受能力以及欣赏趣味等。若是这样，调子唱得很高，但所编教材可能不切实际，不好用。

在我看来，大学教授若想介入中小学教育，首先必须多与中小学老师接触、交流，了解中小学的教学规律；不能"居高临下"，站在大学的立场来指导中小学教学。北大中文系每年都派老师参与高考命题、组织高考阅卷、培训中学教师等，现在广泛使用的人民教育出版社版《语文》课本，就是袁行霈教授带着我们好些老师参与编写的。但北大中文系教授中，积极介入中小学教育、成功主持《语文》教材编写的，当推钱理群和温儒敏。他们俩的风格不太一样，老钱一直坚守民间立场，老温则官方色彩比较浓，承接的是教育部项目。但有一点，他们都不是一时兴起，而是多年以来持之以恒地关注中小学教育。

《语文建设》：您的意思是说中小学教材编写本身是一个专业，并不是说搞文学的或者大学中文系的老师就可以编！

陈平原：是这个意思。举个例子吧，几年前，我翻看《叶圣陶全集》，偶尔读到这么一首《小小的船》，当即热泪盈眶："弯弯的月儿小小的船，小小的船儿两头尖。我在小小的船里坐，只看见闪闪的星星蓝蓝的天。"这是我小学时念过的课文，怎么会出现在《叶圣陶全集》？赶紧查《叶圣陶年谱》，才知道某年某月某日，叶先生正主持编写小学语文课本，因找不到合适的范文，干脆自己写了一首。说实话，那一瞬间，我很震撼。

当初叶圣陶、张志公、张中行等人编中小学语文教材，他们都是大行家，且全力以赴，一辈子把这当事业来认真经营。他们深知什么样的语言、什么样的文章适合哪个年级的中小学生阅读。实在找不到合适的文章，还能自己拟写。如此敬业，方才是对中小学生的爱护、对语文教育事业的尊重。像我这样，三心二意的，实在问心有愧。

中学教师与大学教师，二者职责不同，可并非楚河汉界，永远不可逾越。相反，民国年间，教过一段时间的中学，再到大学任教的，比比皆是。而现在基本上做不到，各自的生存状态都被固化了。流动性缺失，对大学教师、对中学教师都不好。同样是大学教授，当过中学老师的，与从研究院到研究院的，明显不一样。前者普遍注重表达，擅长沟通。你看教过浙江上虞白马湖春晖中学的朱自清与朱光潜，所撰《经典常谈》《语文拾零》，或《给青年的十二封信》《谈美书简》，都是设身处地为读者着想，读起来特别亲切。他们编教材，也是这个风格。

《语文建设》：教材承担着语文教学的内容，在某种程度上可以说是语文教学的风向标。这些年，我们语文教学界比较重视台湾的中小学《国文》《国语》教材，希望从中寻找借鉴。您怎么看两地教材的差异？

陈平原：我参加过教材编写，其中甘苦略有体会。领袖诗文如何处理，爱国主义怎样凸显，时事题材不能遗漏，主旋律必须高扬，还有就是汉奸文人不能入选等戒律，限制实在太多了，最后，你只能不求有功，但求无过。语文教育被要求承载的东西太多，"工具性""人文性"如何协调，本来就不太好把握；再加上"政治正确"这条红线，无论如何不能触碰。这样，三下五除二，可腾挪施展的空间也就很有限了。

其实，台湾也有台湾的问题，他们的"国语文"课本（小学叫"国语"，中学叫"国文"），照样被多方挑剔，编写者也常被骂得狗血淋头。他们也是一纲多本，自由竞争，也有禁区，也讲"政治正确"，也有意识形态限制问题，只不过严重程度以及表现方式不一样而已。

具体到语文教材的特点，都兼及文言与白话，都讲循序渐进，只是两相比较，台湾的课本比较偏重古典，大陆则多收现代人的文章。其中一个有趣的差异，台湾的国语文课本基本不收翻译文章，而大陆各家所编语文教材，无一例外，都收录了不少精彩的译文。除了人文性、精神性方面的考虑，还有就是，我们认定，对于现代汉语以及现代文学的建构，翻译家起了很大作用。

《语文建设》：您为什么不太主张教材创新？

陈平原："创新"是个好词，人见人爱。问题在于，什么叫"创新"，以及如何"创新"。教育理念变了，教材的编写方式也会跟着变；这样的"新"，乃是有源之水，起码能自圆其说。另一种"新"，着力点在选文，强调的是"新人"与"新文"，期望给人"耳目一新"的感觉。这种努力，我不太欣赏。有一阵子，我为大学生编散文选，和几位老师分头做，结果发现，大部分篇章重叠。原因是，很多传世名篇的"好"，是得到广泛认同的。所以我才说，为教材选文，应该只管"好坏"，不问"新旧"。尤其基础教育是打底子的，这个"底"会长久地留存下去，因此小时候阅读或背诵的诗文，应尽可能"纯洁无瑕"，掺杂太多时代的以及个人的色彩，我以为不妥。

"文革"中，我在粤东山村教小学，看着隔壁班老师花一年时间，带学生背诵毛主席的"老三篇"，心里很难受。整整一年的语文课，就学这个，学生们倒背如流。有领导来视察，几十个孩子，放开喉咙，一起拖长声调："村上的人死了，开个追悼会，用这样的方法寄托我们的哀思，使全中国的人民团结起来……"这场景，确实很震撼。来访的领导无不拍手叫好，校长也很得意。我却暗暗叫苦，这些孩子长大后，对于语文课的记忆，该是何等苍白！

所谓"创新"，一是人文性与工具性的对峙，一是古典与时尚的协调。此外，还有一点很少被人涉及，那就是如何养育或成全"文化的多样性"。中国这么大，各地区的文化差异十分明显；可是，因政治和商业的需要，大家都在追求"大一统"。所谓"地方性知识"以及方言文化等，完全被搁置了，这实在可惜。

语文之美与教育之责 *

. . .

今天谈教育，最响亮的口号，一是国际化，二是专业化。这两大
潮流都有很大的合理性，但若以牺牲"母语教育"或"中国文辞"为
代价，则又实在有点可惜。

110 年前，具体说是光绪二十九年（1903）十一月，晚清最为重
视教育的大臣张之洞在奉旨参与重订学堂章程时，在规定"中学堂以
上各学堂，必全勤习洋文"的同时，强调"学堂不得废弃中国文辞"。
之所以刻意凸显"中国文辞"，不是基于文学兴趣，而是担心西学大
潮过于凶猛，导致传统中国文化价值的失落。此立场曾被批得"体无
完肤"，今天看来颇有预见性。

一、阅读与写作课：国外高校是抹不掉的必修课，我们还在由大学"自作主张"

北大中文系百年系庆时，我曾谈及："'母语教育'不仅仅是读书
识字，还牵涉知识、思维、审美、文化立场等。我在大陆、台湾、香
港的大学都教过书，深感大陆学生的汉语水平不尽如人意。"前一句
好说，后一句很伤人，这其实跟我们的整个教育思路有关。

---

* 2014 年 12 月 21 日在华东师范大学召开的"百年语文的历史回顾与展望"研讨会
上的主旨演说，初刊《文汇报》2015 年 1 月 9 日，略有修订。此文在网上广泛流传，
但被改题为《陈平原：一辈子的道路取决于语文》或《陈平原：中文系是为你一生
打底子》。

教育部在启动此次新高考改革时，已明确宣布取消中学的文理分科。但至于今后大学是否要开设"大一国文"或"大学语文"，教育部不敢硬性规定，任凭各大学自作主张。相比之下，台湾教育界目前还在坚持6个学分的"大一国文"，显得弥足珍贵。

记得4年前，在上海哈佛中心成立会上，与哈佛大学英文系教授交流各自的心得与困惑，我谈及"大一国文"的没落以及大学生写作能力的下降，对方很惊讶，因对他们来说，"阅读与写作"是必修课，抹不掉的。准确、优雅地使用本国语言文字，对于任何一个国家任何一个时代的大学生都很重要。而这种能力的习得，不是一朝一夕的事，更不是政治课或通识课所能取代的。

学习本国语言与文学，应该是很美妙的享受。同时，此课程牵涉甚广——语文知识、文学趣味、文化建设、道德人心、意识形态，乃至"国际关系"等。最后一点是我的即兴发挥，起源于一件小事。

多年前，某教授很悲伤地告诉我，日本的中学国文课本将删去鲁迅的《故乡》，理由是国文不该收外国人的作品。后来证明是误传。据东京大学藤井省三教授告知："日本有五所出版社刊行初中国语课本，这五种课本从1972年以后一直到现在，都有鲁迅《故乡》。"国语课本收不收鲁迅作品，对于普通日本人之了解现代中国，关系重大。表面上争的是"译作"算不算"国文"，背后则是国民心态。我们的中学语文课本是收译作的，除了承认现代汉语受外来词汇及表达方式的深刻影响，还显示了国人的开放心态及国际视野。

二、今人读书如投资，都希望收益最大化，这一思路明显不适合语文教学

我从16岁开始教书，最初教小学及初中的语文课，后来在大学

主讲文学史。记得"文革"时知青下乡，若被请去教书，十有八九是从语文教起——我自己的经历也是这样。因为校长们觉得，凡有一定文化修养的，只要满腔热情且肯用心，都能教好语文课。换句话说，语文很重要，但教语文课的门槛很低，完全可以"无师自通"。

40多年后的今天，随着基础教育水平的提升以及高等教育的普及，当一个合格的语文教师，不管教的是小学中学还是大学，都不太容易了。但即便如此，高中的语文课或大学的文学史课程，依旧注重自由自在的阅读，没有那么多"先修课程"的限制，也不太讲究"循序渐进"。面对浩如烟海的名著或名篇，你愿意跳着读、倒着读，甚至反着读，问题都不大。这也是大学里的"文学教育"不太被重视的原因——"专业性"不强，缺几节课，不会衔接不上。

可这正是中学语文或大学的文学课程可爱的地方，其得失成败不是一下子就显示出来的，往往潜移默化，"润物细无声"。比如多年后回想，语文课会勾起你无限遐思，甚至有意收藏几册老课本，闲来不时翻阅；数学或物理就算了，因为相关知识你已经掌握了。另外，对于很多老学生来说，语文老师比数学、英语（课程）或政治课老师更容易被追怀。不仅是课时安排、教师才华，更与学生本人的成长记忆有关。在这个意义上，说中小学语文课很重要，影响学生一辈子，一点都不夸张。别的课程若非做专门研究，大都毕业就搁下，唯有研习本国语文，是"活到老，学到老"。

语文教学的门槛很低，堂奥却极深。原因是，这门课的教与学，确实是"急不得么哥"，就像广东人煲汤那样，需要时间与耐心。现代社会"知识大爆炸"，学生需要修习的科目很多，不可能只读"四书五经"；但贪多求快，道听途说，压缩饼干式的教学，对于中学语文或大学的文学史课程，损害尤其明显。因此，如何在沉潜把玩与博览群书之间，找到合适的度，值得读书人认真思考。

今人读书如投资，都希望收益最大化。可这一思路，明显不适合语文教学。实际上，学语文没什么捷径可走，首先是有兴趣，然后就是多读书、肯思考、勤写作，这样，语文就一定能学好。《东坡志林》里提到，有人问欧阳修怎么写文章，他说："无他术，唯勤读书而多为之，自工。世人患作文字少，又懒读书，每一篇出，即求过人，如此少有至者。疵病不必待人指摘，多做自能见之。"这样的大白话，是经验之谈。欧阳修、苏东坡尚且找不到读书作文的"诀窍"，我当然更是"无可奉告"了。据叶圣陶先生的长子叶至善称，叶老从不给他们讲授写作方法，只要求多读书；书读多了，有感觉，于是落笔为文。文章写多了，自然冷暖自知，写作能力逐渐提升。叶老这思路，跟欧阳修的说法很接近。

三、我特别担心慕课风行的结果，别的课我不懂，但深知语文课不能对着空气讲，"现场感"很重要，必须盯着学生们的眼睛

为何先说"学"，再说"教"？因本国语文的学习，很大程度靠学生自觉。所谓"师傅领进门，修行靠个人"，在这门课上表现特别突出。教师能做的，主要是调动阅读热情，再略为引点方向。若学生没兴趣，即便老师你终日口吐莲花，也是不管用的。十年前主编《普通高中课程标准实验教科书·中国小说欣赏》，我在"前言"中称："除了母语教学、人文内涵、艺术技巧等，我们更关注'阅读快感'——读小说，如果味同嚼蜡，那将是极大的失败。"[1] 其实，不仅是选修课，语文课本都得考虑学生的阅读趣味。记得小时候新学期开学，最期待的就是领到语文课本，然后抢先阅读，半懂不懂，但非常愉快。

说到语文学习的乐趣，必须区分两种不同的阅读快感：一是诉诸

---

[1] 陈平原主编《普通高中课程标准实验教科书·中国小说欣赏》，北京：人民教育出版社，2005年。

直觉，来得快，去得也快；一是含英咀华，来得迟，去得也迟。"经典阅读"与"快乐阅读"，二者并不截然对立。我只是强调教学中如何培养学生"发现的目光"。发现什么？发现表面上平淡无奇的字里行间所蕴含着的汉语之美、文章之美、人性之美以及大自然之美。而这种"发现"的能力，并非自然而然形成，而是需要长期的训练与培育。这方面，任课教师的"精彩演出"与"因势利导"，都很重要。

在拙作《从文人之文到学者之文——明清散文研究》的"开场白"中，我提及大物理学家费恩曼如何精心准备，投入极大热情，把物理学讲得出神入化，让人着迷，当时借用《迷人的科学风采——费恩曼传》里的一段话："对费恩曼来讲，演讲大厅是一个剧院，演讲就是一次表演，既要负责情节和形象，又要负责场面和烟火。不论听众是什么样的人，大学生也好、研究生也好、他的同事也好、普通民众也好，他都真正能做到谈吐自如。"不一定是学术大师，任何一个好老师，每堂课都是一次精心准备的演出，既充满激情，又不可重复。

如承认讲课是一门艺术，课堂即舞台，单有演讲者的"谈吐自如"远远不够，还必须有听讲者的"莫逆于心"，这才是理想状态。去年我在《文汇报》上发表《作为一种"农活儿"的文学教育》，承认慕课（MOOC，即大规模开放在线课程）在普及教育、传播知识方面的巨大优势，同时又称：从事文学教育多年，深知"面对面"的重要性。打个比喻，这更像是在干"农活儿"，得看天时地利人和，很难"多快好省"。这"教育的性质类似农业，而绝对不像工业"的妙喻，不是我的发明，其实来自叶圣陶、吕叔湘二位老前辈。我特别担心慕课风行的结果，使得第一线的语文教师偷懒或丧失信心，自觉地降格为某名校名师的助教。别的课我不懂，但深知语文课不能对着空气讲，"现场感"很重要，必须盯着学生们的眼睛，时刻与之交流与对话，这课才能讲好。只顾摆弄精美的PPT，视在场的学生为"无物"，这不是成功的教学，也不是称职的教师。

四、某种意义上，学文学的，太富贵、太顺畅、太精英，不一定是好事情

关于中学语文课以及大学的文学教育，我说过两句话：一是请读无用之书，二是中文系是为你的一生打底子；现在看来，有必要增加第三句，那就是：语文学习与人生经验密不可分。

先说第一句，那是答记者问时说的。我谈到提倡读书的三个维度，其中包括"多读无用之书"。为什么这么说？因为今天中国人的阅读，过于讲求"立竿见影"了。在校期间，按照课程规定阅读；出了校门，根据工作需要看书。与考试或就业无关的书籍，一概斥为"无用"，最典型的莫过于搁置文学、艺术、宗教、哲学、历史等。而在我看来，所谓"精英式的阅读"，正是指这些一时没有实际用途，但对养成人生经验、文化品位和精神境界有意义的作品。

第二句则是在北大中文系 2012 届毕业典礼上的致辞 [①]："中文系出身的人，常被贬抑为'万金油'，从政、经商、文学、艺术，似乎无所不能；如果做出惊天动地的大成绩，又似乎与专业训练无关。可这没什么好嘲笑的。中文系的基本训练，本来就是为你的一生打底子，促成你日后的天马行空，逸兴遄飞。有人问我，中文系的毕业生有何特长？我说：聪明、博雅、视野开阔，能读书，有修养，善表达，这还不够吗？当然，念博士，走专家之路，那是另一回事。"

这就说到了第三句。引述章太炎"余学虽有师友讲习，然得于忧患者多"（《太炎先生自定年谱》），似乎有点高攀；那就退一步，说说普通大学生的学习状态。不同地区不同水平的中学毕业生，通过高考

---

① 题为《中文人的视野、责任与情怀》，见本书 133 页。

的选拔，走到一起来了；可实际上，他们的学习能力及生活经验千差万别。一般来说，大城市重点中学的学生学业水平高，眼界也开阔，乡村里走出来的大学生，第一年明显学得很吃力，第二年挺住，第三、四年就能渐入佳境——其智力及潜能若得到很好的激发，日后的发展往往更令人期待。如果读的是文史哲等人文学科，其对于生活的领悟，对于大自然的敬畏，对于幸福与苦难的深切体会，将成为学习的重要助力。

某种意义上，学文学的，太富贵、太顺畅、太精英，不一定是好事情。多难兴邦，逆境励志，家境贫寒或从小地方走出来的大学生，完全不必自卑。

五、大学生一定要学会表达，有时候，一辈子的道路，就因这十分钟二十分钟的发言或面试决定，因此，不能轻视

对于今天的大学生来说，单讲认真读书不够，还得学会独立思考与精确表达。这里的表达，包括书面与口头。几年前，我写《训练、才情与舞台》，谈及学术会议上的发言、倾听与提问，其中有这么几句："作为学者，除沉潜把玩、著书立说外，还得学会在规定时间内向听众阐述自己的想法。有时候，一辈子的道路，就因这十分钟二十分钟的发言或面试决定，因此，不能轻视。中国大学没有开设演讲课程，很多学者缺乏这方面的训练。"具体的论述容或不准确，但强调口头表达的重要性，我想八九不离十。大陆、香港、台湾三地大学生在一起开会，你明显感觉到大陆学生普遍有才气，但不太会说话——或表达不清，或离题发挥，或时间掌握不好。这与我们的课堂教学倾向于演讲而不是讨论有关。实行小班教学，落实导修课，要求学生积极参与讨论并记分数，若干年后，这一偏颇才有可能纠正过来。相对于其他课程来说，语文课最有可能先走一步。

我博士刚毕业那阵子，曾被老先生夸奖"会写文章"。当初还觉得挺委屈的，因为，比起"思想深刻"或"功底扎实"来，这"会写文章"不算专业评价，更像是雕虫小技。教了30年书，逐渐体会此中甘苦。我终于明白，作为学者，会不会写文章，确实是个"事"——而且是不小的事。最近10年，我撰写了若干关于"现代中国述学文体"的论文，一半是学术史研究，一半则为了教学需要。不说成为大学者，即便只是完成博士或硕士论文，也都不是"动手动脚找东西"，或引进最新潮的理论，就能手到擒来的。

在一个专业化时代，谈"读书"与"写作"，显得特别小儿科。或许正因此，当大学老师的大都不太愿意接触此类话题。既然没有翅膀，若想渡江，就得靠舟楫。不管小学中学大学，对于老师来说，给学生提供渡江的"舟楫"，乃天经地义——虽然境界及方法不同。在北京大学的专题课以及香港中文大学的讲论会上，每当循例点评学生的论文时，我不仅挑毛病、补资料、谈理论，更设身处地帮他们想，这篇文章还可以怎么做。学生告诉我，这个时候他们最受益。

说到底，中学语文课以及大学人文学科，就是培养擅长阅读、思考与表达的读书人。只讲"专业知识"不够，还必须"能说会写"——这标准其实不低，不信你试试看。

语文教学的魅力与陷阱 *

. . .

正式演讲之前，先说三句闲话：第一，如何选题。主办方原本希望我谈读书，被我谢绝了。我曾自嘲："比起传授各种专业知识，劝人读书或教人怎么读书，显得没有多少技术含量，以致学有专精的教授们，普遍不太愿意涉足。"这当然是偏见，我并不这么看，要不怎么会撰写并刊行《读书的风景——大学生活之春花秋月》[①]和《读书是件好玩的事》[②]？因谈读书"名声在外"，常被邀请做此类演讲，这让我很尴尬——在我心目中，书已经出版了，就没必要再唠叨。最近我想清楚了，演讲跟戏曲、国画、新闻报道一样，讲究的是"人气"，而不怎么追求"原创"。人家希望你讲"最拿手的"，不计较你在别的地方讲过——因为，对于现场听众来说，都是第一次。可我不是职业演说家，明知没有追着听你讲的听众，还是希望尽可能避免重复。

其次，怎么演讲。有演讲经验的人都明白，讲两小时与讲二十分钟，是两种截然不同的演讲状态。都是两小时，一种独角戏（含问答），另一种三四人合抬，若同等才华且都认真准备，则后者较能

<hr>

* 根据作者 2015 年 10 月 11 日在无锡江南大学为国培班所做演讲，以及同年 12 月 24 日在南京中语会的专题演说整理而成，初刊《中学语文教学》2016 年第 2 期。
① 陈平原：《读书的风景——大学生活之春花秋月》，北京：北京大学出版社，2012年。
② 陈平原：《读书是件好玩的事》，北京：中华书局，2015 年。

出彩。一口气讲两个小时，必须掺水，否则听者太累，讲者也没那么多干货。至于为何演讲一般安排两小时，我猜那是课堂形式决定的——大约两节课。民国年间，无论政治家还是文人学者演讲，颇多半小时二十分钟的；比如鲁迅的演讲稿，除了 1927 年的《魏晋风度及文章与药及酒之关系》，其他都是短演讲。

再次，构思的经过。不同于开口就来的政治家或综艺节目主持人，我做演讲，事先需要准备。专题演讲不同于学术论文，是允许新旧杂陈的。如何将近期思考、长短文章，还有答问及随笔捏合起来，组织成一篇自成起讫、主题明晰但粗枝大叶的论述，未尝不是一种有益的尝试。下面讲的十三个问题，就是这么重装、改写与拓展。至于为什么是十三，很简单，不喜欢"十全十美"的假象。

第一，大学与中学之间的裂缝。同样是教育，中学与大学是有区别的，但这区别到底有多大，谁也说不清。民国年间，中学老师进大学教书，很正常，如历史学家钱穆、吕思勉，文学家朱自清，美学家朱光潜等。至于特定年代大学教授因经济困难到中学兼课（如抗战中西南联大教授），那就更容易理解了。但 20 世纪 50 年代以降，大学教师与中学教师之间的鸿沟，变得几乎不可逾越。这很奇怪，可绝少被追问。大学教师良莠不齐，中学教师则同样藏龙卧虎。只是因教学对象及教学内容不同，久而久之，前者较为专精，如此而已，无所谓高低雅俗。

我在中山大学读硕士时的导师吴宏聪先生，他的导师是杨振声；我在北京大学读博士时的导师王瑶先生，他的老师是朱自清。杨、朱二位主要活跃在解放前，以大学教授而关注中小学语文教育；吴、王二位主要活跃在解放后，则全力以赴在大学教书。杨振声先任国立青岛大学校长（1930—1932），辞职后，受命主编中小学国语教科书（1933—1936），帮手是著名小说家沈从文；西南联大时期，杨先生主持编写"大一国文"教材，同样全力以赴。朱自清在浙江春晖中学执教的那一年（1924—1925），撰写了《中等学校的学生生活》《教育的信仰》等，对中学教育很失望，希望转到大学教书。可日后再三回顾，深度介入中小学语文教学，其动力与经验正在于此。1942，朱自清与叶圣陶合编了《精读指导举隅》《略读指导举隅》等书，由商务印书馆出版。1945 年，二人又合著了《国文教学》一书。另外，朱自清撰写的《经典常谈》以及《标准与尺度》《语文拾零》《论雅俗共赏》等，对关注中学语文教学的人来说，都是不可多得的好读物。大学教授介入中小学教育，往往悬的很高，因理想不容易实现而颇有怨言。可我猜想，从杨振声到我的师兄钱理群，其"屡败屡战"的自我陈述中，其实包含着自得与自信。人的精力有限，大力介入中小学教育，多少会影响专业著述的深度。可放眼整个社会，中小学教育的重要性及影响力，非书斋里的高头讲章所能比拟。

大学教授介入中小学语文教育，不是能不能做，而是怎么做才能做好。师友们的经验，让我很惭愧——刚才提及我的师兄钱理群介入中学语文教育讨论，主编《新语文读本》等，虽被打压，但越战越勇。另一位师兄温儒敏为《高中语文》的执行主编，又是新课标修订组负责人，近期还在编各种《语文》教材，在中学语文教学方面影响很大。他们俩的风格不太一样，老钱一直坚守民间立场，老温则官方色彩比较浓，承接的是教育部项目。但有一点，他们都不是一时兴起，而是多年持之以恒地关注中小学教育。相对来说，我更多关注大学问题，包括大学史、大学的国文教育、文学史书写等。

中学语文教育兼及工具性与人文性、实践性与理论性、社会性与个人性，需全身心投入，且不能太书生气。像我这样半心半意，犹抱琵琶半遮面，那是做不好的。对此话题，我只能敲敲边鼓，说点旁观者清之类的好话与坏话，保持一种真诚但遥远的关注。

第二，语文教材的编写与逃离。今年 7 月 11 日，我应邀参加《新京报》主办的"语文教育高层论坛"。主办方说"随便谈谈"，可我还是准备了讲稿，题为《大学教授介入中学语文教学的途径及边界》，而且就从我为何撤出中学语文教材编写说起。十年前，也就是 2005年，我与原复旦大学著名教授章培恒先生合作主编中华书局版初中及小学《语文》课本。章先生管小学部分，我管初中部分，但主要工作是编写组做，我们只是帮助出主意，把把关。此前参加过人教社版《高中语文》的编写，只负责其中一册，加上专题课教材《中国小说欣赏》，别的事不太管。这回是主编，被要求参与宣传推广，我拒绝了。教材编得好不好另说，单是这种不妥协的态度，就注定了我们的失败。此后，好几次有人请我出山，都谢绝了，原因是教材编写的复杂性超出我的想象与掌控能力。

2012 年夏，听说我辞去了北大中文系主任的职务，语文出版社社长王旭明约我做专访。这次访谈，整理成四则短文，连载于《语言文字报》；后又剪裁成《怎么学好语文，怎么教好语文》，刊 2013 年6 月 19 日《中国青年报》。这些答问，与初刊《语文建设》2012 年第9 期的《发现语文之美，享受阅读之乐》（李节整理）有重叠。原因是，前半场与王旭明对话，后半场接受李节采访；王先生大度，允许李女士旁听。其中《陈平原谈语文教材编写》[①]一则，谈及大学教授参与中小学教材编写的利弊得失。在我看来，大学教授若想介入中小学教育，须多与中小学老师交流，了解中小学的教学规律；切忌居高临下，站在大学的立场来指导中小学教学。真正让我警觉，赶紧"金盆洗手"的，是以下三个因素：第一，编中小学教材，兹事体大，不

[①]《陈平原谈语文教材编写》，2012 年 8 月 24 日《语言文字报》。

同于个人著述。写文章，你说不行，我可以改；编教材可不一样，不能拿百十万儿童当白老鼠。第二，凡编写教材的，都希望发行量大，面向全国；可中国太复杂了，东西南北、沿海内陆、城市乡村，你越深入调查就越心虚。第三，编教材，有意识形态方面的限制，同时还受商业利益牵扯，其中的错综复杂，非我等书生所能把握。说白点，为中小学生编教材，这是一件专业性很强的工作，不能随便进来插一脚。既然我做不到全身心投入，只好赶紧撤退。

第三，语文教师的影响力。今年7月的某一天，我的新老学生在微信群里"奔走相告"——那天的《新京报》报道我在"语文教育高层论坛"上的演讲："陈平原首先谈到了语文教师对学生人格养成的重要性。他表示，比起大学或者博士班，中学阶段对学生的影响其实更大。'所以某种意义上，中学老师们对于学生们的影响力比大学要大。'陈平原讲了一个自己学生的例子。他说：'十年前我的一个研究生毕业了，她学得不错，我劝她考博士班，她说不考，她就想当中学老师。她今天在清华附中教书，教得很好，而且她一直对我说，虽然我做专业也能做好，但我更愿意当一个中学语文老师。对这样的学生来说，她的中学老师给她的影响，远远超过我作为研究生导师给她的影响。'所以，陈平原认为，培养学生人格，是中学语文老师的一个重要的工作。"[1]

学生们都知道，这里说的在清华附中教书的"她"是谁，纷纷向她祝贺，她本人也很激动。因为，演讲现场，就有那位给她很大影响、促使她选择中学教职的南京师大附中语文特级教师王栋生。我向王栋生道谢，没想到，接着我演讲的清华附小校长窦桂梅，又向我道谢。她早年有位出色的学生，跟她有很好的互动，留下不少温馨且有

---

① 参见《陈平原：成绩要关注 但不是目标》，2015年7月13日《新京报》。

趣的故事。而那位学生如今正跟随我读博士。一位小学老师，一位中学老师，一位大学老师，竟然因各自的学生而紧密相连。并非主办方有意安排，我们互相都不知情，到了现场聊起来，方才发现世界真小，竟有如此奇遇。

为什么说中学教师对学生人格养成特别重要？那是因为，到了大学阶段，学生的性格基本定型了。尤其是进了博士班，主要做专业训练。对青少年来说，最具可塑性，也最容易出现偏差的，是初中到高中阶段。所有中学教师都可能深刻影响学生的志趣与性情，但语文老师的感召力尤其明显。我回忆自己的小学及中学，记忆深刻的，基本上都是语文老师。并非因为我是文学教授，故王婆卖瓜；我也问过好多人，大都如此。或许应该这么说：因教材有趣且教学方式灵活多样，语文老师更容易被学生关注与记忆。

第四，教书是良心活儿。无论做什么事，最好都能用心用力，如狮子搏兔，方能尽善尽美。但同样耕耘，有的效果高低立见，有的则比较隐晦，多年后才显山露水。比如农民种田工人做工，一偷懒，马上就露馅。教书不一样，具备一定的技能后，是不难偷懒的。你用不用心，真的是天知地知，你知我知。当然，聪明的学生也能体会到。我家三代教书，不敢说"为往圣继绝学，为万世开太平"，但起码上课是认真的。我培养的学生，大都教书认真，也很享受教书的乐趣。可在目前这个独尊科研、讲究数字的评价体系中，认真教书的老师，显得另类，也很吃亏。校长们都承认，大学不是研究院，不该忽略课堂教学与学生培养。可教书认真不认真，很难准确界定，不如数论文篇数来得准确。今天的大学教授，普遍不愿意在学生身上花太多时间。希望中学老师不会这么势利。因为，孩子们很敏感，真的是"有点阳光就灿烂"。因此，在我看来，中学评高级教师，主要看教学实践，不该过分倚重论文发表。

第五，高中教师的特殊职责。十年前，我曾接受专访，谈自己如何"从小学生教到博士生"①。那本是一句玩笑话，没想到被做成了标题，显得有些牛皮哄哄，不太好意思。其实，从小学一年级到博士后，我缺了高中这一块。没教过高中语文，这很重要吗？当然。除了此乃孩子们成长的重要阶段，更因面临高考这一大关，故格外吃紧。对于高中毕业班老师来说，如何平衡个人教育理念与社会制度安排，是个难题。有一次在演讲现场，我被学生家长将了一军：如何读书，到底听你这位大专家的，还是听孩子班主任的？我脱口而出：平时听我的，临近毕业那一年，听班主任及任课老师的。

除非孩子准备出国念书，否则，高考是个关键时刻，你不好说大话，耽误人家。为了你的立场坚定与逻辑完整，害得人家考不上好大学，那是不道德的。我曾引清代袁枚信中的说法：知道八股很不好，但大形势如此，你只能妥协；赶紧闯过科考关，再努力自我调整。你偶尔演讲，站着说话不腰痛，当然可以唱高调；高中毕业班的老师们，如何在素质教育与应试教育之间保持必要的张力，是需要高超的技巧的。作为学生家长与作为教育专家，同样面对高中阶段的学生，立场很不一样。这也是我不敢到中学演讲的缘故——面对中学老师还好些，多少总有理解与沟通。而且，即便话说重了，也不会有直接的伤害。

第六，如何看待高考指挥棒。今年夏天，北大清华为抢高考状元而"大打出手"，很不雅观。我在接受媒体采访时称：抢好学生很正常，所有国内外大学都在抢。问题在于手段及标准——以高考分数来抢学生，抢所谓的"状元"，实在没出息。因为，抢"状元"的真正原因，不是爱惜人才，而是维护学校名誉——在媒体及民众心目中，

---

① 参见《陈平原：从小学生教到博士生》，2005 年 5 月 11 日《新京报》。

抢到的"状元"越多，证明这大学越好[①]。

北大校方曾做过两个决策，可惜都落了空。第一是不公布高考成绩，不排名；第二是与清华达成协议，彼此都不炒作所谓的"状元"。实际上，校长及教授们都明白，抢来的各省高考"状元"，绝大部分不比别的学生强。到目前为止，没有任何材料证明当初的高考分数对学生日后发展有很大影响。各省高考的第一名，如不去香港就学，基本上不是进北大，就是进清华。这两所大学若能"深明大义"，不炫耀抢了多少个各省第一，别的学校也就没什么好炒作的了。

为了打破唯分数论，北大曾试验"中学校长实名推荐"，现在看来并不成功。我们在全国选了若干所好中学，给他们一定名额，经中学校长实名推荐的学生，可成为北大自主招生直接候选人。从2010年开始做，好几年了，未见特别出色的。我说的"特别出色"，不是指智商高，而是像钱锺书那样偏科的奇才。做"中学校长实名推荐"的目的，就是想为那些在高考时无法获得承认但特别有才华的学生开辟"绿色通道"。可实际上做不到——那些推荐上来的，参加高考也能考上。后来我想清楚了，没有一个校长敢冒险推荐偏科或成绩不高的好学生。校长即便"独具慧眼"，也不敢"独断专行"。因整个社会已经形成这么一种舆论氛围，谁都不相信有人能出于公心"举贤能"。更严重的是，一个偏科的好学生，根本就进不了重点高中，在小学升初中或初中升高中时就被淘汰了。所以，"分数面前人人平等"这一教育理念，限制了某些暗箱操作，但也导致那些特立独行的好学生被卡掉。

将近四十年的唯"高考分数"是问，对中国高等教育的发展及国民素质的提高，是有意义的。但斤斤计较一分之差，用同一把尺子丈

---

① 参见彭苏《陈平原：抢"状元"实在没出息》，2015年7月8日《东方早报》。

量，太长的锯掉，太短的补齐，这一选拔人才机制，固然使得中国高等教育整体实力明显提升，教授及学生的平均水平也不错，可也造成了特别优秀的人才（或者说天才）的缺乏，因此也就难见"石破天惊"的伟大成果。做学问的人都知道，"人海战术"的效果很有限，真正的突破靠的是"天纵之才"。在追求公平的同时，如何为特异之才的脱颖而出提供便利，是个值得认真思考的话题。

第七，语文教学的目标。在当下中国，完全摆脱高考这根指挥棒，任何学校都做不到。你的理念再好，只要高考成绩掉下来，家长首先就不干了。我们能做的，就是在日常教学活动中，拒绝步步为营、分分必争的教学方式，着力培养学生们的好奇心与探索欲望。大学校园里，容易产生厌学情绪的，大都是那些靠海量习题拼搏上来的学生，他们缺乏学习的自觉性与主动性，跨过高考这座独木桥以后，就显得很茫然。

在中学各科中，语文课的教学，因兼具求知和审美，最可能使得整个学习过程"其乐无穷"。但实际情况不是这样。因语文水平是长期学习的结果，突击不上来的。想想我自己的情况，当年突然接到通知，说是恢复高考制度了，谁都可以进考场。匆忙之中，全力以赴复习数学；因为，语文行不行，早就决定了。或许正是这个特点，导致很多高中生学习语文的兴趣不是很大。但在我看来，语文"投入产出比"并不低，因为它影响人的一生，而不仅仅体现在高考成绩。某种意义上，它更重要。不信你问问走出大学校门或中小学校门的中老年人，在所有课程里面，哪门课对你影响最大？十有八九回答是语文课。

因此，中学语文老师的工作重心，应放在培养学生们的阅读兴趣以及"发现的眼光"上。发现什么？发现汉语之美、文章之美、人性之美、大自然之美①。

第八，语文课程的意义。说到"语文课程的意义"，必须略为解释我那句名言——"孩子一辈子的道路取决于语文"。这句话，都快变成补习学校的招生广告了，可这不是原文。2014 年 12 月 21 日，我应邀在华东师范大学主办的"百年语文的历史回顾与展望"研讨会上发表主旨演说，题为《语文之美与教育之责》②，其中提及："说中小学语文课很重要，影响学生一辈子，一点都不夸张。"

这话其实很平常，没那么耸人听闻。我还有另一句话，同样流传甚广："语文教学的门槛很低，堂奥却极深。"不说"光明正大"的后半句，就说这略带自我调侃的前半句："文革"中下乡插队，承蒙乡亲们信任，让我当民办教师。第一天报到，校长二话没说，就塞给我一册小学五年级的《语文》课本。我很纳闷，校长怎么这么厉害，不用任何交流，就知道我热爱语文？后来发现，凡知青下乡而有幸成为民办教师的，十有八九先教语文。因为，讲别的课程需要培训（音乐课不是谁都能教的，另当别论），只有语文课最容易上手——教得好教不好那是另一回事。

第九，关于"有难度的学习"。"读书是件好玩的事"，这是我今年出版的新书题目。说读书很愉快，这没错；可读书不一定很轻松，尤其是那些有意义的学习，往往是有难度的。只讲"悦读"，而不说学习中可能遇到的艰难险阻，那是骗人的。天生爱读书且无师自通，一路顺风顺水，这样的学生少而又少。学习需要督促，阅读经典更是需要指导，教师的责任，不是降低学习的难度，而是帮助学生战胜各种困难，并收获那"柳暗花明又一村"。在今天的中国，为何需要提

---

① 参见陈平原《教育三题》之《"发现"的乐趣——关于中学语文教学的随想》，《书城》2005 年 12 期。
② 陈平原：《语文之美与教育之责》，初刊 2015 年 1 月 9 日《文汇报》。

倡"有难度的学习"？那是因为连年扩招，大学质量明显下降；而教学评鉴的普遍推广，又使得大学里开课，颇有过分迁就学生趣味的大趋势。若教师严格要求，打分偏低，学生会在评鉴表上惩罚你的。于是，从校方到教授，纷纷调低教学标准——尤其是选修课，这个问题很突出。但愿中学不是这样。

讲"有难度的学习"，并非漫天要价或高不可攀，只是要求学生能在一段时间内集中精神，做好一件事情。外在的诱惑太多，上课很难集中精神。不说别的，单是半小时不看手机，就让很多人受不了。今年9月，我到波兰亚盖隆大学的孔子学院演讲，配翻译的，一个多小时，很不好玩。同行的朋友观察到，现场一百多人，没人玩手机，也没人私下议论，让他很惊讶。不是我讲得好，而是人家还能坐得住。不只青少年，大人的手机症也一样。不信你到会场看看，虽然调成了振动状态，还是不时拿出来把玩。其实没那么多急事，就是分心，无法长时间集中精力。

第十，如何看待十分精彩且日益强大的"课件"。五年前，北大中文系为百年庆典编辑《我们的师长》等系列图书，好多老学生都在追怀课堂上林庚先生的风神潇洒。作为诗人的林先生，其讲课风格类似俞平伯、顾随等，不以考证或史料见长，而专注于营造氛围，酝酿情绪。关于俞平伯讲李清照的《醉花阴》（"莫道不销魂，帘卷西风，人比黄花瘦"）的故事，张中行与赵俪生都有追忆，但评价天差地别，这牵涉到文学系与历史系各自的趣味与立场。至于顾随的课堂，有叶嘉莹的整理笔记以及不断呼吁，越来越得到学界的认可。我相信鲁迅《关于太炎先生二三事》中的说法，多年后，老学生记得的，不是具体的学识，而是"先生的音容笑貌"。在《"文学"如何"教育"——

关于"文学课堂"的追怀、重构与阐释》[①]中，我曾专门辨析课堂上那些随风飘逝的声音，以及其在学术史上的意义。

凡讲求诗意的文学课堂，规划性一般都不强，往往是"行于所当行，止于所不可不止"。这种现场效果很好的课堂，在目前的评价体系中，受到了严格的限制。上学期，某教授在北大讲"大学语文"课，非常投入，现场效果也很好，可评鉴成绩却很低。他不相信，以为是张冠李戴，或有人恶搞。后来细看评分规则，其中有"计划性强不强""有没有使用课件"等硬性指标，方才明白自己为何没有得高分。课程及听众不同，讲课方式也该不同；是否使用 PPT，应因时因地而异。至于"计划性"，同样不该过于强求——讲到得意处，顾不了那么多。真正得意的题目，我不用 PPT，这样才能挥洒自如，听众也都如痴如醉。此类"感染力"很强但"计划性"不足的课堂，如今正逐渐绝迹——因不符合评鉴标准。

如今的文学（语文）课堂，普遍"技术"有余而"情感"不足。尤其是课件的使用，年轻老师很容易上瘾的。请记住，技术有两面性，不该过于依赖。娴熟地使用 PPT，是能基本完成教学任务，且不会出现大的差错；但因思路早就限定了，讲课时被课件牵着走，无法随现场学生的眼光与趣味迅速调整，自由发挥的余地不大，故不会特别出彩。

第十一，慕课的成功与局限性。怎样看待慕课（MOOC，Massive Open Online Course）的风起云涌，是个敏感话题。今年 4 月 1 日，出席华东师范大学召开的"十三五期间大力促进教育公平高峰论坛"，对话环节，谈及当下中国大学的命运及出路，我与易中天互

---

① 陈平原：《"文学"如何"教育"——关于"文学课堂"的追怀、重构与阐释》，初刊《中国文学学报》创刊号，2010 年 12 月，后收入北京大学出版社 2011 年版《作为学科的文学史》。

相抬杠。只是当我质疑慕课是否能有效推进教育平等、抹平雅俗鸿沟时，易中天表示支持——因他当过老师。几天后在华盛顿参加"第四届中美文化论坛"，我与哈佛大学分管教学创新、负责慕课设计与推广的副教务长包弼德教授（Peter Bol）又有一场争辩。其实，我并不否认慕课在技术上的巨大成功，只是反对过分夸大其功用。在我看来，慕课发挥最大作用的地方是终身教育，其次是大学里的通识课，再次是各专业导论性质的入门课，最后才轮到某些中学课程。

谈及课堂，我很固执——教师必须盯着学生的眼睛，照顾大多数学生的趣味，因而不存在无往而不胜的"标准老师"。把北京四中或人大附中的课件送到广西、贵州、新疆等边远地区，技术上没有任何困难[①]；但这么做到底是祸是福，很难说。我关心的是，边远地区的中学教师，若沦落为精美课件的放映员及助教，丧失自尊心与积极性，绝不是好事情。我从小地方走出来，深知"知识缺陷"并不可怕，最要紧的是学习的主动性与积极性。很多人都见识过这样的情景：程度差的学生大步迈进"精英荟萃"的重点中学，效果并不好，有时甚至是灾难性的。

我的感慨是，因不必要的"技术迷信"，今天中国，从小学中学到大学，教育方式越来越规整、越来越僵硬、越来越匀称，总体实力有明显提升，但一流人才难得一见。我之所以小心翼翼地维护中小学老师的"自尊心"与"高大形象"，目的是保护各种不太守规则的"奇思妙想"——如果连语文课都讲得严丝合缝、板上钉钉，绝非好事情。

第十二，因地制宜与因材施教。在我看来，语文教学必须尽可能贴合学生的生活经验，不该过分追求标准化。举个例子，若高考作文谈乘坐地铁或高铁的体会，那是不合适的，因那会让边远地区的学生

---

① 参见汤敏：《慕课革命：互联网如何变革教育？》，北京：中信出版社，2015 年 1 月。

很沮丧。到什么山头唱什么歌，有什么经验说什么话，这才是合适的语文教育。如此强调"分别心"，是不是歧视小地方或贫困地方的学生？不是的。相反，让贫困地区学生整日关注"高大上"的话题，那是一种痛苦的折磨。中国之大，地区经济及文化差异可谓触目惊心，你若略有了解，就会反省这种"大一统"教学的弊端。至于由此而造成的城乡（准确点说是"贫富"）间知识方面的差异，进入大学后，是很容易弥补的。中学阶段，主要任务应是养成求知的欲望以及学习的好习惯。

之所以反对标准化教学，因在我看来，教育必须接地气。今人喜欢谈论"经济全球化"与"文化多样性"，似乎二者是天生的一对，绝配。其实大谬不然，前者如滚滚洪流，势不可当；后者则势单力薄，正苦苦撑持。半个月前，我在三亚财经国际论坛上演讲，谈及此话题，提醒越来越国际化的听众，我们的使命是：记得乡土、记得乡音、记得父老乡亲。在中学语文教育中，此立场最好能有所体现。

第十三，教学中"面对面"的意义。人类几千年文明，教育贯穿始终，无论哪个国家哪个民族哪个时代，都有自己独特的理念与方法。教育必须与时俱进，但同时教育也必须有所保守。不是所有新技术一出来，就必须马上应用到教育上的。我常感叹，都说中国人保守，其实不对，中国人太趋新了——对于新技术，更是有一种近乎盲目的崇拜。看一下我们的城市面貌，我们的家具设计，我们的日常话题，我们的教学方式，你就明白，这是一个"趋新"远大于"保守"的民族。而在我看来，文化需要保守，风度需要养成，教育需要积累。

多年前，我写过一篇《网络时代的传统文化》[1]，提及法国人让-

---

① 陈平原：《网络时代的传统文化》，初刊《东方文化》2002年第1期，收入2010年北京大学出版社版《当代中国人文观察》（增订本）。

弗朗索瓦·利奥塔尔的《后现代状态——关于知识的报告》①，里面有一句话让我胆战心惊：信息化时代知识传递方式发生了极大变化，文化迅速普及，同时"敲响了教师时代的丧钟"（111页）。后来我想清楚了：新技术确实改变了世界，包括教学模式，但"因材施教"的理念并不过时。总有一天，整天对着屏幕读书写作的师生们，会怀念那种有点嘈杂、有点忙乱的"面对面"的交流。在这个意义上，科技发展了，但传统教育重"个体"讲"熏陶"的宗旨，依然有效。

回到本次演讲的题目，语文教学的"魅力"显而易见，至于"陷阱"，同样值得重视。中国人常说"有一利必有一弊"，可到具体论述时，往往光说好的一面。前进路上，除了霞光万丈，还有遍地荆棘以及沟沟坎坎，不能视而不见。就好像前面提及的课件或慕课，不能因其技术及文化上的巨大优势，就忽略其可能存在的若干盲点。对于我来说，无论技术如何演进，"面对面"的教学方式，以及师生从游的校园生活，永远让人迷恋。

在这个意义上，诸位任重道远。

2016年元旦修订完成于厦门海悦山庄

---

① 原著1979年就在法国出版，中译本1997年北京三联书店刊行。

如何谈论"文学教育"*

. . .

一、写给读书人的话

作为读书人，我怀念且支持实体书店；至于网上书店，更多的是理解与尊重。这回的讲座，本安排在言几又书店，后主办单位建议改在京东，我没有反对。这样一来，加上去年年底应邀参加亚马逊年会，上个月出任当当与南航合作的"阅享南航"项目的阅读大使，我算是跟当下中国网上书店的三大巨头都有了接触。

可说实话，对于如何进行图书宣传，我始终心有余虑。不会完全拒绝，但也不是积极参与。我当然懂得，书卖得好，版税就多，出版社也会更积极地邀稿。我的第一本书《在东西方文化碰撞中》出版于1987年，承蒙读者厚爱，从那以后刊行的诸多书籍，基本上都不会让出版社赔钱。当然，也说不上畅销。到目前为止，发行最多的《千古文人侠客梦——武侠小说类型研究》，算上各种版本，中文外文、繁体简体，二十五年间从未间断，估计也就卖了十万册。一次饭局上，有朋友很得意地说，他的书三个月就销了十万。我一点都不羡慕嫉妒恨，因为，很难说是疾风骤雨好，还是"随风潜入夜"更让人惦念。我写书的目标是：虽不畅销，但能比较长久地站立在读书人的书

---

* 2016 年 9 月 11 日在北京大学出版社、东方出版社、北大博雅讲坛、京东图书合办的"文学教育的方法、途径及境界"专题讲座上的演讲，初刊《文艺争鸣》2016 年第 10 期。

架上。因此，图书宣传对我来说，主要不是增加销量，而是"广而告之"，让大家了解此书的长短得失，若需要，能很方便地得到，这样就行了。

今年春天，在南方一所高校演讲，某教授告知，他当年在东北师大念博士生，妻子家教一个月，赚了一百元，被他拉进书店去，买了一套刚出版的《陈平原小说史论集》，精装三卷，共96元，妻子回家后哭了。听到这故事，我既感动，又惭愧，回京后，赶紧寄送新书给这位教授，请他转送给如今也在大学教书的夫人。这个经验，让我益发坚信，读书人的钱，不能随便骗。

今天不是专业演讲，只是说说这两本书的写作初衷，以及达成了几分目标，对什么样的读者是比较合适的。网上传我的文章《粉丝制造阅读奇迹，是对"经典"的绝大嘲讽》，其实，这个话题，前几年出版《读书的"风景"——大学生活之春花秋月》时就谈过。我感叹的是，现在的书业很奇怪，卖的不是"图书"，而是"人气"；"人气"可炒作，可那无关"阅读"呀。我是读书人，深信这书如果你不想读，是不应该买的。

二、"中文系的使命与情怀"

首先自报家门：我是中文系教授，入门处是中国现代文学。从那个地方起步，不断往外拓展，逐渐延伸到文学史、学术史、教育史。列举一下已出版的主要著作，文学史有《中国小说叙事模式的转变》（1988）、《20世纪中国小说史》第一卷（1989，后改题《中国现代小说的起点——清末民初小说研究》）、《千古文人侠客梦》（1992）、《中华文化通志·散文小说志》（1998，后改题《中国散文小说史》）等；学术史有《中国现代学术之建立》（1998）、《触摸历史与进入五四》（2005）等；教育史则是《老北大的故事》（1998）、《大学何为》（2006）、

《大学有精神》（2009）、《抗战烽火中的中国大学》（2015），连同今年刊行的《大学新语》，合称"大学五书"。

文学史、学术史、教育史，这是三个不同的学术领域；虽然三者间有千丝万缕的联系，但研究方法与评价体系毕竟不同。若想找到三者的重叠处，那很可能就是我今天要谈论的"文学教育"。

我心目中的"文学事业"，包含文学创作、文学生产、文学批评与文学教育。四者之间既有联系，又有区隔，更有各自独自发展的空间与机遇。就拿文学教育来说吧，不仅对中文系、外文系生命攸关，对整个大学也都至关重要。而选择文学史作为核心课程，既体现一时代的视野、修养与趣味，更牵涉教育宗旨、管理体制、课堂建设、师生关系等，故值得深入探究。

今天谈论的是我近期出版的一大一小两本书。大书《作为学科的文学史——文学教育的方法、途径及境界》[①]是增订版，初版刊行于2011年，刚获得第四届王瑶学术奖的学术著作奖（2016）。新版增加了三篇长文，且添上副题"文学教育的方法、途径及境界"，使整个论述更为完整，主旨也更加显豁。小书《六说文学教育》[②]包含六篇长文，外加三则附录。正如该书"小引"所言："诗意的校园、文学课程的设计、教学方法的改进、多民族文学的融通、中学语文课堂的驰想，不敢说步步莲花，但却是每一位文学（语文）教师都必须面对的有趣且严肃的话题。"所以，我建议将此书与北大版《作为学科的文学史》相对读。其实，还有一本评论性质的《假如没有文学史……》[③]，也是讨论此话题的，不过，那书是论文、序跋、随笔结集，体例有点杂。

---

① 陈平原：《作为学科的文学史——文学教育的方法、途径及境界》，北京：北京大学出版社，2016年。
② 陈平原：《六说文学教育》，北京：东方出版社，2016年。
③ 陈平原：《假如没有文学史……》，北京：生活·读书·新知三联书店，2011年。

这回的一大一小两本书，若用一句话来概括，那就是"中文系的使命与情怀"——这体现了文学教授的人间情怀、学术史视野以及自我反省意识。如果你想挑着读，建议看《作为学科的文学史——文学教育的方法、途径及境界》的第二章"知识、技能与情怀——新文化运动时期北大国文系的文学教育"、第三章"'文学'如何'教育'——关于'文学课堂'的追怀、重构与阐释"，以及第四章"中文系的使命与情怀——20世纪五六十年代北大、台大、港中大的文学教育"。这三章的论述对象以及处理问题的方式，大体代表了我的学术兴趣与科研能力。

　　本书希望在思想史、学术史与教育史的夹缝中，认真思考文学史的生存处境及发展前景。具体的论述策略是：从学科入手，兼及学问体系、学术潮流、学人性格与学科建设。关于文学学科的建立，中文系教授的命运，以及现代学制及学术思潮的演进等，关注的人会比较多；具体到某学术领域，如小说史、散文史、戏剧史以及现代文学的前世今生，乃至未来展望，必须是专业研究者才会有兴趣。推介这么一本五六百页的大书，只说我殚精竭虑，写了很多很多年，那是没有意义的。酝酿时间长，写得很辛苦，并不能保证这书的质量；我只想说，经由这本《作为学科的文学史》，我们对晚清以降这一百多年中国现代大学的"文学教育"，有了基本的了解，以及大致准确的判断。

　　空口无凭，为了让大家对此书的论述风格有所体会，我略为介绍第八章"在政学、文史、古今之间——吴组缃、林庚、季镇淮、王瑶的治学路径及其得失"。昨天是教师节，借推介新书，谈论我几位尊敬的师长，也算是一种深情款款的怀念。那篇文章共六节，跳过"北大中文四老"的由来、风雨同舟四十载、政治与学术的纠葛、文学与史学的互动、古典与现代的对话，就说这第六节"老大学的遗响"。

　　这四位在20世纪80年代北大中文系发挥关键作用的文学教授，

都曾是清华中文系主任朱自清的学生。四人中，受朱自清影响最深的，无疑是其直接指导的研究生王瑶。也正是王瑶，晚年借助朱自清这座桥梁，提出了"清华学派"这个曾风行一时的概念，且再三强调："我是清华的，不是北大的。"作为长期任教北京大学的名教授，晚年的王瑶如此绝情的陈述，用意何在？我在《八十年代的王瑶》[①]中曾略为辨析：因撰写《念朱自清先生》和《念闻一多先生》二文，王瑶重新回到美好的青年时代，爱屋及乌，因而特别表彰清华的学风及文化。另外，从 21 岁到 39 岁，这 18 年间，王瑶与清华结下了不解之缘；至于后面的 30 多年，不愉快的岁月居多。可那是大时代的缘故，怨不得北大；即便不是院系调整，继续生活在清华园，王瑶也未必有好处境。吴、林、季三位未见如此情感强烈的表述，但也都与夹杂着"青春记忆、师长追怀、个人遭遇"的母校清华大学有密切联系。

可再往前推，他们的老师杨振声、朱自清、俞平伯等又都是从北大毕业的。若从百年中国高等教育着眼，这两所旗鼓相当且相互激励的名校，在学风上虽有明显差异，唯独在"政治与学术的纠葛"这个话题上，谁都做不了主。相对于国家意识形态，个人的心境与才华、学科文化的特殊性以及大学传统等，不说微不足道，也是相形见绌。1978 年以后，这四位清华毕业生重新焕发青春，大展宏图，以至深刻影响了北大 20 世纪 80 年代的"文学教育"，固然可喜可贺，可那也是拜改革开放之赐，而主要不取决于个人意志。说到底，在风云变幻的大时代，个体选择的自由以及自我设计的空间，并不是很大。

暂时搁置这四位教授的学术贡献，就说进入 20 世纪 80 年代，如何承上启下，促成了薪火相传。学位制度的建立，使得这种苦心孤诣成为可能。开列 1978 年以后这四位教授指导的研究生名单（吴组缃

---

① 陈平原：《八十年代的王瑶》，《文学评论》2014 年第 4 期。

指导硕士生一名、博士生四名；林庚指导硕士生一名、博士生两名；季镇淮指导硕士生四名；王瑶指导硕士生十名、博士生五名），熟悉当代中国教育史及学术史的读者马上会有如下反应：除了王瑶先生，其他三位先生指导研究生的数量实在太少了。开始招收研究生的1978年，吴组缃70岁、林庚68岁、季镇淮65岁；最后一个学生毕业时，吴组缃88岁、林庚88岁、季镇淮74岁，照常规确实早就该退休了。可这中间那么多年，为了把舞台让给下一代学者，北大没像其他大学那样，充分发挥这些老先生的经验与智慧（想想南京大学的程千帆、北京师范大学的钟敬文、苏州大学的钱仲联），实在有点可惜。

这就说到人格熏陶与学问承传的关系。说实话，七八十岁的老先生，不可能像年富力强的中年教授那样，手把手地教你读书做学问。可20世纪80年代的中国，中文系还能吸引很多绝顶聪明的好学生；考入师门的，根本用不着手把手教。其实，老教授指导研究生，长处不在有形的学问，而在一种精神，一种气象，一种人格魅力。想到这些，我对北大当初的固守制度，没让老先生多带研究生耿耿于怀（不只中文系，人文学科各系均如此）。哪怕主要事务由副导师负责，老先生只是挂名，不时与学生聊聊天，都会有很好的效果。我说的"效果"，不是给学生提供"象征资本"，让其日后可在人前吹牛；而是从老先生那里，确实能感受到老大学的精神与风采。我并不主张神化"民国大学"，但我承认，20世纪80年代的中国学界，幸亏有这么一批饱经沧桑的老学人，让我们得以接续民国年间若干好大学的优良传统——这里就包括了老北大与老清华。

那是一个遥远的故事，但那也是一段永不磨灭的记忆。借辨析吴组缃、林庚、季镇淮、王瑶等老一辈学者的足迹，我们得以触摸此兼及古今、贯通文史、关心政治的学术传统，同时也可明白其中的利弊得失。或许，这是上一代学者留给我们的最为宝贵的精神遗产。

三、"学问"底下的"温情"

最近二十年，在自家专业之外，我花了很多时间和精力探讨大学问题，先被讥为野狐禅，后逐渐得到了认可。将"教育学"与"中国文学"这两个不同学科有机地结合起来，而不流于生拉硬扯，不是很容易的。从《中国小说叙述模式的转变》有此念想，到《老北大的故事》开始尝试，其中得失成败，甘苦自知。眼下这本《作为学科的文学史》，自认为是较好地将文学史、教育史、学术史三者水乳交融，互相促进。增订本的序言是这样结束的：记得我第一次认真讨论文学史问题，是二十年前的《"文学史"作为一门学科的建立》，其中有这么一句："不只将其作为文学观念和知识体系来描述，更作为一种教育体制来把握，方能理解这一百年中国人的'文学史'建设。"日后我的很多论述，都是围绕这句话打转。相对于学界其他同人，我之谈论文学史，更多地从教育体制入手，这也算是别有幽怀。作为一名文学教授，反省当下中国以积累知识为主轴的文学教育，呼唤那些压在重床叠屋的"学问"底下的"温情"、"诗意"与"想象力"，在我看来，既是历史研究，也是现实诉求。

从大学的"文学史"，一直谈到中小学的"语文课"，二者虽有关系，但不能混为一谈。主办方原本想用"语文之美与教育之责"作为本次活动的主题，我谢绝了。我知道，那样拟题，可以吸引更多的听众，尤其是中小学教师以及关心孩子成长的家长们。可那不是我的工作重点；大学史、大学制度、大学精神以及大学里的文学教育，这方面我关注较多，也比较有心得。

不仅是研究对象，这里还包含教学实践。记得王瑶先生告诫诸位弟子——在大学教书，站稳讲台是第一位的。不要自我辩解，说我学问很大，只是拙于言辞，或心思不在此。讲课也是一门学问，风格可以迥异，但用心不用心，学生是能感受到的。此书最得意的一章，是《"文学"如何"教育"——关于"文学课堂"的追怀、重构与阐释》，既有宏阔的学术史视野，又关切当下中国的大学课堂。

你或许隐约感觉到，这书既是严谨的学术著作，但又似乎别有幽怀。可以说，这是我做学问的一个特点——所言、所论、所思、所感，并不在真空状态，总有一种压在纸背的"心情"在里面。当然，这也与中国现代文学这个学科的特点有关——与当下中国"剪不断理还乱"，故研究者多既有学问上的追求，又有精神性的探索，以及某种意义上的自我解惑。

四、发言姿态与写作策略

作为学院派的人文学者，讲求"实事求是"——著述效果，最好是"每下一义，泰山不移"；实在做不到，那也必须能"自圆其说"。除此之外，还追求章太炎所说的"学以救弊"——面对滚滚红尘，学者的责任包括"自立"、"审视"与"纠偏"。顺风呼喊，事半功倍；逆水行舟，则难度要大得多。明知"人微言轻"，也得尽力发声，即便说了等于白说，也得"立此存照"。

我的学生为《大学新语》写书评，从"制动装置"的角度肯定我的立场[1]。我不开车，对此装置的意义体会不够真切；而且，我认定，在当下中国，作为个体的读书人，面对滚滚大潮，你连刹车的权力与意识都可能缺乏。我更喜欢使用另一个比喻，那就是压舱石——此类不卑不亢、不慌不忙、不左不右的立场、态度及论述，其存在价值，就好像虽不显眼、但能使整艘大船相对平衡，不至于过分摇摆、颠簸

---

[1] 参见袁一丹：《大学转型亟需制动装置而非加速器》，2016年6月2日《文汇报》。

乃至倾覆的压舱石。

想象整个社会两极分化，有人特左，有人极右；有人向东，有人往西；有人高喊，有人沉默，两者相加就成了"中道"，那是很不现实的。必须是中道立场成为整个社会的主流意见，才能容纳那些方向不同乃至截然对立的"异端"。当然，无论是当下的记者，还是日后的史家，为了论述方便，往往倾向于选择极端性的言论作为例证。但在我看来，极端言论虽好记且容易流传，不代表社会的发展方向与主要动力。

理性地思考，冷静地表述，很可能两边不讨好。但这是我的自觉选择。我喜欢胡适等人创办《独立评论》的立场与思路，在"富贵不能淫，贫贱不能移，威武不能屈"之外，还必须添上一句"时髦不能动"。在大众传媒铺天盖地的当下，拒绝"时髦"，意味着没有"辨识度"。记得二十年前，有聪明人透露玄机：管他什么立场，先冒出头来，再做自我调整。我了解这种"语不惊人死不休"的论述策略，但因年龄、性情及学养，不喜欢这么做。除了立场的一以贯之，还特别警惕"过犹不及"；每有论述，讲究的是分寸感。

除了跨学科的难处，如何兼及专家与大众，同样让人头痛。当下中国，专家可敬，通人更难得。作为有人间情怀的学者，我希望写书时能"扶老携幼"，也就是说，大小兼顾。说句玩笑话，白居易的"大珠小珠落玉盘"，转化成出版，便成了各有所长、互不干扰的"大书小书落一盘"。

这其实很不容易。如果你的假想读者是专家，他们了解学界的历史及现状，也读过你以往的著作，那样的话，尽可放心地"千里走单骑"，没必要唠唠叨叨。可如果是一般读者，手头就只有这么一册书，这个时候，你怎么做才能既避免自我重复，而又不会显得支离破碎？说到这，想起两个成功的范例，一是周作人的散文，二是王元化的札记。

　　周作人的文抄体，谈论的人很多，这里不赘。尊重读者的阅读兴趣，加上对传统笔记情有独钟，王元化写作时喜欢化繁为简。1989年上海古籍出版社的《思辨短简》收文 153 则，1992 年香港三联书店的《思辨发微》收文 200 余则，1994 年上海文艺出版社的《思辨随笔》做了不少增删，先后印行九版四万册，最后"闪亮登场"的是2004 年上海古籍出版社的《思辨录》。后者收录 1940—2002 年间王元化各类思辨札记 377 则，十分精彩，多潜心思考所得，是从自家历年文章中摘录的，可惜只注年代，没注出处，回到原文有困难。喜欢周作人的"文抄"或王元化的"札记"的，都是读书较多的人，故乐见其采用"互见"的办法。但如果只写或只读一本书，则最好是"自成起讫"。

　　早年撰写《中国小说叙事模式的转变》等，落笔前就有整体构思，是作为独立著作来经营的。日后我出版的好多书籍，其实是论文结集。读者偶然拿起这本书，会追问你为什么这里缺一块，那里多一角。你不能要求读者全都顺着你的写作历程，不间断地追踪阅读。这就说到著作与文集的差异——后者没有封闭结构，可因应时事及心境，不断地修订与增添，写作者很方便，阅读者则不一定喜欢。

　　这回南航与当当合作，聘我当"阅读大使"，我在发言中提及：喜欢在飞机上或高铁上读书，因为，在一个密闭的空间，周围很安静，没有电话打扰，收拾心情，搁置杂事，一段旅程读完一册小书，效果极佳。作为读者，要学会根据自己的时间、趣味及学养选书；作为作者及出版社，则应根据现代人的生活节奏及教育水准，推出更多与时俱进、软硬适中的"大家小书"。

　　回头看这本《六说文学教育》，很遗憾，仍然是编出来的，并非一气呵成。造成这种局限，除了志趣、时间与才能外，还与现代学术评价机制有关——作为大学教授，我们已经习惯于先写论文，在报刊上发表，而后才结集成书。

　　既给专业读者写"大书"，也给普通读者写"小书"，分开做，问题不是很大；但如果希望这"小书"既有独特且深入的探索，又让读者感觉有趣，那可就是个不小的挑战。在知识传播的金字塔时代，你可以凭借自身的地位及名望，诱使读者硬着头皮阅读，逐渐进入你的视野及思路。可如今，传播方式变了，不再是逐级放大，而是一步到位。除了铁杆粉丝，一般读者只有五到十分钟的耐心，读不下去，马上扔掉走人。这个时代的写作者，若不满足于只在专业圈子里打转，而是追求既有学术深度，又能影响社会，怎么办，还能独自远行吗？另一方面，过多地考虑读者的趣味，会不会降低标准，趋于媚俗？很遗憾，到目前为止，我还没找到鱼与熊掌兼得的解决方案。就像这本《六说文学教育》，文体上比较灵活，但内在思路仍是"文章结集"。何时才能自由挥洒，写出专家与大众都认可的"可爱的小书"，目前仍然只是心向往之。

读书方法

>>>

与学者结缘*

. . .

　　"结缘"是佛教的说法，意思是与佛法结下缘分，为将来得度的因缘。旧时寺庙于农历四月初八作庙会时煮豆施人，称"结缘豆"。在记载岁时风俗的书上，读过不少类似的记载，可亲眼目睹这一场景，却是在东邻日本。

　　最先引起我对"结缘"的兴趣的，是周作人的一篇文章，题目叫《结缘豆》。周氏从"结缘"的仪式中读出"人生的孤寂"，称其"寄存着深厚的情意"，笔锋一转，竟将自家为文，与施豆结缘习俗相比拟："只愿有此微末情分，相见时好生看待，不至怅怅来去耳。"写文章是"结缘"，读文章也是"结缘"。风朝雨夕，花前月下，邀古人对话，自有一种难以言传的风韵。只是被邀者必须符合自己的口味，而且比自己高明。这样的对话，方才其乐无穷。现实生活中的交友，受诸多条件限制，倘若过分"高标准严要求"，只能离群索居。

　　记得有哲人言，不与知识、能力、趣味均比自己低的人交朋友，这样才能督促自己见贤思齐，天天向上。幸亏这话没被普遍接受，要不，谁也别想交上朋友。读书可就不一样了，选择对话者时不妨"势利"些。

　　也许，世上真有这样的怪人，专读笨拙粗鄙书，以便在嬉笑怒

＊　初刊 1995 年 9 月 30 日《文汇读书周报》。

骂中显示自家智力高超。但这已经不是"读书"，而是在"表演"了。一般的读书人，总喜欢找自己最欣赏、最敬佩的文人学者，时时刻刻与之对话。这种"对话"，虽说大多只是单向度的（除非进入"时间隧道"，你能要求屈原、杜甫或者苏东坡倾听你的声音？），显得有点名实不符，但却"命里注定"将深深影响你的一生。或许，这就是人们常说的，略带几分神秘与诗趣的"有缘"。

世人之选择对话者，最常见的是诗人和预言家。至于学者，除了同行，很少有人愿意与之"结伴同行"。在一般人心目中，"皓首穷经"的学者，大都心如止水，不苟言笑，行为乖僻，一脸"浩然正气"，缺乏幽默感与想象力。如此严重的"误读"，与学者言说的姿态以及论述的策略有关，这里暂不深究。

假如你读书也读人，这种印象必定大大改观。冷峻的语调背后，很可能是温情脉脉；严格的逻辑推演，涵盖不了选题前的天马行空。读纸面也读纸背，如此古老的阅读方式，人皆知之。我想强调的是，"知人"不只是为了"论世"，本身便有其独立的价值。

并非每个文人都经得起"阅读"，学者自然也不例外。在觅到一本绝妙好书的同时，遭遇值得再三品味的学者，实在是一种幸运。由于专业需要，研究者一般必须与若干在世或早已谢世的前辈学者对话。"对话"与"结缘"，在我看来颇有区别，前者注重学理之是非，后者则兼及其人格魅力。大概是天性好奇，品尝过美味佳肴，意犹未尽，又悄悄溜进厨房去侦察一番，于是有了这些专业以外、不登大雅之堂的"考察报告"。

与第一流学者——尤其是有思想家气质的学者"结缘"，是一种提高自己趣味与境界的"捷径"。严格说来，无论为文为人，均无捷径可言。但对于像我这样以读书写作为业的人来说，在与研究对象的长期对话中，不可避免地受其潜移默化的影响。这种影响包括思想观

414

念、思维方式，甚至为人处世以及文章风格。不只与其"对话"，还要与之"结缘"，影响自是更加深远。因而，对象的选择至关重要。举一个现成的例子，从事现代文学或现代思想研究的，多愿意与鲁迅"结缘"，就因其有助于心灵的净化与精神的提升。

既是"结缘"，谊兼师友，自是不会盲信与盲从。人前或许刻意回护，不准他人"恶意中伤"；私下里，其实也颇有非议。只不过因真敬佩、真喜欢，容易具理解之同情，评价不会过苛，也不忍心为了"语不惊人死不休"而拿他当战场。或许是充满传奇色彩的一生，或许是某部光照四海的著述，但也可能只是一瞬间的感觉，比如几句隽语或一个手势，反正总有什么让你永远无法忘怀。

这就够了。说到底，"结缘"之温润与深情，有别于冷静的理性判断与学术研究。这是一种带有更多个人性、不过分排斥情感与偏见、近乎密室私语的"特殊的阅读"。

文章开篇提到周作人的《结缘豆》，索性再引征其《风雨谈》。我与周氏一样，很有点喜欢"这题目的三个字"。风雨凄凄而得见君子，不必深究其是否"设辞"。有此心境，自能遭遇故人——不管在人世间，还是在书本上。

1995年7月1日深夜

生于忧患 *

...

　　面对满街白花花的口罩，还有电视里"抗击 SARS，打赢首都保卫战"这样悲壮的标语，真的"面不改色心不跳"的，不能说没有，但肯定很少。问题在于，这个"紧张"的度，是否恰如其分。没做过问卷调查，但印象中，年长一辈的似乎更沉得住气些。这里有阅历深浅的区别，更重要的则是，最近十年，中国的路走得比较顺，年轻人普遍相信"明天更美好"，很少有面对挫折乃至灾难的心理准备。

　　几年前，针对中国人"否极泰来"的预言，以及此后的生活如"芝麻开花节节高"的想象，我曾大泼冷水，主张在风头正健的新世纪"畅想曲"上，添上古老的"消寒图"。明末刘侗等人所著《帝京景物略》，描述民间借点染梅花记录九九脚步的"消寒图"，最后两句深得我心："九九八十一，穷汉受罪毕。才要伸脚睡，蚊虫蜡蚤出。"对于世运变迁的关注，对于美好时光的回味，对于恶劣环境的抵御，以及对于命运不确定性的理解，此等民间智慧，仍然值得今人借鉴[①]。写那篇文章时，并非基于对中国政治结构或经济形势的理性分析，只是隐约觉得，想象中国人从此摆脱厄运，一路凯歌，未免过于乐观。学文学的人，很容易记得老祖宗的教训：生于忧患，死于安乐。

　　记得十多年前，那时读书作文还有很多框框，偶然在文章中提

---

* 初刊 2003 年 5 月 6 日《北京晨报》，刊出时改题《真正领悟生命的意义》。
① 《坦然面对新世纪》，1999 年 12 月 31 日《中国文化报》。

及"忧患意识",被明眼人举报,说是"拾存在主义的余唾"。这真是有点抬举我们了。萨特、加缪的书确实读了几本,但所谓的"忧患意识",更多地得益于传统儒家,得益于"涕泪飘零"的中国现代文学,得益于艰难崛起的 20 世纪 80 年代中国。尤其是后者,我相信,很多中年以上的人都记忆犹新。你可以说孟子的教诲早已深入人心,也可以说萨特的思想恰好迎合了当时读者的心理期待,但很难说"忧患意识"是舶来品。

鲁迅有句名言,叫"直面惨淡的人生"。读古今中外的文学名著,你都能隐约感受到这一点。面对苦难,征服苦难,这是许多优秀作家写作时压在纸背的情怀。在这个意义上,所谓"作《易》者,其有忧患乎",几乎"放之四海而皆准"。当然,你可以闲适,也可以幽默;可以欢乐,也可以散淡。但我以为,绝大部分文学名著,其"底色"是面对苦难,向死而生。这么说,似乎过于郁闷、悲凉,其实不然。此类作品给人的阅读感受,更多的是热爱生活,鼓起肉搏虚空的勇气。古希腊悲剧的"净化"说,在我看来,依然有效。

不只文学如此,日常生活中,性情的陶冶与人格的养成,也都是"艰难玉成"。前天电视里报道,某 SARS 病愈者接受采访时称,这场病让她真正领会了什么是生活的乐趣。只有曾经身处绝境,才能真正领悟生命的意义,这点,古今皆然。章太炎《自定年谱》里有这样的话:"余学虽有师友讲习,然得于忧患者多。"这是经验之谈。"纸上得来终觉浅",必须有某种生活体验——尤其是面对苦难的体验,那时,不管读书还是作文,才会有"深入骨髓"的感觉。

重提"生于忧患",是有感于年青一代生逢其时,中国在走上坡路,里里外外都感觉良好,很可能忘了人世间还会有挫折、灾难乃至倒退。这样的心理状态,无法抗御突如其来的天灾人祸。加上这些年来谈读书,注重的是实用性的知识,上至"管理大全",下至"炒股诀窍"。作为赚钱或谋生的手段，读这样的书，无可非议；可那些没有现实收益的书籍，比如文学、艺术、史学、宗教等，相对被忽视，则实在很可惜。表面上，学校里开设了各种政治课程，可那管的是"政治正确"，与我所说的健全人格或心理承受能力，关系不是很大。后者，主要靠学生的日常生活、社会环境以及课外阅读来完成。

不只是在校学生，整个社会的阅读风气，或偏于实用知识，或偏于消闲娱乐，而相对忽略了很可能沉重、艰涩、没有实际用途的人文类图书。这一偏差，有"市场"这只无形的大手，也有学者"放纵"的缘故。不是所有的阅读都有同等的意义，害怕"好为人师"的指责，而宁愿"和光同尘"，博取尽可能多的掌声，我以为不可取。人心本就趋易避难，更何况最近几年，太忙碌、太功利、太得意的中国人，难得体会那些即便近在眼前的人生苦难。这可不是好现象。

为了控制疫情，北京市政府已经下令，暂时关闭所有娱乐场所。对于一般民众来说，何妨乘此机会多读点书——读点不太实用的人文方面的书，既养身，又养心。不一定亲历苦难，通过有效的阅读，触摸历史，体会人世的艰难，养成慈悲情怀，以及"胜不骄败不馁"的平常心，同样十分重要。

SARS 会过去的，但人类还将面临很多苦难。改变近年国人"得意忘形"的心态，以及"急功近利"的阅读趣味，或许更是当务之急。

2003 年 4 月 29 日于京北西三旗

同一个舞台 *

. . .

首先祝贺诸位经历千辛万苦，通过"高考"这座不无争议的独木桥，走进了燕园。

这主要靠诸位各自的努力，但也与整个大环境密不可分。因为，就在你我生活的这个国度，曾经有过整整 10 年，取消了高考制度，挑选学生时，或凭关系，或看出身，年轻人完全没有自我选择、奋力上进的可能。之所以发此感慨，是因为最近老被问及 27 年前的那场激动人心的"人间喜剧"——恢复高考。"文革"刚结束，邓小平当机立断，恢复高考制度，不只改变了一代人的命运，还借此召唤尊重知识、公平竞争的社会风气，重新开启了现代化建设的大业。如此"四两拨千斤"，显示了大政治家的眼光与气魄。此举之广为传颂，很大程度上缘于当年的受惠者，日后成了社会的中坚力量，在不断追忆中强化了这一事件的历史意义。

如今轮到这些人的孩子来上大学了，他们眼中的"高考"，又是怎么回事？是从来如此，天经地义？还是漏洞百出，大可质疑？在我看来，作为一种制度设计，高考有很多弊病，但在目前中国，尚未有更好的替代。在很长一段时间里，高考依然是牵涉千家万户喜怒哀乐的"关键时刻"。

---

* 在 2004 北大中文系开学典礼上的讲话，初刊 2004 年 9 月 8 日《中华读书报》。

平日里不上电视，这回破例，就因为当年我的高考作文登在《人民日报》上，被神通广大的记者逼着不断怀旧。本是多年前的旧事，早就被人遗忘了，可去年广州出版社出了本《八二届毕业生》，讲述那些"八十年代的新一辈"，如何"再过二十年，我们来相会"，其中提到我的部分，居然将我当年的高考作文影印在下面。这事弄得我很狼狈。此前也有学生询问，都被我挡住了。这下可好，拿着放大镜，"奇文共欣赏"。据说同学们边读边笑，连说"有意思"。有什么"意思"，不就是觉得这文章很烂嘛。

说不上悔其少作，高考作文本就难得有好文章；加上当时百废待兴，谁都没经验。那一年的高考，各省自行命题，广东的题目是"大治之年气象新"。作文题不好，我的水平更有限，难怪同学们嘲笑。不过，很快地，我也就坦然了——那就是我们当年的水平。毕业20周年同学聚会，我接受采访，说了一段被广泛征引的话："八二届并没有许多人所说的那么伟大，成为社会栋梁的同时，也伴随着人到中年的尴尬。很多年轻学子认为我们是'先天不足后天失调'的一代。但尽管有许多不如人意的地方，唯一可以告慰的是，在如此低的层面起步，九曲十八弯我们终于走过来了。见证了国家20年走过的艰难曲折，与国家一起成长。"要想说明我们这一代学术起点之低，我那篇作文，倒是很好的例证。

因此，每当学生碰到挫折，对学业信心不足时，我总是宽慰他们：别急，你比我们当年强多了。这是事实。在座诸君，要说眼界、知识、学习条件等，你们确实有骄傲的本钱。承认诸位很优秀，但不敢打包票，说你们将来就一定成绩辉煌。自从我读大学起，一直到今天，出席过无数次"开学典礼"。这种场合，总会有著名学者谆谆教诲，除了提要求，再就是给鼓励：长江后浪推前浪，世上新人胜旧人。开始听了很激动，渐渐有点怀疑：这是不是也属于进化论之类的神话？到目前为止，备受鼓励的我，并没觉得自己已超越师长；推己及人，我也就不想乱抛高帽，说你们将来一定比我强。

其实，每代人都有自己的机遇与局限；祸福相依，更多的是靠自己的努力。请将不如激将，还是实话实说吧。记得临毕业时，王瑶先生这样开导我：今天我们是师生，好像距离很大，可两百年后，谁还记得这些？都是 20 世纪中国学者，都在同一个舞台上表演。想想也是，诸位今天念文学史、学术史，百年风云，"弹指一挥间"。在这个意义上，你我既是师生，也是同学，说不定还是竞争对手。

作为师生、同学兼竞争对手，我能说的就是：在叩问学术探讨真理的道路上，需要勇气、需要真诚，也需要毅力。祝大家尽力而为，不要轻易败下阵来。

2004 年 9 月 1 日于京西圆明园

休闲时代好读书 *

· · ·

　　当下中国，有两个值得仔细琢磨的好词，一是"休闲时代"，一是"书香社会"。前者是现象描述，后者是理想表达，二者不能等量齐观，但若因缘凑合，也不无结盟的可能性。

　　"休闲"自古就有，且颇受哲人的关注。如古希腊哲学家亚里士多德便将"休闲"看作一切事物环绕的中心："人们以战争求和平，以劳动求休闲。"至于中国人，更是在创造及享受"休闲"方面有特殊禀赋，以至20世纪30年代林语堂用英文撰写畅销书《吾国吾民》（*My Country and My People*）和《生活的艺术》（*The Importance of Living*），专门用道家哲学以及明清文人的生活趣味，来针砭美国人之不懂得生活。可惜那个"伟大的悠闲者——中国人"，虽有文献依据，却只属于特定时代的贵族、智者与文人。

　　这是因为，选择休闲，有三个前提条件：第一，生活有着落，不用为衣食住行担忧；第二，可随时中断繁重的体力或脑力劳动，获得足够的闲暇时间；第三，有能力也有愿望摆脱惯性，寻求新的生活体验。若这么定义，则"让多数人能够摆脱劳苦工作而拥有自有时间的大众休闲（mass leisure）萌芽于二十世纪，即那些能增加生产力并缩

---

* 初刊 2015 年 4 月 23 日《文汇报》。

短人们必须工作时间的各项科技发明后"①。那是西方人乐观的说法，在中国，"大众休闲"时代的来临，是最近二三十年的事。

影响休闲的因素很多，如社会发展水平、经济能力、受教育程度，还有社会思潮等。20世纪的中国，大部分时间或兵荒马乱，或社会动荡，或物质匮乏，谈"大众休闲"未免过于奢侈。另外，还有意识形态的羁绊——在"劳动光荣"的口号下，"休闲"的身影显得很诡异，也很可疑。我在《读书的"风景"与"爱美的"学问》②中，谈及鲁迅1932年刊行《三闲集》，是在反击成仿吾对他"有闲"的指责；另外，"以'三闲'名'书屋'，对于那些以无产阶级名义'垄断革命'的人来说，绝对是个很大的讽刺"。其实，"有闲"等于"有钱"等于"有罪"这样的荒谬推论，对我们这代人来说并不十分陌生。记得"文革"期间，为了防止修正主义，我曾经春节不休息，跑到养猪场去捡拾猪粪、打扫猪圈，借此改造读书人的"臭毛病"。

随着科学技术的迅猛发展，越来越少的人在第一线从事繁重的体力劳动，且劳动者所需的必要劳动时间也在逐渐减少。换句话说，对于大多数人来说，闲暇时间越来越多。而将"休闲"当作一个好词，且落实为国家政策，惠及普通百姓，确实是不久前的事。政府官员称，我们的公共假期有115天，已达到了中等发达国家水平。很多人吐槽，说这不可能，自己并没有那么多闲暇时间。其实是这么算的，一年52周，每周两天休息，共104天，外加11天公共假期，合起来不就是115天吗？至于你是否经常加班，或如何落实带薪休假，那是另一个话题。

百姓"有闲"做什么，最好是出去旅游；因为，那样可以成就另

---

① 参见 Gene Bammel & Lei Lane Burrus-Bammel 著、涂淑芳译《休闲与人类行为》8页、11页，台北：桂冠图书公司，1996年。

② 陈平原：《读书的"风景"与"爱美的"学问》，2009年8月20日《光明日报》。

一个产业，有利于国民经济的发展。两年前，国务院办公厅下发《国民旅游休闲纲要（2013—2020年）》，力图建立"与小康社会相适应的现代国民旅游休闲体系"。那是国家旅游局牵头做的方案，主要着眼点是发展旅游业——这既是民生，也是商机，更是产业转型的好时刻，政府当然愿意做。但"旅游休闲"合称，很容易造成误解，以为"休闲"就是"旅游"——在实际生活中，确有很多人是这么想的。

休闲需要时间，需要金钱，需要学识，但更需要好的心境。"忙得要死"或"闲得发慌"，都不好；拼命劳作赚钱，然后拼命旅游消费，也并非理想状态。休闲不一定非远行不可，也不一定花很多钱，关键是"怡情养性"——若能修养得不慌不忙、不骄不馁、不卑不亢、不愠不火，那便是很好的生活节奏。比起打高尔夫球来，读书听音乐看画展，很可能更容易获得此境界。

晚明文人陈继儒在《花史跋》中谈及，有三种人不能享受野趣、花果与草木。牧童樵夫整天在山里劳作，想的是怎么养家糊口，不会像文人那样欣赏野趣；贩卖水果的人不敢尝鲜，那是因为若都自己吃了，还怎么赚钱？前两种人不能悠闲，是生活所迫，第三种就不一样了："有花木而不能享者，贵人是也。"自家园子里种了很多名贵花木，但无法欣赏，不是时间或金钱的问题，是没那个心思。贵人整天想的是金钱或功名，独缺悠闲的心境，因而无法真正进入花木的世界，也就谈不上田园情趣了。

所谓"休闲"，有几种不同的方式：第一，中断日复一日的劳作，什么都不做，就睡懒觉；第二，借助某种手段（如禅修），使自己彻底放松，这里着重的是心境的自我调整；第三，选择自己感兴趣而平日无暇享受的娱乐方式（如唱歌、下棋或旅游）；第四，用一种轻松的方式自我学习，重新积蓄能量（俗称"充电"）。四者没有高低之分，也不是一个递进关系，纯属个人爱好。但有一点，若能在放松、娱乐与自由发展之间，取得某种平衡，那无疑是最佳状态。

这就说到了读书。想象国人因为闲暇时间增加，或教育普及，自然而然地养成良好的阅读习惯，那是天大的误解。记得好几年前，政府曾提出"构建学习型社会"的口号，民间也有"书香社会"的形象说法。可在我看来，口号依旧只是口号，今日中国，"书香"不是日浓，而是日淡。因此，在"休闲的时代"如何挽救"有效的阅读"，可谓迫在眉睫。

先说学习的必要性。有人18岁就业，有人30岁博士毕业才第一次进入劳动力市场。平均起来，就算是22岁就业吧，60岁退休，工作时间大约38年。此前有16年以上的"职业读书"，此后又有20年的"活到老学到老"，这还不算在职期间隔三岔五的"充电"。可以说，现代人为了适应日新月异的科技与文化，学习时间比古代人要长很多。不要说古代，想想我"文革"期间下乡插队，村里老人动辄说："我吃盐多过你吃米，过桥多过你走路。"那个时候，经验很重要，年岁和资历使得老人很有尊严，也很权威。今天则大不一样，老人对外面的世界很隔膜，动辄被儿孙辈训斥——你连这个都不懂！这世界变化太快，要学的东西太多，大家（尤其是年纪大的）都活得很累。

还有一个因素必须考虑，那就是人的寿命在延长。过去说"人生七十古来稀"，如今八九十岁的老人还活蹦乱跳。2014年中国人预期寿命75岁；其中北京人预期寿命81.35岁，上海人预期寿命82.47岁，其他经济发达省份也多接近80岁。一是闲暇时间增多，二是学习的迫切性加强，最理想的，莫过于二者结盟。据说很多忙碌一辈子，习惯于风风火火、指挥若定、发号施令的领导干部，退休以后迅速衰老，原因是不知道如何打发闲暇时间。之所以说21世纪是教育的世纪，或者说学习的世纪，不仅是就业前的青灯苦读，在岗时的奋力拼搏，还包括退休后的"享受生活"。

每个人的状态不一样，但如何让"休闲"与"读书"同行，让二者心甘情愿地走到一起，而不是拉郎配，绝对是个有趣的话题。这里不谈富二代，不说啃老族，也不提失业者或工作狂，说的是普通人的生存状态——学会劳作，学会休闲，学会将劳作与休闲有机结合，学会将自由自在的阅读作为一种休闲方式，不是一件容易的事情。

政府官员谈"休闲"，容易往"文化产业"方向靠；我关心的，则是作为一种休闲方式的"阅读"。最近这些年，每当临近"世界读书日"（4月23日），就会被邀请做关于读书的讲座。面对此尴尬局面，我既感慨，又惭愧。说惭愧，是因为自己书都没读好，便如此"好为人师"，到处劝学；说感慨是，一年三百六十五天，或春花秋雨，或晨钟暮鼓，何时不宜"读书"，为何需要设立节日特别提醒？可见，"读书"还属稀罕物，尚未成为国人的生活方式。

十年前我写过一篇流传很广的文章——《作为一种生活方式的读书》[①]；十年后，参加"2014中国好书颁奖仪式"的录制，被邀请用"一句话"说出读书的意义，以便作为广告语播出，那一刻我突然语塞，赶紧落荒而逃。不是编导的问题，是我自己的心理障碍——正隐约觉得，今日之提倡"读书"，有沦为口号的危险。

可怎么才能让无心、无力、无暇、无兴趣亲近书本的人，真切地感受到"阅读的乐趣"呢？说实话，我也不知道。或许，所谓"休闲时代好读书"，只是我的一厢情愿。

2015年4月5日于京西圆明园花园

---

① 陈平原：《作为一种生活方式的读书》，2005年12月25日《文汇报》。

读书三策 *

...

　　四年前北京大学出版社刊行《读书的"风景"——大学生活之春花秋月》，我在"序言"中称："老师有老师的经验，老师也有老师的毛病；最明显的，莫过于'好为人师'——总觉得自己有责任指导年轻一辈，让其少走弯路。其实，一代人有一代人的长处，一代人有一代人的困境，不身临其境，很难深切体会什么叫'艰难的选择'。"去年中华书局出版《读书是件好玩的事》，我又在序言中提及："教了几十年书，很容易养成'好为人师'的毛病，这点我很警惕。"

　　话是这么说，关键时刻还是把持不住，比如今天在经典导读的"春晖计划"启动仪式上演讲，还是答应谈谈读书问题。俗话说得好，老狗玩不出新花样。只是有感于主办方盛情邀请，我就说三句话，夸张点说，也叫"读书三策"。

　　第一句话：少读书，才能读好书。

　　那篇根据我 2013 年 5 月 3 日在北京大学图书馆的演讲整理而成的《读书是件好玩的事》，初刊《读书》2013 年第 9 期，《新华文摘》2013 年 21 期转载，其中提及："过去总说'多读书，读好书'，以我的体会，若追求阅读的数量与速度，则很可能'读不好'。成长于网络的年青一代，很容易养成浏览性的阅读习惯，就是朱熹说的'看

＊　此乃作者 2016 年 3 月 6 日于北京大学召开的"首都高校师生志愿服务：经典导读'春晖计划'启动仪式"上的演讲，初刊 2016 年 3 月 29 日《光明日报》。

了也似不曾看，不曾看也似看了'。因此，我主张读少一点，读慢一点，读精一点。世界这么大，千奇百怪，无所不有，很多东西你不知道，不懂得，不欣赏，一点也不奇怪。"文章最后建议，认认真真读几本好书，以此作为根基，作为标尺，作为学问储备，也作为精神支柱。不追求阅读的数量，是希望你我停下匆匆的脚步，好好欣赏路边的风景。表面上看在后退，实际上是求进取。

至于什么是"好书"，很难界定。我以前谈过，在宽容的现代人眼中，"经典"可以是临时性的——只要为一时代的读者广泛认可，即不妨冠以此称。这个意义上的"经典"，当然不像《论语》或《圣经》那样"坚不可摧"，而是需要在历史长河中，经由一系列的沉浮，再最终确定其地位。放眼望去，你会发现，同是"经典"，二十年、五十年、一百年、五百年、一千年、两千年，年纪大小与含金量的高低基本上成正比。两千年前的"经典"，也会面临阴晴圆缺，但有朝一日完全被遗忘的可能性不大；反过来，二十年前的"经典"，则随时可能因时势迁移而遭淘汰出局[①]。我并不主张只读五百年或一千年的经典。若真的以为"半部论语治天下"，或者"八部书外皆狗屁"，那很容易变迂腐的。新旧并置，长短结合，只要是经得起考验、略有些年纪的好书，都值得你我认真阅读。

第二句话，鉴赏优先，批判其次。

先说徐复观读书的故事。抗战中当过蒋介石侍从室秘书的徐复观，抗战结束后以少将军衔退伍，专心做学问，日后成为海外新儒家的代表人物。话说1943年他到重庆的勉仁书院找熊十力先生求教。熊十力吩咐先读王夫之的《读通鉴论》。徐复观说，这书我读过了。熊十力说，回去再好好读。几天后，徐复观来见熊十力，说那书我又

---

① 参见《触摸历史与进入五四》第五章《经典是怎样形成的》，北京：北京大学出版社，2005年。

读了，里面有好多错误，这里不对，那里不妥。话还没有说完，熊十力拍案而起，说你这笨蛋，你滚吧，这么读书，一辈子都没有出息。读书先要看它的好处，你整天挑毛病，这样读书，读一百部、一千部、一万部都没有用。徐复观日后追忆，说这件事让他起死回生，明白该如何读书了。

"五四"以前的读书人，对古人太崇拜了；"五四"以后的读书人，又把古书太不当回事。我认为，高看古人、没有反叛精神固然不好，低看古人、整天挑毛病也不行。单就求学阶段而言，熊十力主张读透一部经典，养成好的眼光、趣味与能力，是经验之谈。因为，无论古人还是古书，都是有好有坏，我们时间很紧，犯不着整天替古人担忧，说他如何"脏乱差"。他不好，你绕开就是了，先挑好书读，尚友古人，朝夕相处，你的学问及精神境界就会得到提升。将来著书立说，你很有见解，说孔子什么话不对，韩愈某个观点有问题，那是以后的事情。读书阶段，你的主要任务是汲取好书中的精华，用来滋养自己，这是第一位的。至于高屋建瓴，火眼金睛，把古人批得体无完肤，那是做研究的时候才需要的。

第三句话，自家体会，文火煲汤。

同样读书，有人读书活，有人读书死，只说"开卷有益"远远不够，还得明白读书的门径与境界。常被问读书有什么窍门，我的回答很让人沮丧：最大的窍门就是别走太多的弯路。因为，世上本无不花气力而迅速成功的"武林秘籍"，你太想寻找诀窍，反而容易走弯路。

小时好学，抄了很多古今中外的读书格言。长大后发现，这些佳言隽语仅仅起到励志的作用。书还是要自己读，自己去领悟、去体会，听别人讲总是隔靴搔痒。所谓"纸上得来终觉浅，绝知此事要躬行"，陆游的诗句用在读书上最合适。必须亲历实践，包括得意、张狂、挫折、碰壁等，才能有深入骨髓的真切体会。

同样读书，有立马见效的技能培训，但那是低层次的；如果目光远大，追求胸襟与学养，则必须具备良好心态，而且愿意花时间。就像广东人煲汤，火太猛，效果并不好，要文火煲出来的汤才好喝。某种意义上，读书也是这样，要有长期奋斗的准备，不能太急，不能太功利，不能有突飞猛进、日进斗金的时刻表。

不是要"经典导读"吗，为什么说这些？因为，怕你把事情想得太简单太容易了。"导读"有用，但作用有限，只是提供登山的拐杖而已。关键是你自己要读，而且真的在读，这个时候，"天时地利人和"才能发挥作用。否则，别人是帮不了什么忙的。

好在能看到以上不怎么励志的"丑话说在先"的，必定是读书种子，且已蓄势待发。若如是，明白前途光明，但也理解荆棘遍地，这个时候上路，才比较从容。

有才华是好的，横溢就可惜了*

. . .

　　随着年龄增长，我有幸不时应邀在各种开学典礼或毕业典礼上致辞。渐渐地，摸索出规律来——毕业典礼致辞不妨放松，没必要太较真，因人家已经完成学业，明天就要走上社会大展宏图了，你还千叮咛万嘱咐，其实是没有意义的，说不定还讨人嫌。因此，注重现场效果，大家都很嗨，没纰漏，这就行了。开学典礼不一样，都有新鲜感，学生们踌躇满志，师长若讲得好，多少还能发挥作用。正因此，这回应邀在北大中文系 2019 级新生开学典礼上演讲，我决定认真准备。

　　这一认真，可把我害苦了——翻阅自己历年在各种开学典礼或毕业典礼上的致辞，发现好多精彩的话都讲过了，不好意思重复。若改为应景文章，则或太俗，或刺耳，弄不好还翻车。思前想后，还不如从我自己的经历说起，三十五年间，如何从一个咄咄逼人的博士生，变成了循循善诱的老教授。时光流逝，不只时代变了，入学典礼的致辞方式也在悄然转移，诸位不妨以知识考古的眼光，看待我不甚精彩的演说。

　　记得很清楚，35 年前，也就是 1984 年 9 月的一个下午，暑气未消，北大文史楼三楼的教室里热气腾腾，坐满新入学的研究生及指导

＊　北大中文系 2019 年级新生开学典礼致辞，初刊 2019 年 9 月 4 日《中华读书报》。

教师。我经历过上山下乡，年龄偏大，作为北大中文系第一届博士生，不太容易被豪言壮语打动。可猛然间一声断喝："你说全世界研究汉语言文学哪里最好？"不容听众反应，教授自己作答："当然是我们北大！"不用说，"我们北大"四字一出，研究生们不约而同地挺直了腰杆，会场里静穆了好一阵。连我这么挑剔的听众，也都被深深感染，更不要说学弟学妹们。这个细节，我在《"最好"的感觉》[①]一文中提及，不过没说那"一声断喝"的教授名字，这回透底——那是著名语言学家叶蜚声教授，当时是北大中文系副系主任。

我的学生中有不少纯北大，甚至有从北大幼儿园念起的；我则是带艺投师，博士阶段才进的北大。正因不是纯北大，我特能体会北大的好，也了解北大的缺憾。北大百年校庆时，我写了好些谈论北大的文章，普通读者认定我为母校评功摆好，北大领导则埋怨我表扬得不够，尤其不该在关键时刻挑刺。在《从中大到北大》[②]中，我比较北大与其他中国大学的差异："记得张爱玲说过，香港是个夸张的地方，在那里摔一跤，比在别的地方摔的都疼。北大也是如此。在这里，出名容易，失名也不难，而且速度都很快。……正因为太容易得名，北大人必须时刻警惕名至而实不归的危险；也正因为可能领导潮流，过度热心于此，难免为潮流所裹挟。"多年后，在另一篇文章中，我把话说得更明白："在我看来，这是一所戴着耀眼光环，某种程度上被拔高、被神化了的大学。身处其中，你我都明白，北大其实没那么了不起——就像所有中国好大学一样，这里有杰出的教授与学生，可也不乏平庸之辈。面对父母谈论子女时骄傲的神情、亲朋好友以及同龄人欣羡的目光、社会上'爱之深恨之切'的议论，作为北大人，你我都必须挺直腰杆。享受北大的'光荣与梦想'，也就得承担

① 陈平原：《"最好"的感觉》，2000 年 3 月 31 日《北京大学校刊》。
② 陈平原：《从中大到北大》，（香港）《纯文学》复刊三期，1998 年 7 月。

432

起相应的责任。在漫长的求学生涯中，你我都会碰到许多难以逾越的困境，记得身后有无数双殷切期盼的眼睛，就能尽力而为。"①

北大百年校庆时，我说过一段很提气的"大话"，后来常被引述。我说：北大目前不是，而且短期内也不可能成为世界一流大学；但北大在人类文明史上所发挥的作用，却又是不少世界一流大学所难以比拟的。这是因为，北大伴随着一个东方古国的崛起而崛起，深深地介入并在某种程度上影响着这一历史进程。对于以培养人才为主要职责的大学来说，在思想文化乃至政治领域里如此大显身手，其实是可遇而不可求。因此而形成的"以天下为己任"的北大传统，以及显得有些"不切实际"的远大志向，在我看来，不应该随着时间流逝而完全失落②。我当然明白，白云苍狗，世事变幻，一代代北大人的表现，并不都尽如人意。但有时候是大环境的问题，不是你想"铁肩""妙手"就能"铁肩""妙手"的。

初为北大人，你最先感觉到的，必定是校园里四处弥漫着的"豪气"。迎新会上，不管是白发苍苍的老教授，还是稚气未脱的学生代表，全都一副指点江山，舍我其谁的模样。可时间长了，你就会明白，读书做学问，或者服务社会，光有志气与豪气还不够。十五年前，轮到我在开学典礼上致辞了，我说："自从我读大学起，一直到今天，出席过无数次'开学典礼'。这种场合，总会有著名学者谆谆教诲，除了提要求，再就是给鼓励：长江后浪推前浪，世上新人胜旧人。开始听了很激动，渐渐有点怀疑：这是不是也属于进化论之类的神话？到目前为止，备受鼓励的我，并没觉得自己已超越师长；推己及人，我也就不想乱抛高帽，说你们将来一定比我强。其实，每代人

---

① 参见陈平原：《训练、才情与舞台》，2011 年 8 月 3 日《中华读书报》。
② 参见陈平原：《北大人的精气神儿》，2001 年 5 月 16 日《中华读书报》。

都有自己的机遇与局限；祸福相依，更多的是靠自己的努力。"①自以为推心置腹，可学生们听了不太开心，说是缺少激情，没能让他们热血沸腾。

于是，我也开始讲究说话艺术，立场还在，但口气委婉多了，比如提醒北大学生："任何一所正规的大学，都需要严格的规章制度与稳定的教学秩序；但不是每所大学都能像北大一样，容许甚至欣赏才华横溢因而可能桀骜不驯的学生。谁都知道，无规矩不成方圆；可一旦有了规矩，必定对个人志趣与才情造成某种压抑。如何在规矩与个性间保持'必要的张力'，让处于成长期的大学生既感觉如鱼得水，又不至于误入歧途，对于教育家来说，是个极为棘手的难题。在我看来，理想的大学应该是为中才设立规则，为天才预留空间。"（《北大人的精气神儿》）。表扬北大"兼容并包"，学校管理灵活，学生活动空间较大，可我还有下半句话，常被有意无意忽视——天才毕竟极少见，空间大而规则少，导致北大毕业生水平参差不齐。单个人你看不出来，能被广为传播的，都是杰出人才；必须有全局眼光或俯瞰视角，才知晓事情的另一面——依北大之地位及国人之期望，成才率不够高，是个隐藏多年的大问题。

能考入北大的，都是有才情的；在中国，北大的舞台可以说是最好的；可为什么还有那么多北大毕业生日后表现欠佳？这就说到北大人普遍存在着的对于天才的期盼，以及对于训练的藐视。我多次引用我的导师王瑶先生的隽语：当初我来北大呈送论文，钱理群转达王先生的两句评语：第一句"才华横溢"，很好；第二句则让我惊出一身汗："有才华是好的，横溢就可惜了。"诸位请记得我的提醒——好大学及好教师能做的，不是平地起高楼，让笨蛋成为天才；而是让你们

---

① 陈平原：《同一个舞台》，2004 年 9 月 8 日《中华读书报》。

的才华别随意挥洒，尽可能聚拢起来、提升上去，以及在某个关键时刻精彩绽放。

十一年前，也是北大中文系新生入学典礼，我的发言题目是《请加入这道"风景"》①，其中有这么一段：对北大学生的自视甚高，我虽略有怨言，但表示理解和同情。记得从小学到中学到大学，开学典礼上，老师都告诫我们要谦虚谨慎。但在北大，经常听到的却是鼓励：要立大志向，做大学问。……在一个讲究实惠，普遍缺乏理想性的时代，北大学生的"迂阔"和"狂傲"，还是挺可爱的。只是为了让其日后走上社会，别摔太大的跟斗，必要的时候，会敲打敲打。但有言在先，将北大学生训练得全都谦恭有礼、循规蹈矩、不越雷池半步，那绝不是我们的工作目标。

不为时尚及潮流所裹挟，在相对宽松、自由且优雅的燕园里独立思考，努力耕耘，每年都会从这里走出若干杰出人才。今天在座新生305，不可能每个人日后都取得伟大的业绩，学校及院系的任务是尽可能提高成才率，落实到具体学生，则希望将来站在第一梯队的，有你们坚定且靓丽的身影。

2019 年 8 月 29 日于京西圆明园花园

---

① 陈平原:《请加入这道"风景"》,《启迪》2008 年 8 月上。